PERSONNE SUR CETTE TERRE

“Actes noirs”

DU MÊME AUTEUR

LA TRISTESSE DU SAMOURAÏ (prix du Polar européen *Le Point*), Actes Sud, 2012 ; Babel noir n° 73.
LA MAISON DES CHAGRINS, Actes Sud, 2013 ; Babel noir n° 143.
TOUTES LES VAGUES DE L'OCÉAN (grand prix de Littérature policière / Roman étranger), Actes Sud, 2015 ; Babel noir n° 169, prix SNCF du polar 2018.
LES PIGEONS DE PARIS, La Contre Allée, 2016.
LA VEILLE DE PRESQUE TOUT (prix *Transfuge*, prix Caméléon), Actes Sud, 2017 ; Babel noir n° 224.
PAR-DELÀ LA PLUIE, Actes Sud, 2019 ; Babel noir n° 249.
LE POIDS DES MORTS, Actes Sud, 2020 ; Babel noir n° 278.
LE FILS DU PÈRE, Actes Sud, 2023 ; Babel noir n° 316.

Titre original :
Nadie en esta tierra
Éditeur original :
Ediciones Destino, Barcelone

ISBN 978-2-330-20679-6

VÍCTOR DEL ÁRBOL

Personne sur cette terre

roman traduit de l'espagnol
par Alexandra Carrasco

ACTES SUD

Je veux, pour une fois, dédier ce roman à Anna Soldevila. Elle possède le courage qui manque parfois à mes rêves.

Je tiens aussi à remercier Antonia Kerrigan, qui m'a montré le chemin de la patience, même si je ne suis pas son meilleur élève.

Quand tu es au fond de l'abîme, tu y puises une consolation spéciale, qu'on ne trouve nulle part ailleurs.

BANANA YOSHIMOTO,
Le Lac.

PROLOGUE

Quand il pleut, comme aujourd'hui, quand les soirées filent déjà vers l'automne, mieux vaut ne pas écouter certaines musiques, ne pas évoquer certains souvenirs, ne pas écrire certaines phrases et laisser le silence parler de ce qui doit être tu.

Ce n'est pas moi qui devrais raconter cette histoire, mais je suis celui qui peut la raconter.

Je doute que vous connaissiez mon nom, et cela devrait vous rassurer ; ce qui ne se nomme pas n'existe pas et une voix sans nom n'est finalement qu'un écho dénué de présence, vous pouvez donc décréter que je suis le fruit de l'imagination ou une sorte de fantôme, quelqu'un qui était là et qui n'y est plus. Certains d'entre vous seront sans doute tentés de me transformer en monstre de fiction, un de ces personnages que vous invoquez pour faire peur à vos enfants afin qu'ils obéissent quand vous les envoyez au lit, une sorte d'homme au sac. Mais le fait est que je ne suis ni une créature de la forêt, ni une apparition dans la brume de vos cauchemars ; je suis un être humain, ainsi qu'en attestent mes cicatrices, et je vis parmi vous. Les gens comme moi existent bel et bien, et vous aurez beau fermer les yeux et vous boucher les oreilles, je ne disparaîtrai pas. Vous avez plutôt intérêt à l'accepter.

Évidemment, vous pourriez aussi tenter de m'ignorer, vous persuader que vous êtes à l'abri, protégés derrière la muraille de vos principes et vos valeurs, solidement ancrés à votre sens du bien et du mal. Qui suis-je pour juger votre peur ? Je la comprends, vraiment je la comprends : nous avons tous le droit de nous accrocher à un espoir, si chimérique soit-il. Il n'est besoin que d'une cause, un moulin à vent, une capacité de raisonnement suffisamment puissante pour y parvenir. C'est assez touchant.

Mais quand la vie se manifeste dans sa simplicité brutale, elle nous montre que nous n'avons rien de spécial, que nous ne sommes pas appelés à accomplir un destin héroïque. Aucune raison supérieure n'explique pourquoi nous sommes nés, nous sommes simplement là alors que nous pourrions ne pas y être sans que cela change quoi que ce soit. Il est dur d'admettre qu'à notre mort, nous ne laisserons qu'une place vacante dans les rangs de l'humanité, et que celle-ci sera aussitôt occupée par d'autres. Cette vérité pousse certains au désespoir, à la folie, au suicide, à la négativité. J'en ai connu qui ont consacré leur existence au mirage d'un dieu, d'une religion ou d'un idéal, alors que la plupart se contentent de ce qui leur échoit : une vie banale, une succession d'années sans soubresauts. Et on appelle cela le bonheur.

Il y a cependant un petit nombre d'élus, pas plus d'une poignée d'individus à chaque génération, qui, comprenant que rien de ce que nous éprouvons, disons ou faisons n'a d'importance, se sentent réellement libérés. Découvrir qu'il n'y a rien de divin ni d'immortel en nous, que nous ne différons pas d'un caillou ou d'une feuille morte, d'un chien estropié ou d'une vache dans son enclos, ne devrait pas nous plonger dans l'effroi ou la tristesse ; au contraire, nous devrions pleurer de joie car c'est la plus grande découverte que nous puissions faire. Nous sommes libres de découvrir de quel bois nous sommes faits.

Julián Leal était de ceux-là. Il a d'ailleurs tout bouleversé.

Avant de le rencontrer, j'étais qui j'étais, je l'acceptais et ne prétendais pas être quelqu'un d'autre. J'ai tué ma première victime à l'âge de treize ans. Je pourrais me justifier en disant qu'elle le méritait, comme toutes celles qui suivraient, mais le mérite est une valeur subjective. Je peux expliquer beaucoup plus simplement pourquoi je fais ce que je fais : je suis doué pour ça. J'aurais pu avoir du talent pour écrire et devenir écrivain, pour chanter et devenir chanteur, ou encore pour fabriquer des cendriers en terre, ce qui aurait enchanté ma mère qui les collectionnait. Au lieu de quoi, je tue pour de l'argent, et j'ai trouvé là ma manière d'être au monde. J'éprouve des sentiments, bien sûr, et d'ailleurs c'est assez inquiétant, car cela me transforme en l'un d'entre vous. Simplement, j'ai un point de vue divergent.

Pourtant, depuis que j'ai fait la connaissance de Julián, il y a un peu moins d'un an, j'ai commencé à me demander si le regret était une émotion utile ou si, au contraire, ce n'était que le signe avant-coureur de la fin. Il faut du temps pour commettre des erreurs et souhaiter ensuite ne pas les avoir commises. Mon corps se plaint chaque jour un peu plus, les vieilles blessures se réveillent comme si elles devinaient ma faiblesse croissante ; ensuite il y a les nuits d'insomnie, l'inquiétude grandissante face à un futur qui tarde à venir.

Je sais que je ne devrais pas penser à tout cela. Il se peut que je sois simplement fatigué : il est tard, la pluie me rend mélancolique, me rappelle ces semaines en Espagne et certains soirs je me prends à imaginer une vie dont je n'ai jamais pu profiter. Après tout, je voulais juste un voilier, une petite maison sur l'île Margarita, la musique de Bob Marley et le visage de Clara posé sur ma poitrine pendant qu'elle me susurrait que nous pouvions changer.

Je suppose que c'était trop demander pour quelqu'un comme moi.

PREMIÈRE PARTIE

1

Côte galicienne, février 2005

Il faisait nuit quand le chauffeur de taxi déposa l'inspecteur Julián Leal sur la "plaza Mayor", comme il l'annonça sur un ton grandiloquent. En réalité, ce n'était guère qu'un quadrilatère bétonné avec quelques lampadaires allumés. La rue principale était déserte, plongée dans un silence sépulcral, comme si le village avait été englouti par les pages du roman *Pedro Páramo*. Il avait plu et les vieilles demeures seigneuriales gouttaient. Le drapeau de la mairie – un modeste bâtiment de trois étages sans rien de remarquable – pendouillait, à l'agonie. Seul un établissement au-delà de la vieille ville était encore éclairé : le seul bar de la commune. Il avait à peine changé en vingt ans, l'inspecteur s'en souvenait bien : mêmes publicités pour les glaces la Menorquina, les sodas Mirinda et Coca-Cola, même ardoise avec les menus du jour, même balcon en porte-à-faux surmonté d'un store vert et de l'enseigne en lettres délavées : "El Cerso."

Il fut tenté de s'approcher mais, réflexion faite, il passa son chemin.

L'unique auberge se trouvait à proximité. L'enseigne était éteinte et la porte, close. Après qu'il eut sonné avec insistance, une femme vint ouvrir d'un air perplexe en même temps qu'elle enfilait une robe de chambre parsemée de brûlures de cigarette.

— Qu'est-ce que vous voulez ?

— On s'est parlé au téléphone hier, j'ai réservé une chambre. Je suis Julián Leal.

L'aubergiste le dévisagea, méfiante. De toute évidence, le client était rare.

— Vous avez sûrement parlé avec mon mari, mais il ne m'a pas transmis. Il a dû oublier. Il pédale dans la semoule, ces derniers temps… Leal, vous dites ? demanda la femme en le scrutant plus attentivement et en pinçant les lèvres. Il y avait une famille de ce nom, dans le temps. Vous en faites partie ?

— Mon père s'appelait Martín Leal. On habitait dans la maison du calvaire.

La femme l'examina de la tête aux pieds comme s'il s'agissait d'un fantôme. Elle parut hésiter, puis s'écarta pour le laisser passer.

— Essuyez-vous les pieds, je viens de passer la serpillière.

Julián observa l'ancien papier peint sur les murs, la sonnette sur le comptoir de la réception et le téléphone vert avec des touches blanches. Tout semblait figé dans le passé, la table en bois décatie avec de vieux magazines, la chaise garnie d'un coussin et l'odeur de cire rance. L'abat-jour en tissu rouge de la lampe solitaire conférait aux ombres un air canaille de lupanar miteux.

La femme fouilla dans une boîte contenant une douzaine de grosses clés.

— Vous pensez rester longtemps ?

Julián n'en savait rien. Combien de temps le loup peut-il se cacher dans la bergerie avant de se faire repérer ? La femme observa son sac de voyage. Il n'avait pas pris de quoi faire un séjour prolongé.

— Vous ne pouvez amener ni femmes ni nourriture. Il est interdit aussi de fumer dans les chambres.

Julián saisit la lourde clé et lui adressa un sourire crispé ; il n'avait l'intention d'amener ni femmes ni nourriture. Il monta dans la chambre et posa son sac sur le lit sans prêter attention au dessus-de-lit à fleurs ni au crucifix sur le mur. Les portes de l'armoire fermaient mal, mais au moins il y avait des cintres et l'odeur de naphtaline était supportable. La salle de bains était longue et étroite, avec du carrelage marron vieillot. Il se pencha sur la baignoire écaillée et ouvrit le robinet. La tuyauterie émit un glouglou ; l'évacuation était bouchée.

— Bienvenue au Ritz, murmura-t-il d'un hochement de tête résigné. Il se débarbouilla et, lorsqu'il releva la tête, il tomba sur son reflet dans le miroir.

Il se demandait quand il commencerait à perdre ses cheveux. Selon l'oncologue, ce n'était pas systématique, les traitements avaient progressé. Il chercha ses cachets dans le sac, remplit un verre et les avala scrupuleusement, dans l'ordre prescrit. Ces derniers temps, il imaginait son enterrement, se demandait qui viendrait, ce qu'on raconterait sur lui. Si nous sommes la trace que nous laissons chez les autres, la sienne s'effacerait facilement. Il ne s'était jamais marié, n'avait pas eu d'enfants et, hormis Virginia et son mari, Luis, il n'avait pas d'amis. Une vie de travail et de solitude. Une vie gâchée.

Après s'être douché, il rangea ses chemises, ses pantalons et ses sous-vêtements. Il ouvrit son ordinateur portable et consulta ses mails. Certains spams étaient passés entre les mailles : un soi-disant homme d'affaires nigérian le contactait pour lui remettre un gros héritage, une fille roumaine lui proposait de l'épouser à travers un lien porno et un troisième lui rappelait que son véhicule devait passer le contrôle technique.

Il avait également un message de @Clara1976.

> *Salut, le disparu. Tu ne me donnes de tes nouvelles depuis longtemps. Kubrick ne t'intéresse plus ?*

Il songea à lui répondre, mais il était trop fatigué.

Aucun message de l'hôpital. Il était toujours sur liste d'attente.

Au loin, on entendit les cloches de Santa Cecilia sonner le quart. De la fenêtre, on voyait la route déserte et les lampadaires qui émettaient une lueur jaunâtre et blafarde. Il pensa à un tableau de Hopper, puis à *Streets of Philadelphia*. "Rien n'a changé", pensa-t-il.

Il avala un somnifère et se glissa dans le lit. Avec un peu de chance, il dormirait deux ou trois heures sans faire de cauchemars.

Il devait se lever à l'aube. L'ascension jusqu'au calvaire serait difficile.

Il se mit en route en compagnie du guide avant que le soleil soit haut dans le ciel.

On n'entendait que les pas de l'inspecteur remuant les feuilles mortes sur son passage et, quelque part dans les profondeurs de la forêt, un pic-vert qui martelait le bois. Quelques chênes blancs exhibaient leurs troncs pourrissants, colonisés par des champignons et du lichen jaune. Le brouillard nimbait tout. Par moments, il perdait de vue le dos du vieil homme qui s'était proposé pour l'accompagner.

— Vous êtes sûr que c'est par ici ? Je ne me souviens pas de ce coin de la forêt.

Le vieillard ne prit même pas la peine de s'arrêter.

— Aussi sûr que des trombes d'eau qu'on va se prendre sur la tête d'ici une demi-heure. Si tu veux arriver là-haut, t'as intérêt à presser le pas.

Ils continuèrent à marcher durant un bon moment. Peu à peu, la végétation perdit de sa densité, puis on commença à entendre la rumeur des vagues et la forêt se retira sans effort. Dans le dernier tronçon, le vieux monta la pente avec entrain. L'inspecteur le rattrapa, hors d'haleine. L'ancien le regarda d'un air narquois.

— Tes muscles se sont ramollis, à Barcelone ?

Julián aurait pu invoquer son cancer pour se justifier, lui parler des ravages du pazopanib ou lui donner une conférence sur l'angiogenèse et les tyrosinases, mais il avait déjà assez de mal à récupérer son souffle et à ne pas rendre son petit-déjeuner.

Le vieil homme lui désigna quelque chose à droite.

— Il est là. Il date du temps de Priscillien. Il paraît que ça remonte à très loin, mais ici, c'est comme s'il avait été fait hier.

Une rafale de vent balaya momentanément le voile de brume et laissa apparaître la silhouette d'une croix. Elle mesurait à peine un mètre cinquante de haut. Plus loin, l'horizon chutait de façon abrupte, survolé par des mouettes qui prenaient les courants dans des mouvements d'une beauté paisible.

— Je le voyais plus grand, dit Julián.

Le vieil homme leva la tête vers le ciel et renifla l'air.

— La mémoire grossit ce qu'elle veut conserver et rétrécit ce qu'elle préfère oublier… Tu sauras trouver le chemin de retour ou tu veux que je t'attende ?

Julián étudia les environs.

— Je crois que je me débrouillerai.

L'ancien observa d'un œil méfiant l'imperméable neuf et les bottillons reluisants de l'inspecteur.

— Il est déconseillé de s'approcher de la falaise avec ce brouillard. Le terrain est traître et il s'en vient un gros orage.

Julián leva la main pour lui signifier qu'il avait bien entendu.

— Je connais bien les trahisons de cet endroit. J'ai grandi ici.

Il s'approcha du socle de la croix. Le piédestal en pierre polie par le temps portait une inscription : *"Beati qui non viderunt et crediderunt."* En dessous, gravés au couteau, les prénoms des enfants de la bande : Fouliña, Carmen, Gregorio et Julián, le tout assorti d'une date et d'une devise : "03/06/1973. Nous contre tous."

Cela lui arracha un petit sourire. Parfois, quand on cherche les racines, on finit par trouver la terre, disait son père.

Les ruines de sa maison gisaient à quelques mètres de là. Il ne restait qu'une petite partie de la structure, à l'intérieur de laquelle avait poussé un parterre de fougères qu'un animal avait écrasées en passant. Des poutres pourries, des morceaux de pierre et de décombres complétaient le tableau. Plus de trente ans s'étaient écoulés depuis l'incendie, mais il se souvenait encore des flammes en train de faire éclater les vitres et des rideaux en lambeaux voletant comme des oiseaux en feu, affolés.

Il contourna les ruines et s'approcha des tombes de ses parents. Soumises aux intempéries, les stèles penchaient l'une vers l'autre, comme si elles se consolaient mutuellement, seules sur ces hauteurs, oubliées du reste du monde.

Martín Leal Prieto 1914-1975
María Luisa Pérez López 1923-1977

Julián avait onze ans lorsqu'on avait enterré son père. Il se rappelait la chasuble mauve du père Guillermo secouée par le vent, la pluie qui tombait à l'horizontale et le froid. Aucun habitant du village n'y avait assisté, hormis Toño, l'ancien compagnon d'armes avec qui son père avait combattu durant la guerre civile, au sein de la 150e division de l'armée du Nord. Tonton Toño, comme l'appelait Julián – même s'il était surtout le père de Fouliña et Susana –, évoquait souvent toutes les fois où son père et lui s'étaient porté secours lors de tant de batailles, réelles ou imaginaires. Il faisait partie de la famille, il avait une grosse moustache jaunie par la nicotine. Julián n'avait pas oublié la bague qu'il portait au petit doigt, le parapluie qu'il tenait le jour de l'enterrement et l'odeur de cuir mouillé de sa veste. Il n'avait pas non plus oublié ce que Toño lui avait soufflé à l'oreille pendant que les fossoyeurs jetaient des pelletées de terre sur le cercueil de son père :

— Dans la vie, on récolte ce qu'on sème.

Un coup de tonnerre tira Julián de ses pensées. Il leva les yeux au ciel ; le vieux qui l'avait guidé jusque-là avait raison, un méchant orage allait éclater. De gros nuages tourbillonnants approchaient, et déjà les premières gouttes tombaient.

Il s'approcha du bord de la falaise. En bas, les vagues se brisaient avec violence. Il ferma les yeux un instant et respira profondément.

J'imagine ce que tu t'es dit, inspecteur ; je suis passé par là : l'incertitude, la peur de souffrir… Tu n'avais qu'un pas à faire pour te laisser emporter dans un vol qui n'aurait duré qu'un instant. Plus rien n'aurait eu d'importance, tout aurait pris fin sans que tu t'en aperçoives. Faire un pas, sentir la force du vent envelopper ton corps, le bout de tes bottes frôler le vide. Céder, juste ça, c'était la seule chose que tu avais à faire. Laisser la gravité t'aspirer. Mais tu y as renoncé, tu n'as pas cédé.

Tu n'étais pas comme ton père. Pas davantage comme ta mère. Tu n'étais pas de ceux qui jettent l'éponge sans s'être battus.

2

Le vieux s'empressa de répandre le bruit du retour du fils de Martín Leal au village.

— Je l'ai moi-même conduit jusqu'au calvaire. Il a changé, mais c'est bien lui. Mêmes yeux verts que son père et cette mèche blanche dans la nuque, comme une plume.

Les clients du bar El Cerso accueillirent la nouvelle avec hostilité.

— Et qu'est-ce qui l'amène ? Il a rien à faire ici, ce gars.

Le vieux haussa les épaules en ouvrant une pistache.

— J'imagine qu'il voulait revoir la maison, enfin ce qu'il en reste.

— Ou alors il vient remuer la merde.

Le vieux fit un claquement de langue.

— Je crois pas… De l'eau a coulé sous les ponts, depuis. Il était très jeune à l'époque. Il a dû avoir une crise de nostalgie, comme ça arrive souvent aux gens qui s'en vont, un jour ou l'autre, ils veulent revenir.

— Oui, bah, on est plein à ne pas l'avoir oublié. On ne monte là-haut que pour pisser sur la tombe des Leal, répliqua quelqu'un, et les plus âgés acquiescèrent.

Fouliña écoutait la conversation, assis à l'autre bout du bar.

— Tu savais, toi ? demanda-t-il à la Baronne.

Carmen, la Baronne, essuyait les verres derrière le comptoir, tâchant de ne pas se mêler à la conversation.

— J'en ai entendu parler, dit-elle en feignant l'indifférence.

Fouliña la regarda, contrarié.

— Et tu m'as rien dit ? Putain, Carmen, on est censés être amis, quoi !

La Baronne lui adressa un sourire blessant.

— Ah bon ?

Fouliña la dévisagea, vexé.

— Tu sais que tu réagis comme une vraie salope, par moments ?

La porte du bar s'ouvrit en grand. Gregorio entra avec des bottes en caoutchouc couvertes de boue et un parapluie aux baleines cassées. C'était un enfant dans le corps d'un géant. Il avait cinquante ans bien sonnés, mais son esprit s'était arrêté de grandir à l'âge de douze ans. Il portait un pantalon trop grand, tenu à la ceinture par une corde, et un manteau aux épaulettes déchirées. Ses yeux cachaient quelque chose, peut-être une tristesse, un désir insatisfait.

— Ferme la porte ! Tu vas faire entrer la pluie ! lui cria Carmen.

Gregorio répondit par un sourire benêt.

— Vous êtes au courant ? Il paraît que Julián est revenu.

— On est au courant, oui.

Gregorio était tout excité.

— On peut aller le voir ? Je parie qu'il est à l'auberge de Ramona.

Carmen posa le torchon sur le bar, l'air renfrogné.

— Personne n'ira nulle part. S'il veut quelque chose, il sait où nous trouver.

Gregorio chercha la complicité de Fouliña, qui se borna à hausser les épaules. Il cligna plusieurs fois des yeux sans comprendre.

— Mais… c'est notre ami.

— C'était, il y a trente ans. Atterris, mon grand.

Gregorio roula des yeux, comme s'il avait du mal à comprendre la dimension temporelle. Ensuite, il oublia apparemment l'affaire et changea de sujet.

— Tu veux un hibou ? Deux euros et un sandwich, proposa-t-il à la Baronne en sortant de sa poche une figurine plutôt réussie. Il fabriquait de petites sculptures avec des coquillages et des cailloux qu'il ramassait sur la plage pour les vendre au bon cœur des gens. Dans le village, tout le monde en possédait au moins une.

Carmen indiqua l'étagère derrière elle, où s'alignaient une demi-douzaine de ces figurines.

— Tu veux qu'El Cerso devienne un musée de tes œuvres ?

Fouliña hocha la tête en cherchant des pièces dans sa poche de pantalon.

— À ce train-là, tu seras jamais riche, Gregorio. Il faut que tu valorises tes œuvres en les vendant plus cher.

Gregorio ne comprenait pas. Fouliña secoua la tête, se tourna vers Carmen et lui adressa un signe de la main.

— Apporte-lui un sandwich. Je le paie.

— Le hibou est un animal sacré, déclara Gregorio en lui tendant l'objet, que Fouliña examina négligemment. Non seulement il sait, mais ce qu'il sait, il le tait. Parce qu'on ne peut pas tout connaître et encore moins tout dévoiler.

Fouliña et Carmen l'observèrent, intrigués. On se demandait parfois si Gregorio n'était pas au contraire la personne la plus intelligente du village.

— Laisse ton parapluie dans le seau prévu pour, abruti, lui ordonna Carmen. T'es en train de me foutre de l'eau partout.

Gregorio baissa la tête, posa le parapluie où on lui disait et alla s'asseoir devant la télévision, où les clients regardaient un match de football.

— Je comprends pas pourquoi tu lui parles mal, reprocha Fouliña à Carmen. T'as oublié que quand on était gosses on formait une bande ?

Il esquissa un sourire malicieux.

— Y a que lui qui avait le droit de te toucher les seins.

Carmen ne prit même pas la peine de répondre.

— Si tu n'as pas l'intention de consommer, tire-toi. C'est pas l'Armée du Salut, ici.

Fouliña se rendit compte qu'elle jetait des regards furtifs vers la porte. Elle reprit l'essuyage des verres, une ombre de déception voilant son visage.

— T'espérais qu'il viendrait te dire bonjour ?

— Ferme-la au lieu de dire des conneries !

Fouliña jouait avec des miettes de pain.

— Tu trouves pas que c'est une drôle de coïncidence qu'il se pointe justement maintenant, trente ans après ?

Carmen fit une mimique agacée.

— Je trouve rien du tout.

— Et s'il savait quelque chose ? S'il était venu en tant que policier, et pas en tant qu'ami ?

— Tant que tu fermeras ton clapet, tout ira bien.

Fouliña se tapa la cuisse et se leva.

— Je suis comme ce hibou. Je sais ce que je sais, et je tais ce qu'on doit taire.

— Arrête de dire des conneries et dégage de mon bar !

Fouliña fit un geste moqueur en guise d'au revoir et se dirigea vers la sortie.

Dehors, il pleuvait à torrents. Il leva la tête en direction de la route qui menait hors du village. Carmen s'en fichait peut-être, mais lui, il ne croyait pas au hasard. Il voyait des signes partout, des avertissements qui passaient inaperçus aux yeux de la plupart ; et, jusqu'ici, son intuition ne l'avait jamais trompé, qui lui disait à présent que Julián n'était pas venu pour rien.

Il se demanda ce que penserait Susana de tout cela.

À l'heure de la fermeture, Carmen regarda encore la porte tandis qu'elle balayait et empilait chaises et tabourets.

“Il ne viendra pas, se répétait-elle en boucle. T'es une idiote, comment veux-tu qu'il se souvienne de toi, vous étiez gamins.” Elle avait passé la matinée dans son grenier à farfouiller dans de vieux coffres. Elle y avait retrouvé sa plus belle robe, soigneusement protégée sous une double couche de plastique, et des escarpins noirs couverts d'une fine pellicule de poussière d'où s'échappa une araignée. Malgré ses efforts, elle n'avait pas réussi à enfiler la robe. Découragée, elle finit devant le miroir de sa coiffeuse à palper ses seins tombants, son ventre mou, sa peau striée de vergetures, ses genoux déformés, ses jambes enflées et variqueuses. Elle éclata en sanglots, ce qui la mit en colère. Elle ne comprenait pas d'où lui montaient ces larmes. Évoquer le passé lui faisait mal, un exercice stérile qui la faisait se sentir vieille et ridicule, qui l'humiliait.

Et tu étais là, réduite à être ce que tu étais, à servir des verres exactement comme ton père, devant les mêmes visages ou d'autres semblables, à écouter les mêmes conversations, à étouffer, à les détester tous autant qu'ils étaient. Tu les haïssais. J'ai pu le lire dans tes yeux pendant que je t'observais à travers la fenêtre : piégée dans un monde d'hommes, et, après eux, tu dus subir leurs enfants, leurs petits-enfants ; ivres, grossiers, toujours à cracher le pire d'eux-mêmes. De temps en temps, tu fantasmais sûrement une autre vie, n'est-ce pas ? Tu regrettais tes décisions, te demandais quelle couleur auraient tels ou tels yeux sans le voile vitreux de l'alcool, à quoi pouvaient ressembler des mots doux au lit, quel effet produirait la caresse d'une main douce, sans les callosités causées par le travail.

Tu aurais pu partir, Carmen. Il y a très longtemps. Mais tu as choisi de rester. Pourquoi alors te lamenter ?

3

Le lendemain matin, Julián voulut visiter l'église Santa Cecilia. Le sarcophage de la sainte, un bijou du Moyen Âge, reposait dans la crypte où étaient conservés quelques trésors mérovingiens.

Don Guillermo, le curé qu'il connaissait, était mort depuis longtemps, mais son remplaçant, qui semblait débarquer tout droit d'Amazonie, fut enchanté de lui ouvrir la pièce pour une visite privée.

— Certaines fresques sont en train de se détériorer à vive allure à cause de l'humidité, dit le prêtre en désignant des fissures au plafond. C'est dommage que l'évêché ne puisse pas financer leur restauration. Quant aux administrations publiques, n'en parlons même pas. Ils se fichent complètement de tout ceci. Ils ont de bonnes intentions plein la bouche au moment des fêtes du village, ils se battent pour être les premiers à sortir la sainte lors de la procession, pour figurer sur la photo, mais après, plus rien.

Julián se dit que ce jeune prêtre – il aurait pu jouer le rôle tenu par Jeremy Irons dans *Mission* – se serait bien entendu avec Virginia. Des esprits insoumis. Ils déambulèrent dans les chapelles latérales. Le curé s'enquit du motif de sa visite. Il accueillait rarement des étrangers intéressés par ces œuvres d'une grande valeur.

— Je ne suis pas un étranger à proprement parler. En réalité, j'ai été enfant de chœur de cette paroisse, du temps de don Guillermo. Tout le monde était persuadé que je finirais au séminaire des Clarétains, à Saint-Jacques.

— Et que s'est-il passé ?

Julián sourit.

— Il s'est passé que j'ai cessé de croire aux contes de fées.

Le prêtre eut l'air surpris.

— Vous trouvez que Dieu est un conte de fées ?

Julián pencha la tête. Il n'était pas d'humeur à engager un débat théologique.

— Chacun choisit les placebos qu'il peut. Laissons là cette discussion.

Ils sortirent par la porte de la sacristie pour se rendre dans un autre trésor caché de l'église : le cimetière, une petite parcelle rectangulaire près du presbytère, bordée d'une grille rouillée qui avait cédé par endroits et qui penchait vers l'intérieur. Le portillon était ouvert et le terrain sur lequel s'éparpillaient deux douzaines de pierres tombales était envahi de hautes herbes et d'arbustes épineux. Certaines tombes étaient très anciennes ; y étaient inhumés surtout d'anciens prêtres ou des notables du village.

— Il y a des tombes datant du XVe siècle. Toute une histoire silencieuse.

Julián acquiesça.

— Mon père aurait aimé reposer ici. Cela aurait été sa plus grande fierté.

— On n'enterrait plus personne ici lors de son décès ?

— Si, quelques privilégiés. Mais dans son cas, le village au complet s'y est opposé.

Le prêtre acquiesça.

— J'ai entendu parler de ces vieilles histoires, l'incendie et tout le reste. Ce qui est arrivé à votre famille est très injuste.

Julián haussa les épaules.

— La mémoire ne vieillit pas, dans ces contrées. Et ce n'est évidemment pas ici que je viendrais chercher justice.

— Comment va votre mère ? Elle est encore en vie ?

Julián fit non de la tête, comme s'il ne voulait pas continuer à creuser le sujet.

— Elle est morte deux ans plus tard. Et pour le coup, c'est elle qui n'a pas voulu être enterrée dans le village ; elle a choisi d'être là-haut, près de son époux.

Le prêtre chercha quelque chose à dire.

— C'était une époque de fortes rancœurs, d'après ce que j'ai entendu dire.

Julián prit congé.

— Y en a-t-il qui ne le soient pas ? Les uns meurent, d'autres naissent, mais cet héritage reste dans le sang… Merci de la visite et de m'avoir consacré du temps, mon père.

Un homme mince et chauve au teint prématurément vieilli fumait sur le perron de l'église.

— Comment ça va, là-dedans ? Quelles sont les nouvelles de Dieu ?

Julián se tourna vers cette voix.

— Rien de vraiment nouveau… On se connaît ?

L'homme lança son mégot au loin et s'approcha.

— J'ai à ce point changé que tu ne me reconnais pas ?

À mieux regarder, Julián sentit un serpent se réveiller dans ses entrailles.

— Fouliña ?

Ce dernier acquiesça d'un air joyeux. Une joie mitigée par la douleur que lui causa l'expression effarée de Julián.

— Tu m'embrasses pas ? demanda-t-il en devançant sa déception.

Julián étreignit ce corps qui sentait le velours mouillé avec un vague sentiment de nostalgie. Autrefois, il y a fort longtemps, ils s'étaient aimés comme des frères.

— Pas un coup de fil pendant toutes ces années, le réprimanda Fouliña avec un mélange de douceur et de tristesse, tandis qu'il lui prenait les avant-bras en s'écartant.

— Je n'avais pas grand-chose à dire. Je suis parti, j'ai changé de vie, c'est tout.

Fouliña secoua la tête.

— Et te revoilà… Qu'est-ce que t'es venu faire dans ce trou à rats ? Je croyais que tu nous avais définitivement effacés de la carte.

— Je suis venu vérifier que rien n'avait changé.

Fouliña fronça les sourcils.

— Tu sais comment sont les gens, par ici… Les vieilles histoires, ils ne les oublient pas. Ils se contentent de les enterrer.

Julián se sentit mal à l'aise. Fouliña s'en aperçut et changea de sujet.

— Viens boire une bière avec moi histoire qu'on se mette à jour.

— Au Cerso ? Je ne pense pas que ce soit une bonne idée.

Fouliña ouvrit les mains et fit un sourire espiègle.

— À quoi servent les bonnes idées, si on ne peut pas les dézinguer ? Sans compter que t'es toujours des nôtres.

Le terme *des nôtres* amusa Julián, comme si ce pluriel avait un jour existé entre eux. Ils n'étaient qu'une bande de gamins inconscients qui évoluaient dans le monde sans le connaître. "Nous contre tous", comme si on ne remboursait pas ses dettes et que les lois de l'enfance étaient au-dessus de celles des adultes.

Ce n'était pas une bonne idée, d'aller chercher le passé dans le présent. Cela ne pouvait engendrer que de la déception. Malgré tout, il se laissa entraîner.

Ils n'avaient pas grand-chose à se dire, sinon une ribambelle d'anecdotes qui n'expliquaient pas une vie, mais qui leur permettaient au moins de marcher côte à côte.

— Tu ne vas plus en mer ? lui demanda Julián pour combler un vide embarrassant.

— Presque plus. Après la mort de mon père, j'ai vendu la barque, mais on a toujours la maison. Susana et moi, on y habite. Il faut que tu viennes. Ma sœur sera contente de te revoir.

Julián se raidit légèrement. Fouliña s'en rendit compte et réagit avec une pointe d'aigreur.

— Tu gardes de si mauvais souvenirs de nous ? Putain, Julián, on était cul et chemise, comme nos parents. Tu t'en souviens plus ? Quand mon père voulait me titiller, il me sortait toujours la même rengaine : "Regarde Julián, peut-être qu'il déteindra sur toi."

Julián se força à sourire.

— Valait mieux que je ne déteigne pas sur toi, crois-moi… Comment va Susana ?

— On se débrouille. Il y a quelques années, elle a eu un accident de mobylette. Ça n'a pas été facile pour elle d'être coincée dans un fauteuil roulant, mais avec le temps on s'habitue à tout. Maintenant elle a une voiture, elle conduit et elle continue à travailler comme instit dans un village à vingt kilomètres. Elle a eu quelques petits amis, mais elle finit toujours par les larguer ; tu t'en souviens peut-être, elle avait déjà un caractère de chien quand on était petits et, sur ce point, elle a pas changé.

Julián s'en souvenait. Susana avait été son premier amour au temps du sexe naissant, à peine balbutiant à travers des jeux de moins en moins innocents. Il se rappelait l'herbe humide, allongés l'un contre l'autre, sans se parler, sans rien faire, et les chaussettes mouillées, les chewing-gums à la menthe pour masquer leur haleine de tabac avant de rentrer à la maison.

— Et que deviennent les autres, Carmen et Gregorio ?

— Gregorio, toujours un grand enfant qui crapahute dans tous les sens. Il vit chichement de ce que lui donnent les gens, il fabrique des statuettes en coquillages. Quant à Carmen… dit Fouliña en tordant légèrement la bouche, plus Baronne que jamais. Elle régente encore le bar de son père d'une main de fer, personne ne lève le petit doigt dans le village sans son accord, comme au temps du Baron. Les années l'ont marquée, ce qui est le cas de tout le monde.

Un silence absolu s'abattit dans le bar à leur entrée. Julián balaya la salle du regard, étudiant les visages muets, insondables. Il en reconnut certains, mais pas la majorité. Il ne faisait pas de doute qu'ils savaient tous qui il était. Le fils de Martín Leal[1] ; tu parles d'un nom pour un traître. Fouliña l'emmena vers une des tables les plus éloignées. Ils ne s'étaient pas encore assis que le géant aux allures d'enfant vint à leur rencontre.

— Salut, Julián, tu te souviens de moi ?

Il bafouillait sans prononcer la fin des mots, comme pressé de dire ce qui lui venait à l'esprit avant que ça lui échappe. Julián observa attentivement Fouliña, lui posant une question muette.

— T'es Gregorio, non ?

Gregorio fixa le sol. Il montrait le bout de la langue comme s'il allait se la mordre. La commissure de ses lèvres débordait

1. *Leal* : adjectif, loyal. *(Toutes les notes sont de la traductrice.)*

de salive. Il acquiesça d'un air hésitant, comme s'il n'était pas très sûr de qui il était.

— Tu veux une statuette ? C'est moi qui les fabrique.

Il sortit de son manteau un faon en coquilles jaunes et marron.

— Deux petits euros et un sandwich.

— N'embête pas les touristes, idiot, protesta une voix derrière.

Julián contempla cette femme agressive avec une pointe de déception. Les années l'avaient transformée en une caricature grotesque.

— Bonjour, Carmen.

Carmen le regarda comme on regarde un ennemi.

— Qu'est-ce que t'es venu faire ? Désherber la tombe de tes morts ?

Un groupe de personnes les observaient à une distance prudente. Julián commençait à regretter de ne pas avoir écouté son instinct.

— Ça, le vent de là-haut s'en occupe, dit-il en la regardant froidement. Je ne resterai pas longtemps, rassure-toi.

— Mais d'abord on va boire un coup, dit Fouliña pour détendre l'atmosphère. Si tu nous apportais deux bières, Carmen ?

La Baronne hésita un instant. Elle savait ce que penseraient les gens, ce qu'ils diraient en apprenant qu'elle n'avait pas chassé Julián Leal d'El Cerso à coups de pied au cul ; son père se retournerait dans sa tombe… Mais elle était incapable de calmer ses battements de cœur ni de cesser de regarder ces yeux verts.

— Une bière et tu files… Et vous ! dit-elle en se retournant vers les clients qui suivaient la scène. Qu'est-ce que vous regardez ?! Occupez-vous de vos oignons, bon sang !

Julián détailla le vieux bar. Les murs noircis et sales, les tables en carrelage rouge, le lino par terre, les chaises en bois branlantes, rien n'avait changé. Et on pouvait même observer encore, au milieu des bouteilles d'anis et de cidre, sous une couche de poussière, le vieux bateau en bâtons de glace qu'il avait offert à Carmen pour ses dix ans. Comme s'il était resté ancré dans le temps, prisonnier de ces lieux. À un angle, la cheminée où brûlaient deux grosses bûches. Les flammes léchaient le bois trop humide. Leurs langues bleutées se montraient à peine, hésitant à grandir. De temps en temps, un bout d'écorce sautait en l'air en crépitant.

— Je me souviens de cette cheminée comme si c'était toujours la même bûche qui brûlait.

Fouliña acquiesça.

— C'est vrai… Nos parents s'asseyaient là pour jouer aux cartes.

Julián les revoyait : son père adossé au mur, un cure-dent entre les lèvres, Toño qui se caressait la moustache en essayant de deviner le jeu de son adversaire. Il se laissa hypnotiser par ce souvenir, le regard perdu dans le foyer. Ses pupilles brillaient comme si c'étaient ses yeux qui flambaient.

Et personne ne savait ce que renfermaient ces yeux.

— Il faut que je parte d'ici. C'était une mauvaise idée de venir, dit-il soudain, comme s'il se réveillait. Il alla droit à la porte, ignorant tous ces visages craquelés, ces fossiles qui le jugeaient en silence.

Fouliña le rejoignit dans la rue et le retint par le bras.

— Attends, y a pas le feu… Qu'est-ce qui te prend ? C'est à cause de la réaction de Carmen ? N'y fais pas attention.

Il se tut un instant, choisissant soigneusement ses mots.

— C'était il y a très longtemps, mais beaucoup se souviennent encore du mal que ton père a fait au village.

Julián se retourna, blessé.

— Et que dire du mal que ce village m'a fait à moi, Fouliña ?

4

Trente ans plus tôt, le 6 novembre 1975

Ils étaient quatre. Ils surgirent au petit matin par le sentier forestier. Deux d'entre eux marchaient en tête avec le bidon d'essence et les torches. Un troisième venait derrière, armé d'un fusil à double canon. Le quatrième restait un peu en retrait ; c'était celui qui paraissait le plus jeune et le moins déterminé. Ils avançaient tous masqués.

Sa mère lui dit de se cacher dans la chambre. Julián épia les quatre hommes par la fenêtre. La scène et ses personnages avaient quelque chose de démoniaque et de fascinant à la fois. Il vit son père sortir en caleçon à la rencontre de ces êtres fantasmagoriques. En petite forme, avec plus de kilos en trop que d'énergie, et il empoignait son vieux pistolet de sous-officier de l'armée. Sa main tremblait comme cela ne lui était jamais arrivé, pas même quand les mortiers républicains de fabrication soviétique tonnaient autour de sa tranchée en 1938.

María Luisa, son épouse, à moitié vêtue, pieds nus, sanglotait en essayant de le retenir.

— Ne sors pas, Martín. Ils vont te tuer.

Martín ne l'entendait pas.

— Emmène le petit dans la remise, enfermez-vous à l'intérieur et ne sortez pas avant que je vous le dise.

Julián ne voulait pas quitter sa chambre. Alors que sa mère le tirait pour le mettre à l'abri, il eut le temps de se retourner et de voir ces quatre silhouettes se profiler entre la forêt et la falaise, sous le ciel nocturne d'hiver. Il aperçut aussi son père, tel un héros diminué, leur faire front en sous-vêtements. Les silhouettes le cernèrent. Les torches flambaient, tremblotantes ; elles lâchaient des petites escarbilles que le vent poussait au-dessus de leurs têtes.

Sa mère l'obligea à se cacher à l'endroit le plus éloigné de la porte. Recroquevillé entre des caisses qui puaient l'oignon et la patate humide, Julián la vit se mordre le poing tandis qu'elle observait ce qui se passait dehors à travers les fentes du bois.

On entendit alors une détonation, Julián sursauta et sa mère poussa un cri qu'elle étouffa dans la paume de sa main.

Martín avait tiré en l'air en guise d'avertissement.

— Inutile de vous couvrir le visage. Je sais qui vous êtes, je reconnais chacun d'entre vous. Je vous donne deux secondes pour quitter ma propriété.

Celui qui semblait mener la danse fit un pas vers lui.

— Et tu sais aussi qui sont les femmes, les sœurs, les filles qui sont en train de pleurer leurs morts sur la plage ? T'es un traître, Martín ! T'as vendu les tiens pour quelques pièces d'argent comme Judas.

Martín braqua son arme sur le visage de l'homme.

— Je ne voulais pas que ça arrive, ça ne devait pas se passer comme ça.

Il dirigea son arme vers celui d'à côté, qui portait le bidon d'essence.

— Et toi, Toño, tu dis rien ? T'es le pire de tous… T'étais de ma famille, t'étais mon frère. Dis-leur, dis-leur ce que t'as fait, espèce d'ordure ! Ou tu préfères que je m'en charge ?

Toño retira sa cagoule d'un geste de défi.

— T'as pas assez de couilles pour tirer. Quoi ? Tu vas nous tuer tous les quatre ?

Martín hésita une seconde, et cela suffit au troisième homme, celui qui empoignait le fusil, pour lui assener un coup de crosse sur la tempe.

— Ça, c'est pour mon petit agneau, fils de pute ! lâcha-t-il en lui crachant dessus.

Martín recula, sonné. Un deuxième coup sur le sommet du crâne finit de le faire plier.

Le plus jeune, qui était resté à l'écart, se tourna vers la remise. Nerveux, il tenta de les arrêter.

— Ça suffit, t'as dit qu'on lui donnerait juste une leçon. Tu voulais lui faire peur, voilà, c'est fait, intervint-il en saisissant celui qui semblait être le meneur.

L'homme se dégagea violemment.

— C'est exactement ça, une leçon dont on se souviendra pendant plusieurs générations.

Le jeune recula.

— Je ne veux pas participer à ça.

Toño l'attrapa par la veste avec brutalité.

— T'es déjà en train d'y participer… ! T'as qu'à tourner la tête, si tu veux pas voir !

Celui qui avait un bidon d'essence arrosa Martín. Les autres cessèrent de le frapper et s'écartèrent un peu. Martín saignait, sa bouche était en bouillie, son visage, défiguré. On l'entendait gémir tout doucement. Il essaya de se relever, en vain, et se traîna sur quelques mètres vers la maison, en s'aidant des coudes et des genoux.

Toño s'approcha lentement en empoignant la torche. Il se baissa près de lui.

— Remercie-nous de ne pas faire la même chose à ton fils et à ta femme, monsieur le sergent.

Il se releva et fit un pas en arrière.

— Brûlez la maison !

Un coup de pied vint à bout de la porte de la remise. Julián vit s'encadrer le plus jeune des quatre. Il ne l'oublierait jamais. Sa mère pleurait, criait, suppliait.

— Laissez-le, je vous en supplie, laissez-le !

Il la saisit par le bras et la secoua.

— Prends ton fils et cours ! Cours aussi vite que tu peux et ne te retourne pas !

Ils coururent vers la forêt. Julián vit un flamboiement, entendit les râles agoniques de son père, puis deux coups de fusil.

La maison brûla pendant des heures. À l'aube, Julián et sa mère sortirent du fossé dans lequel ils s'étaient cachés. Sa mère courut vers les décombres fumants, Julián n'eut pas assez de forces pour la retenir. Elle regardait autour d'elle avec une impression d'irréalité ; le calvaire, le bord de la falaise couvert de fourrés, les mouettes, la rumeur de la mer étaient toujours là. Rien n'avait changé, hormis cette odeur poisseuse et la fumée qui piquait les yeux et les narines. Tout aussi irréelle, l'image de sa mère au milieu des cendres et des braises, assise sur une chaise miraculeusement préservée, couverte de suie, les vêtements déchirés et les cheveux en bataille, marmonnant dans sa barbe, ailleurs, comme si elle n'était plus de ce monde. Sous les gravats et les poutres qui brûlaient encore d'une flamme bleutée, il vit ce qui restait de son père. Un pied noirci et une main qui n'avait plus rien à tenir.

Julián détourna le regard, les yeux pleins de larmes. Il s'approcha de sa mère et lui toucha l'épaule. Elle le repoussa d'un geste de colère et de haine infinies :

— Tout est de ta faute ! C'est toi qui as tué ton père !

5

Fouliña conduisait son vieux Land Rover avec une nonchalance téméraire. Il lâchait le volant pour chercher ses cigarettes, quittait la route des yeux sans prendre la précaution de ralentir dans les virages qui tutoyaient la falaise. Il avait insisté pour emmener Julián dîner chez lui et ne cessait de répéter à quel point Susana serait contente de le voir.

— En supposant qu'on y arrive, dit Julián en ne plaisantant qu'à moitié, alors qu'un pneu frôlait le vide.

Au bout de deux kilomètres, le macadam se transforma en un chemin boueux et, plus loin encore, en un entrecroisement de sentiers où le tout-terrain pouvait à peine passer. Ils aboutirent enfin à une passerelle au-dessus d'un ruisseau que le véhicule franchit en bringuebalant. Des arbres et des fourrés montèrent et descendirent encore un moment, puis apparut une clairière et, au bout, les contours d'une maison.

Julián sentit revenir un vieux poids dans l'estomac. Il n'avait pas envie d'être là, mais pour une raison inconnue, il était incapable de refuser.

Fouliña klaxonna et descendit en laissant sa portière ouverte. Une femme en chaise roulante sortit les accueillir sous le porche. Fouliña s'approcha et se pencha pour l'embrasser. Il lui souffla quelque chose à l'oreille et elle leva les yeux vers Julián, immobile à côté du Land Rover.

— T'as l'intention de rester planté là comme un épouvantail ou tu vas te décider à venir embrasser ta vieille amie ?

S'attendant à trouver une femme prostrée, au visage marqué par l'amertume et au regard farouche, Julián fut sacrément surpris. Susana respirait toujours la douceur. Elle avait peut-être une expression un peu plus ambiguë dans les yeux, un fin voile de fatigue dans les traits, mais en échange sa beauté était plus reposée, sûre d'elle, sans avoir besoin d'en rajouter. Elle conservait son épaisse chevelure cuivrée, parsemée cependant de quelques fils blancs, et le contour de ses lèvres demeurait ferme, à peine cerné par un entrelacs de ridules.

Il ne put éviter de regarder l'engin métallique et le plaid qui recouvrait ses jambes.

— Rassure-toi, sourit-elle. Tu peux t'approcher, mon fauteuil ne mord pas.

Il fut surpris par la chaleur de son corps lorsqu'il l'étreignit, la facilité avec laquelle ils s'emboîtaient, la sensation agréable qu'ils se reconnaissaient.

— Ça faisait un sacré bout de temps.

Susana lui caressa tendrement le visage. Elle perçut chez lui un frémissement d'insécurité, la trace d'anciennes blessures encore ouvertes.

— Pas assez pour effacer tous les souvenirs, pas vrai ?

Ils entrèrent dans la maison. Chaque détail portait l'empreinte de Susana : tapis, meubles décapés… une plante dans chaque recoin, des vases avec des fleurs, une sculpture, une babiole pile où il fallait. Il régnait une atmosphère neuve, sans mémoire ni dettes envers le passé.

— Je sais à quoi tu penses, dit Susana, mais je n'y suis pour rien. Tel que tu le vois, ton ami a des mains en or. Il a entièrement retapé la maison en profitant des éléments d'origine, les poutres au plafond, le mur en pierre sèche et les tomettes par terre, dit-elle en se tournant vers son frère. Et si tu lui montrais le bijou de la couronne pendant que je finis de préparer le dîner ?

Fouliña et Julián sortirent faire le tour du propriétaire en longeant la clôture. Cela lui faisait un drôle d'effet de voir Fouliña dans son rôle d'amphitryon depuis leur arrivée. Comme s'il s'agissait d'une autre personne, plus paisible, sans cet air d'animal traqué qu'il affichait au village. Il était évident qu'ici, il était heureux. Les lieux transforment les gens, et tant sa sœur que lui se trouvaient à leur place.

Fouliña ramassa une baie et commença à la déchiqueter d'un air concentré.

— T'as pas l'air bien, hein, Julián ? Et je ne parle pas de ce qui s'est passé au Cerso. T'as mauvaise mine, on dirait que t'es malade.

Ses lèvres serrées et le vert froid de ses yeux suffisaient généralement à Julián pour décourager les questions indiscrètes. Mais compte tenu des circonstances, garder le masque n'avait aucun sens.

— J'ai un cancer du rein. On me l'a diagnostiqué il y a six mois. Je suis sous chimio et sous médicaments, il est assez agressif. À un moment ou un autre, il faudra m'opérer.

Fouliña le regarda longuement. Julián détestait les formules de consolation, elles étaient inutiles, comme quand un quasi-inconnu vous présentait ses condoléances lors du décès d'un membre de votre famille. Heureusement, Fouliña n'était pas du genre à prononcer des phrases toutes faites.

— Il y a une chance de guérison ?

— C'est ce que j'espère. Je ne pense pas que tu aies besoin de connaître les détails médicaux.

Fouliña fit non de la tête.

— T'as jamais été de ceux qui mettent le genou à terre sans s'être battus. Tu te souviens des raclées que nous filaient les contrebandiers de Santa Comba quand on leur piquait des cigarettes ou de l'alcool ?

— Je m'en souviens. Ton père et le Baron nous en voulaient à mort.

Fouliña lâcha un rire de fierté.

— T'étais un petit gringalet, mais tu te relevais après chaque coup et tu recommençais à attaquer. Tout le monde te respectait pour ça. Je parie que t'as pas changé. Tu te battras jusqu'au bout.

— Peut-être, admit Julián, énigmatique. Mais il y a des combats qu'on ne peut pas gagner.

Ils descendirent le long d'un talweg jusqu'à une vieille grange en pierre qui se dressait sur des colonnes en granit.

Julián se décomposa, devint blême. Fouliña était si fier de son ouvrage qu'il ne s'en rendit pas compte :

— Eh voilà ! dit-il. Retapée de mes propres mains. Mon père ne voulait jamais que je vienne ici. Après sa mort, c'est tombé en ruine petit à petit, plus personne ne se sert de ces bâtisses pour faire sécher le grain, alors je lui ai trouvé un autre usage. Tu vas voir ce que je suis en train de faire.

Fouliña poussa la lourde porte. L'intérieur était vaste, des dimensions qui donnaient le vertige au souvenir des vieilles odeurs : celle des cigares que fumait Toño et qui restait dans les fibres de ses vêtements, cet arôme douceâtre qui étourdissait Julián et que Susana détestait. Celui de la mer, des filets, de l'huile de moteur, des ballots mouillés. L'odeur de la soumission de tous les souvenirs.

— Ça va ? On dirait que tu vas tourner de l'œil, fit remarquer Fouliña.

Julián hocha la tête.

— Ça va. Juste un peu fatigué… Tu as donc transformé ça en atelier de menuiserie.

— Regarde ça, dit Fouliña en lui indiquant une vieille statue de saint Pierre de Mezonzo. Je l'ai trouvée au milieu du bric-à-brac de mon père quand j'ai tout vidé. Un expert m'a dit que sa valeur est inestimable. Il se peut qu'elle ait plus de quatre cents ans.

Julián esquissa un sourire inquiet.

— Tu ne songes pas à la vendre, au moins… Tu devrais l'envoyer à un expert de l'université de Saint-Jacques, ou alors en parler au curé de Santa Cecilia, j'ai l'impression qu'il s'intéresse au patrimoine local.

— Le patrimoine local ? Ce truc appartient à ma famille et restera dans ma famille.

Julián jeta un coup d'œil circulaire. Il ne put s'empêcher de lui demander :

— Qu'est-ce que je fous ici, Fouliña ? Pourquoi tu m'as emmené chez toi, après tout ce qui s'est passé ?

Son ami lui posa la main sur l'épaule.

— Nous ne sommes pas coupables de ce qu'ont fait nos parents. Pour moi, t'étais plus qu'un frère, dit-il avec un sourire amer, et j'étais persuadé que tu deviendrais mon beau-frère… Elle n'en parle pas, mais ma sœur ne t'a jamais oublié.

Le repas était servi. Poulpe, *cachelos* et un velouté de légumes parfumé au thym.

— Je ne te connaissais pas ces talents, Susana.

Susana échangea un regard complice avec son frère.

— Il y a beaucoup d'aspects de ma personne que tu ignores.

Julián devina que la relation entre frère et sœur n'était pas exempte de désaccords et de disputes, on aurait dit un couple marié depuis de longues années ; un lien indestructible.

Ils passèrent une agréable soirée. Ils rirent beaucoup, s'évertuèrent à déterrer des souvenirs et des anecdotes amusantes, se mettre à jour sans s'aventurer dans les couloirs obscurs. Ils se racontèrent une histoire au coin du feu qu'ils acceptèrent tous les trois pour ce qu'elle était. Une trêve. À la première bouteille d'*a costiña* succéda un *alcouce*, puis la moitié d'un *broa*. Arrivé au dessert, Julián avait l'impression que les voix résonnaient sous une voûte, comme un écho lointain. Et pourtant, il n'avait pas le souvenir d'une soirée aussi paisible, aussi familiale.

Fouliña lui proposa de goûter l'*orujo* de son cru. Ses yeux avaient rapetissé et sa langue fourchait.

— Distiller les peaux de raisin est un art centenaire. Tu verras, rien à voir avec cette merde industrielle qu'on trouve maintenant dans le commerce.

Susana se mit à rire. Elle semblait éméchée elle aussi, mais Julián avait noté qu'elle avait à peine bu au cours du dîner.

— Je te le disais… Mon frère est l'homme aux mille visages. Faudrait que tu le voies quand il va derrière et qu'il passe des heures devant son alambic.

— Juste un shot.

Ils le dégustèrent en silence. C'était fort, cela brûlait la gorge et laissait un goût de terre. Alors, comme si ce breuvage ancestral les ramenait à la rêverie, ils restèrent à contempler le feu de cheminée, chacun absorbé dans son monde intérieur. Julián sentait ses paupières lourdes, sa langue aussi. Il avait des fourmis sur les lèvres, le sang stagnait dans les veines de ses mains. Il s'aperçut que Susana le regardait d'un drôle d'œil.

“Elle m’étudie, elle se demande ce que je suis venu faire. Comme son frère. Ils n’ont pas confiance en moi, mais ils m’ont ouvert leur porte.”

Soudain, Fouliña se mit debout et déclara qu’il avait à faire au village. Julián l’observa, inquiet. Il était évident que son ami avait complètement perdu les pédales.

— Tu vas conduire dans cet état ?

Susana le rassura.

— Il va se débrouiller, ne t’en fais pas. Il pourrait rouler sur ces routes les yeux bandés.

Elle embrassa son frère sur la joue et lui chuchota quelque chose à l’oreille. Fouliña acquiesça d’une caresse.

Julián fut jaloux de cette tendresse, de ce geste attentionné. Cela lui manquait.

— Pourquoi tu ne t’es pas mariée ? lui demanda-t-il quand ils furent seuls, se laissant prendre dans la toile d’araignée en train de se tisser dans sa tête.

Susana le dévisagea sans répondre. Elle déplaça sa chaise roulante en arrière, chercha une petite boîte dans un tiroir et sortit un joint. Elle le montra à Julián d’un air amusé.

— C’est de la marijuana… Quelque chose à y redire, monsieur l’inspecteur ?

Julián eut un rire niais.

— Non, rien.

— Sortons. Je ne fume pas à l’intérieur.

Dans la nuit noire, on pouvait admirer un firmament incroyable. Julián prit une grande inspiration. Le froid nocturne lui éclaircit l’esprit.

— Je ne me rappelais pas que c’était aussi beau, murmura-t-il en contemplant les constellations et les étoiles dont il n’avait pas oublié le nom.

Andromède, qui n’était pas une étoile mais un amas d’étoiles étalées comme une traînée de lait, Sirius, Hadar, Véga…

— Mon père m’a appris à distinguer les étoiles des planètes. Les planètes se déplacent autrement, leur lumière est différente, elles ne scintillent pas.

Il ne s’en rendait pas compte, mais il affichait une expression d’enfant, la bouche ouverte, les yeux admiratifs et curieux.

Susana le regarda vagabonder à travers l'effrayante beauté de l'univers.

— C'est bizarre qu'on soit là, trente ans après, à contempler les mêmes étoiles qu'à l'époque.

— Tu t'en souviens.

— Je m'en souviens, oui. Si je ferme les yeux, je peux même sentir l'herbe humide qui nous trempait le dos et nos épaules qui se frôlaient.

— Aucun de nous deux n'avait envie de bouger. On aurait pu rester comme ça pour l'éternité.

Quel sens avait tout cela ? Pourquoi se regardaient-ils ainsi, s'escrimant à percer la surface de l'autre ? À quoi bon rouvrir de vieilles portes ?

— Pourquoi t'es revenu, Julián ? Ça ne doit pas être facile pour toi.

Le visage de Julián s'assombrit un instant, comme ces astres qui tremblent avant de disparaître. "Il n'y a pas de doute, on est mieux là-haut qu'ici", pensa-t-il.

— Je ne sais pas. J'imagine que je cherche quelque chose à quoi m'accrocher.

Susana lui passa le joint.

— T'accrocher à des fantômes, des échos, des ombres ? Mon frère m'a raconté ce qui s'est passé avec Carmen au Cerso.

Ils restèrent un moment en silence, sentant la présence de plus en plus intense et proche de l'autre, essayant de déchiffrer cette démangeaison dans le corps, cette tension électrique aussi soudaine qu'inattendue.

— Tout à l'heure tu m'as demandé pourquoi je ne m'étais pas mariée, dit Susana en éclairant son visage avec la braise du joint, dangereusement proche de ses pupilles. Et toi, t'en es où ? T'es toujours le célibataire le plus convoité ?

Julián sourit d'un air fatigué.

— Il y a une fille, elle s'appelle Clara. Rien de sérieux. On s'est connus sur un site de rencontres.

Susana acquiesça en contemplant la voûte étoilée. Elle attendit quelques secondes avant d'ajouter :

— T'es amoureux d'elle ?

Julián fit non de la tête. “C’est absurde”, pensa-t-il en remarquant une réaction physique qu’il n’arrivait pas à contrôler et qui le déconcerta. Il ne voulait pas l’admettre, mais c’était manifeste, sous la forme d’un désir bien précis. Il avait une érection.

— C’est compliqué, elle a un mode de vie très différent du mien. J’ai pensé qu’il pourrait y avoir quelque chose entre nous, mais la relation a évolué dans une autre direction.

Ils revinrent au silence apaisant, à la proximité des corps. À l’étrange frémissement d’un désir soudain. Susana finit par poser les mots :

— Est-ce qu’on ne serait pas en train de se séduire mutuellement ? Comme si on avait encore un chapitre à écrire.

Julián la regarda dans les yeux.

— Je ne sais pas ; peut-être qu’on veut juste revoir ce ciel ensemble encore une fois. Compter les étoiles filantes, comme quand on était petits… Ou bien il se peut que j’aie peur et que je ne veuille pas être seul.

C’était la première fois qu’il l’exprimait clairement, comme un appel à l’aide.

Cela n’aurait pas dû avoir lieu. Pas à cet endroit, dans cette maison. Pas avec elle. Mais cela arriva.

Le fauteuil n’était pas un objet de torture. Elle lui caressa les cheveux, s’attardant sur sa mèche blanche comme une plume d’Indien. Le sexe n’était pas seulement physique, c’était une marée qui allait et venait d’une rive à l’autre. Le désir était salive, doigts qui s’explorent, langue sans retenue. Baisers urgents et frôlements alanguis. Curiosité. Elle se déshabilla, en paix avec elle-même. Il se laissa guider, caressant ses genoux si blancs, ses jambes sans tonicité musculaire. Les mains de Susana ne tremblaient pas en pénétrant dans des abîmes d’odeurs et de contacts, s’entremêlant et le guidant, le mettant en confiance. Jusqu’au moment où il cessa de réfléchir pour s’abandonner à ses sensations. Jusqu’à ce qu’elle lui arrache du fond de la gorge des paroles prophétiques. Puis, l’étrangeté de leurs corps étendus l’un près de l’autre, épuisés et perplexes. Sans savoir comment cela s'était produit ni pourquoi. Aucune importance. C'était bien ainsi.

Et tandis qu'il se trouvait à côté d'une femme qui n'était plus la fille avec qui il s'allongeait autrefois dans l'herbe, que son sperme coulait encore entre les jambes de celle-ci, séchait, durcissait, Julián lâcha ces mots :

— Je ne veux pas mourir.

Personne ne veut mourir, Julián. Pas même ceux qui ne veulent pas vivre.

Mais dans la nuit il y a des morts qui semblent éternelles. On se réveille d'un cauchemar en hurlant, on bat l'air de ses mains. Tout s'éteint. On choisit la nuit pour signer nos plus horribles forfaitures, nos pires erreurs. Je préférerais commettre mes exactions les plus viles en plein jour, avec un beau soleil orangé à l'horizon, à la vue de tous, sans l'ombre d'un nuage dans le ciel. Mais on ne choisit pas toujours la scénographie de nos actes.

Pendant que tu couchais avec une femme qui n'existait que dans ton souvenir, je surveillais Carmen depuis la place. Il était tard quand elle a viré les derniers clients et baissé le rideau métallique. Je l'ai vue descendre la rue et j'ai ressenti de la peine pour elle. Tu connais cette sorte de solitude. Il soufflait une légère brise dont elle s'est protégée en couvrant ses épaules d'une vieille veste. Au-dessus de sa tête, un chat de gouttière jouait au funambule sur le muret sans cesser de l'observer attentivement. Carmen a tendu la main pour essayer de le caresser. Sûr de lui, le chat est descendu d'un bond avec une élégance toute féline. Il a tourné deux fois autour de ses jambes en arrondissant l'échine. Puis il est parti en quête d'aventures nocturnes.

La lune dessinait des eaux-fortes sur son visage. Si quelqu'un avait pu la voir à ce moment-là, il l'aurait trouvée belle. Elle marchait doucement, consciente de chaque pas, posait de temps à autre sa main sur le mur rugueux d'une de ces maisons agglutinées comme si elles se disputaient la place dans la rue. Il émanait d'elle une aura de dignité et de tragédie, dois-je reconnaître, alors j'ai eu un instant d'hésitation. Il est injuste de vivre dans un monde où l'on se débarrasse de tout ce qui ne sert plus, qui est cassé, écaillé, fêlé. C'est bien triste.

Je lui ai calmement emboîté le pas. Malgré tout, je lui ai fait peur. J'ai avancé, elle a reculé. À mon avis elle a compris ce qui se préparait et, en un sens, s'y attendait, peut-être même le souhaitait. Le soulagement d'en finir une fois pour toutes. J'avais envisagé la possibilité qu'elle se débatte, qu'elle crie pour appeler à l'aide. Mais elle n'a rien fait de tout cela. Elle s'est retournée et remise à marcher sans oser regarder derrière.

J'ai commencé à la suivre sans hâte. Elle a accéléré le pas et sa respiration a commencé à devenir bruyante, entrecoupée de brefs halètements. Tout à coup, elle s'est mise à courir. La peur est un sentiment naturel, il n'y a pas à en avoir honte. Je l'ai rattrapée en deux enjambées, lui ai assené un coup violent dans les reins, qui l'a fait plonger par terre. Elle a poussé un gémissement de douleur. À peine quelques minutes plus tôt, elle pensait que sa vie était de la merde. À présent, elle faisait l'expérience de la peur panique. Pas d'une façon abstraite, non. Son front était perlé de sueur malgré le froid. De grosses gouttes se détachaient des sourcils avant de lui couler dans les yeux.

Crois-moi, Carmen, je le regrette. J'aurais aimé pouvoir te dire que tout s'arrêtait à ce moment-là. Hélas, une nuit très longue nous attendait. J'aurais préféré en finir vite, mais ce n'étaient pas les instructions que j'avais. "Il faut qu'elle souffre. Que ce soit lent, qu'elle ait le temps de réfléchir à ce qu'elle a fait."

Je l'ai rouée de coups de poing jusqu'à ce qu'elle perde connaissance, puis je l'ai traînée jusqu'à ma voiture. Lui, il attendait dans la sienne, il est sorti et m'a aidé à la jeter dans le coffre. Je suis revenu sur mes pas, j'ai ramassé son sac et une chaussure au talon usé qu'elle avait perdue en chemin, et je me suis assuré que tout était en ordre.

J'ai alors remarqué, une dizaine de mètres plus loin, la présence d'un individu planté comme un poteau au milieu du trottoir. Un grand dadais avec une tête d'idiot. J'aurais dû m'occuper de lui. Quand on tue quelqu'un, on ne veut pas de témoins. Mais quelque chose m'a retenu. Peut-être le fait qu'il n'ait pas eu peur ou simplement que je n'aime pas les morts inutiles.

6

Trois jours plus tard, quelqu'un se promenait dans les environs du village avec son chien. En réalité, il allait le sacrifier. Ce n'était après tout qu'un vieux clébard inutile. Un mâtin rhumatique, ça ne sert à rien. Il se traînait sur l'arrière-train, chiait et pissait partout, dormait tout le temps, incapable de surveiller le troupeau. Il était devenu un boulet. L'animal le regardait, comme s'il se demandait pourquoi un tel manque de loyauté après tant d'années de vie commune.

C'était un bon endroit. Personne autour, ni maisons, ni granges, seulement une immense étendue de chardons épineux fouettés par le vent. À une cinquantaine de mètres de la route, on apercevait un petit bosquet d'ormes. Les arbres étaient assez jeunes, mais l'un d'entre eux avait une branche suffisamment robuste pour supporter du poids. Comme s'il sentait ce qu'il allait se passer, l'animal se mit à grogner et à secouer la tête pour essayer de se libérer. Il refusait d'avancer.

— Putain, me rends pas les choses encore plus difficiles.

L'homme le traîna en tirant la chaîne des deux mains. Finalement, le chien poussa un gémissement et se résigna. L'homme s'approcha du bosquet et s'arrêta net. Quelque chose avait attiré son attention. Le chien hérissa l'échine et se mit à aboyer avec vigueur. L'homme s'approcha pour voir cela de plus près. La peur le fit reculer, trébucher et tomber à la renverse. Le chien en profita pour partir en courant.

Le corps de Carmen, la patronne d'El Cerso que tous pensaient disparue, gisait à moitié enterré.

DEUXIÈME PARTIE

7

Province de Barcelone, mars 2005

À l'arrière du bus, les cahots s'accentuaient et l'odeur de gasoil devenait plus entêtante. De chaque côté du couloir, les cous s'alignaient deux par deux. Le soleil se couchait et on voyait au loin les lumières du complexe pétrochimique. On eût dit une image de science-fiction, le monde de *Blade Runner*. Harrison Ford amoureux d'une répliquante et Roy Batty laissant partir la colombe. Les pollens de graminées formaient des nuées qui se déplaçaient sur des distances invraisemblables. L'air sentait les produits chimiques contre la rouille du blé et l'ergot. Quand on fertilisait la terre au purin, c'était pire. Le coucher de soleil teintait les pylônes électriques et les champs.

Dix minutes plus tard, l'autobus fit halte sur la route départementale à un arrêt désert. Personne d'autre que Julián Leal ne descendit. Après dix minutes de marche sur le bas-côté, on atteignait un sentier de terre flanqué de sveltes cyprès. Quelques mètres plus loin, on apercevait l'ancien monastère de San Blas, reconverti en clinique privée. La sobre façade extérieure donnait accès à un petit cloître où trônait une fontaine entourée d'orangers. Un regard expérimenté pouvait distinguer les différentes époques qu'avait traversées le bâtiment : styles plateresque, Renaissance, gothique et baroque.

Un endroit agréable si on faisait abstraction des circonstances, quoique, en observant les grilles aux fenêtres, la présence de nombreux surveillants et vigiles, une personne peu avisée aurait pu penser qu'il s'agissait plutôt d'une prison. Mais personne ne paie 3800 euros par mois pour être incarcéré. Cet établissement était une des meilleures cliniques de désintoxication du pays. On y traitait des célébrités dans le plus strict anonymat : sportifs de haut niveau, acteurs, écrivains, hommes politiques.

Dans la salle d'attente, il y avait une machine à café et un plateau avec des en-cas. De la musique classique était diffusée en fond sonore. Julián tendit l'oreille : du Schubert. Il patienta un bon moment. Jamais deux personnes ne se croisaient dans cette pièce, sauf si elles allaient rendre visite au même patient. Tout était traité avec une discrétion exquise, les employés signaient une clause de confidentialité très stricte, et la moindre fuite donnait lieu à une enquête qu'on ne clôturait pas avant d'avoir trouvé les responsables. Par ailleurs, le silence excessif, la propreté, l'absence de meubles ou de couleurs criardes incitaient à penser que ce lieu avait effectivement été béni par les moines qui y habitaient autrefois ; un havre de tranquillité et de paix.

Clara ne tarda pas à surgir derrière une porte, elle esquissa un sourire timide et un geste rapide de la main. Julián se leva et alla à sa rencontre. Ils ne savaient pas encore très bien comment se saluer. Deux bises ? Une brève accolade ? La situation était un brin embarrassante.

— J'aime bien tes visites. On s'ennuie pas mal, ici.

C'était une femme séduisante d'une trentaine d'années, plutôt petite et d'une minceur musculeuse. Ses cheveux attachés, son maquillage discret et sa petite chaîne en or supportant un crucifix pour toute parure lui conféraient une allure un tantinet stricte. Julián lui rendait visite pour la troisième fois. Ils avaient commencé à s'écrire six mois plus tôt, juste avant que l'on diagnostique un cancer à l'inspecteur. C'était grâce à Virginia, qui avait inscrit Julián sur un site de rencontres à son insu :

— T'es un beau mec, encore jeune, t'as besoin de tirer un coup de temps en temps pour t'égayer.

Julián ne croyait pas à ce genre de relations, il accepta d'aller à deux, trois rendez-vous, surtout pour que Virginia cesse de le bombarder de profils de femmes susceptibles de l'intéresser. Comme il était à prévoir, ce fut un désastre. Peu après, Julián laissa tomber et, chaque fois qu'il recevait un message, il l'envoyait directement à la poubelle sans le lire. Un jour, l'un d'entre eux attira pourtant son attention. Sur la photo du compte, on voyait une fille arborant des bracelets en macramé, des colliers colorés, des boucles d'oreilles ornées de perroquets et un sourire discret mais déterminé. Elle avait les cheveux attachés sur le sommet du crâne, un haut à bretelles avec la pochette de *Born to Run*, un pantalon pattes d'éléphant et des chaussures de randonnée. Elle était entourée de gamins, les uns la prenant par la taille, les autres assis sur ses genoux ou posant joyeusement à ses pieds. Au second plan, on voyait la façade et le perron de l'hospice Cabañas. Sur la photo suivante, prise en contre-plongée, la jeune femme se tenait sous la voûte peinte à la fresque intitulée *L'Homme de feu*. En bas de la photo, la date et le lieu : "Guadalajara, Mexique, mai 2002."

Mû par la curiosité, Julián lut son profil : journaliste freelance, doctorat à l'université de Madrid. Ses centres d'intérêt étaient le cinéma de science-fiction – son film préféré, *Alien, le huitième passager* –, le chanteur Bruce Springsteen – elle affirmait que sa meilleure chanson était *Thunder Road* – et, sa grande passion, le Mexique. Après quelques secondes de réflexion, Julián lui écrivit :

> Alien, *c'est bien. Le meilleur est évidemment le premier, la prestation de Sigourney Weaver est époustouflante. Mais qu'est-ce que tu dis de* 2001 : l'odyssée de l'espace *? Quant au Boss, j'adore* Thunder Road, *et tu es peut-être Mary, mais sa meilleure chanson est* Dancing in the Dark.

La réponse tarda trois semaines à parvenir, mesurée et ambiguë :

> *Je vois que tu es un grand fan de Kubrick et que tu aimes les héros qui n'ont pas de cheval. Quel genre de personne es-tu ? Une âme égarée ?*

À compter de ce moment, ils commencèrent à s'écrire pour discuter musique, cinéma, Mexique et, même si au fil de leurs échanges ils se mirent à glisser dans leurs mails jeux de mots et doubles sens, ils s'aventuraient rarement sur un terrain plus intime. Pour une raison inconnue, ils évitaient l'un comme l'autre d'aborder la question d'une éventuelle rencontre, comme s'ils craignaient que la présence ne minimise ce que l'absence magnifiait. Comme deux amants épistolaires, ils plaisantaient souvent. Clara fut la première à proposer un rendez-vous. Elle voulait peut-être le mettre à l'épreuve ou en avait tout bonnement assez de cacher sa situation :

> *Si tu veux me voir, il faudra faire un peu de chemin, je ne parle pas seulement du déplacement physique. Je vis dans une clinique de désintoxication. Si tu y renonces, rassure-toi, je comprendrai.*

Ils firent une promenade sur le sentier arboré qui entourait le complexe, sous la surveillance discrète d'un vigile. Après chaque visite, les patients étaient fouillés. Si on trouvait un produit ou un objet interdit sur eux – joint, cachets, téléphone –, le visiteur recevait un avertissement. Si la faute se répétait, le patient était renvoyé d'office et sans appel.

— On veut guérir, on paie une fortune pour être ici, mais en même temps on cherche par tous les moyens à faire entrer en douce n'importe quel truc pour se défoncer.

Julián marchait à côté d'elle.

— Toi, t'as l'air d'aller bien.

Les yeux de Clara captaient les lueurs orangées du soir tombant.

— Parler de la guérison définitive d'un toxico, c'est un bel euphémisme. La vérité, c'est que nous nous transformons en malades chroniques. Nous ne pourrons plus jamais baisser la garde. C'est parfois épuisant.

Clara ne connaissait aucune particularité vraiment significative de Julián. Elle savait qu'il était inspecteur de police, qu'il aimait peindre à l'aquarelle et pêcher, qu'il était allergique aux chats, gaucher, qu'il n'appréciait pas trop le football, qu'il essayait d'arrêter de fumer mais manquait de volonté, qu'il buvait du café noir sans sucre… De gros traits dont elle semblait se contenter. Au bout d'un certain temps, ils se rendirent à l'évidence qu'il ne pourrait pas y avoir une idylle entre eux. Pas à cause de la différence d'âge ni du fait qu'elle était une toxicomane en cure, pas non plus en raison du caractère plutôt réservé de Julián. Ils auraient pu surmonter ces obstacles si tant est que l'alchimie eût opéré, mais ce n'était pas le cas, et ils l'acceptèrent dès que leurs corps se frôlèrent pour la première fois.

En revanche, ils semblaient trouver l'un chez l'autre une sorte de réconfort, un sentiment proche de la fraternité, une amitié embryonnaire. Clara aimait les visites de Julián, les longues promenades à l'air libre, les conversations à bâtons rompus dans lesquelles ils s'égaraient, comme si ces moments étaient pour eux des havres de paix avant de retourner dans les mers démontées. Il arrivait à Clara de sentir que Julián lui cachait quelque chose de fondamental ; tout à coup, il se taisait et la regardait fixement, comme s'il était sur le point de lui faire un aveu, de lui révéler un secret dont il savait qu'elle pouvait l'encaisser, mais qu'au dernier moment les mots lourds de sens étaient remplacés par d'autres, anodins :

— J'ai lu quelques-uns de tes articles. T'étais une excellente journaliste. Tu devrais revenir à ce métier.

Clara hocha la tête, à croire que cette ancienne vie était morte et enterrée. Être journaliste avait été son rêve d'enfance. Petite, équipée d'un micro fabriqué avec de la mousse, de la cellophane et une chaussette, elle interviewait ses voisins dans la rue. Elle écrivait et éditait son propre magazine sur des feuilles blanches d'un côté et à lignes de l'autre.

— Je signais Clara Fité, du nom de ma mère, en lettres à grandes arabesques. Je me souviens que je la harcelais pour l'obliger à s'asseoir dans le canapé pendant que je lui lisais à voix haute n'importe quelle ânerie en imitant la voix radiophonique de Consuelo Berlanga. Mes modèles étaient Josefina Carabias, Lee Miller, Maruja Torres, María Esther Aguilar Cansimbe, toutes ces femmes reporters qui n'avaient pas peur d'aller fouiller dans les recoins les plus sordides, je voulais gagner le prix Pulitzer, le Ondas, le Sakharov, ouvrir les yeux de la terre entière.

— T'es trop jeune pour renoncer à un rêve pareil.

Elle haussa les épaules.

— Je n'ai plus rien écrit depuis mon retour du Mexique.

Julián voulut en connaître la raison. Clara prit une grande inspiration. Deux longues années s'étaient écoulées, mais une image la hantait encore : elle nue, couverte d'ecchymoses, le visage ensanglanté devant le miroir.

— Disons que je suis devenue mon propre sujet de reportage, et j'imagine que j'ai compris que je n'étais pas aussi forte que je croyais.

Tout à coup elle eut un regard d'animal traqué. Julián se sentit idiot.

— Désolée de t'avoir mise mal à l'aise.

Elle l'excusa en posant une main sur son bras.

— Les gens sont parfois un champ miné. On marche sans savoir où on pose les pieds jusqu'à ce que ça explose… Mais je sens que je peux te faire confiance ; t'es quelqu'un de bien, Julián. Et je suis contente que tu sois venu.

Tandis qu'il se dirigeait vers l'arrêt de bus pour rentrer, Julián reçut un appel de Raúl Fonseca, son avocat. Il l'attendait depuis son retour de Galice quelques jours plus tôt. Il hésita quelques secondes, déglutit et décrocha.

— Bonjour, Raúl.

La voix de son avocat était entrecoupée, semblait lointaine. Comme le monde d'où il revenait.

— Je t'entends mal, Julián… Où es-tu ?

— En pleine campagne, venu voir une amie. Le réseau est mauvais… Y a du nouveau ?

— On vient de me notifier que le juge d'instruction a clôturé l'enquête et saisi le tribunal, et que le procureur a demandé ton placement en détention provisoire.

— Je vais donc être jugé.

L'avocat tenta de le rassurer.

— Ne t'inquiète pas, c'est la procédure normale, et on savait que tôt ou tard ça arriverait. Dans les prochains jours on nous communiquera la date de l'audience et le numéro de la chambre où tu seras jugé. Je suis assez confiant sur le fait qu'on aura un magistrat compréhensif. On a au moins réussi jusqu'ici à t'éviter la détention provisoire.

Julián n'était pas rassuré. La détention provisoire n'était que l'étape préalable à la prison ferme. Un peu comme les médicaments et la chimiothérapie contre son cancer. Une maladie incurable dont on ne peut que retarder le dénouement.

— Qu'en est-il de ma suspension ? Je peux reprendre du service ?

— Ça, c'est plus compliqué. On attend toujours le résultat de l'enquête de l'Inspection générale, mais je ne suis pas très optimiste. D'après mes recherches, Heredia fait pression pour que tu sois radié de la police. Cet homme t'a dans le collimateur, Julián. On peut savoir pourquoi il te déteste autant ?

Julián grimaça. Ce maudit Heredia avec ses histoires de Napoléon et sa mémoire d'éléphant qui ne pardonnait pas.

— C'est une longue histoire, ça vient de loin.

— À ta place, je me méfierais. Il ne va pas te lâcher.

S'ensuivit un long silence. La question qui lui vint à l'esprit avait un goût amer, il avait du mal à la poser, mais il le fallait.

— À quelle sauce je vais être mangé, Raúl ?

L'avocat s'éclaircit la voix.

— Difficile à dire. La liste des charges qui te sont reprochées est longue : enlèvement, coups et blessures, abus d'autorité… Tu risques au minimum six ans de prison ferme. Tout dépendra de l'évolution de l'état de Restrepo. Pour l'instant, il est toujours en soins intensifs, mais s'il meurt, tu seras accusé de meurtre. Si tu es jugé coupable, ça voudra dire au moins dix ans d'incarcération.

"Mon corps m'aura lâché avant", pensa Julián. Et il se sentit presque soulagé, comme si le cancer allait se transformer en une sorte d'exemption de peine.

L'avocat était toujours à l'autre bout de la ligne. Il l'entendit respirer, allumer une cigarette à l'aide d'un briquet, souffler la première bouffée.

— … Ton refus de raconter ce qui s'est passé et ce qui t'a poussé à agir ne facilite pas non plus les choses. Ton curriculum est impeccable, Julián. Près de vingt ans de service et pas une tache, un policier exemplaire. Et tout à coup, ce truc : tu enlèves un homme et le tabasses jusqu'à le plonger dans le coma ? Personne ne se l'explique. Tu ne veux même pas en parler avec moi, alors c'est compliqué ; tu m'obliges à te défendre avec une main ligotée dans le dos.

— Je ne peux pas, Raúl, je t'ai prévenu au moment où t'as accepté de t'occuper de mon affaire. J'ai mes raisons.

— Eh bien, ces raisons vont détruire ta vie. J'essaierai de limiter les dégâts. C'est tout ce que je peux te promettre.

— Merci, Raúl.

Le ton de l'avocat se durcit.

— Ne me remercie pas. Si j'ai accepté de te défendre, c'est pas pour toi. Je l'ai fait pour Virginia ; je la considère comme ma fille. Tu devrais au moins t'ouvrir à elle. Tu lui dois bien ça.

Julián raccrocha et s'observa au milieu du sentier, complètement seul dans l'obscurité grandissante. Les cyprès qui se balançaient en rythme, le macadam désert quelques mètres plus loin. Il tourna la tête vers l'enceinte de la clinique. Les lumières du périmètre extérieur s'étaient allumées. Il imagina Clara à une fenêtre, écrivant peut-être sur son cahier. Julián aurait pu lui fournir une bonne histoire, un de ces scoops qui vous transforment en star. Mais il devait se taire. Personne ne pouvait comprendre, ni l'avocat, ni les juges, ni les procureurs. Virginia pas davantage. Mais c'était ce qu'il devait faire.

IL FAUX QUE VOUS L'AIDIÉ, S'IL VOUS PLAIT.
PERSONE D'AUTRE DOIT ETRE AU COURAN.

Il n'avait pas demandé à trouver ce mot dans sa boîte à lettres, ni la vidéo qui l'accompagnait. Ces images floues et pixélisées avaient ouvert la porte de l'enfer, gâché sa vie, lui montrant de manière terrifiante son vrai visage.

8

Trois mois plus tôt, décembre 2004

Le dimanche, à 13 h 10, Restrepo sortit de l'église San Gregorio Taumaturgo, dans le quartier de San Gervasio. On appelle thaumaturges les personnes qui ont le pouvoir d'accomplir des miracles et des actes prodigieux. Voilà sans doute pourquoi il devisait paisiblement sur le perron avec d'autres fidèles à la fin de l'office, parce qu'il se sentait à l'abri, protégé par une puissance supérieure. Peut-être se croyait-il lui-même dépositaire d'un tel pouvoir. Cinquante-deux ans, signe Gémeaux, il roulait dans une BMW X4 bleu marine toutes options, immatriculée en Andorre, même s'il vivait dans un duplex rue Beethoven, acheté pour des raisons fiscales au nom de son épouse. Plusieurs sociétés et filiales étaient inscrites à son nom au registre du commerce. Aucune n'avait une activité réelle. C'étaient des sociétés écrans, des filiales de filiales, un labyrinthe d'actes authentiques, investissements, désinvestissements, reconversions, allers et retours de cash-flow par des sociétés sises au Liechtenstein, à Malte, au Luxembourg, au Mexique et en Andorre, afin de blanchir des capitaux et perdre la trace de l'argent. Il avait un fils de dix-neuf ans qui faisait des études de sciences politiques à l'AIU d'Atlanta. Il payait au noir les deux employées philippines qui faisaient le ménage chez lui et promenaient ses deux caniches trois fois par jour. Un homme d'affaires d'allure plutôt inoffensive, qui passait une bonne partie de ses matinées à lire le journal à la terrasse du café Sandor et qui, deux soirs par semaine, dînait avec certains de ses associés au Via Veneto.

Il louait aussi, au nom de ses hommes de paille, un petit entrepôt dans une zone d'activités des environs de Vallgorguina, dans le canton du Vallès Oriental.

Il y avait monté un petit plateau de tournage. Il s'y rendait rarement, à moins qu'on ne lui fasse une commande spéciale. Peut-être deux ou trois fois par an. Depuis une dizaine d'années, il y avait tourné pas moins de vingt films qu'il conservait jalousement, cachés en lieu sûr et classés selon des codes que lui seul était capable de déchiffrer. C'était un homme prudent, prévoyant, et il prenait toutes les précautions nécessaires. Il n'était pas facile de remonter jusqu'à lui, cela n'était possible qu'à travers un initié recommandé par un des noms figurant sur la liste ultra-exclusive de ses clients premium. Avant d'accepter une commande, Restrepo veillait à bien se renseigner sur la personne. Comme il jouissait d'un bon réseau, il obtenait toutes les informations utiles : amis, ennemis, contacts, dettes, patrimoine, points faibles et points forts. Dès lors qu'il avait le plus infime doute sur quelqu'un, il coupait tout contact. Il refusait les demandes dans soixante-quinze pour cent des cas. Pour un capitaliste comme lui, le manque à gagner devait être affreusement douloureux, mais la sécurité primait sur tout le reste. Quoi qu'il en soit, la demande dépassait largement l'offre, et la rareté de son produit en augmentait la valeur. Une fois passé le premier filtre, il fignolait le projet au goût de chacun. Il y en avait de toutes sortes, les perversions ne connaissent pas de limites, et il n'était pas là pour les juger ou les questionner, mais pour les concrétiser. Ses clients n'étaient pas toujours faciles à contenter. Habitués à être obéis, tout refus les contrariait. Ils réclamaient parfois des choses très particulières, avec des détails extrêmement précis, et trouver les acteurs idéaux, la bonne chorégraphie, la mise en scène adéquate prenait du temps. Le prix était fonction du niveau de difficulté, mais Restrepo comblait toujours les attentes, si démentielles fussent-elles.

Il ne restait pas la moindre trace, il n'y avait jamais eu de fuite. Son affaire roulait. La vie lui souriait. Dieu était bon à son égard.

Ce dimanche ensoleillé, à la sortie de la messe, Restrepo acheta à son épouse un joli bouquet d'arums chez le fleuriste ambulant qui s'installait de l'autre côté du rond-point. Il était de bonne humeur, il avait discuté par Skype avec son fils. Le jeune homme semblait heureux, tout se passait bien pour lui à Atlanta, c'était un garçon brillant et studieux. Et lui, un papa fier.

Il offrit les fleurs et un beau sourire à sa femme pour s'excuser de ne pas pouvoir aller dîner chez ses beaux-parents dans le penthouse qu'ils possédaient non loin de là, à côté du marché Galvany.

— Et c'est maintenant que tu me le dis ? protesta-t-elle en regardant les arums d'un air indifférent. Mon père ne va pas apprécier. Le repas est déjà prêt. Chateaubriand de veau à la sauce béarnaise.

Restrepo fit une mimique désolée. Son beau-père était un spécialiste de ce genre de sophistications. Quant à lui, il se débrouillerait avec un sandwich et une boisson achetés sur l'aire de repos de l'autoroute de Vallgorguina.

— J'ai un problème urgent à régler.

— Un dimanche ?

Restrepo haussa les épaules, l'embrassa sur la joue. Seul Dieu pouvait se permettre de se reposer un jour par semaine.

Il était emballé par le nouveau projet. S'il satisfaisait le client, il pourrait être propulsé au sommet de la pyramide. Avec un allié pareil, adieu les obstacles susceptibles de l'entraver à l'avenir. Il entrerait dans le groupe privilégié de ceux qui gouvernent le monde sans se soucier des conséquences.

Honorer les demandes de ce monsieur n'avait pas été une mince affaire, mais désormais tout était au point, se félicita-t-il en garant la BMW derrière l'entrepôt. Il sortit le sac en plastique et la carafe d'eau du coffre et s'assura qu'il n'y avait personne à la ronde avant d'activer la télécommande d'ouverture du portail.

L'entrepôt était assez grand sans être démesuré. Il était propre, en ordre, dépourvu d'odeurs désagréables. Dans la partie supérieure, il avait fait installer des vitres teintées qui permettaient à la lumière de filtrer tout en occultant l'intérieur. La charpente industrielle avait été dissimulée et la hauteur de la salle abaissée par des faux plafonds qui soutenaient des rails de projecteurs diffusant un éclairage modulable au moyen d'un potentiomètre. Comme dans un grand studio de cinéma, la surface se divisait en plusieurs espaces dont les décors pouvaient changer en fonction des besoins et qu'on pouvait compartimenter, agrandir, réduire par un système de cloisons en placoplatre montées sur des glissières fixées au sol. Une cage de zoo, un salon victorien, une salle de torture sous l'Inquisition… Toutes les ambiances étaient possibles.

Cette fois, il s'était démené pour réaliser un décor un brin fantasque inspiré d'un conte des frères Grimm : arrangements floraux et feuillage pour créer l'illusion d'une forêt profonde, avec au centre un lit à baldaquin en bois dont les montants étaient munis d'anneaux de fer. Des masques d'animaux accrochés au mur ainsi qu'une cravache complétaient le tableau. À droite, se trouvaient les sanitaires avec douche et cabine individuelle, une chambre noire pour le développement des photos, un débarras contenant divers accessoires et, derrière une porte blindée et fermée à double tour, ce que Restrepo appelait "la salle d'attente". Une caméra de sécurité y filmait en continu.

Restrepo déverrouilla la porte et la poussa. C'était un réduit à peine plus grand qu'un placard, disposant d'une cuvette de WC et d'un lit aux pieds fixés au sol en béton. Un système de ventilation renouvelait l'air au plafond.

— Je t'ai apporté un sandwich, des fruits et de l'eau. Il vaut mieux que tu t'hydrates bien et que tu manges. Tu dois prendre des forces pour cette nuit.

Une petite ombre se glissa entre le lit et la cuvette pour se cacher. Restrepo se demanda pourquoi le client avait expressément demandé cet enfant. Il n'avait rien de particulier, rien qui le différenciât d'un autre. Il haussa les épaules ; les raisons pour lesquelles les gens demandaient certaines choses étaient un brin déconcertantes, même s'il n'était pas là pour remettre en question leurs caprices, mais pour s'y plier scrupuleusement.

9

Barcelone, mars 2005

L'inspectrice Virginia se déchaînait sur le sac de boxe suspendu dans son garage. Elle avait besoin de transpirer, se fatiguer, ne pas réfléchir. Vingt ans de mariage. Vingt ans jetés à la poubelle, pensa-t-elle en assenant un coup de poing qui aurait pu briser le sternum de n'importe qui.

Luis apparut devant elle, encore en pyjama, et lui fit signe de retirer ses écouteurs.

— Il faut qu'on parle, dit-il en regardant le sac se balancer.

Virginia le fusilla du regard.

— De quoi faut-il qu'on parle, exactement ? La liste est potentiellement longue : des mails que tu échanges avec cette traînée, des photobites et photonichons que vous vous envoyez ? Des trucs qu'elle sait faire avec la langue et de votre scénario de film porno à deux balles ? Ou du fait que t'as raconté à une inconnue que t'en avais marre de ce mariage *frustrant*, que tu ne désirais plus ta femme, que tu te sentais dépassé par la connerie de tes filles adolescentes ? À moins que tu préfères qu'on parle de ces rêves subits dont je n'avais jamais entendu parler : t'acheter une Indian et parcourir le Grand Canyon ? Aller admirer les couchers de soleil aux Maldives ? Quel enfoiré ! Tu n'as jamais voulu aller ailleurs qu'au mas de tes grands-parents, jamais voulu t'éloigner à plus de deux cents kilomètres et maintenant on découvre que tu meurs d'envie de parcourir la muraille de Chine à pied.

— Tu n'avais pas à fourrer ton nez dans mon ordinateur.

Virginia vit rouge.

— Là-dessus, je te donne raison. Bien sûr que ça ne me ressemble pas de m'abaisser de cette manière pour un être aussi insignifiant que toi ! T'es un fieffé cynique, Luis, un sale menteur de la pire espèce ; tu ne me mens pas à moi, tu ne mens pas à cette Olga… Tu te mens à toi-même et tu crois tes mensonges.

— Je sais que pour l'instant tu ne comprends pas, mais…

Les narines de Virginia se dilatèrent. La rage et la peine, indistinctement, lui vrillaient l'estomac.

— Bien sûr que je comprends, Luis. T'es un imbécile incapable d'apprécier la valeur de ce qui est important, un idiot que ne sait plus ce qu'il voit dans le miroir. Je vais te le dire, moi, parce qu'il faut bien que quelqu'un t'ouvre les yeux : tu vois un raté, un quinqua pris d'une envie soudaine de vivre ce qu'il n'a pas su vivre quand c'était le moment.

— J'ai tout sacrifié pour nous.

Virginia lâcha un petit rire douloureux, blessant.

— Tu continues à te raconter des histoires. Je t'interdis de mettre ça sur notre dos, à tes filles et moi. Je ne t'ai jamais demandé de changer, je m'en fous de ton bide, de ta calvitie, de tes rides, je m'en fous que tu sois devenu un mauvais coup, que tu préfères te branler en discutant avec une inconnue par internet qu'essayer de me reconquérir… Ce sont tes choix.

Hors d'elle, Virginia regardait cet individu ridicule en pyjama, cet homme au regard fuyant et aux paupières tombantes, et elle se sentait anéantie.

— Tu n'imagines pas le nombre de fois où j'aurais pu te tromper. Tu crois que ça ne me tentait pas ? Me sentir désirée, avoir une aventure. Je suis toujours séduisante, j'ai quarante-deux ans, une carrière solide, des centres d'intérêt, des désirs, des besoins.

— Et pourquoi tu ne l'as pas fait ?

— T'es encore plus con que je croyais, si tu me poses cette question sérieusement. Ce n'était pas faute d'en avoir envie, mais par choix. Par loyauté. Par amour.

Elle s'aperçut qu'elle était en train d'élever le ton, or elle refusait d'être cette sorte de femme, vaincue, humiliée.

— … Je dois me doucher et partir au travail. Je rentrerai tard, j'espère que tu ne seras plus là à mon retour.

L'agent qui surveillait l'entrée la salua. L'inspectrice Virginia lui rendit la pareille sans grand enthousiasme et traversa le hall d'entrée ; elle n'avait pas fait dix pas qu'on la saisit par l'épaule, freinant sa trajectoire. Virginia observa d'un air vraiment agacé cette paluche aux veines gonflées et aux doigts boudinés qui la retenait.

— Je t'attendais.

Cette main de charcutier appartenait à Soria, un trou du cul qui traînait à l'intérieur du commissariat et racontait ses petits exploits aux plus jeunes en attendant de partir en retraite. Un de ces gars qu'on adore ou qu'on déteste, sans nuances. Virginia essayait de s'en débarrasser, elle ne pouvait pas le souffrir. Et comme ces histoires-là ne sont jamais à sens unique, il le lui rendait bien.

— Je serais *ravie* de discuter avec toi, Soria, mais le commissaire m'attend.

— Je sais, répondit Soria en se passant la langue sur les lèvres et en dardant sur elle un regard moqueur. Je viens de discuter avec lui. Je crois qu'on va travailler ensemble jusqu'à ce que l'affaire de ton vieux camarade Leal soit résolue. Je sais que la nouvelle t'*enchante* autant que moi, mais c'est comme ça.

Virginia fronça les sourcils.

— Ça reste à voir.

Soria ouvrit les mains pour signifier qu'il était désarmé.

— C'est toi l'inspectrice, l'étoile émergente. Peut-être qu'il t'écoutera davantage que moi.

Avant d'entrer dans le bureau du commissaire Heredia, il fallait attendre dans une antichambre comme chez les rois qui accordent des audiences. Sur un mur, trônait l'inévitable portrait officiel du roi à côté des photographies de membres d'ETA. Une table métallique et un ordinateur constituaient l'unique mobilier. La secrétaire du commissaire lui adressa un sourire cordial.

— Bonjour, inspectrice. Vous devrez patienter un petit moment, le commissaire est occupé.

Virginia tenta de se détendre. Elle observa l'agent qui tapait à l'ordinateur. Quel âge avait-elle ? Vingt-cinq, vingt-six ans ? Elle affichait une expression joyeuse, ses cheveux étaient soigneusement attachés, son uniforme, impeccable. Ses doigts couraient sur le clavier à une vitesse endiablée, sans quitter l'écran des yeux – portait-elle de faux cils ? –, elle se tenait bien droite, la bouche entrouverte, jolie comme une pêche. Elle ne portait pas d'alliance. Virginia eut envie de s'approcher d'elle et de lui souffler à l'oreille : "Ne te laisse pas piéger par le mirage de la jeunesse. Ça ne dure pas éternellement." Au lieu de quoi elle se mordit la lèvre. "Calme-toi, putain, tu vas devenir folle."

Le standard sonna et l'agent lui adressa un signe d'acquiescement.

— C'est bon, vous pouvez entrer.

Le commissaire la reçut sans lever les yeux de son bureau. Sa tête ronde et lourde comme un rocher sur le point de dévaler une pente dépassait à peine derrière une montagne de paperasse.

— Prenez place, inspectrice.

Virginia s'assit sur le bord d'une chaise. Il régnait dans la pièce une atmosphère chargée qui, dès qu'on avait passé la porte, vous faisait vous sentir tout petit. Une multitude d'ouvrages de criminologie et de droit pénal international en anglais, français, italien et allemand garnissaient les étagères, soigneusement rangés. Heredia tenait à faire étalage de son statut de polyglotte formé dans les meilleures universités. Derrière son dos voûté, une grande verrière laissait passer un frêle faisceau de lumière à travers lequel on voyait voleter des particules de poussière.

Virginia remarqua la photographie encadrée du commissaire avec son épouse et leurs deux fils, devant les pyramides. L'inspectrice arriva à l'étrange conclusion que cet homme était plus heureux dans son bureau que chez lui, auprès de sa famille.

Le commissaire observait du coin de l'œil l'inspectrice depuis un moment. Il avait donné l'ordre à sa secrétaire de la faire attendre jusqu'à ce qu'il la prévienne, même s'il n'avait aucun autre rendez-vous de toute la matinée. Il feignait d'examiner un compte rendu sans le moindre intérêt, qu'il avait déjà lu quarante fois. Tel était le rituel qu'il infligeait à tous ceux à qui il devait faire une annonce d'une certaine importance. Il s'agissait de les stresser, leur donner le temps d'échafauder des hypothèses, les mettre à cran pour les rendre parfaitement vulnérables. Une manière très efficace de ne pas céder une once de sa suprématie vis-à-vis de ses subordonnés.

Quand il estima que cela suffisait, il leva la tête et, retirant ses lunettes à grosses montures, regarda Virginia droit dans les yeux. Sans ces loupes, ses yeux noirs étaient minuscules, bien qu'extraordinairement brillants.

— Comme vous voyez, inspectrice, dit-il en ouvrant théâtralement les bras et en s'adossant à sa chaise, si on ne fait pas attention, la paperasse vous dévore. Quand il était enfermé dans son palais, Napoléon disait : “Paris me pèse comme un manteau de plomb.” Non que je me compare à lui, bien sûr, ce bureau n'est pas Paris, mais, croyez-moi, ces papiers me pèsent autant qu'à lui, son manteau.

Virginia esquissa un geste vague qui pouvait signifier aussi bien je comprends parfaitement que je m'en tape. Elle tenta de se dégager du regard pénétrant de son supérieur en examinant de nouveau la photographie sur la table. Ce détail n'échappa guère à Heredia.

— Qu'est-ce qui attire votre attention ? Ma famille ou ce qu'on voit en toile de fond ?

— Vous avez une famille charmante.

Le commissaire se caressa le menton d'un air chafouin.

— Vous savez ? Pour les Égyptiens, la vie n'était qu'un passage, une préparation pour affronter la grande épreuve de la mort. Ce n'est qu'en cela qu'on peut comprendre la construction de ces pyramides que vous voyez au fond, faisant travailler nuit et jour plus de cent mille esclaves pendant vingt ans. Rien n'était assez grand pour satisfaire les dieux. Et que reste-t-il de toute cette gloire ? Rien. Nous avons appris à tout banaliser. Regardez-nous, dit-il en invitant d'un geste l'inspectrice à contempler la photo. Un endroit sacré, profané par les sourires stupides de millions de touristes, voilà ce que sont devenus ces monuments. Ma femme n'aime pas le monde égyptien, elle a passé le voyage à se plaindre de la chaleur. Et mes enfants sont complètement crétinisés. Ils sont venus avec nous parce qu'ils sont incapables de lacer leurs chaussures tout seuls.

Il observa un long silence réflexif, comme s'il attendait que l'écho de ses mots se dissipe à l'instar de la fumée, se réfugiant dans les coins, les murs, les étagères.

— Vous êtes gênée d'entendre les confessions familiales d'un vieillard ?

Virginia fit non de la tête, lentement. Elle n'était pas gênée, mais déconcertée par cet aveu de faiblesse chez un homme réputé être dur et inaccessible vis-à-vis de ses subordonnés.

— J'imagine que vous ne m'avez pas fait venir pour me parler des Égyptiens.

Elle eut tort de prononcer cette phrase. Heredia était un personnage franchement sibyllin, il avançait droit vers ce qu'il voulait, mais jamais de face, toujours de profil.

— Vous voyez cette stèle funéraire, dit-il en montrant une pièce de basalte noire, polie, saturée de ce qui ressemblait à des textes gravés en trois ensembles de caractères différents. C'est une copie de la pierre de Rosette, trouvée par les soldats de Napoléon durant les guerres contre les mamelouks. Elle contient des louanges des prêtres de Memphis adressés à Ptolémée V en l'an 196 avant Jésus-Christ. Il se trouve que cette pierre comporte des inscriptions en trois alphabets : le grec, le démotique et le hiéroglyphe. Autrement dit, une simple pierre contenait la clé pour qu'un chercheur intelligent découvre tout un univers symbolique où le signe est même plus important que la réalité qu'il représente, un monde empli de mystère et d'énigmes.

— Et en quoi cela nous concerne ? Je suis venue assister à un cours d'histoire sans que je le sache ?

Heredia sourit.

— Tout nous concerne, inspectrice. Parfois, un détail insignifiant comme une pierre cache la clé pour pénétrer un grand secret. Vous voyez où je veux en venir, à présent ?

L'inspectrice avait compris que certaines personnes ne parlent jamais en vain et qu'Heredia était de celles-là. "Il n'y a rien que je ne sache pas, vous ne pouvez me cacher aucun secret", voilà ce qu'il insinuait. C'était peut-être un avertissement ou bien une menace. Sans doute les deux à la fois.

— Vous avez travaillé pendant dix ans avec l'inspecteur Julián Leal. On pourrait même dire qu'il a été votre mentor.

“Nous y voilà”, se dit Virginia en fermant les poings entre ses jambes.

— Il a été mon instructeur, mon premier binôme à mon arrivée dans la brigade. Oui, je le considère comme un ami.

— Votre loyauté est tout à votre honneur, lança le commissaire d'un ton ironique. D'ailleurs, vous lui avez recommandé de prendre comme avocat Raúl Fonseca, un des pénalistes les plus prestigieux du pays. J'imagine que ses honoraires sont élevés. Qui les paie ? Votre salaire de fonctionnaire ou monsieur votre père ?

Les joues de Virginia rosirent.

— Je ne pense pas que cela vous regarde, mais puisque vous me posez la question, Raúl est un ami de ma famille, et mon parrain, qui plus est. Voilà pourquoi il a accepté de s'en occuper à ma demande expresse.

Le commissaire Heredia durcit les traits, se pencha en avant en croisant les doigts sur la table.

— Saisissez-vous dans quelle situation vous vous êtes mise, inspectrice ? Votre ami a plongé quelqu'un dans le coma, un homme d'affaires qui a énormément de contacts en ville, et qui se débat en ce moment entre la vie et la mort. Or, personne n'en connaît le motif.

— Je comprends, et il sera jugé pour cela, mais, comme n'importe quel autre prévenu, il a droit à la meilleure défense.

— Je connais parfaitement les garanties de l'État de droit, merci, inspectrice, mais permettez-moi de vous signaler une chose qui n'est vraisemblablement pas assez évidente pour vous : Julián Leal constitue un déshonneur pour le corps national de police, et en prenant son parti, vous vous exposez à être également mise à l'index.

— Je ne prends le parti de personne. J'aimerais vous rappeler que Julián est lui-même venu me raconter ce qu'il avait fait et que j'ai moi-même procédé à son arrestation. Je ne le justifie pas, je ne le défends pas non plus. Je m'en tiens aux faits. Je ne les juge pas.

— Vous ne les jugez pas ?

— Non, monsieur, je ne suis pas juge.

Le commissaire s'adossa à son fauteuil. Brusquement, il revenait à une attitude dépassionnée, apparemment inoffensive. Virginia intercepta pourtant un regard acéré comme un dard empoisonné. "Je suis mal barrée", pensa-t-elle.

— Je comprends. Vous ne verrez donc aucun inconvénient à exécuter immédiatement mon ordre.

Heredia ouvrit un dossier et glissa un document officiel vers l'inspectrice, qui y jeta un rapide coup d'œil.

— Ça vient du commissariat de Ferrol.

Heredia acquiesça en la regardant fixement :

— Il y a quelques jours, une personne qui promenait son chien dans les environs du village de Ferrol a trouvé un cadavre à moitié enterré, comportant d'horribles traces de torture. Une femme du nom de Carmen Laín Ramos.

Virginia ne comprenait toujours pas.

— Pourquoi nous demandent-ils de l'aide ?

— Parce qu'il se trouve que votre bon ami, l'inspecteur Julián Leal, pourrait y être impliqué.

Virginia blêmit.

— Ce n'est pas possible. C'est sûrement une erreur.

Heredia la regarda d'un air interloqué.

— C'est un argument policier, ça ? Je vais vous en fournir un autre : il n'y a pas de fumée sans feu. Et votre ami sent le cramé depuis longtemps.

Virginia était toujours abasourdie.

— Je connais Julián depuis des années. Il serait incapable d'un acte pareil.

— Tout comme il serait incapable de rouer de coups quelqu'un jusqu'à le plonger dans le coma ? Nous parlons bien de la même personne ?

L'inspectrice ne sut que répondre. Le commissaire tendit le cou d'un air très sérieux, mais il était évident qu'il se réjouissait de la détresse de sa subordonnée.

— Nos collègues de Ferrol nous demandent d'entendre Julián Leal. Ils ont besoin de tirer au clair certains détails.

— À quel titre ?

Heredia feignit d'être déçu.

— Pour l'instant, en qualité de témoin.

— Et pourquoi voulez-vous que ce soit justement moi qui m'en charge ?

Heredia leva le menton.

— Allez-vous oui ou non exécuter cet ordre, inspectrice ?

Virginia acquiesça faiblement.

— Oui, monsieur le commissaire.

— Bien. Soria vous communiquera les détails, à compter de maintenant il est votre nouveau binôme. Bonne journée. Vous pouvez disposer.

Virginia mit un soin particulier à ne pas claquer la porte en sortant. Elle avait la tête en feu. C'était une de ces abominables journées où tout semble s'écrouler autour de vous. Elle regarda son téléphone portable. Luis l'avait appelée trois fois. Elle leva la tête et, telle une vision brumeuse dans le désert, elle vit Soria au bout du couloir. Le salopard souriait.

— Ton entretien avec Heredia s'est bien passé ? Il t'a sorti tout son baratin sur les pyramides ?

— C'est pas ma journée, Soria.

Le sous-inspecteur rentra encore un peu le cou qu'il avait déjà bien enfoncé dans les épaules.

— Je crains que ça ne s'arrange pas.

L'enfant barbotait dans une flaque, absolument indifférent à ce qui se passait autour de lui. Julián l'observa un moment depuis sa voiture. Il ne lui avait jamais parlé, mais il savait tout à son propos. Chinchilla – son surnom – était un chat errant, rebelle, qui ne se laissait pas attraper ; il était pieds nus, une chaussure dans chaque main. Son pantalon, trempé, lui était trop grand, laissant son croupion à l'air. Sa mère, Lagarta[1], surgit du coin de la rue. C'était tout juste une adolescente dévorée par la drogue. Elle fila une torgnole au petit et l'emmena à coups de taloche dans la nuque. Le petit se prenait

1. *Lagarta*, littéralement, lézarde. Au sens figuré, désigne une fripouille, mais également une prostituée.

les pieds dans son pantalon et essayait de le remonter tandis que sa mère le tirait par le bras.

Julián sentait une étrange tendresse pour ce gamin et en même temps il était triste, conscient de la difficulté de changer le cours de l'histoire quand les cartes étaient truquées.

Le coup de fil de Virginia le tira de ses pensées.

— Il faut qu'on se voie immédiatement. C'est important, Julián.

Julián connaissait bien l'inspectrice. Cette voix altérée n'était pas normale.

— Qu'est-ce qui se passe ?

— Pas par téléphone. En personne.

— À l'endroit habituel ? J'y serai dans vingt minutes.

— Quinze, plutôt.

Julián jeta un dernier regard sur l'enfant et sa mère, qui disparaissaient sous le pont de l'autoroute. Un tableau digne des romans de Paco Candel. Au moins il faisait beau. La ville se montrait rarement ainsi, blanche comme le marbre, chaude, sainte et innocente. Cela ne durait jamais longtemps, mais il valait la peine de saisir le moment et d'en profiter : les branches du platane filtrant les rayons du soleil, le calme dans la rue ambrée, le silence neutre, vide de sensations, les immeubles repliés sur eux-mêmes.

N'était cette inquiétude lancinante, ce sentiment de profonde défaite qui grandissait en lui, Julián aurait pu croire que tout finirait bien.

Il fit démarrer la voiture et roula jusqu'au centre-ville.

10

Virginia était assise à leur table habituelle. Soria lui avait concédé au moins ça.

— Je m'en occuperai, et ce sera à ma manière. C'est clair ?

— Limpide, cheffe. Je serai au bar, au cas où tu aurais besoin de moi.

Le tintement des cuillères heurtant les tasses de café, le léger murmure des gens qui parlaient à mi-voix et la fumée bleutée des cigarettes conféraient à l'établissement une atmosphère intimiste. Les serveurs se déplaçaient autour du bar comme dans un essaim d'abeilles parfaitement organisé où chacun accomplissait sa mission avec célérité et sans gestes inutiles. À ces tables se déroulait l'histoire de la vie quotidienne : un couple rompait une relation de plusieurs années devant un café crème fumant, un autre se réconciliait à grand renfort de baisers saveur chocolat, un touriste allemand se plaignait amèrement qu'on lui avait volé son passeport au MNAC, tout en se consolant avec un Jameson, une étudiante à l'allure de soixante-huitarde révisait ses notes devant un grog.

— Tu m'achètes quelque chose ? demanda un vendeur africain chargé de babioles. Virginia se tourna vers lui, agacée par cette intrusion qui lui fit l'effet d'une détonation dans la tête.

— Je ne veux rien, dit-elle sèchement.

L'Africain ne bougea pas, il la regardait comme en attente de quelque chose.

— Je m'appelle Abou, dit-il, pensant sûrement que cela suffisait à définir qui il était et lui valoir un statut de sujet aux yeux d'autrui.

— Moi, je m'appelle *va te faire foutre*, je suis en train de boire mon café et je veux que tu te casses.

L'Africain s'éloigna vers les autres tables. Deux minutes plus tard, Julián apparut, nimbé de cette aura qui semblait absorber tout l'air autour de lui. “On dirait un aimant, pensa l'inspectrice. Qu'il le veuille ou non, les gens se retournent pour le regarder.”

— Rappelle-moi de t'offrir encore une montre pour ton anniversaire. Celle que tu as ne marche pas, tu es toujours en retard.

Julián s'excusa en lui claquant une bise sur la joue. Il sentait la nuit blanche.

— Désolé, j'avais quelque chose à faire.

Virginia le scruta attentivement.

— Par exemple te doucher ? Tu pues et t'as l'air d'avoir passé une nuit atroce.

Julián se laissa choir sur la chaise et rejeta la tête en arrière.

— Je ne suis pas au mieux de ma forme. Ces putains de cachets me détraquent. Comment vont Luis et les filles ?

Virginia n'avait pas envie de parler de Luis, de sa liste de courses ou des caprices de deux adolescentes. Elle savait en outre que c'était une question purement rhétorique. On voyait bien que l'esprit de Julián était ailleurs.

— Les filles demandent de tes nouvelles, et je ne sais pas trop quoi leur raconter.

— Dis-leur la vérité, que je ne suis pas de bonne compagnie en ce moment… Pourquoi tu voulais me voir ? Je ne pense pas qu'à l'Inspection générale on approuve de te voir en ma compagnie.

Virginia regarda vers le fond du bar. Soria se dirigeait vers eux. L'inspectrice fronça les sourcils.

— Quel enfoiré…

Julián tourna la tête et aperçut Soria.

— Qu'est-ce qu'il fait là, lui ?

Virginia soupira.

— C'est mon nouveau binôme. Heredia me l'a collé.

Elle leva les yeux vers Soria pendant que celui-ci s'asseyait sans être invité.

— On était convenus que tu m'attendrais au bar.

Soria sortit un bonbon à la menthe de sa poche, défit lentement l'emballage.

— Les tabourets sont très inconfortables… Bonjour, inspecteur. Je crois qu'on se connaît.

Julián observa d'un air dégoûté la bouche de Soria en train d'engloutir le bonbon. Ils se connaissaient, bien sûr qu'ils se connaissaient. Tout le monde savait que ce dinosaure était le toutou préféré d'Heredia. Il dévia son attention sur Virginia, lui demandant sans paroles ce que signifiait cette comédie. Il perçut un léger tremblement dans les doigts de son amie qui prenait une cigarette et détournait les yeux, comme si on l'avait forcée à faire quelque chose dont elle avait honte.

Soria semblait s'amuser de son embarras, ou du moins cela ne l'affectait guère.

— Si c'est pas elle qui vous le dit, ce sera moi : on doit vous poser quelques questions, inspecteur.

— Quel genre de questions ?

— Au sujet de Carmen Laín Ramos.

Julián leva un sourcil, puis il acquiesça d'un air circonspect.

— Qu'est-ce qui lui arrive ?

Virginia osait à peine poser les yeux sur le visage déconcerté de Julián.

— On l'a retrouvée morte.

Julián serra les lèvres en une ligne droite.

— Avant de la tuer, on lui a percé les genoux, les coudes et les chevilles, probablement avec un foret de six centimètres de diamètre. Ce n'est pas un crime fortuit, de circonstance. On dirait le travail d'un professionnel.

Julián se tut. Pendant quelques secondes, il regarda par la fenêtre. Les gens continuaient leur vie. Et il devait en être ainsi.

— Vous ne semblez pas très affecté, inspecteur, ajouta Soria en essayant de déchiffrer son expression impassible.

Julián se tourna vers lui sans dissimuler son mépris.

— Je devrais pleurer pour avoir l'air moins coupable ?

Virginia intervint pour calmer les esprits.

— Personne n'a parlé de coupable. On a reçu une demande de Ferrol. Ils veulent qu'on t'interroge en qualité de témoin.

C'est une simple formalité, tu sais bien ; ils veulent vérifier toutes les hypothèses.

Julián savait par expérience que ce qui est simple finit toujours par se compliquer dès lors que quelqu'un y trouve un intérêt.

— Carmen était une amie d'enfance. Récemment je suis retourné au village et nos retrouvailles ont été désagréables, on s'est disputés au bar El Cerso devant une demi-douzaine de personnes. Rien de plus.

Soria songea à ces émissions animalières sur la jungle diffusées en début d'après-midi. Les vieux lions finissent leurs jours seuls, errant sans meute, jusqu'à ce qu'ils succombent à la faim. Pas question pour lui d'avoir le destin d'un lion.

— Vous ne trouvez pas que c'est une drôle de coïncidence, que cette vieille amie meure assassinée pile au moment où vous vous trouvez au village au bout de… ?

— Trente ans.

Soria siffla.

— Trente ans. Vous deviez avoir un motif puissant d'y retourner.

— Vous jouez les perspicaces, maintenant, sous-inspecteur ? Vous perdez votre temps, on sait tous que vous n'êtes que la marionnette d'Heredia. Il actionne les fils et vous dansez. C'est comme ça que ça se passe, non ?

— Chacun fait ce qui est à sa portée, inspecteur. Au moins je n'ai pas un procès sur le dos pour avoir bastonné presque à mort un innocent. Alors épargnez-moi vos airs suffisants et dites-moi si vous avez un alibi crédible pour prouver que vous n'étiez pas sur les lieux du crime, ou je vous jure que je vous envoie direct à l'échafaud. Pas à la demande du commissaire, mais parce que je ne supporte pas les connards arrogants dans votre genre, avec vos airs de débarquer de West Point… C'est clair ?

Julián tenta de chasser de son esprit les détails de la vidéo anonyme laissée dans sa boîte mail : le panier d'oranges dans un coin du champ de la caméra, le regard absent du type à la tête de loup, le pantalon en toile, les chaussures à boucles, la file de fourmis serpentant sur le matelas crasseux. La manière dont l'enfant dévorait le vide des yeux.

— Vous ne savez pas de quoi vous parlez.

Soria en convint.

— Mais je connais les faits. Les faits, c'est que vous êtes suspendu et que, sans votre camarade, pardon, ex-camarade, et sans le piston de sa famille, à l'heure qu'il est vous seriez très certainement en train de croupir en prison.

Virginia fulmina.

— Putain, mais qu'est-ce qui te prend, Soria ?

Julián la saisit par l'avant-bras pour la calmer. Ensuite, il posa lentement les mains sur la table et scruta ce gros qui lui répugnait.

— J'ai passé la nuit chez mes amis Fouliña et Susana Monforte, dans les environs du village. Je suppose qu'on pourra facilement le vérifier.

— Vous venez de dire que Carmen et vous aviez eu des retrouvailles désagréables… À quel propos vous êtes-vous disputés ?

— Des histoires du passé, de notre enfance.

— Quelles histoires ?

Les yeux verts de Julián se craquelèrent.

— Des histoires qui ne vous regardent pas, à moins que vous ne me mettiez en détention.

Les yeux marron de Soria lancèrent des flammes.

— Il se pourrait que je le fasse, dit-il, défiant. Vous saviez à quelle activité se livrait votre amie ?

— Ce n'était pas mon amie, elle l'a été autrefois. C'était la patronne d'El Cerso, l'unique bar du village.

— Le fait est que Carmen Laín avait été arrêtée plusieurs fois pour trafic de stupéfiants, intervint l'inspectrice Virginia. Elle a eu deux procès, mais à chaque fois elle a été relaxée, faute de preuves. Tu étais au courant ?

— Comme je viens de le dire, je ne l'avais pas vue depuis trente ans.

Soria revint à la charge :

— Mais vous n'avez pas non plus l'air très surpris.

Effectivement. Julián connaissait le mécanisme par cœur. Dans les années 1970, le père de Carmen, *alias* le Baron, utilisait déjà El Cerso comme centre de distribution des produits de contrebande qui arrivaient sur les côtes galiciennes. Le procédé et les routes demeuraient identiques ; la seule chose qui avait changé, c'était le type de marchandise : le bourbon irlandais et les cigarettes anglaises avaient été remplacés par la cocaïne.

Le circuit était ultra-connu : les Colombiens achetaient les feuilles de coca en gros en Bolivie, fabriquaient la pâte, la coupaient et la préparaient dans des laboratoires clandestins en pleine jungle, l'empaquetaient et l'envoyaient à leurs intermédiaires mexicains, qui à leur tour sous-traitaient avec des transporteurs et des distributeurs pour écouler la marchandise à travers les États-Unis et l'Europe. L'Espagne était la véritable plaque tournante de ce marché intermédiaire, et la côte galicienne, sa porte d'entrée privilégiée, la plus accessible.

— Carmen n'a fait que mettre au goût du jour ce que son père et les autres faisaient depuis des décennies dans le village : les bateaux marchands qui transportent la drogue depuis l'Amérique sont abordés au large par des hors-bord et des chalutiers, en pleine nuit. Ils ramassent les ballots jetés à la mer, les cachent dans les grottes le long de la côte et, quand la situation est calme, ils les ressortent. Ensuite, à travers des coursiers et des transporteurs en tout genre, ils font parvenir la marchandise aux aéroports et aux ports des principales villes : Madrid, Barcelone, Valence, Málaga, Ibiza.

— Vous avez l'air bien renseigné.

Julián respira un grand coup pour ne pas perdre patience.

— C'est une machine bien huilée, tout le monde participe à cette économie et en profite. Depuis des années, juges, policiers, procureurs et douaniers jouent au chat et à la souris en prenant en chasse des fantômes, sans parvenir à éradiquer ce fléau… M'accuser d'assassin ne vous suffit pas ? Vous allez me soupçonner d'être un trafiquant, sous-inspecteur ?

— C'est bon, on a terminé, dit Virginia en fusillant Soria du regard.

Le sous-inspecteur recracha son bonbon dans le cendrier après l'avoir gardé pendant tout ce temps sous la langue. Il n'était peut-être pas aussi intelligent que Julián ni aussi brillant que Virginia, mais il avait de l'intuition, et celle-ci lui soufflait que l'inspecteur ne disait pas toute la vérité. Ce qui revenait à dire qu'il mentait.

— Pour l'instant, oui. Mais ça vous intéresse peut-être de savoir qu'il y a un témoin, inspecteur. Quelqu'un qui a vu l'homme jeter Carmen dans le coffre après l'avoir frappée en pleine rue.

Julián écarquilla les yeux un peu plus que la normale. "Bah alors, inspecteur ? T'as peur, pensa Soria. Je parie que tu t'y attendais pas, à celle-là, hein ?"

— Un certain Gregorio, dit Virginia. Mais il a disparu. On le cherche depuis plusieurs jours.

Soria aiguisa le regard.

— À votre avis, que nous dira ce témoin quand on l'aura retrouvé, inspecteur ?

Julián serra le poing et se leva.

— Il vous demandera si vous voulez une statuette fabriquée en coquillages… Si vous n'avez pas l'intention de m'arrêter, permettez, j'ai des choses à faire.

Quand il ouvrit la porte de chez lui, seule l'obscurité l'accueillit. Personne ne vint le saluer, hormis l'air moite et l'odeur de white-spirit. Avant d'ôter son manteau, Julián gagna la galerie et s'assit dans le vieux fauteuil en osier, face à l'aquarelle inachevée qu'il avait commencée à son retour de Ferrol. Le calvaire, les nuages, le bord de la falaise. Un paysage de plus, sans rien de spécial, sans histoire. Pourtant, derrière cette image un peu mièvre, se tenait son père qui lui demandait, la ceinture à la main, d'où il sortait la cartouche de cigarettes de contrebande – des Royal Crown britanniques – qu'il avait trouvée sous son lit. La furie du châtiment pour avoir enfreint l'ordre de ne pas se mêler aux contrebandiers, même s'il détournait les yeux quand sa mère revenait avec un pot de confiture française ou un paquet de café portugais donné en douce par Toño. Cette fierté inutile et insatiable de son père, les disputes avec sa mère, fatiguée de ses discours oiseux sur l'honnêteté :

— C'est pas pour ça que j'ai fait la guerre.

Et cette kyrielle de silences hérités, dont il ne connaissait pas la signification, quand Toño s'invitait à dîner, avec sa moustache jaunâtre ; l'attitude étrange de son père, qui en ces temps de lâcheté se montrait solennel, défiant.

— T'es un contrebandier, Toño. Un délinquant comme ce salopard de Baron.

— Et toi, t'es un idiot, Martín. On se nourrit pas de principes. Le cœur dicte des raisons que l'estomac dément.

Le vent qui soufflait les nuits de violence. La maison ancrée à la terre par des amarres comme des tendons pour résister aux tempêtes. Le bord de son lit, qui devenait un abîme dans ses rêves, et lui, qui enfouissait la tête sous l'oreiller.

Personne sur cette terre n'était innocent, personne n'oubliait. Personne ne pardonnait.

Les yeux rougis, Julián se mit debout. Prit des ciseaux et déchira la toile de haut en bas.

— Enfoirés ! Allez tous au diable !

11

La scène était assez rare pour être surprenante. Un pigeon s'était faufilé à l'intérieur du café, il avait une aile cassée, qui pendouillait. Dehors, sous la tonnelle, une mouette attendait, tel un videur de discothèque. "Tu finiras bien par sortir", semblait-elle le narguer.

Il pleuvait à seaux sur la place de la Virreina. Les touristes avaient fui les terrasses en débandade, laissant sur les tables verres à moitié consommés, cendriers, reliefs de repas. Un torrent d'eau sombre coulait vers les caniveaux, charriant toutes sortes de déchets.

Francisco lisait le journal. Le pigeon qui tentait d'échapper à son meurtrier potentiel se réfugia sous la table, entre ses pieds. Il ne s'en rendit même pas compte, plongé dans la lecture de la brève parue dans la rubrique faits divers : la mort de Carmen Laín. On donnait très peu de détails, une simple dépêche d'agence. Une femme décédée de mort violente à mille kilomètres de distance. Une de plus. Les gens avaient d'autres chats à fouetter.

Mais lui, il savait ce que signifiait ce meurtre. Il plia le journal et alla chercher son parapluie.

— C'est déjà payé, lui sourit le serveur lorsqu'il s'apprêta à régler son café.

Francisco avait travaillé pendant plus de vingt ans dans un cabinet de gestion très connu dans le quartier. C'était une figure connue de ses voisins. Dans la rue, les dames le saluaient sans familiarité, mais chaleureusement ; les enfants l'observaient avec curiosité, du fait qu'il boitait, mais ils ne lui jouaient jamais de mauvais tours ; au café, on ne lui faisait pas trop la causette, mais plus d'une fois, au moment de payer sa consommation, il découvrait que quelqu'un l'avait invité, comme ce jour-là. Pourtant, on ne savait pas grand-chose de sa vie privée. Il n'avait pas de passé, pas de petits-enfants à gâter : il était le Galicien, le veuf de Mme Remedios. Quel malheur, ce qui est arrivé, pauvre femme. Mourir d'une manière aussi atroce. Qui aurait pu imaginer une chose pareille ? Que Francisco le vive avec une telle dignité lui valait le respect général. Il avait toujours eu la réputation d'être un homme discret, plongé dans de graves méditations. Cela ne devait pas être facile, de s'occuper de tout, son épouse dépressive, la petite et toutes les responsabilités. Depuis des années, il ne dormait pas bien la nuit, et il sortait souvent se promener dans les rues désertes à l'aube. Marcher l'aidait à s'éclaircir les idées. Il n'avait jamais rechigné à travailler dur, il affrontait les difficultés avec un certain stoïcisme et n'avait jamais déçu ni ses clients ni son patron. Son bureau se situait au rez-de-chaussée d'un immeuble sur la plaza del Sol, et les gens s'étaient habitués à le voir monter le rideau de fer tous les matins à 7 h 45 ; c'était comme si Francisco avait allumé la lumière pour réveiller le quartier. Jusqu'au jour où il eut un AVC et fut obligé de prendre sa retraite. On racontait que c'était à cause du stress accumulé : son rythme de travail, ses problèmes avec sa fille adolescente et, pour couronner le tout, le suicide de sa femme. Remedios se jeta du sixième étage dans le puits de lumière. C'était horrible à voir, une jambe coincée dans les cordes à linge, entraînant dans sa chute pinces, draps et culottes étendus. Elle se fracassa le crâne sur un pot de fleurs du rez-de-chaussée. Les pompiers racontèrent qu'elle était méconnaissable.

Peu de temps après cette tragédie, on commença à jaser au sujet de la fille. Déjà un peu spéciale, rebelle et bruyante depuis son plus jeune âge, elle perdit complètement pied en l'absence de sa mère. Le pauvre Francisco, absorbé dans le travail et dans ses lectures – chacun combat la douleur comme il peut –, n'arrivait pas à la mettre sur la bonne voie. L'AVC, dont les séquelles seraient son boitillement, quelques lacunes de vocabulaire et sa préretraite, ne fit que compliquer les choses entre le père et la fille, leurs relations n'ayant par ailleurs jamais été faciles. Le bruit courait qu'à seize ans elle menait déjà une vie dissolue, qu'elle sortait avec des hommes bien plus âgés qu'elle et qu'on l'avait aperçue plusieurs vendredis, soûle comme une bourrique sur les bancs de la place Mercè Rodoreda au beau milieu de la nuit. Plus d'une fois, la police municipale l'avait raccompagnée chez elle, complètement déglinguée, hurlant et insultant les agents, pour la plus grande honte et mortification de son père. Au début, le quartier, relativement compréhensif, accepta son attitude. Surmonter la mort de sa mère n'était facile pour personne, et l'adolescence était le pire âge pour recevoir un coup aussi dur. Mais cette vague tolérance se mua peu à peu en irritation, puis en plainte et enfin en hostilité, lorsqu'on apprit qu'elle s'était fait arrêter par la police en possession de cachets de benzodiazépine dans son sac à dos et qu'elle les vendait à des gamins dans la rue. Vendre de la drogue à leurs enfants, c'était totalement inacceptable.

Quand elle disparut du quartier de Gracia – on disait que Francisco l'avait envoyée à Madrid pour étudier le journalisme ou pour l'éloigner de ses mauvaises relations, selon les versions –, beaucoup de riverains soufflèrent, soulagés.

Un père ne peut bien sûr pas partager l'hostilité des voisins à l'égard de sa propre fille. Du moins, pas en public. Dehors, il n'hésitait pas à la défendre bec et ongles, niant les racontars sans se soucier des évidences qui les confirmaient : sa fille était très intelligente, sensible, elle dévorait les livres de sa bibliothèque, écrivait des textes incroyables, était cultivée, sans doute réservée mais douée d'une imagination débordante. Sa fille, affirmait-il, ferait de grandes choses dans la vie.

Et jusqu'à ses dix ans, environ, il le crut pour de bon. Il aimait cette enfant, la paternité était une découverte épuisante et fascinante à la fois. Elle était venue donner un sens à un mariage qui battait de l'aile et remettait en question ses choix. Vie nouvelle, ville nouvelle, une fille. Ils pouvaient laisser le passé derrière eux. Remedios s'épanouit après sa naissance, elle revivait, devenait plus lumineuse. Bientôt, la petite fut sa raison d'être et Francisco s'en félicitait. Il retrouva une motivation pour travailler, pour progresser, enterrer ses peurs et ses blessures. Il prit du galon au cabinet, acheta à bon prix un appartement rue Verdi, plus grand, plus lumineux et joyeux que celui qu'ils avaient loué pendant toutes ces années à Nou Barris. Remedios était heureuse. Tout allait pour le mieux. Du moins il voulut le croire.

Mais l'univers avait des comptes à régler avec lui, et l'univers ne fait pas de cadeaux. Il aurait dû s'apercevoir que quelque chose clochait, que sa femme était fragile, il aurait dû remarquer les petites fissures, les capillaires qui se rompaient et prédisaient en silence l'effondrement par une pression constante de l'eau emprisonnée pendant des années. Francisco refusait de voir que la douceur de sa femme n'était qu'un masque pour cacher le malheur et le chaos, cet endroit obscur où les étoiles s'entrechoquaient, se détruisaient, dénuées de tout élan créateur. Le cosmos est né dans la douleur, avait-il l'habitude de dire.

Il décida de se concentrer sur son travail, de fuir cette ambiance embrumée par les pleurs subits, les cris et les épisodes d'abattement où Remedios refusait de sortir du lit, d'ouvrir les fenêtres, se plaignant de douleurs réelles ou imaginaires. Il ne supportait pas de voir sa fille la suivre comme un toutou, en quête d'un amour et d'une tendresse qui n'étaient pas toujours au rendez-vous. Les réactions de Remedios étaient imprévisibles, elle tenait des propos bizarres, inappropriés entre une mère et sa fille : elle lui parlait d'anges qui l'appelaient, de démons qui la torturaient. Elle lui lançait parfois des remarques cinglantes, sans qu'on sache si c'était sérieux ou si elle plaisantait, si elle la complimentait ou la dénigrait à grand renfort de sarcasmes. À d'autres moments, elle lui criait dessus sans raison. Elle ne justifiait pas son comportement et Francisco n'exigeait rien de tel. Si par malheur il risquait un commentaire sur le mal qu'ils infligeaient à leur fille, Remedios devenait rouge de colère et l'agonisait d'injures. Il préférait donc l'éviter.

Il commença à participer à tous les congrès, déplacements et réunions possibles. Il avait toujours du travail, il restait tard au bureau et quittait son domicile tôt le matin. Le reste du temps, il s'absorbait dans ses lectures. Sa fille se mit à changer, et cela continua jusqu'à ce que Francisco renonce à comprendre ce qu'elle était devenue et quel genre de relation ils entretenaient. Ils étaient deux étrangers qui cohabitaient dans un espace qu'on ne pouvait pas appeler foyer, centrifugés dans le trou noir que creusait l'énergie de Remedios, chacun essayant de résister comme il pouvait, développant sa propre stratégie.

Il y eut un incident qui, tant d'années plus tard, le faisait encore souffrir. Lorsque sa fille eut douze ans, Francisco lui fit un cadeau spécial, une édition illustrée et très coûteuse de *L'Histoire sans fin* que Waldo, son libraire de confiance, lui avait vendu à prix d'ami. Enchantée, sa fille courut montrer son trésor à sa mère. Remedios semblait dans un bon jour, elle s'était lavée et vêtue comme pour sortir. Elle prit le livre ouvert que sa fille lui tendait et soudain, avec une froideur absolue, elle se mit à arracher les pages une à une. Sa fille se mit à hurler, essayant de le lui arracher, mais Remedios le retenait avec force.

— T'es une putain de cinglée ! s'écria soudain sa fille en la défiant du regard.

C'en était trop. Furieux, Francisco lui administra une paire de gifles.

— Je t'interdis de parler comme ça à ta mère !

Le revers lui ouvrit la lèvre à cause de l'alliance. Il ne l'avait pas fait exprès et le regretta aussitôt, mais le mal était fait.

Plus rien ne fut comme avant. À compter de ce jour, il vivrait sous le joug d'un silence tendu, guettant constamment le regard réprobateur de sa fille ou de Remedios, de plus en plus éloignée de lui.

— Espèce de lâche, t'es un lâche !

Quatre ans plus tard, tels furent ses derniers mots, les derniers qu'il entendit de la bouche de sa femme avant qu'elle se jette par la fenêtre côté cour.

— Quelle salle journée, Francisco, lui dit un voisin, protégé de la pluie torrentielle sous un balcon. Si ça continue, on va devoir sortir en barque.

Francisco lui rendit poliment son sourire. Qu'on le veuille ou non, nous sommes inévitablement entraînés à être ce que les autres attendent de nous : lui, il était Francisco, le Galicien, l'employé du cabinet Antonio Corominas, un homme cultivé. Le pire est de savoir qu'on est autre chose et devoir porter ce poids, le cacher. Se taire.

"Espèce de lâche, t'es un lâche !" lui avait dit Remedios.

"Espèce de lâche, t'es un lâche !" lui avait dit pendant des années le regard de sa fille.

Il avait toujours été doué pour éviter les tragédies, faire profil bas ou se laisser porter par le courant sans opposer de résistance. Cette fois, pourtant, avec la nouvelle de la mort de Carmen Laín dans la poche, il savait que cela ne serait plus possible.

Waldo vit son vieil ami entrer dans la librairie en traînant la patte, haletant, le souffle court, les traits tendus. Ils se connaissaient depuis que Waldo avait ouvert la librairie, reprise d'une ancienne friperie qui vendait aussi des livres d'occasion. L'ancien propriétaire rachetait des bibliothèques entières à des particuliers, sans discrimination. Ce souvenir était resté dans le quartier et on continuait à désigner la petite librairie de la rue San Luis comme Chez le fripier. Cela contrariait Waldo qui trouvait cela dépréciatif. Mais, durant toutes ces années, il n'avait même pas pris la peine de changer la vitrine et l'enseigne. En réalité, il continuait à vendre des livres d'occasion qu'il achetait aux bouquinistes du marché de San Antonio, à vider des appartements de défunts sans héritiers ou de personnes dans la panade. La différence était que, avant de les vendre, il les lisait absolument tous, quelle que fût leur teneur, de sorte qu'il avait acquis une vaste culture autodidacte, encyclopédique, assez inutile sinon que cela lui avait procuré une incroyable facilité de langage. Dans le quartier, on ne l'appréciait guère, les voisins ne comprenaient pas son esprit caustique et n'aimaient pas son aspect un peu négligé. Qu'il soit ivre la moitié de la journée n'aidait pas non plus : les trois premiers verres lui aiguisaient la langue, les trois suivants l'incitaient à raconter une flopée de mensonges et les trois derniers à en découdre avec n'importe qui pour les motifs les plus insignifiants. Il se fichait pas mal de ce qu'on pensait de lui ou du fait que presque plus personne ne s'aventurait dans sa librairie ; il vivait selon la maxime de son Valle-Inclán adulé :

— Mépriser ses semblables et ne pas trop s'aimer, voilà la clé du bonheur.

Pour des raisons qui échappaient aux autres, Francisco et Waldo étaient amis, une amitié principalement fondée sur leur amour de la lecture. Quand ils étaient de bonne humeur, ils aimaient s'asseoir derrière le comptoir et se défier dialectiquement.

— Tu as une tête à faire peur, dit le libraire en guise de bonjour.

— J'ai lu jusqu'à tard.

— Souviens-toi de l'avertissement de Cervantès : à trop lire et peu dormir, on finit par perdre la tête.

Francisco examina Waldo, tâchant d'évaluer son degré d'ivresse. Ses pupilles brillaient, légèrement dilatées, et sa voix était un peu pâteuse, mais il n'était pas encore en mesure d'engager une conversation un tant soit peu stimulante.

— "Quand on n'a rien à perdre, on peut courir tous les risques." Devine de qui est cette phrase ? le défia-t-il.

Waldo humecta ses lèvres gercées. Ses yeux devinrent blancs comme ceux de Jorge de Burgos, tandis qu'il essayait de se souvenir sur quelle étagère de la bibliothèque infinie contenue dans sa tête il avait lu cette phrase.

— Ray Bradbury ! s'écria-t-il d'un air triomphal. *Fahrenheit 451*.

Francisco sourit en penchant la tête de côté.

— Presque, mais c'est dans *L'Homme illustré*.

Le visage de Waldo s'assombrit et il écarquilla ses yeux un brin fébriles :

— C'est dans *Fahrenheit 451*, te dis-je !

Francisco craignit une saute d'humeur. Mieux valait donner raison à son ami.

— Il se peut que tu aies meilleure mémoire que moi.

D'un geste nerveux, Waldo enroula son écharpe crasseuse autour de son cou et le pointa de ses doigts osseux.

— Tu me donnes raison comme si j'étais fou.

Francisco hocha la tête, réellement surpris d'avoir réussi à se lier d'amitié avec pareil hurluberlu. Waldo pouvait déchaîner une tempête sans aucun motif, il était imprévisible, cyclonique, irascible. Pourtant, si on l'observait attentivement, on pouvait voir au-delà. Sur bien des aspects, Waldo lui semblait plus honnête et fiable que n'importe lequel de ses voisins. Il respectait des codes d'honneur surannés, à l'instar de cet Alonso Quijano qui avait appris la chevalerie dans les livres. C'était un être désuet pour qui la parole donnée était un pacte sacré. Quelqu'un à qui il était prêt à confier le secret le mieux gardé de sa vie.

— Combien vaut la parole d'un honnête homme, Waldo ?

Le libraire le regarda de ses yeux vitreux et jaunâtres.

— Tu vas réciter du Beckett, maintenant ?

Francisco soupira, impatient.

— Je suis sérieux.

Waldo acquiesça, pensif.

— Pour commencer, avant de savoir combien vaut la parole d'un honnête homme, il faudrait en rencontrer un. "Si je trouve dix justes, je pardonnerai à toute la ville." Parole de Yahvé. Et la ville s'est damnée.

— Tu dirais que nous sommes des hommes de cette sorte ?

Waldo caressa sa longue barbe négligée, regardant le bout des poils comme si la vérité suprême y était inscrite.

— Tout dépend de la façon de voir. Un chien galeux peut être plus digne de confiance qu'un caniche géant. Mais si tu laisses la porte de la maison ouverte, il fuguera.

— Et qui es-tu, dans cette métaphore ?

— Le chien galeux, évidemment… Tu es bizarre, aujourd'hui, mon ami. Qu'est-ce qui te tracasse ?

Francisco désirait que quelqu'un pût se mettre dans sa peau et l'accepter tel qu'il était, sans avoir besoin de faire semblant, sans être jugé.

— Tu te souviens de ce que je t'ai raconté au sujet de la Galice ?

Waldo remarqua les yeux enflés de son ami, ses joues creusées. Il comprit que cela allait très mal.

— J'étais assez ivre, mais pas suffisamment pour avoir tout oublié. Et je me souviens de t'avoir dit de laisser tomber, que c'était dangereux.

Francisco sortit la coupure de journal de sa poche et la déplia sur le comptoir.

— Trop tard. Ça a commencé.

Waldo prit le papier et lut en diagonale la brève sur la mort de la femme en Galice. Sa léthargie éthylique se dissipa d'un coup.

— T'en es sûr ? C'est peut-être un hasard.

Francisco fit lentement non de la tête.

— Les gens comme toi et moi n'acceptent pas cette inconnue dans l'équation. Les coïncidences n'existent pas.

Waldo fronça les sourcils.

— Tu vas te rendre à la police ?

Francisco fit encore non.

— Ça ne servirait à rien, et je n'ai pas l'intention de finir ma vie en prison… En réalité, j'ai toujours su que, tôt ou tard, ça arriverait, et j'ai un plan.

Les gens sont généralement assommés par ce qu'ils ne comprennent pas, stupéfaits, abasourdis, et quand une chose qu'ils sont incapables de contrôler leur explose à la figure, ils cherchent désespérément un plan, une issue, un moyen de sortir du pétrin, du chaos.

— Il n'y a pas de plan qui tienne, Francisco. Si c'est ce que tu crois, il ne te reste qu'à te livrer et tout déballer.

Francisco ferma un instant les yeux. Pouvait-il s'agir d'une vengeance absurde du destin pour ce qu'il avait fait trente ans plus tôt ? Existait-il des règlements de compte divins ? Peut-être, mais lui, il croyait aux chiffres, aux calculs de risques, aux stratégies pour payer moins d'impôts, aux assurances vie, assurances responsabilité civile, automobile, aux investissements, aux sociétés. Le monde était un tableau Excel, un bilan, une recherche d'équilibre entre dépenses et recettes, risques et bénéfices, pertes et profits. Il n'y avait rien d'autre.

— D'ici trois jours, je veux que tu ailles chez moi, je te laisserai un double de ma clé. Tu peux disposer de ma bibliothèque à ta guise, elle est généreuse et tu y trouveras quelques premières éditions qui valent le coup. Si tu te débrouilles bien, tu pourras gagner pas mal d'argent en les vendant.

Waldo s'inquiéta.

— Le pire, c'est que tu es sérieux. Tu es arrivé à la conclusion des génies, hein ? Tout ce qui a été écrit sera réduit au silence lorsque se déposera la poussière de l'oubli. C'est pour ça que tu as cité Bradbury. J'ai pas l'intention de t'aider à commettre un acte de folie, si c'est ce que tu penses me demander.

Francisco parlait d'une voix rauque et profonde qui ne lui ressemblait guère.

— Les fous, mon ami, sont ceux qui ont les idées les plus raisonnables lorsqu'il s'agit de prendre certaines décisions. Je ne vais pas te demander une chose que tu ne pourras pas faire, mais une chose qui te mettra en danger.

Waldo étudia le visage de son ami. Il était pâle, mais déterminé. Rien ne le ferait reculer.

— Et tu penses sans doute que c'est une marque d'amitié que de me demander de prendre un risque. Tu sais sur quoi se fondent les amitiés durables, Francisco ? Sur le fait de ne jamais en abuser.

Soudain, Francisco se sentit terriblement fatigué, comme s'il s'était vidé de toute son énergie. Et il avait peur.

— Tu as raison, Waldo. Je suis un idiot. Pardonne-moi. Il se retourna laborieusement, aidé de sa canne, et se dirigea vers la porte en claudiquant tout en s'efforçant de garder une contenance.

La voix de Waldo l'arrêta.

— La parole d'un ivrogne ne vaut pas grand-chose, mais je te donne la mienne. Je ferai ce qu'il faudra pour t'aider.

Francisco fit volte-face vers son ami. Une expression de douleur et de tendresse mêlées déformait ses traits. Waldo cracha dans la paume de sa main et la lui tendit.

— On scelle ça à l'ancienne ?

Francisco regarda ce crachat avec dégoût.

— Arrête tes bêtises, Waldo.

12

La docteure Andrea savait par expérience que les prétendues urgences qu'elle devait traiter au téléphone à des heures indues étaient en général des problèmes faciles à résoudre par les moyens conventionnels. Il suffisait de calmer un peu l'anxiété du patient, élargir son angle de vue et lui donner un rendez-vous aux horaires de consultation habituels.

Pourtant, ce dimanche après-midi, Francisco avait une voix très bizarre. La docteure laissa son mari et ses deux chiens installés sur le canapé devant un film et alla prendre l'appel dans la cuisine pour pouvoir fumer.

— Je vous en prie, Andrea, parlez-lui. Vous, elle vous écoutera, elle a confiance en vous.

La docteure alluma sa cigarette et utilisa une assiette contenant des restes de paella comme cendrier. Il restait aussi du vin du déjeuner.

— C'est très délicat, Francisco. Vous ne pouvez pas me demander ça.

— Il s'agit de ma fille.

— Et de ma patiente, sans compter qu'elle est majeure. En outre, vous savez bien qu'elle ne veut pas vous rencontrer. On progresse énormément, une visite de votre part serait contre-productive. Je ne sais pas comment elle réagirait.

— C'est une situation exceptionnelle, Andrea. Autrement, je ne vous le demanderais pas.

Andrea essaya de temporiser. Elle avala un fond de verre de vin et observa avec résignation l'état lamentable de sa cuisine. Verres, assiettes et poêles dans tous les coins.

— Écoutez, appelez-moi d'ici quelques jours ; je vais tâter le terrain, mais je ne vous promets rien. Je ne peux pas lui mettre la pression.

— Il faut que ça soit demain, Andrea. Je n'ai pas quelques jours devant moi, mais quelques heures.

Dans un premier temps, la docteure trouva tout cela fort mélodramatique. Puis, cela fit tilt dans sa tête. Elle soignait la fille de Francisco depuis trois ans, c'était lui qui payait les honoraires – parfois elle se demandait comment – et, durant tout ce temps, il avait respecté les règles. Aucun appel personnel, aucune visite. Andrea était l'intermédiaire entre le père et la fille selon la demande expresse de celle-ci, de sorte qu'elle lui téléphonait régulièrement pour le tenir au courant des avancées de la thérapie. Il ne lui avait jamais semblé que Francisco fût un père impulsif, hystérique ou impatient. Il ne s'était jamais montré le moins du monde impoli, exigeant ou enclin aux débordements. L'urgence devait donc être réelle.

— Je lui parlerai à la première heure. Mais j'insiste, je ne vous promets rien.

La docteure retourna devant la télévision. Son mari lui fit une place.

— Tu as fumé.

Elle se blottit dans ses bras, s'ouvrant une place au milieu des chiens.

— Et toi, tu as laissé la cuisine dans un tel état qu'on se croirait à Sarajevo… On en est où, dans le film ?

— Magneto va laminer Xavier.

Clara refusa catégoriquement.

— Je ne veux même pas entendre parler de lui, et puis on n'a rien à se dire.

Ce refus n'était pas le fruit de la rancune, de comptes à régler ou du besoin de tourner la page de son histoire avec son père, sa mère, son enfance et son adolescence. Rien à voir avec les fantômes contre lesquels elle se débattait encore. C'était la peur qui l'arrêtait, l'appréhension de se lancer dans une démarche vaine, de lui faire confiance et de rentrer encore bredouille, seule. Elle ne se sentait plus capable de le supporter.

La docteure savait qu'elle ne devait pas la forcer. L'esprit de Clara était fragile et elle était encore loin de la sortie du labyrinthe. Mais elle devinait en elle, en son for intérieur, une force et une volonté incomparables à ce qu'elle avait observé chez tous ses autres patients. Clara n'avait pas une vocation de victime, elle ne s'enfermerait pas dans l'autocompassion ; elle voulait s'en sortir, guérir, repartir de zéro. Pour l'aider dans une entreprise aussi difficile, elle devait la pousser au-delà de ses limites, au risque que cela lui fasse mal. Mais il fallait s'y prendre avec beaucoup de doigté.

— La décision vous appartient, bien sûr. Mais je crois que vous avez besoin de dire certaines choses à votre père.

Clara regarda le jardin par la fenêtre. La pluie, de plus en plus drue, malmenait les bougainvilliers. Elle déformait les contours du mur de pierre et des bâtiments alentour. La vie changeait en un clin d'œil. La fillette de huit ans qui attendait le jour des Rois avec impatience était soudain une toxicomane de trente ans passés s'efforçant de se remettre à flot.

— Il m'a trahie quand j'avais le plus besoin de lui. C'était mon père, il devait me protéger.

La docteure acquiesça. Les enfants et les parents tiennent pour acquis que les liens du sang doivent nous mener jusqu'aux ultimes conséquences, au sacrifice suprême si nécessaire. Toute autre attitude est considérée comme une trahison. Mais au-delà de ce cliché, il y a les peurs, les fragilités, les personnes réelles avec leurs travers et leurs erreurs.

— Il ne l'a pas fait à ce moment-là, mais il essaie de se rattraper. Donnez-lui une chance, Clara. Tant que vous ne l'aurez pas regardé en face et ne lui aurez pas dit les yeux dans les yeux ce que vous avez besoin de lui exprimer, vous continuerez à vous cogner à la réalité sans parvenir à vous y insérer.

— Je ne peux pas lui pardonner.

— Personne n'a parlé de lui pardonner ni d'accepter ses justifications. Il ne s'agit pas de son besoin à lui mais du vôtre.

Sur une façade du cloître, une fresque représentait un missionnaire donnant la bénédiction à une jeune guerrier mexicain, un genou à terre. Ses armes et son panache de guerre à plumes colorées gisaient à ses pieds. Francisco observa les yeux du combattant, sombres et sauvages depuis près d'un millénaire. Ces yeux semblaient fatigués de se battre. Mais dans cette posture de vaincu, il était tragique et magnifique à la fois : il avait passé sa vie à chercher des certitudes dans le brouillard, à confronter les raisons d'hommes nains, à lutter sans répit, alors que tout était plus simple, au fond ; tragique, mais simple. Peu importait ce qu'il éprouvait, fatigue, nausée ou peur. Il devait tout bonnement accepter la réalité : sa défaite.

Peut-être Francisco se voyait-il comme un être écrasé par des forces supérieures, comme ce guerrier qui rendait sa lance et son bouclier. Ou bien Remedios avait-elle raison et il n'était qu'un lâche, un soumis qui s'était laissé entraîner sa vie durant sans opposer de résistance. Quoi qu'il en soit, il voulait croire qu'il n'était pas trop tard pour un ultime geste de rébellion qui le rachèterait à ses propres yeux. Considérer ce qui se préparait comme un mal nécessaire, un acte inévitable qui lui permettrait de retrouver l'équilibre que ses agissements avaient rompu cette nuit du 6 novembre 1975. Comme s'il comprenait à présent que toutes les décisions qu'il avait prises depuis n'étaient que le fruit pourri de cette première résolution, dans un enchaînement de peurs, de dénis et de simulacres qui avaient ruiné sa vie et celle de sa famille.

Il se retourna. Sous les arcs de pierre apparut la docteure Andrea. Abritée derrière elle comme une enfant apeurée, sa fille le regardait avec une expression qu'il ne parvenait pas à déchiffrer.

— Je vais vous laisser, dit la psychiatre en se tournant vers Clara et en lui caressant le bras. Je ne serai pas loin. Faites-moi signe si vous avez besoin de moi.

La jeune femme acquiesça. Père et fille se dévisagèrent à une certaine distance, incapables de s'approcher, de faire le premier pas vers l'autre.

— Tu as bonne mine, dit Francisco. Andrea m'a dit que tu progressais très vite.

Ses propos, il les voulait aimables, mais ils n'étaient justement que cela, aimables. Clara ne pipa mot. Elle s'assit sur un banc de pierre. Son pied droit tambourinait nerveusement sur le sol. Francisco regarda encore une fois la fresque. Le guerrier semblait le regarder à son tour et s'adresser à lui : "Ta défaite est aussi ancienne que la mienne, si ça peut te consoler."

— Difficile de trouver par où commencer. J'ai tant de choses à te dire.

Clara tourna la tête vers lui. Elle le regarda comme si elle cherchait à reconnaître le moindre détail de sa physionomie, à retrouver le père qu'elle aimait, en qui elle avait déposé une confiance aveugle bien des années en arrière. Mais il ne restait presque plus rien de cet homme-là.

— Qu'est-ce que tu veux, papa ?

Elle avait même du mal à l'appeler ainsi. Ce n'était plus qu'un inconnu qui payait ses factures, une ombre accrochée dans l'armoire des souvenirs flous. Une absence.

Francisco lui offrit docilement sa main, mais elle la refusa. Il empoigna le vide.

— Je regrette de ne pas avoir été là quand tu avais besoin de moi.

— Tu étais là, mais tu fermais les yeux, dit Clara.

Il n'y avait ni reproche, ni émotion aucune dans sa voix, un écho perdu au milieu du vacarme de la pluie qui fouettait le jardin.

— Je ne peux pas changer le passé, Clara.

Les yeux de la jeune femme s'emplirent de larmes. Que signifie le pardon quand on ne peut plus rien changer ? À qui pouvait-il servir désormais, qui pouvait-il guérir ? Son père ou elle ? Francisco s'effondrait à vue d'œil, tout l'échafaudage de sa vie était en train de s'écrouler.

— Je sais pourquoi tu es partie au Mexique faire ce reportage. Tu disais vouloir sauver d'autres gens, mais en réalité tu me fuyais. Et ça t'a détruite encore plus.

Clara secoua la tête, perplexe. Après tout ce temps écoulé, il refusait toujours de comprendre. Elle n'avait pas fui, cela n'avait jamais été son intention. Elle cherchait simplement à attirer son attention, lui lancer un appel à l'aide, le punir avant de pouvoir lui pardonner. Mais il avait agi comme à son habitude en enfonçant la tête dans le sable. S'il n'était pas capable de regarder la réalité en face et de l'accepter, pourquoi était-il là ? Qu'était-il venu faire ?

— Tu es toujours aussi aveugle, papa. Tu as perdu maman, tu m'as perdue, moi, et tu persistes à ne pas vouloir ouvrir les yeux.

— Je peux y remédier, Clara. Je peux encore faire quelque chose de bien. Et je vais le faire, ma fille.

Pendant quelques secondes, Clara eut un regard ému. Malgré tout, elle avait de la peine pour lui. Il était seul, vieux, perdu, piégé dans ses mensonges, ses dénis. Elle se leva, contempla quelques instants l'eau qui débordait de la fontaine au centre du jardin.

— Au revoir, papa.

Francisco voulait la retenir, mais il ne savait pas comment. Il sortit une enveloppe assez épaisse de la poche intérieure de son manteau et la lui tendit.

— Prends ceci, s'il te plaît.

Clara regarda l'enveloppe avec dédain.

— C'est quoi ?

Francisco fit un pas en avant, mit l'enveloppe entre ses mains et serra ses poignets contre sa poitrine. Son regard lui disait adieu.

— La seule chose que je puisse encore faire pour toi.

Depuis qu'il avait lu la nouvelle dans le journal, Francisco contemplait nuit après nuit son environnement familier en songeant que c'était peut-être la dernière fois qu'il le voyait. Visages mornes et somnolents, une personne lisant un livre sous une marquise, des yeux noirs, verts, bleus, des gens grands ou petits, gros ou maigres, des ciels avides, des passages piétons à moitié effacés, des amants détenteurs d'un peu de bleu, des clochards soulageant leurs tripes dans les fourrés d'un parc, Barcelone observée comme Athènes, peuplée d'hoplites se préparant pour le massacre. Une ville qui attendait un bon spectacle et des héros à pleurer en fin de journée. En se mêlant aux autres êtres humains, en se fondant dans l'anonymat, conscient que bientôt il cesserait d'être parmi eux, Francisco percevait la tristesse qui passait à côté de lui. Il cherchait de la joie et ne trouvait que des vies sans illusions. Des animaux entassés dans un wagon à bestiaux, des espoirs mensongers, des prisons invisibles. Manger, dormir, aimer et mourir. Accrochés à un sentiment de bonté ou de méchanceté trop vague, au fantasme d'un bonheur facile, étriqué et somme toute médiocre, abusés par une rhétorique creuse qui masquait la vérité, alors que, lui, il la connaissait. Il aurait aimé leur crier de sortir de leur songe creux. Mais personne ne l'aurait écouté.

Il ne savait pas quand cela se produirait ni qui s'en chargerait. Les jours passaient, mais il ne se faisait aucune illusion. Quelqu'un viendrait, il attendait son arrivée.

Un jour, enfin, cela se produisit.

Il faisait encore sombre, les camions de nettoyage ramassaient les saletés de la nuit, quelques ivrognes dormaient sur les pelouses. Un préservatif flottait dans une flaque d'eau. Pour une raison mystérieuse, l'air fleurait bon la fleur d'oranger sur la plaza del Reloj. Comme d'ordinaire, ne trouvant pas le sommeil, Francisco était sorti se promener. Il s'arrêta au milieu de la place. Il vit alors venir un homme par une des rues. Il marchait vers lui tranquillement. Vêtu d'un costume élégant, cravate, chaussures rutilantes, il arborait un sourire aimable. Sa bouche mais aussi tout son visage semblaient vouloir le rassurer. Il dodelinait un peu de la tête comme s'il s'excusait d'avance. Seules ses mains gantées de noir démentaient cet air bienveillant.

Cela amusa Francisco. Il n'aurait jamais imaginé quelqu'un de cet acabit, si bien mis, si impeccable. L'homme s'arrêta à deux pas de lui. Ils se regardèrent dans les yeux sans ciller.

— Vous venez les mains vides, fit remarquer Francisco comme si tuer quelqu'un exigeait quelque outil.

L'homme sourit avec un peu de compassion. Ses yeux étaient très sombres.

— Dites-moi où se trouve ce que je cherche et nous en aurons vite terminé.

Nous en aurons vite terminé. Voilà une menace élégamment formulée. Francisco haussa les épaules. Il aurait dû trembler de tous ses membres. Pourtant, la peur s'était envolée. C'était une sensation nouvelle, libératrice. Presque euphorisante.

— Je ne suis pas pressé. Je n'ai nulle part où aller.

Pour les épicuriens, la mort n'est que le péage de la vie. Pour ceux qui n'ont pas leur bonté de pensée, en revanche, mourir est une horreur inévitable. Surtout quand il s'agit d'une mort lente et très, très douloureuse. Quand tu souffres aussi atrocement, tu comprends que ce qui compte, ce n'est pas la mort en soi, mais l'agonie qui la précède.

Crier est humain, pleurer, se chier dessus ; il n'y a pas à en avoir honte. Dans ces cas, l'ignominie ne doit jamais retomber sur la victime. Celle-ci est innocente, quoi qu'elle ait fait. Et qu'avait fait ce boiteux, après tout, pour mériter de tels tourments ? Il avait protégé sa fille. Les actes altruistes ont quelque chose de romantique. Romantique, mais vain. J'ai tout de suite compris que Francisco ne me supplierait pas de lui laisser la vie sauve, qu'attendre cela de lui était peine perdue, mais il souhaitait en revanche que sa mort puisse sauver une autre vie. Je n'ai pas à me mêler de ces affaires. Je n'ai pas d'enfants, je ne me suis jamais estimé capable d'assumer une telle responsabilité. Assurer leur bonheur. Endosser leurs erreurs, me sacrifier pour qu'ils vivent. Francisco ne céderait pas aussi facilement que Carmen. Il préférerait se déliter entre mes doigts sans piper mot. Du moins c'est ce qu'il voulait croire.

Mon travail consista à lui prouver qu'il se trompait. Et même ainsi, alors que je lui déchiquetais les entrailles avec la minutie d'un bourreau chinois, j'ai admiré son intégrité. Malgré son martyre, il a refusé de négocier avec moi.

Au moins j'ai pu lui promettre que je ne ferais pas de mal à sa fille ; j'ai pu le lui concéder. Ensuite, dans un bruit insignifiant, son cou s'est brisé comme celui d'un oiseau. Je n'ai pas laissé choir son corps. Je l'ai accompagné jusqu'à terre et l'ai contemplé sur le carrelage glacé.

On entendait des pas et des rires au loin. Quelqu'un revenait d'une nuit de fête. Quelqu'un continuait de croire que la vie est belle.

TROISIÈME PARTIE

13

Galice, été 1969

Gregorio scruta les nuages. Ce matin, le ciel était gris plomb. Cela annonçait un changement de temps. Taciturne, il enfonça son bonnet et attaqua l'ascension, sa musette dans le dos. Quel pays capricieux ! Des jours où les tuiles se craquelaient sous le soleil, où les moineaux se faufilaient dans les fissures pour fuir la canicule, où la chaleur vous étouffait, vous ankylosait, vous brûlait le visage, des jours où on priait pour l'ombre d'un pin ou un peu de brise, et d'autres où la pluie vous condamnait à rester enfermé chez vous, à entendre hurler le vent et battre la mer, qui ne gelait jamais.

Depuis l'âge de six ans – à présent il en avait dix –, il gravissait chaque matin le même sentier, par tous les temps. Il s'agrippait à la terre poussiéreuse ou boueuse telle une chèvre des montagnes, enfonçant les ongles dans les montées les plus raides, s'agrippant aux buissons et aux pierres, supportant le froid et la chaleur. C'était un trajet épuisant, un pas en avant, deux pas en arrière. S'il tombait, il clouait les coudes par terre en s'efforçant de ne pas se retourner sur le dos pour ne pas écraser l'*empanada* qu'il portait dans sa musette. C'était le repas de son père, et son père disait qu'on ne jouait pas avec la nourriture.

Gregorio n'aimait pas son père. Comment aimer une personne qui exerce le métier de berger dans un pays de marins ? Il ne comprenait pas qu'il préfère l'odeur nauséabonde des moutons à la brise du soir sur une barque, comme tous les autres pères. Il y avait tant de choses qu'il ne comprenait pas chez lui… Et quand on ne comprend pas quelqu'un, on ne peut pas l'aimer, on peut seulement en avoir peur.

Quand il atteignit le calvaire, il vit les animaux éparpillés dans les prés et son père en train de se gratter l'entrejambe. Il fumait une de ses cigarettes de mauvaise qualité qui empestaient, et il cracha très loin un brin de tabac resté entre ses dents. À force de prendre des coups de ceinturon, Gregorio avait appris à se tenir devant lui tête basse et bouche cousue. Son père ne tolérait pas qu'il le regarde en face, il prenait cela pour une bravade, et les bravades, c'était réservé aux grandes personnes, pas aux morveux. Tout comme cracher, insulter et flanquer des baffes. Son père était doué pour jouer aux machos. Gregorio avait aussi appris à interpréter les brûlures qu'il sentait dans le ventre en le voyant : celles-ci lui annonçaient que son père était en rogne, et justement, ce matin-là, il les sentit. Quand son père était dans cette humeur, le mieux était de lui tendre la musette en enfonçant la tête dans les épaules.

Son père saisit son repas en grognant. Gregorio recula à une distance prudente et s'assit sur le socle de la croix, tandis que son père ouvrait sa gamelle et sortait le vin. Tout à coup, il regarda longuement à l'intérieur de la musette.

— Qu'est-ce que c'est que cette merde ? grommela-t-il en se levant et en lui envoyant le sac à la figure.

Le petit devint blême. Malgré toutes ses précautions, la gamelle s'était ouverte en chemin et l'*empanada* s'était émiettée.

— Même ça, t'es pas capable de le faire bien ?

Avant que Gregorio puisse se mettre à l'abri, son père l'avait rattrapé en deux enjambées, et il le gifla si violemment qu'il l'envoya au sol.

— Sale gosse ! T'es un bon à rien !

La salve d'insultes ne s'arrêtait plus : espèce de minable, avorton, bâtard… Tout comme la violence qu'il déchaînait contre lui. Peu importait le motif, si tant est qu'il y en eût un. La fureur de son père trouvait toujours à se soulager sur les os fragiles de son fils. Ensuite, il s'arrêtait net, comme si l'orage s'était éloigné de ses yeux. Mais ce matin-là, Gregorio pensa vraiment que son père allait le tuer. Il aurait voulu se coucher par terre et se cacher sous une couverture pour disparaître.

— Ça suffit ! Tu vas tuer le petit.

Le poing figé en l'air, le berger se retourna vers l'homme qui approchait d'un pas décidé, une canne à la main.

— T'en mêle pas, Martín. C'est pas tes oignons. Je corrige mon fils comme bon me semble.

Les yeux de Martín Leal lançaient des étincelles.

— T'appelles ça corriger, toi ? Il faut être un fumier pour s'acharner sur un être sans défense.

Un peu en retrait, le fils de Martín Leal, Julián, âgé d'à peine cinq ans, contemplait la scène. En grandissant, il l'oublierait presque complètement, mais à ce moment-là, ses yeux écarquillés absorbaient chaque détail. Il connaissait Gregorio, même s'ils n'étaient pas copains ; les autres enfants, Fouliña, Carmen et Susana, ne voulaient pas l'approcher, ils disaient qu'il sentait la chèvre et le mouton, qu'il était infesté de poux et sale comme son père. Le petit était étendu par terre, il bêlait comme un chevreau, recroquevillé entre les jambes de son père... Il saignait du nez.

Horacio, le berger, faisait peur à Julián. C'était un homme petit, trapu et carré avec un visage abominable, des poils drus qui lui sortaient du nez et des oreilles, un cou de taureau. On racontait que durant la guerre civile il avait fui dans les montagnes pour éviter d'aller au front. Le père de Julián le méprisait pour cette raison, mais il ne pouvait l'empêcher d'emmener paître son troupeau jusqu'à la lisière de ses terres. Sans qu'on sache pourquoi, le berger était sous la protection du Baron. Son père disait que c'était à cause d'histoires du passé. Quand il utilisait cette expression, histoires du passé, cela voulait dire que c'étaient des choses dont il était interdit de parler. Le village regorgeait d'histoires du passé, toutes en lien avec ces années dont personne ne parlait, la guerre et ce qui avait suivi. Chacun possédait son silence jalousement gardé.

Martín Leal empoigna le berger par le collet et l'écarta de son fils, le poussant contre le calvaire. Il brandit son bâton au-dessus de sa tête, furieux :

— T'aimes bien frapper les femmes et les enfants, Horacio. Tout comme t'aimes bien faire de la contrebande et racketter les femmes. T'as fait ton beurre sur la misère et la faim pendant que, nous, on vivait un enfer sur le front. T'as toujours été un fumier, caché sous les jupons de ton maître. Pourquoi tu t'en prends pas à quelqu'un de ta taille ?

Le berger se débattit.

— Ôte tes mains de là, putain ! Qu'est-ce que tu veux ? T'attirer des ennuis avec le Baron ? Si tu me touches, il le saura, et tu t'en mordras les doigts.

Martín Leal s'apprêtait à abattre son bâton, mais la menace de tout raconter au Baron le fit reculer. Il abaissa son arme et relâcha le berger, qui se massa le cou en le regardant haineusement.

— T'es un fumier, Horacio… Tire-toi de chez moi avec tes moutons !

— J'ai le droit d'être ici autant que toi. Je suis sur des terres communales.

Martín Leal désigna un muret qu'il avait lui-même monté avec l'aide de son fils.

— Tu vois cette limite ? C'est là que s'arrête le pouvoir du Baron. Et tes moutons sont en train de chier de l'autre côté. Sors-les de là et disparais de ma vue.

Martín Leal jeta un coup d'œil sur le garçon qui gémissait encore par terre. Julián s'était approché de lui et tentait de l'aider à se relever.

— Laisse-le, fiston. On ne peut rien faire de plus pour lui.

Julián insista.

— Il va lui faire du mal dès qu'on sera partis.

Martín Leal cracha par terre.

— C'est son père ; on n'y peut rien. Il devra apprendre à se défendre tout seul.

Julián obéit à contrecœur et commença à descendre vers sa maison. Ils n'avaient pas fait deux pas qu'Horacio, rageux, tonna dans son dos :

— T'es bloqué dans le passé, Martín. T'as pas compris que ton monde n'existe plus. Garde tes petites médailles, sergent, et réveille-toi : t'es pas un héros, tout le monde s'en fout de ce qui s'est passé il y a si longtemps.

Martín Leal s'arrêta net. Il tourna la tête vers le troupeau qui paissait au-delà du muret. La laine de quelques animaux portait la marque du Baron. Julián lut dans les yeux de son père ce qui allait se passer, comme s'il l'avait déjà vécu. Il connaissait cette noirceur qui voilait soudain son regard, cette manière de crisper les muscles, le prélude de quelque chose de très grave.

— Papa, où tu vas ?

Martín Leal n'entendit pas la voix de son fils, ne sentit pas le contact de sa main cherchant ses doigts pour le retenir. Tout à coup, il partit en courant vers le mur et l'enjamba. Il attrapa un des agneaux appartenant au Baron et le traîna jusqu'au bord de la falaise.

— Mais qu'est-ce que tu fous ?! hurla le berger en s'élançant vers lui.

Julián courut aussi pour tenter d'éviter la tragédie, mais il arriva trop tard. Son père avait avancé jusqu'au bord du précipice, tendu le bras et suspendu l'animal dans le vide, qui pédalait dans l'air en roulant des yeux terrifiés.

— Bande de profiteurs ! Les gens comme le Baron, comme toi, comme tous ces contrebandiers, vous êtes de la vermine. Des sangsues qui sucez le sang des gens pendant que d'autres versent le leur. Qu'est-ce que c'est que ce monde où les agneaux massacrent les loups ?

Gregorio s'était relevé et contemplait la scène en tremblant. Il haïssait son père, mais il ne haïssait pas les moutons, et encore moins les agneaux. Ils n'y étaient pour rien. Il s'approcha de Julián et le saisit par le bras.

— Dis-lui d'arrêter. S'il te plaît, dis-lui.

Julián ne voulait pas que son père fasse ça, mais il n'entreprit rien pour l'en empêcher et, de toute façon, il n'aurait pas su comment. Dans ces moments-là, son père ne s'appartenait plus. C'était une personne venue du passé qui prenait possession de son corps. Comme quand il criait la nuit au milieu d'un cauchemar et qu'il se réveillait la peur au ventre, regardant le ciel comme s'il allait pleuvoir des bombes.

La tragédie se déroula dans un étrange silence. Martín Leal ouvrit la main et laissa tomber l'agneau dans le vide. L'animal mit un siècle à tomber, agitant ses membres comme s'il pensait qu'à force il pourrait voler. Le claquement de la chair s'écrasant sur les rochers fut étouffé par le bruit des vagues. Commença alors une danse macabre entre la mer et la terre, le corps disloqué de l'animal se balançant au gré du ressac, coincé au milieu des rochers, comme si la mer et la terre se disputaient le trophée.

Horacio, le berger, jeta sur Martín Leal un regard de haine indescriptible.

— Dans mille ans, je m'en souviendrai encore.

Martín Leal secoua la tête.

— Tant mieux, parce que moi aussi.

Gregorio regarda en bas. Il lui semblait entendre le bêlement de l'agneau, ou de son fantôme, qui attendait qu'il descende le chercher.

— Il souffre, murmura-t-il, les yeux vitreux.

Julián cligna des yeux, comme s'il se réveillait d'une hallucination.

— Il est mort… Ce que tu entends, c'est la mer.

— Il est vivant, je te dis. Il m'appelle.

Julián s'énerva. Son père descendait vers la maison et l'appelait de loin.

— Alors descends le sauver, idiot, dit-il sans méchanceté, comme un enfant qui ne se soucie pas du poids des mots.

Avant qu'on puisse le retenir, Gregorio commença à descendre. La roche était glissante, peu sûre, et n'offrait pas de bonnes prises.

Quand les adultes enfermés dans leurs haines voulurent réagir, il était trop tard.

C'était le dernier souvenir cohérent que Gregorio conservait de sa vie. Après la chute, le rugissement de la mer pénétrant dans sa tête comme un pressentiment. Un coup violent contre un rocher et un craquement dans le crâne.

Il ne mourut pas ce jour-là. Du moins aux yeux des autres. Mais son esprit se ferma à la vie. Il ne connut dorénavant que le brouillard et l'obscurité, et vécut encore et encore cette chute dans le vide.

14

Côte Ártabra, Ferrol, mars 2005

— D'après la légende, il y a mille ans, d'énormes mammouths, des dents de sabre et des lions géants prospéraient sur ces terres, des forêts impénétrables s'étendaient à perte de vue et, lorsqu'on se tournait vers l'océan, on voyait des centaines de baleines bleues lancer leurs colonnes d'eau vers le ciel. Elles étaient en si grand nombre qu'on croyait voir une forêt éphémère surgir en pleine mer.

Gregorio baissa la tête. On avait du mal à le croire. Il ne voyait que des murs sans fenêtres, sans air. Il ne pouvait même pas s'approcher de la porte pour regarder dehors. Fouliña l'avait prévenu.

— On ne doit pas te voir.

— Pendant combien de temps ?

— Pas trop, jusqu'à ce que tout rentre dans l'ordre. Je vais trouver quelque chose.

Gregorio voulait simplement rentrer chez lui.

— Je ne trouverai pas de coquillages ni de cailloux, ici. Je ne pourrai pas fabriquer mes statuettes.

Fouliña lui caressa la joue, râpeuse après plusieurs jours sans rasage. Un homme si grand et si faible à la fois. Le jour où il prendrait conscience de sa force, ils avaient intérêt à s'être confessés avant.

— T'en fais pas pour ça. Tiens, mange un peu. C'est un sandwich à la mortadelle, et je t'ai aussi apporté un Coca.

Gregorio ôta l'emballage du sandwich et se retira dans un coin pour manger avec la délectation d'un animal qui craint qu'on lui prenne sa bouchée ; il était difficile de pénétrer dans ses pensées, même pour Fouliña, qui le connaissait depuis l'enfance. D'ailleurs, c'est sans doute pour cela que Gregorio était allé le trouver après la mort de Carmen pour lui raconter ce qu'il avait vu. Et maintenant Fouliña ne savait pas quoi faire de lui.

— T'es sûr de ce que t'as vu ?

Gregorio utilisait ses sens d'une manière chaotique, il vivait dans un monde dont il était le seul habitant. Il avait peut-être déformé la scène, construit un récit à base de détails mal interprétés.

— Je sais ce que j'ai vu.

Et le géant de répéter les mêmes détails exactement comme la première fois, sans laisser la moindre place à la conjecture.

La mort de Carmen avait dynamité de l'intérieur les fondations d'une petite communauté endogamique, où on savait tout sur tout le monde, et ce qu'on ne savait pas, on le soupçonnait ou l'inventait. Au bout de quelques jours à peine, se mit insensiblement à tourner la farandole de mensonges et d'exagérations, les "je te l'avais dit", "je m'en doutais", "ça devait mal finir"... Dans des villages comme celui-ci, on pleurait ses morts et on les vilipendait avant que les cadavres aient refroidi sous terre. Les plus grandes bassesses sont commises par des personnes qui se considèrent elles-mêmes comme honorables, car aucun chien ne résiste quand on lance un os à ronger jusqu'à la moelle.

Le nom de Gregorio ne tarda pas à être mentionné. Quelqu'un affirmait que les policiers venus de Ferrol pour enquêter sur cette affaire avaient trouvé une de ses figurines en forme de courlis corlieu, près de l'endroit où Carmen avait disparu. Pour l'instant, ils cherchaient le fils d'Horacio le berger pour l'interroger en qualité de témoin, mais sur cette terre aux vents changeants, on ne pouvait jamais savoir. Quand la foule se met à chercher une tête de Turc, elle débusque toujours la plus appropriée. Les locaux étaient experts en chasse aux sorcières, et un innocent pouvait parfaitement devenir coupable, pour peu que quelques doigts l'accusent.

Gregorio commença à se sentir traqué, il se cacha dans les anciennes grottes des contrebandiers, passa la nuit dehors sans fermer l'œil, terrifié. Au petit matin, en piteux état, il fuit à travers champs, emprunta des sentiers et se présenta enfin, tremblant et assoiffé, chez Fouliña. Si cela se savait, le village au complet déferlerait en une houle de rage et de vengeance, comme cela s'était produit trente ans plus tôt avec Martín Leal. Aucun d'entre eux, et encore moins Gregorio, n'échapperait au feu si l'étincelle bondissait.

— Il faut le cacher en attendant de pouvoir l'emmener ailleurs.

L'idée était de Susana. Pas question de prévenir la police. Fouliña n'y trouva rien à redire. Tout alla si vite – le faire monter dans la Land Rover, le cacher sous une couverture, l'emmener loin du village, dans la vieille cahute abandonnée des contrebandiers –, qu'il n'eut pas le temps de se demander si c'était la bonne décision.

— On va se mettre dans le pétrin, dit-il le soir à sa sœur.

Susana venait de prendre sa douche. Elle était belle, avec ses cheveux mouillés et ses yeux sombres qui se départaient rarement de leur sérénité. Fouliña l'aida à s'asseoir sur sa chaise roulante. Sur la table, il y avait une pile de devoirs à corriger, et sur la pile, ses lunettes et un stylo. Elle avait tout, sauf envie de penser à Rosalía de Castro et à tous ces élèves qui savaient à peine formuler une idée personnelle et préféraient copier.

— On est déjà dans le pétrin jusqu'au cou, mon frère.

Susana avait besoin de réfléchir. D'être seule. Elle poussa les roues de son fauteuil jusqu'à la galerie, chercha dans sa poche le joint de marijuana et exhala une bouffée douceâtre. La nuit était fraîche, sans nuages. Des milliers d'étoiles guettaient une initiative de sa part. Quelques semaines plus tôt, à peine, elle avait contemplé ce même firmament avec Julián. Un cadeau inespéré. Elle essayait de ne pas y accorder trop d'importance, de ne pas se projeter au-delà de ce qui s'était passé, un coup de folie, une jolie parenthèse, agréable, avant que leurs chemins ne se séparent de nouveau et que chacun reprenne sa vie. Sa tête trouvait toujours les raisons adéquates, les pensées opportunes pour refouler ce qu'elle éprouvait réellement.

Quoi qu'il en soit, il revenait à son frère et elle de trouver la solution. Comme toujours.

— Maudite sois-tu, Carmen, toi et ta maudite lignée, à toujours gâcher les belles choses qui m'arrivent, murmura-t-elle en tirant sur son joint.

15

Barcelone, mars 2005

Un alignement de chambres froides de part et d'autre du corridor et la lumière blafarde du néon. Dans un silence administratif, l'air empestait le désinfectant. Le cadavre gisait là, prêt à raconter son histoire. Décédé de mort violente, son visage s'était figé dans une expression indignée, comme s'il accusait ceux qui auraient dû le protéger et n'avaient pas su le faire. L'inspectrice Virginia Ortiz eut l'impression qu'il avait envie de se lever et de la montrer du doigt.

— C'est cette fracture qui l'a tué, dit le médecin légiste en indiquant la zone des vertèbres cervicales. Une torsion brusque du cou. Mais avant ça, ils ont pris leur temps, ajouta-t-il en tirant le drap qui recouvrait son torse. Coupures profondes sur les côtés et sur la poitrine, fractures intercostales, doigts brisés, signes d'asphyxie avec un sac en plastique. Toutes ces blessures sont très douloureuses, susceptibles d'exciter les récepteurs nerveux à l'extrême, mais aucune n'est mortelle. Ils n'ont pas voulu qu'il meure de ça, ils n'ont touché aucun organe vital et ne l'ont pas laissé perdre conscience, expliqua le médecin en hochant la tête, admiratif. Cela demande une grande expertise.

Virginia lui jeta un regard en coin, comme si elle lui reprochait de s'extasier devant cette prouesse technique. Pendant ce temps, Soria contemplait le corps, déconcerté, sans voix. Il blêmissait à vue d'œil.

— Je ne comprends pas pourquoi on continue à faire ça. Venir à la morgue, les regarder comme s'ils avaient quelque chose à nous dire. Ils ne disent jamais rien. Ils nous prédisent juste l'avenir.

— Je ne partage pas cet avis, répliqua le médecin légiste en montrant certaines parties de l'anatomie du cadavre. Les corps parlent d'eux-mêmes, les morts comme les vivants : la rigidité des veines, la température, le poids et la morphologie des organes internes, le contenu de l'estomac, les prothèses dentaires, les cheveux, la peau, les ongles… Ils parlent comme des perroquets, ils adorent parler d'eux. Il suffit d'apprendre à les écouter.

Dix minutes plus tard, ils étaient de retour dans la voiture. Soria continuait à désavouer cette méthode.

— J'aimerais comprendre ce qui amène quelqu'un de sensé à devenir médecin légiste.

Virginia fumait sur le siège du passager, regardant la circulation sur la Gran Vía sans la voir. Elle enfonça un ongle dans le filtre de sa cigarette. Elle n'avait pas envie de se tourner vers ce gros lard, pas envie de travailler avec lui ni de subir sa présence.

— Qu'est-ce qu'on sait du défunt ? se contenta-t-elle de demander.

— Pas grand-chose : Francisco Robles Romero, soixante-deux ans, né à Lugo. Veuf. Sa femme s'est suicidée il y a quinze ans. Il travaillait dans un cabinet de gestion dans le quartier de Gracia, mais suite à un AVC il y a quelques années, il est parti en préretraite. Son casier est vierge, même pas une amende impayée. Voici sa dernière adresse connue. Il a une fille de trente-trois ans, Clara Fité.

— Et d'où sort ce nom ?

— Apparemment elle a pris le nom de jeune fille de sa mère. Elle est internée dans une clinique de désintoxication dont j'ai aussi trouvé l'adresse.

Virginia baissa la vitre et jeta son mégot dehors. Elle ne se montrait pas très impressionnée.

— On ira lui parler.

Soria acquiesça, un brin déçu. Il eut du mal à attacher sa ceinture de sécurité. Sa bedaine l'obligea à reculer son siège.

— Ça te coûterait beaucoup un "bon boulot, camarade" ?

Virginia serra les lèvres. Elle flairait une entourloupe, mais ne comprenait pas la mécanique du piège dans lequel ce salopard de commissaire Heredia voulait la faire tomber.

— Camarade ? Tu ne peux pas parler sérieusement, bon sang ? Tu me prends pour une idiote, Soria ? D'abord l'interrogatoire de Julián et maintenant cette affaire qu'on nous confie à tous les deux. Heredia cherche à m'utiliser pour faire tomber l'inspecteur, et il m'a collé ton ombre dans le dos pour que tu puisses lui rapporter le plus petit pas de côté, alors épargne-moi cette foutaise de *camarade*. Si on se contentait de faire notre travail et qu'on arrêtait les conneries et l'hypocrisie ?

Soria ne se démonta pas. Il roula tranquillement vers la sortie nord de la ville. Il se débrouilla pour prendre un bonbon de la main droite, l'ouvrir et se le fourrer sous la langue. Il regrettait le temps où il pouvait fumer deux paquets de Ducados sans se sentir coupable.

— T'es une bonne enquêtrice, cheffe, tout le monde le sait. Une putain d'inspectrice, et tu pourras aller loin si tu déconnes pas.

— C'est toi qui vas m'évaluer, sous-inspecteur ? C'est toi qui vas me donner ton aval ?

— Moque-toi si tu veux, mais pour l'instant, tous ceux qui s'approchent de l'inspecteur Leal courent le risque d'être contaminés par la lèpre. Heredia veut la peau de ton ami depuis des années, et avec cette histoire de Restrepo, il lui a servi une excuse sur un plateau. Qu'est-ce qui lui est passé par la tête pour faire un truc pareil ?

Virginia ne savait pas où se mettre.

— Je ne sais pas, il n'a même pas voulu m'en parler.

Soria haussa les épaules.

— Si ce gars meurt à l'hôpital, j'imagine déjà Heredia en train de hurler de bonheur pendant qu'il aiguise sa hache.

Si Soria cherchait à lui soutirer des informations susceptibles d'aider Heredia à sacrifier Julián, il pouvait toujours se brosser.

— Quel rapport avec moi ? J'ai fait ce que j'étais censée faire. Le livrer. Pourquoi faut-il que je sois surveillée par quelqu'un comme toi ? On est où, là ? Dans une cour d'école ?

Soria fit non de la tête.

— En fait, c'est un jeu bien plus sérieux dans lequel certains peuvent finir en prison et d'autres être entraînés au fond d'un puits faute d'avoir largué les amarres à temps.

— Pourquoi Heredia déteste-t-il autant Julián ?

Soria l'ignorait. Ou préférait l'ignorer.

— Des bruits courent comme quoi il se serait passé quelque chose à la fin des années 1980, quand Julián était agent des renseignements à Vitoria et Heredia, son chef de brigade.

— C'était il y a une éternité !

Soria la regarda du coin de l'œil.

— Il y a un truc à comprendre, cheffe : le commissaire n'est pas idiot, il a un plan, un projet personnel. Peu de gens sont au courant pour le moment, mais d'ici un mois, sa promotion au sein du ministère sera officialisée. On parle d'un sous-secrétariat. Il attend ce poste depuis des années et il ne permettra pas qu'une accusation de violence policière ou un quelconque soupçon de dissimulation de faits lui barre l'accès ou entache son CV. D'une manière ou d'une autre, Heredia va en finir avec Julián et jouer les incorruptibles. C'est sa croisade personnelle, et tu t'interposes sur son chemin. Tu n'es pas encore dans le viseur du commissaire, il ne sait pas à quoi s'en tenir te concernant.

Virginia eut un sourire amer.

— Et c'est pour ça qu'il t'a placé comme garde-chiourme. Pour me surveiller… Quel avantage t'en tires ? Quel est ton intérêt là-dedans ?

Soria plissa le nez. Il avait une envie folle de fumer, bon sang.

— Je veux juste prendre ma retraite, pouvoir m'occuper de mes petits-enfants et passer mes après-midis à monter des dioramas sur la Première Guerre mondiale.

— Pour l'instant t'es toujours dans cette guerre-ci.

Soria fit claquer la langue et cracha ce qui restait de son bonbon.

— Non, ceci est juste une *drôle de guerre**[1]. Quand les hostilités commenceront pour de bon, on aura tous les deux intérêt à se trouver une bonne cachette.

Clara possédait un portrait de Tina Modotti. Les photographies de la période mexicaine de la reporter italienne dégageaient une force incroyable. En particulier la série sur les enfants dans le fleuve accrochée à côté du portrait, au-dessus de sa tête de lit. En étudiant son travail, Clara avait appris ce que signifiait capter la réalité sans tomber dans le piège des syllogismes. Et au passage elle était tombée amoureuse du Mexique.

La docteure Andrea lui avait demandé si c'était une bonne idée d'avoir ces photos. D'une certaine manière, cela l'obligeait à revivre les événements de 2002. La docteure ne pouvait comprendre que c'était précisément ce que voulait Clara : ne pas oublier les routes d'Oaxaca, les motels de Juárez, les lumières glauques de Mexico, le quartier de Valle Gómez, Cuauhtémoc et les enfants du parque Calles. Elle ne voulait pas oublier la raison pour laquelle sa vie était devenue un enfer.

Ce matin-là, la docteure alla la voir en dehors de son heure de consultation. Elle avait quelque chose à lui dire. Quelque chose d'important, à en juger par son expression contrite, et elle n'était pas seule.

— Ces inspecteurs viennent te parler, Clara. Quelque chose de terrible est arrivé.

Un gros homme et une femme brune très séduisante surgirent derrière elle.

Elle n'osait pas bouger. Elle semblait en transe. Les mots restaient au fond de sa gorge, elle avait un goût de cendre sur le palais. Elle tourna la tête vers ces deux étrangers qui l'entouraient, interrogea du regard la docteure, debout près de la porte, l'air perturbé, interloqué. Ces gens et leurs propos ne semblaient pas réels. Elle regarda ses mains, ses pieds, et il lui

1. Les mots suivis d'un astérisque sont en français dans l'original.

sembla que le sol était couvert de tas de feuilles sèches, marron et jaunâtres. Son père mort. Son père assassiné.

— Comment est-ce possible ?

Une femme jeune et belle étreignant une ombre. Voilà ce que Virginia vit dans les yeux vitreux de Clara, dans son rictus figé, sans larmes.

— Nous sommes désolés pour le décès de votre père, mais j'ai besoin de vous poser quelques questions.

Clara acquiesça, assise au bord d'une chaise, les mains sur les cuisses. Virginia eut l'impression de retourner chez les bonnes sœurs, quand la directrice la convoquait dans son bureau parce qu'elle s'était fait prendre en train de fumer dans les toilettes.

— Cela faisait longtemps que vous n'aviez pas vu votre père ?

Clara regarda la docteure, comme pour lui demander la permission de répondre.

— Six jours. Avant ça, on ne s'était pas vus pendant près de deux ans, depuis mon internement.

Soria observa la réaction de Clara : au moment de répondre, elle avait redressé le dos et joint les genoux.

— Et pour quelle raison ?

— Mon père et moi n'avions pas de bonnes relations.

Il y avait une note discordante dans sa douleur, une dissonance que trahissaient ses gestes nerveux et son attitude introvertie.

— Vous voyez un motif pour lequel on aurait pu vouloir s'en prendre à votre père ?

— Mon père était quelqu'un de bien. Tout le monde l'appréciait dans le quartier. Depuis qu'il a pris sa retraite, il s'occupait exclusivement de ses livres, de ses affaires, tranquillement.

Sa voix se brisa malgré elle. Virginia comprit alors qu'elle mentait. Son travail consistait à juger les gens et un jugement suppose toujours un choix : quand on est face à une personne, de deux choses l'une, soit elle ment, soit elle dit la vérité. Certains détails échappent à son contrôle. Un geste ambigu, un doigt qui tremble, un léger rosissement autour des lèvres. Clara ne disait pas la vérité, même si Virginia ignorait ce qu'elle dissimulait. Elle essayait peut-être de se protéger. Restait à savoir contre qui et pour quelle raison.

Elle décida de tenter une méthode différente.

— Si votre père et vous ne vous parliez plus depuis si longtemps, pourquoi vous êtes-vous vus il y a six jours ? Avait-il quelque chose de particulier à vous confier ? Comment l'avez-vous trouvé ? Était-il inquiet, nerveux, angoissé ?

Clara serra la mâchoire.

— J'ai eu l'impression qu'il venait me dire au revoir.

— Il pensait entreprendre un voyage ?

Clara, de plus en plus inquiète, fit non de la tête.

— Il ne me l'a pas dit, c'est juste une intuition. Comme je vous disais, nous n'avions pas de bonnes relations, nous ne nous sommes jamais beaucoup parlé.

Clara se frotta les yeux. La docteure Andrea, restée jusqu'ici à l'écart, intervint :

— Je crois qu'il faudrait que vous en restiez là et que vous vous retiriez, décréta-t-elle. La nouvelle n'est pas facile à assimiler.

Virginia pensa que Soria s'énerverait, prétendrait que c'était à lui de mettre un terme à un interrogatoire. Étonnamment, le sous-inspecteur ne moufta pas. Ils ne pourraient rien tirer de plus de Clara, du moins pour le moment. Elle tendit une carte de visite à la jeune femme.

— Voici mes coordonnées avec ma ligne directe. Si quelque chose vous revient, n'hésitez pas à nous joindre. Et encore une fois, veuillez accepter nos sincères condoléances.

Alors qu'ils s'apprêtaient à partir, Virginia lui posa une dernière question en apparence banale.

— Au registre d'état civil, vous figurez sous le nom de jeune fille de votre mère, Fité… Pourquoi avez-vous changé de nom ?

Clara haussa les épaules et, pour la première fois depuis le début de l'entretien, elle sembla sincère.

— Ma mère s'est suicidée quand j'avais seize ans. Elle représentait tout ce que je souhaite conserver de cette période de ma vie.

— Je comprends.

Clara la regarda fixement. Non, elle ne comprenait rien.

La docteure les raccompagna jusqu'à la sortie.

— Clara reçoit-elle d'autres visites ? De la famille, des amis ? lui demanda Victoria.

La docteure hâta un peu plus le pas. De toute évidence, elle voulait se débarrasser d'eux au plus vite. Cela n'avait rien de personnel. Simplement, les thérapeutes sympathisaient rarement avec les policiers. Selon un étrange préjugé, ils étaient nombreux à considérer qu'ils faisaient partie du camp opposé.

— Elle n'a ni famille ni amis. Cela dit, un homme lui a rendu visite une ou deux fois, quelqu'un qu'elle a rencontré il y a quelques mois.

— C'est autorisé ?

La docteure prit un air un peu contrarié.

— Ceci n'est pas un pénitencier, c'est une clinique privée. Les patients ne sont pas des prisonniers. Même s'il y a des règles à respecter.

— À ce propos, intervint Soria en prenant un air bêta et en déballant un bonbon. Est-il courant de rester si longtemps interné ? Si j'ai bien compris, Clara est ici depuis près de deux ans.

La docteure lui jeta un coup d'œil furtif. Elle ne voyait pas bien où il voulait en venir.

— Certains patients comme Clara ont besoin de plus de temps que d'autres pour surmonter leurs addictions et se forger un environnement sûr auquel retourner.

Soria acquiesça comme si l'explication lui suffisait. Pourtant, il voulut en savoir plus.

— Et pendant ce temps, ici, elle se sent protégée.

— Exactement.

Soria sourit avec une pointe d'ironie.

— Un privilège qui n'est pas à la portée de toutes les bourses. J'ai vu les tarifs de la clinique : si le forfait de base coûte 3800 euros par mois, je n'ose pas imaginer combien coûte le premium. Qui paie les factures ?

La docteure Andrea se crispa.

— Je suis psychiatre et non pas comptable. Pour ces questions, vous devrez vous adresser à l'administration.

Soria échangea un regard avec Virginia.

— Oui, c'est fait. C'était son père qui payait les frais. Vous ne trouvez pas bizarre qu'un retraité qui perçoit une pension de 1123 euros par mois puisse assumer une telle charge ?

La psychiatre n'avait pas d'avis sur la question. Cela ne la regardait pas, mais que ce gros qui passait obsessivement son bonbon d'une joue à l'autre lui pose une question dont il connaissait déjà la réponse la concernait pleinement. La fausse question est une des formes les plus détestables du sarcasme.

Virginia dut reconnaître malgré elle que Soria se débrouillait bien. Ses manières un peu rustres au premier abord le faisaient passer pour un être inoffensif et maladroit, facile à esquiver. Une boîte à surprises, ce Soria.

Ils gagnèrent la sortie et la docteure prit congé d'une poignée de main aussi énergique qu'expéditive.

— Si vous n'avez plus besoin de moi, je dois retourner auprès de Clara. La situation ne va pas être facile à gérer.

Soria tenta de se faire pardonner :

— Vous ne nous appréciez pas beaucoup, n'est-ce pas, docteure ? Nous ne faisons que notre travail, vous comprenez ?

La docteure fit claquer sa langue.

— Je comprends qu'il n'est pas agréable pour une jeune femme qui vient de perdre son père de se faire harceler de questions. Mais vous semblez y prendre plaisir, monsieur le sous-inspecteur.

Soria ouvrit les mains comme pour s'excuser, puis s'éloigna vers le parking. Virginia resta un peu à la traîne. Elle ne voulait pas partir sans avoir posé une dernière question :

— Cet homme qui vient rendre visite à Clara, vous pourriez m'en dire plus ?

La docteure prit une inspiration avec patience.

— Pas beaucoup. Un grand monsieur, mince, bien de sa personne, la quarantaine passée. Il a de beaux yeux verts et une mèche blanche sur la nuque.

Virginia sentit une décharge électrique sur la tempe, un spasme nerveux à l'œil droit, comme si le sang s'était subitement accumulé sur le nerf optique. Elle demanda d'une voix tremblante comment il s'appelait.

— Julián, je crois qu'il s'appelle Julián.

Clara essuya ses larmes. Pourquoi pleurait-elle ? Que ressentait-elle ? Qu'était son père pour elle ? Elle contemplait les chatoiements de la lumière qui entrait par la fenêtre et se déversait sur le petit bureau, près de son lit. L'enveloppe qu'il lui avait remise quelques jours plus tôt était toujours là, encore fermée.

16

Barcelone, un peu plus tard dans la journée

Julián savait qu'il n'était pas censé être là. Si on lui avait posé la question, il aurait eu du mal à expliquer pourquoi il rôdait autour de ce gamin, Chinchilla.

Assis au volant de sa voiture, alors qu'il l'observait près de la fontaine, il se dit que c'était un drôle de surnom. Le chinchilla est un rongeur andin de la taille d'un lapin, doté d'un petit museau et de grandes oreilles ; un animal social, fidèle au groupe, très prisé des pelletiers. Il se demanda qui l'avait affublé d'un surnom pareil. Peut-être son beau-père, Blusas, du temps où il braquait des camions transportant des fourrures. Peut-être Lagarta, sa mère, parce qu'elle avait toujours rêvé de posséder un de ces manteaux. Il était étrange de le voir jouer seul : il remplissait des ballons d'eau et les faisait exploser par terre, puis il regardait l'eau couler entre ses orteils. Un cercle vide, un cercle d'absence, se formait autour de lui.

Pourquoi Restrepo avait-il choisi cet enfant plutôt qu'un autre ? Il avait dû trouver qu'il n'était pas comme les autres, qu'il était spécial. Comme Triton, cette lune qu'on ne pouvait pas voir, mais dont son père lui affirmait qu'elle était là, dans un point du firmament obscur qu'il montrait du doigt, à quatre mille trois cents milliards de kilomètres de distance. Outre sa température glaciale, la particularité de Triton est qu'elle effectue un mouvement rétrograde par rapport à la rotation de sa planète, Neptune. Déterminée à contrarier le géant, Triton explose continuellement en de grands geysers de roche et de gaz. Forcée par Neptune, elle se met en quatre pour essayer d'échapper à son orbite.

— Tôt ou tard, lui disait son père comme s'il s'agissait d'une métaphore de sa propre vie, le géant vaincra et finira par la désintégrer. Mais Triton ne cessera jamais d'essayer de s'enfuir.

L'enfant s'aperçut qu'il était observé. Il regarda la voiture, un globe rempli à la main. Un sourire malicieux dénonça son intention. Le ballon partit comme une fusée et explosa sur le pare-brise. Quand l'eau cessa de couler, l'enfant était toujours là, qui le regardait de ses yeux noirs comme des puits, à présent grands ouverts, une moue de défi dessinée sur son visage. D'un coup, comme s'il avait entendu un appel secret, il partit en courant et descendit la rue en tenant son pantalon trop grand.

Virginia était à cran. Elle essayait de se calmer depuis plus d'une heure, se répétant toutes sortes d'évidences : "Ne sois pas bête, on parle de Julián ; tu le connais depuis des années, c'est un ami de Luis – c'est pas le moment de penser à ce salopard – et les filles l'adorent. Il t'a tiré d'affaire un tas de fois. Alors pourquoi cette ombre de suspicion, cette inquiétude sans nom ?"

Elle leva les yeux vers le bureau d'Heredia. Le commissaire était parti à Madrid, mais il continuait à actionner de loin les fils de ses marionnettes. Si Soria apprenait ce que lui avait dit la docteure, c'était la porte ouverte à tous les soupçons.

Elle devait tirer les choses au clair avec Julián avant que cela puisse se produire.

Le café derrière le palau de la Música était leur confessionnal. Loin des regards indiscrets, ils s'y retrouvaient depuis des années quand ils voulaient s'entretenir de questions personnelles, extérieures au travail. C'était un lieu exigu et mal aéré, sans tables, seulement un long couloir avec des tabourets alignés le long d'un comptoir en bois. Autrefois, il était tenu par un couple d'Estrémègnes qui servaient de la bière glacée et des tapas gratuites de pain de mie, de chorizo frit et de couennes de porc huileuses. Il était maintenant géré par un couple de

Chinois et chaque olive coûtait un bras, la rançon du tourisme. Par inertie, ils continuaient tout de même à s'y donner quelquefois rendez-vous.

Julián essayait de comprendre ce que cachait le mutisme de Virginia. Depuis l'affaire Restrepo, ils avaient pris leurs distances. Leur pacte de confiance était rompu et il était difficile de le restaurer. Il engagea la conversation sur des thèmes simples au sujet desquels ils pouvaient tous deux se montrer sincères.

— Comment ça va, chez toi ?

Un léger bouillonnement de sang tendit les veines du cou de Virginia. Il lui était pénible de parler de l'infidélité de Luis. Elle détestait dormir seule. Quand elle se réveillait dans le lit vide, elle prenait la mesure de sa nouvelle nudité, sans la peau de Luis collée, tatouée sur la sienne ; cette peau dont elle ne pouvait pas se défaire, à son corps défendant. Elle regrettait les moments où ils jouaient sous les draps, se faisaient des confidences, parfois petites et futiles, mais qui représentaient pour eux le bonheur partagé.

— Je lui ai demandé de quitter la maison, mais je crois qu'il me manque. Je suis con, hein ?

— Non, tu n'es pas con. Tu lui as accordé ta confiance et il l'a trahie. Maintenant tu ne sais pas quoi faire, comment accuser le coup. L'orgueil a parfois des raisons que le cœur n'accepte pas.

Virginia leva un sourcil. Dans la bouche de Julián, ces mots avaient une résonance étrange. Pour autant qu'elle sache, son ami n'était jamais tombé vraiment amoureux. Il avait toujours eu la réputation d'être un cœur à prendre, un célibataire endurci. Avec les années, son appétence pour la liberté s'était transformée en un manteau de solitude dont il continuait à se draper. Quelques aventures sporadiques par-ci par-là, des filles qui partageaient son espace vital pendant quelques semaines, voire quelques mois, mais aucune ne restait très longtemps. Soit elles partaient, soit il les quittait.

— Et toi ? Où en es-tu ? lui demanda-t-elle en remuant du bout de sa fourchette une portion de salade russe peu engageante. Elle n'avait rien avalé. En revanche, elle en était à sa troisième cigarette.

Julián hocha la tête. Sa peau distendue lui amollissait les lèvres.

— Je suis sur plusieurs fronts à la fois. Pose-moi une question plus précise.

Virginia secoua la tête.

— Fais pas l'idiot, tu sais bien de quoi je parle.

— Mes reins, alors…

— Tes reins, oui.

— Les derniers examens ne sont pas très encourageants. L'espérance de vie des personnes ayant un carcinome avancé des cellules rénales est de cinq à sept mois. Avec une ablation partielle et le nouveau protocole pharmaceutique, ça peut aller de douze à trente mois, selon le stade. Je suis au stade 2 T1. Reste à savoir si le cancer a métastasé dans les glandes lymphatiques. Si c'est le cas, il serait trop tard pour une néphrectomie.

Virginia le regarda sans savoir que dire.

— C'est pas juste, putain… T'as peur ?

Elle regretta aussitôt d'avoir posé une question aussi bête.

Julián se dit que le regard de Virginia en pleine concentration lui manquerait, son parfum, le frôlement de sa jambe et les secondes qu'elle mettait à l'écarter. La chaleur qui restait ensuite sur sa peau. Oui, il avait peur. Il était même terrifié.

— Je finirai soit au cimetière, soit en tôle, probablement, alors on peut dire que je suis foutu.

Virginia ne comprenait pas son indolence.

— Ça, tu n'en sais rien.

— Bien sûr que je le sais, Virginia. Et toi aussi, tu le sais. En attendant, trinquons à ce qui nous reste.

Virginia recula la tête pour l'observer, comme si un extraterrestre avait pris possession du corps de son ami.

— Le rôle du gars résigné ne te va pas. Ce n'est pas toi. Tu ne capitules jamais sans te battre.

Julián grimaça légèrement. Il avait déjà entendu ce discours et, tout compte fait, il était aussi prévisible qu'un autre. Il avait le droit de s'apitoyer sur son sort.

Ils se turent un moment, comme si ce qui allait leur tomber dessus se passait de commentaire et qu'il n'y avait plus rien à ajouter.

— Soria est le chien de garde d'Heredia, méfie-toi de lui. C'est de la mauvaise graine, dit enfin Julián.

— Je sais. Il m'a clairement signifié que si je ne sautais pas du navire, j'allais couler avec toi.

— Sur ce point, tu devrais l'écouter.

Elle n'apprécia pas le conseil.

— On ne peut pas dire que ton attitude m'aide beaucoup. C'est toi qui m'as fourrée là-dedans le jour où t'as débarqué chez moi couvert de sang et où tu m'as dit avoir un type à moitié mort dans ta voiture. La moindre des choses, c'est que tu me donnes une explication, il me semble.

Julián crispa les doigts autour de son verre de bière.

— J'étais déboussolé. Je ne savais pas qui d'autre contacter. Je le regrette. Je suis désolé de t'avoir impliquée là-dedans.

Virginia haussa le ton, exaspérée.

— Ce n'est pas toi qui m'y as impliquée. Je m'y suis impliquée toute seule. Parce que j'ai confiance en toi, parce que, même si je commence à avoir l'impression de ne plus te connaître, je me dis et me répète qu'il doit y avoir une raison derrière tout ça, une raison que je ne comprends pas, que personne ne comprend… Je n'arrête pas de retourner tout ça dans ma tête, de formuler des hypothèses, j'imagine des scénarios pour t'innocenter, et pendant ce temps, toi, tu fais quoi ? Tu restes là sans bouger, sans rien dire. Comme si ça ne te concernait pas. Et là, pendant que je te parle, tu n'es même pas capable de me regarder dans les yeux. Je sais que t'as peur et que la maladie est omniprésente, comme une épée de Damoclès au-dessus de ta tête. Mais ce n'est pas une raison pour me mettre sur la touche. Il faut que tu me parles.

C'était une proposition tentante. Se débarrasser de ce poids qui l'écrasait, partager avec quelqu'un ce qu'il avait vu sur cette vidéo, permettre qu'elle – qui mieux qu'elle – l'aide à transformer les soupçons en certitudes et les indices en preuves. Comme ce serait libérateur ! Mais ce n'était pas possible, puisqu'il voulait la maintenir à l'écart.

— On se connaît depuis combien de temps ?

— Quinze ans.

— On est amis, oui ou non ?

— Bien sûr, en tout cas c'est ce que je croyais.

— Et durant toutes ces années, est-ce que je t'ai donné l'impression d'être quelqu'un en qui tu pouvais avoir confiance ?

Virginia le voulait, le souhaitait de tout cœur. "Donne-moi une raison de te croire et je te croirai", disaient ses yeux.

— Il faut que tu m'accordes ta confiance encore une fois, Virginia. Je te jure que quand ce sera fini, tu comprendras.

L'incrédulité s'emparait de ce regard, le fissurait.

— Et ça se terminera quand ? Le jour de ton enterrement ou quand le fourgon t'emmènera du tribunal à la prison ?

Julián plissa les paupières.

— Quoi qu'il en soit, ce sera bientôt.

Virginia déglutit. Des demi-vérités, des demi-mensonges, elle ne savait plus à quoi s'en tenir.

— Tu connaissais Carmen Laín.

L'affirmation déconcerta Julián.

— Oui, on en a déjà parlé. Ton nouvel acolyte m'a clairement laissé entendre qu'il me soupçonnait. Vous avez retrouvé Gregorio ? J'imagine que cela dissipera ses doutes.

— Pas encore, il est toujours porté disparu.

Julián observa l'inspectrice plus attentivement. Il y avait autre chose.

— J'entends presque tourner les engrenages de ton cerveau. Vas-y, crache le morceau, quel qu'il soit.

— On est en train d'enquêter sur un homicide. Francisco Robles Romero, né à Lugo. Ce nom te dit quelque chose ?

Julián ne réfléchit même pas avant de nier d'un hochement de tête. Virginia détourna un instant le regard vers le cendrier fumant.

— Mais tu connais Clara Fité, non ?

Julián fronça les sourcils.

— Oui, je la connais. J'ai fait sa connaissance il y a quelques mois.

— Dans quelles circonstances ?

— Sur un site de rencontres. C'est d'ailleurs toi qui m'as encouragé à m'y inscrire, pour que je sorte de mon isolement… Quel est le rapport ?

Virginia expira lentement.

— Clara Fité est la fille de Francisco, l'homme assassiné.

Julián ouvrit de grands yeux, devinant ce que son amie insinuait.

— Qu'est-ce que tu fabriques, Virginia ? Où veux-tu en venir ?

Virginia se leva et demanda l'addition. Et si Soria et Heredia avaient raison ? Peut-être était-elle trop impliquée émotionnellement, peut-être son affection et son admiration pour Julián troublaient-elles son jugement. Elle aimait cet homme, il se peut qu'au fond elle ait toujours éprouvé à son égard autre chose que de l'amitié – elle aurait volontiers couché avec lui s'il le lui avait proposé, quitte à se demander ensuite si c'était par désir ou par dépit –, ses filles l'appelaient tonton, Luis le considérait comme son ami. Mais elle n'était plus sûre de rien.

— Deux morts en moins de quinze jours. Et d'une façon ou d'une autre, tu as un lien avec les deux victimes. Tu penserais quoi, à ma place ?

Julián était devenu muet. Ses lèvres dessinaient une ligne froide et tranchante.

— Pour commencer, murmura-t-il enfin, blessé, je chercherais des preuves avant de lancer des conjectures contre un ami.

Virginia voulait le croire, mais quelque chose ne collait pas, elle le voyait, le flairait.

— Soria finira par apprendre ta relation avec Clara, et tous ceux qui veulent ta tête, le procureur, les Affaires internes et Heredia, te passeront un nœud coulant autour du cou. Je tâcherai de te couvrir, je ne dirai rien pour l'instant… Mais je te jure que si je découvre que tu me caches autre chose, si tu me la joues à l'envers, je me chargerai moi-même de te couper la tête et de la jeter aux cochons.

— Je ne suis pas un assassin, Virginia. Celui qui a fait ça est quelque part, en liberté.

Chez les putes, Julián. C'est là que je me trouvais quand ton amie a commencé à te soupçonner.

J'aime les putes. Ce sont les êtres les plus authentiques que je connaisse. Elles ne feignent pas d'être quelqu'un qu'elles ne sont pas, elles me regardent et me jaugent, tout comme je les regarde et les jauge. Je m'en fous que leur con soit aussi froid que l'enfer. Après tout, je suis tout aussi mort qu'elles. Peu importe que tu les déshabilles comme si tu leur arrachais la peau, que tu te mettes à hurler tout nu, comme Harvey Keitel dans *Bad Lieutenant*, ou que tu te comportes comme Richard Gere dans *Pretty Woman*. Elles ne t'en regarderont pas moins comme ce que tu es : un gland et un loser qui paie pour ce qui devrait t'être offert. Dans tous les enfers, il n'y a pas autant de désolation réunie que dans les gestes d'une bonne professionnelle. Et pourtant, je n'ai jamais été capable de coucher avec un autre genre de femme. Parce que ce que j'aime le plus, avec elles, c'est le vide qu'elles te laissent une fois parties.

J'éjacule grossièrement, comme si je voulais vider tout le poison que j'ai en moi. Ensuite je m'écroule sur le lit. Elle se glisse de sous mon corps. Elle a pitié de moi et ferme la porte de la salle de bains pour se laver. Je n'entends que le jet d'eau. Quand elle sort, elle se rhabille en silence. Je lui désigne mon portefeuille. Elle ne prend que la somme convenue.

Pendant que je fume avec le cendrier sur la poitrine, j'observe la photographie de Clara.

Jeune, belle, triste. Elle a l'air innocente, mais personne ne l'est à cent pour cent. Du fond de ses yeux qui dégagent une tristesse inexpressive, même pas douce, elle semble me demander pour qui je me prends, qui m'autorise à la juger. Cela n'est pas franchement une consolation. Je me demande si elle a conscience de ce que son père a fait pour elle, dans quel gouffre insondable il a dégringolé pour la sauver. Il m'était sympathique, Francisco, je comprends pourquoi il a franchi la ligne qu'on se jure de ne jamais franchir.

Il y a des jours pénibles, dans ce métier, des jours où ta main tremble, où, tout en bas, au fond de l'abîme, celui que tu as été il y a une éternité lève le nez et te regarde sans comprendre ce que tu es devenu. Dans ces moments-là, tu n'as d'autre choix que de fermer les yeux, respirer profondément, faire ce que tu as à faire et oublier. Nous aussi, les fils de pute, méritons que nos rêves se réalisent, nous avons le droit de vieillir sur un voilier en haute mer en contemplant le coucher de soleil ; je conserve le dépliant d'un First Yacht 53 comme si c'était mon dernier espoir : mât en aluminium, quille en fonte, tirant d'eau de 2,25 mètres, deux cabines avec lits doubles, cabine sanitaire et hublots pour m'éclairer à la lumière naturelle. Ce pourrait être ma Terre promise.

Je me demande quel était le rêve de Francisco. J'aurais dû lui poser la question.

17

Barcelone, deux ans plus tôt

Francisco s'arrêta devant l'enseigne lumineuse du Jazz Club. Le vigile le regarda comme s'il s'était trompé d'adresse.

— Vous pensez entrer où, là ?

Francisco donna le nom que Clara lui avait fait mémoriser. Le type l'examina des pieds à la tête, contracta son cou de taureau et s'écarta. Francisco se fraya un passage en boitillant et descendit l'escalier qui menait au sous-sol parmi les clients qui fumaient et buvaient sur les marches recouvertes de moquette. Derrière le rideau, on entendait la rumeur d'une musique stridente, assourdissante. La salle était dans le noir, des rafales de laser bleu et vert tournaient sur la piste, peuplée de masses qui remuaient frénétiquement, sans visages. La musique semblait avoir sur eux un effet hallucinogène, ils levaient les bras et leurs mains ressemblaient à des branches d'arbres malades. Certains secouaient leur tee-shirt en l'air, hurlaient comme dans une sorte de rituel initiatique.

Francisco avait le tournis. Il ignorait que sa fille fréquentait des endroits pareils. Il chercha un tabouret un peu à l'écart, près du bar. Une serveuse affublée d'une perruque blonde et d'un corsage qui couvrait moins qu'il ne montrait lui demanda avec un sourire ironique s'il souhaitait une camomille. Francisco se demanda quel âge elle avait. Tout juste majeure.

— Une bière, je vous prie.

Il y avait de plus en plus de gens, de fumée et de bruit. Les visages défilaient devant lui, se livrant à un jeu étrange dont il ne comprenait pas les règles. Échange de choses en sous-main, allées et venues aux toilettes unisexes, gesticulations, regards, corps qui se déplaçaient avec une sensualité feinte ou une fausse indifférence. Chacun jouait un rôle que tout le monde semblait approuver. Il la vit alors surgir tel un ange sans ailes. La trentaine, d'une beauté difficile. Sa façon de se mouvoir pouvait être perçue par n'importe qui comme un affront. Clara lui avait dit qu'il la reconnaîtrait à sa cicatrice sur la joue droite. Francisco alla droit vers elle.

— Tu es Romina ?

La femme le jaugea, lèvres entrouvertes en une mimique dubitative. Un faisceau lumineux balaya ses joues, à moitié couvertes par ses cheveux qui tombaient du front en désordre.

— Tout dépend de qui la demande.

— Je viens de la part de Clara, dit-il en lui montrant discrètement une liasse de billets.

Une heure plus tard, la pâle figure de sa fille fondit sur lui dès qu'elle entendit la clé dans la serrure.

— T'en as trouvé ?

Francisco acquiesça d'un air funèbre. Il n'eut pas le temps de sortir le sachet de son manteau que Clara, transformée en boule de nerfs, se mit à lui fouiller les poches. Après avoir obtenu ce qu'elle voulait, elle courut pieds nus, en petite tenue, s'enfermer dans la salle de bains. La porte étant restée entrouverte, Francisco eut la vision du dos osseux de sa fille, des marques de coups et blessures rapportées du Mexique. Il ne s'était pas encore habitué à l'avoir à la maison. Un jour, on avait sonné à sa porte et c'était elle, sa valise à ses pieds, transformée en spectre, détruite, après trois ans sans donner de nouvelles.

— Je ne sais pas où aller.

Francisco ferma la porte de la salle de bains. Voir sa fille dans cet état ressemblait à se tirer une balle dans la tempe. Il attendit, assis dans le salon dans le noir, sans ôter son manteau. Il contempla le cendrier débordant de mégots et de cendre, les verres sales avec encore des mégots qui flottaient, des restes de pizza dans une boîte huileuse, son téléphone portable, son chargeur. Son pied toucha une bouteille vide. Il était incapable d'assimiler tout cela. Sur le meuble de la télévision, la photo de Remedios et Clara au marché de Noël d'Espinelves semblait irréelle. Cette fillette avec son bonnet de laine jaune qui posait sa joue souriante sur celle de sa mère n'existait plus. Qu'était devenue cette époque, la neige, les rires, les parties de luge et leur saint-bernard ?

Les minutes passaient et Clara ne sortait pas de la salle de bains. Francisco s'approcha craintivement et toqua. Pas de réponse. Il poussa doucement la porte. Clara somnolait dans la baignoire en marmonnant, de la salive séchée autour des lèvres. Par terre, la seringue, la cuiller, le briquet et la ceinture.

Francisco s'appuya contre le mur et cacha son visage dans ses mains. Il sanglota comme cela ne lui était pas arrivé depuis la mort de Remedios. Ces mêmes mains venaient d'acheter de la drogue à sa fille. Impossible de s'enlever de la tête ce geste abominable. "Si tu ne m'en apportes pas, je me jette par la fenêtre, comme maman", l'avait-elle défié. Il avait refusé, elle n'avait pas le droit de lui faire du chantage avec ça. La haine qu'il avait lue dans ses yeux était indescriptible. Clara hurla, brisa des chaises et des meubles, vida les armoires, pleura, implora, menaça, jusqu'à ce qu'elle se mette à trembler, avoir des crampes, vomir. La voir ainsi, en larmes, tordue de douleur, transpirant comme si la fièvre lui venait des yeux, le suppliant, était au-delà de ce qu'il pouvait supporter. Il céda.

— T'es un lâche, t'as toujours été un lâche, l'accusait Remedios.

Il ne voulait pas revivre cela une deuxième fois. Il ne pouvait pas la perdre elle aussi.

Le lendemain matin, le monde était morne et gris comme après une bataille. Francisco n'avait pas fermé l'œil de la nuit. Clara revenait d'entre les morts. Son père lui servit un café bien corsé. C'était la seule chose qu'elle acceptait d'avaler au petit-déjeuner.

— Laisse-moi t'aider, ma fille.

Clara observa sa tasse fumante.

— C'est un peu tard, tu ne crois pas ?

Comment réfuter un narratif devenu vérité gravée dans le marbre à force d'être répété jusqu'à la nausée ? Francisco ne le tenta même pas. Il encaissa l'estocade sans ciller, différa l'expression de sa douleur pour une meilleure occasion et apporta son ordinateur portable à sa fille.

— C'est la meilleure clinique du pays. Tu pourrais t'y faire soigner.

Clara jeta un vague coup d'œil sur le site que lui montrait son père. À ce moment-là, elle était on ne peut plus convaincue que sa maladie était incurable. Selon elle, la seule chose qui lui restait à faire, c'était de se laisser aller sur la pente descendante.

— Je vais me doucher.

Francisco la retint par le poignet. Ils furent tous deux surpris par ce geste. Ils ne s'étaient pas touchés depuis des années. Le regard de Francisco jetait des étincelles. Cette fois, il allait faire preuve de courage et assumer sa part de responsabilité. Quel qu'en fût le prix.

— Tu pourras ne plus jamais me revoir, si tu le souhaites. Tu pourras me tenir pour mort. Mais laisse-moi faire ça pour toi, je t'en supplie… C'est ce que ta mère aurait voulu. Que tu redeviennes toi-même, Clara.

— Et si je refuse ?

Francisco durcit les traits. Quelle importance, désormais, si sa fille le haïssait un peu plus ou un peu moins ?

— Je me suis renseigné. Juridiquement, je pourrais te faire mettre sous tutelle compte tenu de ton état psychologique. C'est un recours légal qui s'appelle l'autorité parentale rénovée.

Contrairement à ce que son père craignait, Clara ne protesta pas, ne se mit pas en colère, ne l'agressa pas et ne l'insulta pas non plus comme les fois précédentes. Elle se contenta de le regarder comme si la vie avait déserté ses yeux et que son visage était un poids mort. Elle renifla le filet de morve qui lui sortait du nez, les yeux injectés de sang.

— Ça ne sera pas nécessaire.

Deux jours plus tard, Clara fut internée dans la fameuse clinique de désintoxication. Francisco y laissa quasiment toutes ses économies, mais cela suffisait à peine à payer les frais d'inscription et quelques mois de traitement. Il envisagea de vendre sa bibliothèque, mais Waldo, son ami libraire, le lui déconseilla. Il en tirerait à peine 2000 ou 3000 euros, et se séparer de ses chers livres serait terriblement douloureux. Quant à vendre l'appartement, l'agent immobilier qui en évalua le prix lui confirma ce dont il se doutait : c'était un bien trop ancien qui avait besoin de rénovations importantes et l'offre dans le quartier était pour l'instant saturée.

— Quoi qu'il en soit, si vous vous décidez à vendre, on ne peut pas savoir combien de temps cela peut prendre. Un, deux, trois mois, et jusqu'à six.

— J'ai besoin de liquidités tout de suite.

— Je ne peux pas vous dire mieux, à moins que vous ne vouliez le brader.

Aucun organisme ne voulut lui concéder un prêt. Ses revenus étaient insuffisants pour payer les mensualités et les intérêts l'auraient ruiné en peu de temps. Il était aussi désespéré que déterminé. Il devait trouver une solution. Un soir, tandis qu'il feuilletait le vieil album photos de Remedios et lui en jeunes mariés, il la trouva. Une option qu'il avait écartée trente ans plus tôt et à laquelle il ne pensait pas recourir un jour.

L'après-midi même, il prit un billet de train pour Ferrol.

Ils se donnèrent rendez-vous en ville. Carmen était assise sur un banc sous un cèdre de l'alameda de Suances. En face, se dressait le bâtiment Herrerías de l'arsenal militaire. Lorsqu'elle était enfant, son père l'emmenait en promenade jusqu'à la place de las Angustias, où se tenait un vendeur de marrons grillés. Il lui sembla que c'était l'endroit idéal pour retrouver Francisco Robles. Le coup de fil de l'ancien camarade de son père l'avait étonnée. Elle se souvenait à peine de cet homme ; sa femme et lui avaient quitté le village peu après l'incendie de la maison de Martín Leal et, pour autant qu'elle sache, ils étaient partis la queue entre les jambes.

Ce fut néanmoins elle qui le reconnut en premier lorsqu'elle le vit approcher en boitillant. Ce ne pouvait être que lui. Il avait l'allure typique des Galiciens partis faire fortune en Amérique lorsqu'ils rentrent plusieurs décennies après. Mince, vieux – ou plutôt décati –, vêtu d'un costume blanc cassé trop léger pour la saison et un feutre marron. Il portait un gilet assorti, une cravate à gros nœud, à l'ancienne, et une canne au pommeau ouvragé. Carmen sourit, n'en croyant pas ses yeux. Il ne lui manquait que la moustache prussienne, le monocle et la montre à gousset pour ressembler à un personnage de Tolstoï.

Il regarda autour de lui, désorienté, jusqu'à ce qu'elle se lève et agite le bras de loin. Francisco s'approcha, l'air sérieux, et lui serra la main sans emphase.

— La dernière fois que je t'ai vue, tu étais une enfant. Je ne t'aurais pas reconnue.

Carmen décida de prendre cette remarque pour un compliment.

— Le temps a passé pour tout le monde, pas vrai ? Ton appel m'a beaucoup étonnée.

Francisco proposa de faire une promenade et lui offrit son bras. Ce geste chevaleresque vint confirmer la première impression de Carmen : Francisco était devenu un personnage de roman du XIXe siècle.

— Je ne savais pas qui contacter, dit-il d'une voix sereine, mesurée. Je ne sais plus qui est en vie et qui est mort, au village. Mais j'ai imaginé qu'El Cerso existait toujours. C'était le quartier général d'où ton père gouvernait sans gouvernement. Il m'a semblé logique que tu aies pris la relève. Vous êtes un peu comme la maison royale d'un non-royaume.

Carmen pinça les lèvres.

— Vraiment ? Les choses ont beaucoup changé, depuis l'époque du Baron.

— Mais si quelqu'un continue de tirer les ficelles, ça ne peut être que ta famille, j'en suis persuadé. Voilà pourquoi je t'ai contactée.

Francisco lui expliqua brièvement la raison de son appel : il avait encore une propriété de famille dans le village. Une grande maison située sur la route de La Corogne, entourée de quelques hectares de terre cultivable. Il y avait vécu au début de son mariage avec Remedios ; son père, sa mère et son grand-père y étaient morts, mais il ne s'y était pas rendu depuis son départ à l'âge de trente-deux ans. À présent, il souhaitait la vendre au plus offrant, et il espérait que Carmen puisse l'aider.

— Tu connais tout le monde, et ce sont de bonnes terres. On pourra bien en tirer quelque chose.

La Baronne ne tarda pas à détruire ses illusions.

— Je crains que tu ne sois pas venu dans la propriété de ton père depuis trop longtemps. La maison est en ruine et les champs autour, en friche. Ces terres ne valent rien et le bâti devra être entièrement rasé. Je ne pense pas que tu en tirerais grand-chose… Je pourrais peut-être te faire une offre, monter un projet d'investissement avec toi. Vu que le chemin de Saint-Jacques passe par là, il y a des pèlerins, des touristes. On pourrait peut-être s'associer, ouvrir une maison d'hôte, un gîte rural.

Francisco était déçu.

— Ce n'est pas ce que j'avais à l'esprit. À vrai dire, j'ai besoin d'argent tout de suite.

— Combien ?

— Beaucoup, je crains.

Carmen le regarda, intriguée. Une idée insensée germait dans son esprit. Les personnes désespérées sont prêtes à commettre des actes désespérés, et Francisco semblait être dans ce cas. Qui plus est, ce n'était pas un total inconnu, et elle savait quelque chose sur lui.

— Tu trempais dans l'affaire de contrebande de mon père, pas vrai ?

Tout sourire cache un côté obscur. Voilà ce que pensa Francisco devant l'expression qu'adopta soudain le visage de cette femme. Il aurait dû se douter que le passé se présenterait au rendez-vous, avec sa faux bien aiguisée, ce regard et ce rictus qui lui disaient : "Tu pensais réellement que je t'avais oublié ?" Il se gratta la gorge, mal à l'aise.

— En ce temps-là, nous travaillions tous bon an mal an pour ton père.

— Tu faisais partie de son cercle intime, si je ne m'abuse. Il y avait mon père, Toño, Horacio, le berger, et toi. C'était toi le plus jeune.

Francisco sentit que sa cravate l'étranglait.

— C'était il y a très longtemps.

— C'est vrai, mais il y a des faits imprescriptibles. Personne n'a oublié ce qui s'est passé avec Martín Leal au calvaire. On dit que tu étais un des quatre hommes cagoulés.

Francisco s'écarta d'elle. Il n'était plus cet homme-là. Il s'était répété ce mantra pendant trente ans, jusqu'à enfouir très profondément la partie la plus hideuse de sa personne.

— Il y a eu une enquête et on a été innocentés. La police a conclu que l'incendie et la mort de Martín Leal étaient accidentels.

Carmen acquiesça.

— La police et les juges mangeaient dans la main de mon père, à cette époque. Ils ont dit ce qu'on leur a ordonné de dire. Tu aurais pu rester au village, personne ne vous reprochait quoi que ce soit ; au contraire, vous étiez secrètement considérés comme des héros, tout le monde chuchotait que vous aviez bien agi. Martín Leal était un traître, une balance. À cause de lui, beaucoup d'hommes sont morts la nuit du naufrage. Tu aurais pu faire fortune avec mon père, devenir son bras droit. Mais tu as préféré partir. Pourquoi ?

L'esprit de Francisco divaguait confusément entre différents passés, comme sous l'effet d'un somnifère : l'affrontement avec la garde civile la nuit du 4 novembre, le naufrage de la barque qu'il conduisait, les noyés exhibés sur la plage le lendemain matin ; la nuit du 6, au Cerso, les quatre hommes ivres, buvant sans discontinuer, la colère, la fureur grandissante… Ce n'était même pas un plan prémédité, personne n'avait dit “allons faire ça”, ils trouvèrent les bidons d'essence près du ponton et montèrent avec. Personne ne savait ce qui allait suivre. Ou alors si, les trois autres le savaient. Toutes les vieilles haines qu'il ignorait s'exprimèrent cette nuit-là : Toño trahissant son camarade d'armes, Horacio empli de rancœur depuis la guerre civile et l'affront de l'agneau, le Baron et son sens de la justice à la Fuenteovejuna[1].

1. Allusion à la pièce de Lope de Vega, *Fuenteovejuna*, où tout un village s'attribue le meurtre d'un seigneur qui a déshonoré une paysanne ; face à l'unanimité, le roi pardonne le crime, laissant entendre que celui-ci était justifié.

Il était le seul à ne pas avoir de comptes à régler avec Martín Leal, mais il n'eut pas le cran de refuser, de s'opposer au Baron et aux autres.

— Après ce qui s'est passé, j'étais incapable de croiser Marisa, la femme de Martín, dans la rue, son doigt pointé sur moi, ses insultes, ses cris en pleine rue : "Assassin, assassin, assassin !"

— Tout le monde sait qu'elle est devenue folle.

Folle de désespoir, certes, réclamant une justice qu'elle n'obtiendrait jamais. Il croisait aussi son fils, Julián, dont les yeux si verts l'accusaient ou l'interrogeaient. Il ne supportait pas la loi du silence, la façon dont le village se moquait d'eux, les isolait, les méprisait et, à la fin, les ignorait.

— Je voulais laisser tout ça derrière moi.

Ce que demandait Francisco était impossible. Renaître, lavé de toute faute. Sans remords. Cela ne pouvait pas arriver, le ver était entré en lui et le consumerait à petit feu, pas à pas, à chaque décision, chaque action de sa vie.

— La culpabilité ne sert à rien, dit Carmen.

Selon elle, le remords n'était qu'un obstacle, une faiblesse qui vous empêchait de saisir les chances qui se présentaient. Son père le lui avait appris lorsqu'elle était petite : "Ne demande pas la permission, ne baisse pas la tête."

Sans s'en apercevoir, ils étaient sortis du parc et se trouvaient devant le 136 de la rue María, face à un immeuble qui serait passé inaperçu n'étaient les plaques commémoratives que l'on voyait au balcon du premier étage. Un bas-relief en bronze rappelait que Franco, Caudillo d'Espagne et généralissime, était né à cet endroit.

— Nous sommes tous coupables de quelque chose, fit observer Carmen en regardant ce bâtiment fermé à double tour. Ceux d'en haut et ceux d'en bas, mais eux, ils sont bien pires parce qu'ils volent autrement, en douce, cachés derrière leur honorabilité, la loi, la politique et les privilèges, avec leurs voitures, leurs maisons de campagne, leurs domestiques, et ils refusent de le reconnaître. Au moins les gens comme nous sont moins cyniques.

— Qui ça, *nous* ? Je ne voudrais pas t'offenser, mais je te répète que, pour moi, cette affaire est de l'histoire ancienne. Je ne suis pas cet homme-là. Plus maintenant.

Carmen le scruta d'un air ironique.

— Et qui es-tu devenu, Francisco ? J'ai entendu dire que tu étais doué pour les chiffres. Pour organiser, t'occuper de la paperasse. Tu as vraiment besoin d'argent ? Alors oublie les miettes et récoltes-en à pleines mains. On est sur le point de conclure une grosse affaire, une personne comme toi nous serait d'une grande utilité. Travaille avec moi et tu auras la somme que tu veux et bien plus. Tu dois juste accepter d'être qui tu es, ce que tu as toujours été, ce que tu dissimules derrière ton apparence.

Paradoxe.

Joli mot qui fait référence à un fait contraire à la logique. Envisagée sous cet angle, une bonne partie de ce qui nous entoure et de ce que nous sommes serait paradoxale. Nous serions tout simplement des êtres paradoxaux, des êtres qui se comportent et existent contre toute logique.

Que Clara soit une junkie en cure de désintoxication et que son père s'engage, sur proposition de Carmen, dans un guêpier de trafiquants et d'intermédiaires dans le but de la tirer de cet enfer, voilà un paradoxe accompli. Il est tragique de devenir quelque chose qu'on déteste pour sauver quelqu'un qui vous déteste. On dirait presque une plaisanterie de mauvais goût : prendre l'argent de la drogue pour payer un traitement antidrogue. T'humilier, tomber dans l'abjection suprême, pour offrir un nouveau départ à ta fille sans qu'elle en soit jamais informée.

Ce qui est absurde, c'est que nous obtenons rarement le résultat escompté malgré nos meilleures intentions. En voulant sauver sa fille, Francisco a fini par la condamner en la jetant entre mes mains.

De tous les paradoxes, le plus tragique et absurde est peut-être que nous voulions continuer à vivre, même si nous ne comprendrons jamais pourquoi.

18

Clinique de désintoxication,
province de Barcelone, mars 2005

Clara examina sa bouture. Le secret pour qu'un cyclamen survive à l'hiver, c'était de l'arroser sans que le bulbe soit mouillé. À l'instar des bégonias, ce sont des plantes extrêmement sensibles à l'humidité et donc exposées au pourrissement. Une fois les tiges ramollies, il est très difficile de les redresser, mais tout comme il faut éviter un arrosage excessif, elles exigent une juste quantité de lumière et d'air frais. Dehors, livrées aux intempéries, elles risquent donc de mourir. Un risque pourtant inévitable.

Cette plante était en osmose avec Clara.

La lettre que lui avait écrite son père était sur le lit et la clé qui l'accompagnait, au creux de sa main. Elle ne connaissait pas les sentiments qui s'étaient emparés d'elle après la lecture de ces feuilles noircies d'un seul côté d'une écriture lisible et assurée, sans ratures ni fautes d'orthographe, sans que la moindre ligne n'échappe à la main ferme de son père.

Tout ce qu'il y racontait était inédit, possédait des résonances nouvelles. Le style, les mots choisis, leur contenu. La confession – était-ce cela ? – d'un homme inconnu. Ses rapports avec l'homme qu'elle appelait "papa" de son vivant avaient toujours oscillé entre l'affection et la mise à distance. Une enfance sans savoir à quoi s'en tenir, dominée par la peur et l'incertitude en la présence aimée et redoutée d'une mère malade, erratique, incapable de se contrôler, dont les yeux reflétaient des désirs qui réclamaient une satisfaction immédiate, au-delà de la raison et des circonstances. Elle buvait immodérément, offensait les autres à tout-va, et plus l'offense était grande, plus elle s'en délectait. Chaque repas, chaque échange de regards dans cette maison devint un furoncle purulent sur le point d'éclater et de laisser échapper toute la saleté qu'il contenait. Clara attendait ces explosions, elle les convoitait comme une forme de vengeance après coup, mais son père feignait de ne pas s'en rendre compte, il évitait l'affrontement, se cachait derrière sa paperasse et ses livres.

Clara le tint pour responsable de la mort de sa mère. Elle lui reprocha de ne pas avoir été capable de l'arrêter sur le chemin en direction de la fenêtre par laquelle elle avait sauté, un trajet de quelques mètres que sa mère tarda des années à parcourir tandis qu'il était occupé à se camoufler en peaufinant son rôle de bon voisin, bon mari et excellent père.

Quand elle commença à travailler au journal, à voyager à travers le monde, toujours vers des destinations dangereuses, peu recommandées, en quête de l'article parfait, elle ne tarda pas à s'attirer une réputation d'ambitieuse. Elle était pressée de se forger un nom à coups d'effets qui propulseraient sa carrière, sautant toutes les étapes intermédiaires qui font d'un journaliste un bon journaliste, puis un journaliste hors pair. Voilà ce que tout le monde pensait dans le milieu, mais ce que Clara recherchait en réalité, c'était à étouffer des sensations profondes, douloureuses, en les inhibant, en les reléguant aux oubliettes. Ses pulsions se manifestaient toujours sous une forme déguisée : obsessions, agressivité, manque de patience et distanciation vis-à-vis de la gent masculine qui finirait par dynamiter ses relations sentimentales.

Elle aurait pu demander de l'aide, admettre qu'elle n'allait pas bien. Un appel au secours qu'elle implorait en silence depuis des années et auquel personne n'avait répondu. Clara décida donc de se laisser porter par une euphorie impérieuse, d'obéir à l'injonction de vivre sans que rien ne lui rappelle le passé. Voilà pourquoi elle accepta ce travail en free-lance au Mexique. Pour punir son père de son absence, s'effacer et disparaître.

Qui avait-elle puni, au fond ? Ses sentiments étaient partagés.

Elle observa sa chambre, ce qui avait constitué son refuge au cours des dernières années. L'ambiance claustrale derrière ces murs. Où irait-elle si elle quittait la clinique ? Alors que c'était désormais l'unique endroit où elle se sentait à peu près en sécurité. Dehors, tout représentait un danger. Elle commençait à comprendre pourquoi, durant des siècles, des générations entières de femmes avaient choisi le cloître et la vie monacale dans un monde qui ne cherchait qu'à les dépecer. Elle ne supporterait pas de replonger, mais elle ignorait si elle aurait la force de résister.

Pour retourner dans le monde extérieur, elle avait besoin de retrouver un nouvel enthousiasme, quelque chose qui la pousse à revivre. Et son père, l'homme qu'elle haïssait, s'était sacrifié pour la lui offrir :

Clara, ma chère fille, nous n'avons jamais été très démonstratifs l'un envers l'autre, et ce n'est pas maintenant que nous allons commencer. Je suppose que nous nous doutions tous les deux de la manière dont cela finirait. Nous n'avons jamais été dupes.

Je sais qu'il faut se concentrer sur ce qui importe aujourd'hui, et, dans la mesure de mes moyens, mon devoir est de te mettre à l'abri. Je crois que les émotions pourraient facilement me distraire de cet objectif primordial, et me voici en train de t'écrire sans pouvoir éviter qu'une profonde tristesse me submerge. Peut-être parce qu'il fait nuit et qu'il pleut, ou parce que j'ai devant moi l'unique photo que tu m'as envoyée du Mexique, celle où on te voit entourée d'enfants dans un parc de la capitale. Tu y parais heureuse, ma fille, libérée de tout le mal que nous avons pu te faire par le passé. Je me rends compte que ne pas sombrer dans les blessures de leurs parents est pour les enfants un parcours du combattant, et toi, du moins sur ce cliché, tu semblais avoir brisé la chaîne pour devenir toi-même. En voyant ton expression, la manière dont tu serres ces petits dans tes bras, l'amour avec lequel tu les regardes, je ne cesse de me demander d'où tu tires ces sentiments, cette capacité de comprendre leurs vies et de les entourer. Je me souviens que ta mère me reprochait souvent ma froideur, mon manque d'affection. Je m'abritais toujours derrière mes responsabilités. Dans le fait que je remplissais ma part du contrat. Je travaillais, m'occupais de ma famille et m'acquittais de mes obligations. Responsabilités, travail, obligations. Tout un vocabulaire qui ne renvoyait en rien à l'amour. Peut-être avais-tu simplement besoin de trouver sur qui déverser ce besoin d'aimer pour en apprendre le langage que je ne t'avais pas transmis.

Je ne vais pas employer avec toi la langue de bois, cela n'aurait aucun sens. Nous n'avons jamais été une famille aimante, je n'ai pas été un bon père, pas plus que tu n'as été une bonne fille. Nous avons appris à nous considérer avec une certaine distance, nous contentant de ne pas empiéter sur l'espace de l'autre, chacun placé à une extrémité opposée du cercle dont ta mère occupait le centre. Nous nous bornions à ne pas nous laisser absorber par sa force gravitationnelle afin de préserver notre propre intégrité. Et j'ai conscience que ce n'était pas juste envers toi ; j'étais l'adulte, et toi, l'enfant. Il me revenait de te protéger, quitte à plonger avec elle. Je n'ai pas eu la trempe ni la volonté nécessaires. J'ai préféré détourner le regard, me taire et aller de l'avant. Sincèrement, j'étais content lorsque tu es partie de la maison, content pour nous deux.

Je ne te demanderai pas pardon, je sais que tu ne pourrais ni ne voudrais me l'accorder. Je ne serais pas non plus capable de l'accepter. J'ai tenté de chercher en moi les raisons de ce que je t'ai fait, mon abandon et mon laisser-aller, ma lâcheté, mais je dois reconnaître que mes justifications ne tiennent pas.

Depuis ton retour du Mexique il y a quelques années, j'ai souvent pensé que j'étais en train de payer une dette du passé. Si seulement tu m'avais mieux connu ; si seulement j'avais été capable de te montrer mes propres blessures, les erreurs que j'ai commises dans ma jeunesse et dont je ne t'ai jamais parlé. Mais cela n'a pas de sens. Il ne sert à rien de juger le passé à la lumière du présent, de le pointer d'un doigt accusateur sans rien savoir, rien comprendre. Il serait injuste de t'infliger cela.

Je ne voudrais pas que tu penses que j'ai fait tout cela parce que je me sentais en dette envers ta mère ou toi, ni que j'ai tenté de racheter mon passé en te protégeant. Ce n'est rien de tout cela, ma motivation est bien plus simple, elle a toujours été là bien que je l'aie consciencieusement occultée durant ton enfance et ton adolescence. Tu es ma fille, je t'aime, point. Indépendamment de tout ce qui s'est passé. Ne te sens pas coupable, Clara. Tu es une victime tout comme ces enfants sur lesquels tu voulais écrire. Les monstres sont à l'extérieur, pas à l'intérieur. Tu es la seule bonne chose que je laisserai en ce bas monde, et le mérite, ce n'est même pas à moi qu'il revient, mais à toi. Tu peux juger mes méthodes si tu veux. Penser que je suis l'homme le plus détestable de la terre, me haïr encore un peu pour m'être engagé dans ce monde sordide, cruel et égoïste qui t'a détruit. Si tu me demandes comment j'ai pu me transformer en ce type-là, l'unique raison, c'est que je veux leur reprendre tout ce qu'ils t'ont arraché au Mexique et te le restituer.

Tu trouveras en annexe les indications sur ce qu'il faut faire avec la clé ci-jointe ; tu dois simplement te souvenir du jour de tes douze ans, et de ce livre : L'Histoire sans fin.

Il est possible que tu ne me croies pas, que ta douleur te pousse à te méfier de moi, je n'y peux rien, excepté t'offrir un nouveau départ, te rendre ta vie.

Voilà la seule chose que je puisse te laisser.

Il n'avait pas signé. Clara était obnubilée par ce détail ; il manquait sa signature, le tracé élégant de son prénom et l'initiale de son nom de famille à la plume entourés d'un grand trait. Elle admirait cette signature, la manière dont il la dessinait, rapidement et sans hésiter, signature d'écrivain ou de philosophe. Pourtant, malgré ses lectures, son père avait toujours été un homme de chiffres, de calculs, de logique et de distance.

Cette lettre avait dû lui demander un immense effort.

Deux jours plus tard, l'autobus surgit dans le virage. Clara rangea la lettre et la clé dans son sac.

— Vous en êtes sûre, Clara ? lui demanda la docteure Andrea en l'accompagnant à l'arrêt de bus, plus émue que ce qu'elle était en droit d'exprimer.

Clara l'étreignit affectueusement.

— Je dois le faire. Je ne peux pas rester cachée ici toute ma vie.

— S'il y a un problème, si vous avez besoin de parler, si vous sentez que vos forces défaillent, appelez-moi. À n'importe quelle heure du jour et de la nuit. Promis ?

Clara acquiesça. Elle prit sa valise et monta dans le bus.

— Un ticket pour Barcelone, s'il vous plaît.

Elle ne regarda pas derrière elle. Elle s'assit près de la vitre, prit une grande respiration et ferma les yeux.

QUATRIÈME PARTIE

19

Barcelone, avril 2005

Chinchilla avait ôté ses chaussures. Elles étaient trop serrées et tellement trouées qu'il se mouillait les pieds. C'était mieux comme ça, pour barboter dans les flaques. Machinalement, il se débarrassa aussi de sa chemise et de son pantalon, il resta donc en slip. Il aimait sentir la pluie glisser sur son corps, entre ses fesses, dans sa bouche ouverte, ses oreilles. C'était comme si le tonnerre entrait aussi en lui. Il se sentait différent, propre à l'intérieur, et par moments il oubliait l'homme au masque de loup, le matelas crasseux et le plafond en fibrociment.

— Mais t'es quoi ? Un animal ou une personne ? lui cria-t-on à travers la vitre d'une voiture garée au coin de la rue.

Chinchilla se retourna et regarda fixement Blusas à une distance prudente.

— T'es idiot ou t'es sourd ? Je t'ai posé une question !

Il ne répondit ni oui ni non. Il ne bougea pas davantage lorsque son beau-père descendit de voiture et s'approcha de lui en chancelant, les yeux rouges. Il avait une drôle de façon de marcher, appuyant le poids du corps sur le bout des pieds sans poser le talon. Arrivé à sa hauteur, Blusas secoua la tête, jeta un coup d'œil résigné sur les taudis, derrière la zone d'activité, et, sans préambule, lui flanqua une gifle. Le petit en eut un sifflement dans l'oreille.

— Rhabille-toi, bordel ! J'en ai marre que tu te comportes comme un sauvage. Maintenant t'es mon fils, alors il est pas question que tu me ridiculises.

L'enfant se rhabilla.

— Oui, monsieur.

“Maintenant t’es mon fils.” Blusas aimait prononcer cette phrase à tout va. Maintenant Lagarta était sa femme et lui, son fils, les choses allaient donc changer, il fallait un homme à poigne, avec des couilles, dans cette maison. On disait dans le quartier que depuis qu’il s’était associé aux Cantero, ses affaires en dehors de la zone d’activité fleurissaient. On disait qu’il avait désormais des amis haut placés, des gens qui lui étaient redevables. Plus question de dealer des petites doses au coin des rues, finis les braquages de camions sur les aires d’autoroute. Dorénavant il jouait dans la cour des grands, il se prenait pour un king, s’était mis à acheter des costumes italiens et à aller chez un coiffeur en dehors du quartier. Il se promenait dans sa voiture neuve, tel un gangster de pacotille, lâchait des mots en anglais hors de propos, *darling*, *morning*, *money*, *always*.

Charo, la grand-mère du petit, le considérait comme un ringard, avec ses chemises aux couleurs criardes et ses grosses lunettes de soleil, qu’il chaussait en passant la porte, qu’il fasse beau ou mauvais temps. Un tocard qui ne méritait pas sa fille. On disait qu’elle avait jeté le mauvais œil sur lui. Cela signifiait que, même si Blusas l’ignorait, son sort était scellé. Il était fait comme un rat. L’enfant ne pouvait pas dire qu’il en était désolé. Lui non plus, il ne pouvait pas le blairer. Si seulement sa mère pouvait se débarrasser de lui.

— Comment veux-tu qu’elle le lâche, puisque c’est lui qui paie son vice, se plaignait la grand-mère.

Depuis que Blusas s’était installé chez eux, grand-mère et petit-fils devaient dormir dans la petite chambre derrière la cuisine, sur un lit étroit et un matelas dont les ressorts s’enfonçaient dans les reins. La vieille dame se calait de côté contre le mur pour laisser la meilleure place au petit, là où leur couche était moins affaissée, où il pouvait bouger. Quand Blusas et Lagarta se disputaient, s’insultaient et se tapaient dessus dans l’autre chambre, elle lui bouchait les oreilles ou lui racontait des histoires pour détourner son attention.

— Ton père, le vrai, était un homme bien, lui.

— Maman dit qu’il nous a abandonnés quand elle était enceinte de moi.

La grand-mère grommelait. Cela était faux.

— Ils étaient tout gamins, quand ta mère est tombée enceinte. Elle avait seize ans, et lui, dix-sept. Un autre serait parti sans demander son reste. Pas ton père ; c'était un type droit, gentil, et il vous aimait, toi et mon idiote de fille, qui en a toujours eu plus dans le soutien-gorge que dans le cerveau. Le problème, c'est que ton père est parti chercher du travail en France. Il pensait vous faire venir à Toulouse dès qu'il aurait tout organisé. Mais un camion a renversé son vélo et lui a roulé dessus. Il est mort… Mourir, c'est abandonner, mais il n'y était pas pour grand-chose, le pauvre. Celui qui vous a franchement laissés tomber, c'est ce salopard de Blusas, qui ne sort que pour aller au bistrot ou s'occuper de ses magouilles.

Si sa grand-mère ou sa mère n'étaient pas là quand Blusas revenait avec un des Cantero, le garçon devait quitter la maison pendant deux, trois heures. Ça lui était égal, il aimait bien marcher sur la voie ferrée désaffectée jusqu'à l'ancienne halte. Surtout les jours de pluie, quand les rails brillaient. L'enfant adorait l'odeur des traverses mouillées et des herbes folles qui poussaient sur les côtés, où il débusquait parfois un crapaud. À cet endroit, personne ne lui demandait rien ni ne l'embêtait.

Depuis l'histoire de l'homme-loup, sa grand-mère et sa mère le regardaient différemment ; elles ne le traitaient plus comme avant. Sa mère prenait ses distances, l'évitait comme un pestiféré, même s'il lui prenait tout à coup de le serrer dans ses bras et le couvrir de baisers comme s'il était un chiot abandonné ; elle pleurait et s'accusait en sanglotant d'être une mauvaise mère, tout ça à cause de son vice, mais un jour, quand il serait grand, il comprendrait.

Mémé Charo l'observait plus attentivement qu'avant, comme si elle l'étudiait ou qu'elle redoutait qu'il lui arrive quelque chose, qu'il se transforme en animal ou un truc dans le genre. Elle ne parlait jamais des événements – Blusas leur avait interdit d'ouvrir leur clapet –, mais de temps en temps elle s'asseyait à ses côtés, lui prenait les mains et lui demandait comment il allait. À d'autres moments, elle lui soufflait en passant que tout le monde n'était pas mauvais, qu'un jour il pourrait quitter le quartier et avoir une vie différente.

— Une belle vie, parce que tu le mérites, disait-elle, puis, à l'insu de sa fille et de Blusas, elle lui glissait dans la poche un billet soigneusement plié. Cache-le bien. Tu dois économiser pour faire des études, devenir quelqu'un de bien. Mon petit-fils ne finira pas comme ma fille. Je te le jure sur ce que j'ai de plus sacré.

Mais le meilleur, c'était quand ils partageaient leur lit étroit et qu'elle posait ses doigts sur ses paupières pour qu'il s'endorme. Dans son temps, mémé Charo avait été une grande guérisseuse, et elle avait le don de voyance. Parfois elle lui lisait les lignes de la main et lui prédisait de grandes choses, des aventures, des voyages à travers le monde, un avenir de brise-cœurs jusqu'à ce qu'il fonde une belle famille avec une femme qui l'aimerait et le protégerait, et des enfants dont il s'occuperait bien.

— Tu mourras vieux, heureux et dans ton lit, entouré de tes proches.

— Moi, je ne veux pas mourir, mémé.

— Tu mourras, comme tout le monde. Mais avant ça tu vivras une vie longue et heureuse.

Blusas reprochait à la vieille femme de lui monter le bourrichon.

— Vous le gâtez trop. Vous allez en faire une pédale.

La grand-mère remuait la salive accumulée au bord de ses lèvres.

— S'il y a encore un peu de justice dans ce bas monde, cette ordure va payer pour ce qu'il a fait, marmonnait-elle. Et elle regardait encore l'enfant de cette façon si bizarre, en lui caressant la joue sans raison.

L'ancienne halte gouttait comme un vieil arbre. L'enfant s'assit sur le quai désert pour voir approcher le train de marchandises. Il passait toujours à la même heure, sans s'arrêter, dans un grand fracas métallique ; des wagons à n'en plus finir, des wagons marron, gris et vert, avec des lettres et des numéros peints, qui aspiraient l'air à leur passage et soulevaient des tourbillons de poussière qui tardaient à retomber. Parfois, le machiniste faisait sonner son sifflet et le saluait en sortant sa main par la fenêtre. L'enfant se relevait et le saluait à son tour, puis il restait là, au bord de la voie, jusqu'à ce que les lumières rouges du dernier wagon disparaissent en même temps que le bruit. Un étrange silence s'installait alors et, dans sa tête, une sensation de tristesse.

Mais ce jour-là, lorsqu'il vit s'éloigner le convoi et que le nuage se dissipa, il aperçut sur le quai d'en face un homme qui le regardait. L'enfant le reconnut. C'était le même qui le surveillait depuis quelques semaines. Il ne disait jamais un mot, se contentait de l'observer de loin. C'était la première fois que Chinchilla le voyait de si près. Il était grand, on aurait dit un mort, avec son visage allongé, son manteau noir et ses cheveux ébouriffés sur le front.

— N'aie pas peur, je ne te ferai pas de mal.

Il aurait dû s'enfuir en courant, s'enfoncer dans les roseaux jusqu'au fossé. Mais il n'en fit rien. Quand l'homme descendit sur les voies et se mit à les traverser, il décida de rester immobile.

— Moi, j'ai pas peur, dit-il d'une voix trop forte pour lui, apprise de Blusas et ses palefreniers.

En réalité, si, il avait peur, il avait tout le temps peur, maintenant, mais il resta ferme sur ses jambes quand l'homme monta sur le quai avec difficulté et qu'il se tint à quelques centimètres de lui. Il avait les yeux les plus verts que l'enfant n'avait jamais vus et un joli sourire bien blanc, avec toutes ses dents, contrairement à sa mère ; quand Lagarta riait, on aurait dit un rideau déchiré.

— Je m'appelle Julián, se présenta l'homme en lui tendant la main.

Chinchilla étudia ses doigts fins et sa peau livide. Il avait des petites taches comme des bleus sur les joues. Il aima être traité avec respect et lui serra la main d'un geste ferme. Mémé Charo disait qu'on connaissait les hommes à la manière dont ils serraient la main. Certains avaient des paluches molles comme de la purée, d'autres dures comme de la pierre. Il ne faisait partie d'aucune de ces catégories. Sa poignée était brève et assurée juste comme il fallait. Ceux-là, tu peux t'y fier.

— Pourquoi tu m'espionnes ? Je t'ai vu du côté du fossé.

Julián le contempla longuement. Les traits de l'enfant n'étaient pas encore définis, il était en pleine croissance, n'avait que la peau sur les os, de grands yeux noirs, des oreilles décollées, des cheveux noirs et drus. Il aurait bientôt du duvet sur la lèvre supérieure et ses muscles commenceraient à se développer. Ce serait sans doute un beau gosse arrogant, fier ; il apprendrait à cacher la blessure qui affleurait à présent dans son regard et sur sa lèvre tremblante, il masquerait tout signe d'innocence, de naïveté ou de faiblesse. Il enfouirait si profondément ce qui lui était arrivé qu'il finirait par se persuader que cela n'avait pas eu lieu. Mais la nuit, seul dans son lit, la mémoire lui ramènerait ce qu'il avait subi.

Il se reconnaissait un peu au même âge. Qu'importent l'époque ou le lieu, certains enfants ayant vécu certaines choses se ressemblent même si leurs visages sont différents.

— J'aimerais t'aider, si tu veux bien.

L'enfant recula, méfiant.

— J'ai pas besoin qu'on m'aide… T'es policier ?

Julián grimaça.

— Techniquement, non.

— Ça veut dire quoi, ça ? On est junkie ou pas, on l'est pas à moitié. T'es flic ?

Julián sourit.

— Bien vu. Je suis policier, oui, mais j'ai eu des ennuis et on m'a suspendu.

— Ça veut dire qu'on t'a viré ?

— Plus ou moins, oui.

— Et qu'est-ce t'as fait ? Blusas, il dit que les flics sont des escrocs, des salauds et des enculés.

Julián le regarda fixement.

— Et toi, tu crois tout ce que raconte Blusas ?

Le garçon resta songeur.

— Moi, je crois que ce que dit ma mémé.

— Et tu as bien raison. Je parie que ta mémé t'a expliqué qu'il existe toutes sortes de gens, sur terre. Moi, je suis un gentil.

L'enfant commençait à regarder de tous côtés.

— C'est ce que tu dis. Mais moi, j'en sais rien. Il a aussi dit ça, l'autre type, celui qui est venu me chercher et m'a mis dans le coffre. Ensuite il m'a enfermé dans une chambre pas plus grande qu'une niche de chien.

Julián se pencha vers lui.

— Je sais ce qui t'est arrivé, Chinchilla. Et je veux attraper les méchants qui t'ont fait ça. Mais pour ça, j'ai besoin que tu m'aides un peu. L'homme qui portait un masque de loup, celui qui t'a fait du mal… Tu peux m'en parler ?

L'enfant paniqua. Il recula de deux pas en repensant à l'avertissement de Blusas : "Tu sais rien, tu te souviens de rien, et si on te demande, bouche cousue ou t'auras affaire à moi. Tu veux qu'il arrive malheur à ta mémé ou à ta mère ? Non, évidemment. Alors tiens-toi-le pour dit."

— J'ai pas à t'aider. Je vois pas de quoi tu parles.

Julián commit l'erreur de vouloir le retenir par le bras. Il voulait simplement le rassurer, mais il obtint l'effet inverse : le garçon lui assena un coup de genou dans l'entrejambe. Pas très douloureux, mais suffisamment pour laisser le temps au petit de sauter sur les voies et de partir au galop.

Virginia le lui disait souvent : "Tu t'y prends comme un manche, avec les enfants, Julián."

Le commissaire Heredia détestait les hôpitaux. Il se targuait d'avoir joui toute sa vie d'une santé de fer : aucune maladie grave, pas une seule opération ni même une fracture, à peine quelques rhumes. Tout le monde savait qu'on avait beau désinfecter et veiller à l'hygiène des malades, les hôpitaux étaient des nids à bactéries et à germes en tout genre. Ça ne serait pas la première fois que quelqu'un attraperait une septicémie ou n'importe quelle cochonnerie dans un bloc opératoire ou ailleurs. Malgré son appréhension, depuis deux mois, il se rendait régulièrement à l'unité de soins intensifs de l'hôpital Valle Hebrón, chambre 22. Il n'y avait qu'un seul agent pour monter la garde près de la porte, lequel se leva de sa chaise et posa son portable dès qu'il l'aperçut au bout du couloir. Comme d'habitude, le commissaire s'entretint quelques secondes avec les infirmières et le personnel soignant à l'accueil. Ensuite, il consulta la liste des visites, que les agents qui assuraient la surveillance à tour de rôle devaient remplir de manière scrupuleuse. Les mêmes noms revenaient régulièrement : l'épouse, le fils aîné, un frère et le commissaire lui-même. La date, l'heure exacte d'arrivée et de départ. Heredia signa le registre que lui tendit l'agent.

La chambre était exiguë, il y avait tout juste la place pour le lit, un fauteuil peu confortable et tout l'attirail médical pour contrôler les constantes vitales de Restrepo. Un tube le connectait à un respirateur artificiel et une voie lui administrait du sérum physiologique. Les médecins n'étaient pas très optimistes. Un coma aussi long laisserait des séquelles, à supposer que le patient se réveille. La liste des lésions dont il souffrait lors de son admission était dévastatrice, l'équipe des urgences de l'hôpital avait pu le sauver par miracle. Désormais, la seule chose que l'on pouvait faire pour lui, c'était de le maintenir stabilisé et d'attendre.

Cependant, le commissaire Heredia ne semblait pas impressionné. Selon lui, il aurait mieux valu le déconnecter de tous ces tubes et machines. Le simple fait de respirer et d'avoir un cœur qui pompait du sang ne suffisait pas à attester qu'on était vivant, mais les médecins jugeaient qu'il était encore trop tôt pour prendre une décision aussi drastique et l'épouse ne voulait même pas en entendre parler.

— Débrouillez-vous pour que l'homme qui a laissé mon mari dans cet état en paie toutes les conséquences.

Le commissaire Heredia le lui avait promis, même si cette promesse ne procédait ni du sens de la justice, ni de celui de l'honneur, ni de la loi. Pour Heredia, c'était une affaire personnelle. Il avait l'inspecteur Leal dans le collimateur depuis des années.

Très exactement depuis 1979, une année qu'Heredia préférait oublier. Suárez avait confié le ministère de la Défense à un civil, et les vestiges de l'ancien régime sombraient à toute vitesse : ETA venait de tuer à Madrid le lieutenant général Gómez Hortigüela ainsi que trois autres militaires, dont un soldat réserviste. Beaucoup d'Espagnols fêtaient cela au champagne. Pendant ce temps, les hommes du Bataillon basque espagnol étaient dénoncés à la police par des journaleux gauchistes, tandis que les militaires, rouges de honte, devaient supporter les saillies satiriques du magazine *El Papus*. Une époque compliquée, il fallait se cogner sans moufter tous ces guignols qui tout à coup se sentaient libres de faire et de dire tout ce qui leur passait par la tête. Mais ce qui hérissait le plus Heredia, c'était que, étant pieds et poings liés, il perdait tout pouvoir de persuasion. N'importe quel détenu brandissait de but en blanc ses droits constitutionnels.

— Ah, je vois qu'on a affaire à un gros malin. Et si je te fourrais la constitution dans le cul en tout petits morceaux pour que tu puisses la chier sans problème ?

Ce fut difficile de s'adapter, de changer de méthodes. Surtout pour ceux de sa génération, formés dans les années les plus dures du franquisme. Par-dessus le marché, il fallait se fader la nouvelle promotion d'officiers frais émoulus, avec leurs petites gueules de curés, leurs manières et toutes ces idées absurdes qu'on leur inculquait à l'académie sur l'État de droit, les libertés individuelles… Leurs leçons d'éthique et cet air de supériorité qu'ils adoptaient. Ils pensaient qu'on pouvait changer le monde en distribuant des fleurs et des bons conseils. Des mous, des orthodoxes du manuel et des procédures. Des aigris.

Quand il fit la connaissance de Julián en 1985, il le crut différent des autres. La chute du franquisme l'avait touché à son point le plus douloureux. Son père avait été un militaire décoré pendant la guerre civile et un militant phalangiste de la première heure. Son fils aurait dû être furieux de constater que tout ce pour quoi son père s'était battu s'évanouissait peu à peu, mais ce ne fut pas le cas. Heredia comprit vite son erreur. Julián était devenu policier, comme tant d'autres, en pensant qu'il pourrait miner plus rapidement le système de l'intérieur.

Durant toutes ces années passées à Vitoria, Heredia s'escrima à lui prouver qu'il faisait fausse route. S'il cherchait la justice, il s'était trompé de crémerie.

— Si tu veux contribuer à faire un monde meilleur, engage-toi plutôt comme missionnaire chez les jésuites.

Il dut lui apprendre les bases du principe de réalité : comment falsifier des preuves pour coffrer les coupables, comment ravaler sa dignité vis-à-vis des supérieurs, trouver des petites combines pour améliorer l'ordinaire et veiller à ce que tout ne foute pas le camp. Il lui montra ce qu'était l'équilibre. Le réel fondement du pouvoir.

— Les ignorants croient que les puissants sont puissants parce qu'ils sont fortunés, et que la finalité du pouvoir, c'est de gagner toujours plus d'argent, mais ils se trompent, ils ne comprennent pas la véritable nature du pouvoir. En premier lieu, tous ces juges, ces politicards, ces hommes d'affaires véreux croient le détenir et ne se rendent pas compte qu'ils en sont les esclaves. Bien rémunérés, mais esclaves. En second lieu, le pouvoir ne te donne pas seulement de l'argent, il te confère quelque chose de bien plus important et utile : l'impunité. Il te place au-dessus du bien et du mal. Tu cesses d'être comme le reste des mortels. C'est pourquoi il est si addictif.

Dans un premier temps, Heredia avait aussi été naïf. Fils de militaire, il croyait défendre et protéger un système, celui qu'on lui avait appris à aimer. Il se rappelait son père, simple lieutenant-colonel, serrant la main de Franco et en être ému comme un gosse, les conversations sur les progrès de l'Espagne à la maison, le catalogue de tout ce que le régime avait fait pour ce pays autrefois nourri au pain dur et chaussé d'espadrilles : les autoroutes, les barrages, l'Institut national des statistiques, la Sécurité sociale. L'Espagne était une mer d'huile où pas une mouche ne bronchait, un pays régi par l'ordre, la religion et la famille. N'était-ce pas ce à quoi aspiraient tous les gens honnêtes ? Il fallait préserver les acquis, éviter le retour du chaos et de la guerre, l'outrecuidance de la République. Et les hommes comme Heredia étaient appelés à défendre ces valeurs en première ligne, par tous les moyens nécessaires. Napoléon, son héros, dut bombarder Saragosse pour apporter la modernité. Plus personne ne se souvenait des morts. Seulement du progrès.

Au fil des ans, les images de cette prime jeunesse se brouillèrent dans sa mémoire. Il avait conservé les mêmes convictions, mais, découragé, il croyait aussi que la voie de la liberté était difficile à comprendre. Il l'avait clairement perçu à Vitoria : toutes ces manifestations, ces défenseurs d'ETA, ces gardes civils assassinés. Les gens confondaient liberté et libertinage, Heredia voyait ces juges qui, du haut de leur tour de guet, dictaient ce qui était bien ou mal sans connaître le terrain, criminalisant par principe ou par hérédité les policiers vétérans ; il voyait ces jeunes qui estimaient avoir tous les droits à n'importe quel prix, sans rien offrir en échange ; il voyait ces gens qui avaient une conception provinciale de la liberté, un bien qui leur appartenait et qu'ils n'avaient pas à partager... Chacun se souciait de ses petits intérêts et, à la fin, il estima qu'il était temps de toucher lui aussi sa récompense pour services rendus. Un raccourci comme celui que prenaient les autres, à la différence qu'il connaissait et maniait les rouages de la machine.

En concevait-il des remords ? Rarement, presque jamais, en réalité. Il menait une existence agréable, disposait d'une assurance vie en Suisse et d'une autre dans une banque en Andorre, ses freluquets de fils pourraient inclure une université anglaise dans leur CV, son idiote d'épouse pouvait voyager à travers le monde sans voir les merveilles qui l'entouraient, n'exiger que des hôtels de luxe climatisés et acheter des choses inutiles dans les *boutiques** des Champs-Élysées, du paseo de Gracia ou de la Cinquième Avenue.

Et lui ? Qu'en était-il de lui ? Eh bien, il jouissait d'une tribune au Camp Nou, d'une bibliothèque exclusive de tout ce qui avait été publié sur le bonapartisme, d'une maison de vacances à Begur et d'un accès à des personnalités inaccessibles. Qui plus est, il franchirait bientôt le seuil du temple sacré, au numéro 5 du paseo de la Castellana, à Madrid. Et il ne comptait pas s'arrêter là. Il avait abandonné en chemin chaque cadavre, réel ou fictif, et il ne s'était pas retourné pour le regarder. Si tu ne peux pas changer le monde, profite au moins de lui. Si quelqu'un doit pleurer, que ce soient les autres plutôt que toi.

Tout cela faillit partir à vau-l'eau à la fin des années 1980, à Vitoria. Julián, qui ne trempait jamais les poignets de sa chemise dans la merde, dont les états de service étaient irréprochables, ne se laissait pas corrompre, le salopard. Il faisait semblant de marcher dans la combine, prétendait qu'il détournait les yeux, mais il évitait tout ce qui aurait pu le compromettre : ni putains, ni drogue, ni dessous-de-table, rien. Pas moyen de le prendre au lasso, il flairait tous les pièges et se débrouillait pour filer sans être éclaboussé. Au moins, pensait naïvement Heredia à ce moment-là, il ne se mêlait pas des affaires des autres, trop malin pour s'attirer des ennemis, un putain de séducteur qui savait manger à tous les râteliers sans jamais sortir du droit chemin. Heredia pensa qu'il pouvait le laisser en marge, le garder sous contrôle en lui donnant des broutilles, des petites enquêtes pour l'occuper.

Puis arriva ce qui devait arriver, l'indicateur qui *sauta* par la fenêtre du commissariat. Un putain d'héroïnomane dont tout le monde se fichait, un enfoiré prêt à dénoncer père et mère pour une dose. Un petit chien à sa mémère qui mangeait dans la main d'Heredia et le tenait au courant du trafic dans la ville, lui expliquait qui était qui, qui il fallait arrêter, qui laisser filer et qui virer du bizness. Ce caniche pensait pouvoir lui mordre la main, et l'imbécile s'essaya à le racketter, lui soutirer plus d'argent sous la menace. On s'occupa de lui, et on en serait resté à la version d'une simple enquête que le juge adéquat aurait classée sans suite si ce connard de Leal n'y avait pas fourré son nez et ne s'était pas mis à poser des questions déplacées dans les rues, s'il ne s'était pas cru de taille à se mesurer à lui.

Il avait failli tout faire capoter, leur faire mettre la clé sous la porte. Il se cassa les dents. La dénonciation auprès de l'Inspection générale n'aboutit pas, pas plus que la plainte judiciaire. Julián ne comprenait pas qu'Heredia jouait à domicile. Il ne put rien prouver, mais il fut promu inspecteur en chef et muté à Barcelone, dans le service de son choix. La sainteté a un prix. On imposa en revanche à Heredia la pire, la plus amère des pénitences : il ne pourrait plus l'atteindre, ni se venger, ni le détruire. Il fallait calmer le jeu. Il devait oublier l'inspecteur Julián Leal.

Mais Heredia n'était pas homme à oublier. Il ressemblait à ces larves qui peuvent hiberner pendant des années sous la terre sèche en attendant qu'une pluie vienne opportunément les ramener à la vie. Il continua à accroître son pouvoir, enchaîner les promotions, accumuler les influences, prendre et renvoyer l'ascenseur, tisser sa toile, de plus en plus dense, impénétrable, feignant d'accepter les embûches qui se dressaient sur sa route comme si elles faisaient partie des règles du jeu. Sans rancune.

Jusqu'au jour où il obtint ce qu'il cherchait : être nommé commissaire de l'unité où servait Leal.

Tout héros a son talon d'Achille, et le commissaire découvrit celui de l'inspecteur en chef. Cela ne fut pas une mince affaire, d'ailleurs il admettait la part de chance et de hasard dans sa trouvaille, mais l'affaire Restrepo lui offrit une occasion sur un plateau. Il avait encore failli tout gâcher, le salopard, mais cette fois Heredia était préparé. Finalement, cela s'était transformé en aubaine. On ne sait jamais ce qui déclenchera les ressorts les plus bestiaux d'un être humain.

Bien sûr, il fallait savoir comment l'inspecteur était remonté jusqu'à Restrepo, qui l'avait mis sur la piste des vidéos, qu'est-ce qu'il savait exactement, quelles informations il avait pu soutirer à l'homme d'affaires sous la torture. Pour l'heure, la seule chose qui avait fuité dans la presse était qu'un policier décoré avait battu quasiment à mort un citoyen exemplaire, sans antécédents judiciaires. Personne ne comprenait ses motivations, tout le monde s'interrogeait. Le mutisme têtu de Julián jouait en la faveur d'Heredia. Même s'il n'en comprenait pas la raison, il s'en moquait. Cette fois, il ne se contenterait pas de le faire virer. Il le détruirait, définitivement, le rayerait de la carte. Et le tout sans laisser de traces. Il devait donc agir avec prudence. Un inspecteur décoré ne pouvait pas être retrouvé avec une balle dans la nuque ou égorgé, cela aurait soulevé trop de poussière. Mieux valait une longue peine de prison, si possible pour homicide. Pourquoi ne pas faire d'une pierre deux coups ? Les gens adoraient voir tomber un héros de son piédestal. Détruire les mythes qu'ils avaient eux-mêmes créés. Et qui sait, il pouvait arriver que les prisonniers se pendent dans leur cellule, qu'un policier qui n'avait pas supporté la pression psychologique se tue, ou qu'il meure d'un coup de couteau au cours d'une bagarre.

Il devrait s'occuper ensuite de l'inspectrice Virginia. C'était une chienne fidèle, brillante et loyale, avec des contacts haut placés. Son père était un homme d'affaires réputé, de bonne famille. Elle avait obtenu pour Julián le meilleur avocat possible, Fonseca, un dur à cuire. Heredia ne comprenait toujours pas ce qui la motivait, si elle entretenait une relation amoureuse avec Leal ou si ce n'était qu'une question de principes, si elle était vulnérable à la pression. Soria était là pour ça, pour l'informer, pour concevoir un moyen de la maîtriser.

Le commissaire devait manier toute cette affaire avec un doigté d'artificier. Un mois avant sa nomination au ministère, ce n'était pas le moment d'être éclaboussé de merde. Il fallait arracher le mal à la racine, effacer toute trace qui aurait pu le compromettre dans l'histoire des vidéos et de l'homme-loup.

Il observa les graphiques sur le moniteur. Le cœur de Restrepo battait par cycles irréguliers. Il valait mieux pour tout le monde qu'il meure.

— Tu n'es pas fatigué ? murmura-t-il en s'approchant de ce visage pétrifié. Trop de paramètres à contrôler, trop de sacs d'embrouilles à démêler. Penses-y. Tu pourrais laisser tomber, t'éloigner de tout ça.

Le commissaire Heredia sourit. Bientôt, très bientôt, il abandonnerait tout cela lui aussi, mais pas en mourant dans un triste lit d'hôpital. Il grimperait si haut que la rumeur de ce qui se passait à ses pieds lui parviendrait à peine, le vacarme des ouvriers travaillant pour le maintenir au sommet de la pyramide ne serait qu'un lointain murmure. Il lui suffisait de patienter encore un peu, tenir bon, éviter le moindre faux pas.

— Un mois, Heredia, et tu seras admis dans la caste des intouchables.

20

— Maman ?

Virginia se retourna. Décomposée, elle mit quelques minutes à se ressaisir. Au milieu de l'escalier, sa fille aînée, Maika, la regardait.

— Qu'est-ce que tu fais debout ? Il est trois heures et tu te lèves tôt demain pour aller en cours.

— Je t'ai entendue pleurer.

Virginia contempla sa fille, une jeune femme qui ne voulait plus être câlinée comme avant, qui avait une vie indépendante de la sienne, des amis, des relations, des secrets. Et pourtant, plantée là dans son pyjama vichy trop petit auquel elle tenait tant, elle ressemblait encore à la fillette qui se glissait la nuit dans leur lit, entre Luis et elle. Elle ôta ses gants et enfonça le menton dans son tee-shirt trempé de sueur. Elle avait mal partout à force de frapper dans le sac avec furie sans que cela ne la soulage.

— Ça va aller. J'avais juste besoin de me défouler.

Maika alla s'asseoir à côté d'elle sur la banquette du garage.

— Ça va s'arranger entre vous, hein ? Papa va revenir à la maison. C'est pas la première fois que vous vous engueulez, et vous finissez toujours par vous rabibocher.

Virginia secoua la tête, déconcertée. Elle avait la sensation qu'une étape de sa vie prenait fin et qu'une autre, encore incertaine, approchait. Elle était privée de repères, de boussole, de carte. Soudain, elle se sentit seule.

— On trouvera une solution, la meilleure possible pour la famille.

Elle consulta l'horloge murale. Il était presque l'heure d'aller au travail. Cela ne valait plus le coup de se coucher.

Soria leva la tête de son bureau.

— On dirait qu'un camion t'est passé dessus, cheffe. T'as de ces cernes !

Virginia le regarda avec mépris.

— Tu n'as aucun sens de l'à-propos, hein, Soria ? Tu ne sais pas quand il faut se taire ou parler.

Pourtant, l'antipathie que lui inspirait son nouvel acolyte ne l'empêchait pas de lui reconnaître certaines qualités. Si ses méthodes professionnelles n'étaient pas très orthodoxes, il n'en était pas moins capable de traquer sa proie comme un fin limier.

— Moi non plus, je ne dors pas beaucoup, ça doit être l'âge. Mais je profite de mes heures d'insomnie. J'ai étudié les comptes bancaires de Francisco Robles, ses appels téléphoniques, son historique à la Sécurité sociale, tous les endroits où son nom apparaissait.

Il lui tendit une série de documents imprimés tout en suçant un bonbon, comme à son habitude. Comme s'il était à bout de patience, il le fit craquer entre ses dents.

— T'es obligé de faire ça ?

— J'aimerais mieux fumer, mais j'ai promis à ma femme d'arrêter. J'ai lu un livre sur l'hypnose.

— Et ça marche ?

— Plus ou moins… J'ai arrêté, mais j'y pense encore, je rêve que je fume. Chaque fois que je mets un bonbon dans ma bouche, je me sens un peu plus malheureux.

— Arrête ton psychodrame. Il faut avoir une sacrée force de volonté pour arrêter.

Soria pencha le visage sur le côté, simulant la consternation.

— C'est un compliment, non ?

— N'exagère pas, Soria… Quelque chose a-t-il attiré ton attention ?

Soria acquiesça avec un léger sourire satisfait. Quelques détails. Les détails étaient déterminants.

— Si tu peins mal l'insigne d'un fusilier appartenant à un régiment déterminé, tu peux gâcher tout le diorama. Pour que l'ensemble soit vraisemblable (c'est par là qu'on peut se rapprocher au mieux d'une véracité reconstituée), chaque détail doit s'accorder au tout. Pour recréer une scène de la Première Guerre mondiale, il faut de la patience, de la persévérance, c'est une quête interminable, et surtout il faut viser le contexte. Chaque arbre, chaque obus, chaque immeuble, soldat, uniforme, tranchée, animal doit se trouver exactement à sa place.

Virginia roula des yeux.

— T'aimes bien jouer aux petits soldats, d'accord, mais quel rapport avec l'enquête ?

Soria ne se démonta pas.

— Voyons le contexte : un retraité comme Francisco avait besoin de revenus très au-dessus de ses moyens pour garder sa fille à la clinique. Il n'a jamais payé en retard et pourtant on ne constate pas une augmentation conséquente de ses opérations bancaires. De deux choses l'une : ou bien la clinique encaissait les mensualités au noir, ou bien quelqu'un payait les factures à sa place. La première hypothèse n'est pas très plausible, ce serait comme introduire un cavalier cosaque dans la bataille de la Somme. Il s'agit d'une clinique privée et très sélecte, elle est sans doute dans la ligne de mire des contrôleurs fiscaux en permanence, ils ne peuvent pas prendre le risque d'un scandale. Alors je doute qu'ils aient accepté ce mode de paiement. Il ne nous reste que la seconde solution : quelqu'un a pris en charge les frais d'hospitalisation. Reste à savoir qui. Francisco n'a pas d'amis riches et toute sa famille est morte.

— Il avait peut-être une fausse identité ou un homme de paille derrière un second compte bancaire. C'est une hypothèse difficile à vérifier, les banques rechignent à communiquer les données de leurs clients, mais je demanderai de l'aide aux collègues de la brigade financière.

— C'est fait.

Virginia le fusilla du regard.

— Sans me demander ?

Soria haussa les épaules.

— Je peux te le demander maintenant ? De toute façon la réponse va tarder plusieurs jours.

— Autre chose ?

Soria acquiesça.

— Il y a toujours autre chose. Si tu tires le fil délicatement pour ne pas le casser, un truc en amène toujours un autre : quand Clara revient du Mexique, il commence à y avoir une somme récurrente au débit du compte de Francisco Robles, 75,70 euros, toujours à la même date et au profit de la même entreprise, ALSA. C'est une société de bus longue distance. Ils ont été aimables avec moi, ils m'ont expliqué que le code de ces billets correspondait toujours au même lieu de départ, même destination.

Virginia trépignait.

— Tu la craches, ta Valda, ou tu veux un roulement de tambour avant ?

— Depuis deux ans, Francisco Robles faisait des allers-retours réguliers à Ferrol. Il n'y passait jamais plus d'une nuit.

Virginia tendit le cou. Soria sourit.

— Ça y est, j'ai capté ton attention ? La morte, Carmen Laín, était de là-bas. Francisco s'y rendait régulièrement. La femme a été torturée. Elle a déjà été condamnée pour trafic de drogue. Quinze jours après, on retrouve notre homme mort, torturé lui aussi. Il n'arrive pas à payer le traitement hors de prix de sa fille, mais les factures sont acquittées religieusement.

Soria s'adossa à la chaise, qui crissa dangereusement, et il croisa les mains sur ses cuisses en regardant l'inspectrice d'un air triomphal.

— Ma théorie, c'est que Francisco Robles travaillait pour Carmen Laín. Je ne sais pas exactement quelle fonction il occupait, mais j'imagine qu'il était plus qu'une simple mule, sans quoi son assassin ne se serait pas donné autant de mal.

— On peut le prouver ?

— Je commence à peine à creuser la tranchée, cheffe. La bataille va être longue. Le 11e bataillon du régiment du Cheshire face à la 2e armée de Fritz von Below à Ovillers-la-Boisselle.

— Qu'est-ce que ça signifie ?

Soria esquissa un geste ambigu.

— Des trucs à moi… Je vais continuer à gratter pour voir si je trouve autre chose.

Connaître le mobile d'un meurtre ne te mène pas tout droit au meurtrier, mais t'en rapproche. L'ombre commence à dessiner son profil, à devenir plus réelle, bien qu'encore diffuse. Commencer à observer Francisco comme un pion dans un réseau galicien de trafic de stupéfiants plutôt que comme une victime fortuite délimitait le terrain de jeu.

Peut-être dans le quartier trouveraient-ils quelques miettes de pain à suivre.

Ce secteur au-delà de la Diagonale était *terra incognita* pour Soria. Il avait grandi aux Roquetes, un de ces lotissements issus de la spéculation foncière des années 1950. Il se rappelait son enfance sans rues, avec des maisons bâties à la va-vite, sans égouts ni raccordement au réseau électrique. Quand il pleuvait, les faubourgs se transformaient en marécages boueux remplis d'ordures et de rats qui descendaient devant chez lui. Pourtant, les images qu'il gardait n'étaient pas toutes désagréables : il y avait les matchs de foot au stade de la Montañesa, les doubles séances au cinéma Paladium à la Guineueta, et sa première petite amie qui habitait quasiment sur la colline, dans la rue de las Torres ; ils allaient souvent au parc Laberinto pour se peloter et s'engourdir les lèvres à force de se rouler des pelles… La disparition de cette enfance ne l'attristait pas. Au bout du compte, il faut accepter que tout se transforme en souvenirs.

— On commence à mourir et puis voilà, murmura-t-il sans se rendre compte qu'il réfléchissait à voix haute.

— Qu'est-ce que tu dis ?

Soria cligna des yeux.

— Non, rien, des bêtises qui me passent par la tête.

Son air mélancolique dissuada Virginia de lui demander de préciser. Soria se racla la gorge, laissant derrière lui ce moment d'absence.

— Par où on commence ?

— La place de la Virreina se trouve près de son domicile. On va aller se renseigner dans les cafés et les bars du coin.

— Très bien. J'ai envie de pisser. La capacité de ma gourde a diminué, dernièrement.

Virginia fit la grimace.

— Tu vas aussi me raconter tous les détails ?

Au troisième endroit où ils entrèrent, la chance leur sourit. Le propriétaire reconnut Francisco sur la photo. Généralement, il n'aimait pas ce genre de clients parce qu'ils occupaient l'espace et consommaient peu, mais Francisco n'était pas comme les autres retraités ; c'était un type agréable, il prenait plusieurs expressos et ne restait jamais plus longtemps que nécessaire.

— Il s'asseyait, commandait un café américain et restait un moment à lire ou à prendre des notes sur son cahier. Parfois il venait en compagnie de son ami Waldo, le libraire. Lui, il est pas fait du même bois, mauvais coucheur et alcoolo. Ici, personne ne comprend comment ils pouvaient être amis.

— Où peut-on le trouver ?

On pouvait facilement passer devant la librairie sans la remarquer : une porte étroite, pas de vitrine ni d'enseigne. Il fallait regarder à travers la vitre pour voir les étagères de livres qui couraient de chaque côté d'un étroit couloir, avec au bout un bureau qui faisait aussi office de comptoir. Lorsqu'ils poussèrent la porte, une clochette se fit entendre. L'endroit était dans la pénombre, mal aéré, un fin nuage de poussière flottait autour des volumes, rangés de manière apparemment chaotique. Tout ici évoquait une bibliothèque peu fréquentée. Dans les creux ménagés entre les étagères en bois noirci étaient accrochées des photos jaunies d'écrivains classiques – Dostoïevski, Camus, Hesse, Zola – et de vieilles affiches publicitaires – *Cent ans de solitude*, *Gatsby le Magnifique*, *Les Raisins de la colère*.

Waldo jeta un regard aux arrivants par-dessus le livre qu'il lisait – *Orlando*, dans une édition à couverture rigide d'*El País* –, sans prêter spécialement attention à eux.

— Bonjour. Vous êtes Waldo ?

Ce dernier ne répondit pas, continua à lire comme s'il n'avait pas entendu.

Virginia et Soria échangèrent un regard.

— Nous sommes le sous-inspecteur Soria et l'inspectrice Ortiz. Nous voudrions vous poser quelques questions.

Waldo referma son livre de mauvaise grâce, se pencha vers Soria, si près de son visage que celui-ci put sentir son haleine. Il empestait le vin.

— Avez-vous l'intention d'acheter un livre ? Vous avez une tête à n'avoir jamais rien lu de votre vie.

Soria rougit et plissa les paupières. Il aimait les gens qui n'avaient pas peur de lui, mais il fallait parfois les remettre à leur place.

— Je n'ai pas bien entendu. Vous pouvez répéter ?

Virginia prit la relève.

— Connaissez-vous cet homme ? dit-elle en posant sur le comptoir une photographie de Francisco.

Waldo observa l'inspectrice avec un peu plus d'intérêt. Elle était très attirante ; un concept abstrait, bien sûr, l'attirance. Cela ne répondait à aucun canon, c'était une histoire de perception.

— Les questions rhétoriques sont une perte de temps. Vous savez que Francisco et moi étions amis, puisque vous êtes ici.

Il en fallait beaucoup à Virginia pour perdre son calme.

— Nous essayons seulement de faire notre travail.

— En quoi votre travail me concerne-t-il ? Moi aussi j'ai le mien et vous dérangez ma clientèle.

Soria était une sorte de marmite bouillante au bord de l'explosion.

— Je ne vois personne ici à part nous.

Waldo lui dédia une moue dégoûtée.

— Je connais les gens de votre espèce. Des vieux croûtons dépassés. Je parie que vous regrettez l'ancien temps. Je le devine dans votre regard. Vous aimeriez passer de ce côté du comptoir et me coller une paire de gifles pour me *ramollir*. J'ai quitté l'Argentine dans les années 1980 pour fuir les gens comme vous.

Soria serra les lèvres. On les avait prévenus que ce type était un authentique connard, mais il était difficile de résister à l'envie de lui donner raison.

— Pourquoi êtes-vous si nerveux ?

Waldo se gratta la joue.

— Vous pensez que j'ai quelque chose à cacher ? Ce que j'ai à cacher est derrière ma braguette. Vous voulez le voir ?

Virginia dut s'imposer avant que cet échange d'idioties ne tourne au drame.

— Serait-il possible de parler comme des gens civilisés ? Votre ami Francisco a été assassiné.

Waldo décrispa un peu le visage.

— Je lis les journaux.

— Et nous cherchons à savoir qui l'a tué et pourquoi. Nous sommes assez curieux, nous autres, policiers, ajouta Soria avec ironie.

L'inspectrice le foudroya du regard. De mauvaise grâce, Soria fit deux pas en arrière et se mit à fureter sur l'étagère la plus proche.

— Vous le connaissiez bien ?

Waldo fit non de la tête, se rasseyant à son bureau. Il farfouilla dans les papiers qui l'encombraient pour trouver son briquet et son paquet de cigarettes.

— C'est beaucoup dire, dit-il en en allumant une. On connaît des autres ce qu'ils veulent bien nous montrer, et encore, on interprète souvent de travers. Après tant d'années à discuter, j'aurais du mal à dire quelles étaient ses lectures, ses philosophes préférés, ses opinions politiques. Je peux tout juste hasarder que c'était quelqu'un de bien. Réservé, un peu distant, comme s'il ne trouvait sa place nulle part, vous voyez ? Il venait le matin, s'asseyait, feuilletait un livre, on devisait un peu, puis il repartait. Mais je ne saurais rien vous dire de son enfance, s'il aimait ses parents, s'il avait des frères et sœurs, quelle était sa couleur préférée, son vice inavouable, ou s'il était allergique aux chats. Je ne connaissais pas sa taille de vêtements, sa pointure, sa plus grande peur ou son plus grand espoir…

— Je comprends, l'arrêta Virginia, mais d'après ce que vous connaissez de lui, pensez-vous qu'il aurait pu avoir des ennemis ? Avez-vous remarqué chez lui un comportement bizarre, ces temps-ci ?

— Nous avons tous des ennemis. Parfois nous nous en créons sans le vouloir, mais ils sont là, à l'affût, ils attendent qu'on chute pour nous piétiner.

— Oui, mais avait-il un ennemi précis et identifié ?

— Ça, je ne sais pas. Mais je répète, ce n'était pas un homme à avoir une vie compliquée, dit Waldo en regardant du coin de l'œil Soria, qui avait pris un gros volume des œuvres complètes de Jim Thompson. La dernière fois que je l'ai vu, il était égal à lui-même.

— Il vous avait raconté pourquoi il se rendait si souvent en Galice, dernièrement ?

Waldo sortit de derrière le comptoir, retira le livre des mains de Soria et le remit à sa place.

— Si vous n'avez pas l'intention de l'acheter, cessez de le tripoter ; vous n'êtes pas dans une bibliothèque, dit-il en se tournant vers l'inspectrice d'un air revêche. Il ne m'a parlé d'aucun voyage. Il ne venait pas ici pour me montrer son agenda de ministre… Si vous ne voulez rien d'autre, je vous prierai de quitter mon magasin.

Soria s'apprêtait à répliquer quand Virginia le stoppa du regard.

— On s'en va, ne vous inquiétez pas. Une dernière chose.

Waldo prit une mine franchement agacée, mais Virginia n'en tint pas compte.

— Que pouvez-vous nous dire au sujet de Clara Fité, sa fille ?

Waldo haussa les épaules comme s'il ne comprenait pas la question.

— Qu'avoir des enfants, c'est se mettre un fil à la patte à vie ?

Virginia sourit intérieurement. Elle n'aurait pas pu donner une meilleure définition.

— Pourriez-vous être plus précis ?

— Une fille brillante, journaliste, mais elle a mal tourné. Elle ne s'est jamais remise de l'accident mortel de sa mère.

— N'est-ce pas un euphémisme un peu exagéré d'appeler un suicide accident mortel ? lâcha Soria.

Waldo le dévisagea d'un air méprisant.

— Vous devriez lire Sénèque… Quoi qu'il en soit, je suppose que la jeune fille n'a pas résisté à un si grand malheur. Elle est partie il y a longtemps, et on raconte beaucoup de choses sur elle, mais rien de source sûre. On dit qu'elle est dans une clinique de désintoxication.

— Elle n'y est plus. Elle a demandé à la quitter il y a dix jours. J'aimerais que vous nous appeliez si jamais elle se présentait ici. Nous voudrions lui reparler. Pourriez-vous faire ça pour nous, Waldo ?

Waldo les regarda et hocha la tête.

— Certainement pas. Ne comptez pas sur moi.

Il les raccompagna à la porte et les poussa presque dehors.

— Quel sacré connard ! marmonna Soria une fois dans la voiture.

Virginia ne répondit pas. Elle ne voulait pas dire à Soria que la fille de Francisco et Julián se connaissaient. Cependant, son instinct de policier se rebellait contre cette décision.

Waldo attendit de les voir s'éloigner vers le bas de la rue pour fermer la librairie et descendre dans la cave qui lui servait d'arrière-boutique. Des tas de livres s'entassaient un peu partout. L'unique éclairage était fourni par une ampoule nue qui pendait du plafond, projetant des ombres oblongues sur les murs peints grossièrement. Au fond, s'empilaient plusieurs palettes avec des cartons. Waldo dut se frayer un passage à travers l'étroit couloir entre celles-ci.

— Ils sont partis. Tu peux sortir.

Clara était cachée dans un coin telle une bête traquée. Waldo lui tendit la main et l'aida à se relever.

— Dans quel merdier s'était fourré ton père, petite ?

Clara ignorait les détails, mais elle savait qu'elle était en danger et que son père faisait confiance à Waldo pour l'aider. Le livre d'Ende lui avait fourni la clé nécessaire : Waldo lui avait raconté qu'un jour il était tombé par hasard sur cette édition unique de *L'Histoire sans fin*, avec des annotations manuscrites de l'auteur, livre que son père lui avait offert pour ses douze ans. Il avait assisté à une vente aux enchères dans un appartement sans héritiers du quartier de Pedralbes. Waldo avait surenchéri sur un coffre-fort Hallet Marshall équipé de deux épaisses portes en fonte, une vraie merveille. En l'ouvrant, il avait trouvé ce bijou oublié à l'intérieur. Le coffre-fort était toujours là, dans la cave, au milieu des cartons, des livres et de tout un bric-à-brac inutile. Quel autre lieu pouvait être plus sûr ? Personne n'irait chercher quoi que ce soit dans cet endroit à moins d'être au courant de son existence.

Clara utilisa la clé que son père avait jointe à la lettre. Les pistons cédèrent en émettant un cliquetis. Sur l'étagère supérieure, reposaient trois paquets de la taille d'une brique, parfaitement emballés dans du plastique noir et recouverts de cellophane. En bas, deux passeports, plusieurs liasses d'euros et de dollars ainsi qu'un cahier à couverture noire.

En quelques dixièmes de seconde, les pupilles de Clara se dilatèrent et son rythme cardiaque s'accéléra.

— Ne fais pas ça, Clara, lui conseilla Waldo. Ne touche à rien, tiens-toi éloignée de ça.

Tu aurais dû l'écouter, Clara. Tout peut être détruit par un instant de faiblesse. C'est l'histoire de l'humanité. Combien d'instants d'avidité ont coûté des millions de morts depuis que l'homme a appris à en vouloir toujours plus ?

Ce que tu as vu dans ce coffre-fort t'avait détruite. C'était le fruit de la souffrance et de la misère par laquelle tu étais déjà passée. Et tu as eu peur. Tu étais terrifiée à l'idée qu'ils – et ils, c'était moi – te retrouvent, que tout recommence. L'enlèvement, la torture, les viols répétés, les shoots qui te transformèrent en une chienne apprivoisée. Durant des semaines, Clara. Cela avait duré des semaines. Et tu ne voulais pas revivre ça.

Mais, reconnais-le, ce qui vraiment te paralysait, ce qui t'effrayait le plus, c'était toi-même. Cette petite voix qui te soufflait que tu avais le droit d'empocher ce qu'on te devait. Cette lueur de convoitise qui alluma un instant tes yeux.

Tout ce poison à ta portée, maintenant que tu croyais t'en être sortie. Qui peut résister à cette passion, quand on en a déjà été l'esclave ? Comment expliquer cette sensation d'effervescence qui s'empare de vos entrailles et se fixe dans vos pupilles. Tu as sans doute dû fournir un effort surhumain pour que ta volonté triomphe de ton désir. Te souvenir de ce qu'ils t'avaient fait, de ce à quoi ils t'avaient réduite.

21

Mexico, trois ans plus tôt, juillet 2002

Le chauffeur de taxi s'engouffra dans un dédale de ruelles qui s'étaient formées anarchiquement, mur après mur, à mesure que les nouveaux habitants construisaient leurs bicoques à côté de celles qui étaient déjà là. Ces derniers jours, il avait plu et les rues s'étaient transformées en bourbiers. Certains voisins avaient installé des sortes de passerelles en bois pour pouvoir circuler. Imbibées d'eau, les planches s'enfonçaient, disparaissaient presque dans cette espèce de marécage boueux.

— Je ne peux vous déposer qu'ici. Il est déconseillé d'aller plus loin, mademoiselle, dit le chauffeur de taxi.

— Ça ira, merci, dit Clara en prenant son appareil photo.

— Un conseil, ici il faut parler gentiment aux gens, faites bien attention.

Clara pensa que la peur exagère toujours les chances pour qu'il vous arrive un malheur. Elle parcourait le pays depuis près de trois mois et, hormis qu'on l'avait arnaquée à Chapultepec et volée à Guadalajara, elle n'avait pas eu de gros soucis. Elle était journaliste, elle prenait des précautions et tâchait de ne pas s'attirer d'ennuis en frayant avec des gens en qui elle n'avait pas confiance. Son enquête en cours était périlleuse, mais elle disposait de soutiens solides : fonctionnaires écœurés de la corruption, policiers désireux de laver l'honneur de leur profession, associations qui lui assuraient un réseau de sécurité.

Elle ne se serait jamais aventurée dans Tepito à l'aveuglette.

Son contact l'attendait près d'un pylône électrique. C'était un jeune dégingandé à peine sorti de l'adolescence. Il avait le cou et les poignets couverts de breloques et un tatouage dépassait du col de sa chemise. Clara se méfia de lui en le voyant. Son allure n'inspirait pas confiance, mais on lui avait certifié que c'était un bon gars, un membre de gang repenti qui se battait pour aider d'autres garçons à s'en sortir. S'il y avait quelqu'un qui connaissait parfaitement les bas-fonds de Tepito, c'était lui.

Le jeune homme refusa de lui dire son prénom. "Mesure de sécurité", expliqua-t-il. Elle ne pouvait pas non plus le prendre en photo ni le citer dans l'article qu'elle comptait écrire.

— Je joue ma peau, tu comprends ?

Clara accepta ses conditions sans broncher.

Durant une bonne partie de la matinée, elle se laissa guider à travers le quartier dédale, photographiant les enfants des rues qui s'amusaient à être des enfants dans une fontaine publique, s'accrochaient à un tricycle à moteur ou sur le plateau d'une camionnette ; elle les photographia en train de nettoyer des parebrises à un feu rouge, de vendre du maïs à un carrefour, de fumer du haschich, d'exhiber des cicatrices laissées par des coups de machette ou des balles, de boire de la gnôle ; des enfants voyous, des filles prostituées avec des chiens fidèles aux yeux galeux à leurs pieds. Des enfants dont la disparition ne dérangeait personne, recrutés par les laboratoires de drogue ou les armées de tueurs à gages, pour satisfaire les vices de ceux qui avaient de quoi payer ou pour ceux qui voulaient les chasser comme des lapins dans une ferme près de la frontière.

Elle s'entretint avec le curé, un jeune métis trapu au regard fatigué. Également avec un collectif de mères qui essayaient de s'organiser pour mettre leurs enfants à l'abri de la rue, des commerçants qui se plaignaient d'avoir du mal à gagner honnêtement leur vie, des vendeurs ambulants rackettés, volés et dérouillés par des policiers corrompus. Elle se renseigna sur les laboratoires de drogue, les noms de ceux qui régnaient sur le quartier, les recruteurs. Que faisaient-ils des enfants qu'ils enlevaient ? Où les emmenaient-ils ? Dans le quartier, tout le monde se taisait.

— Vaut mieux que vous partiez, maintenant ; je vous en ai assez dit, l'avertit son guide. Il était nerveux. Trop de bruit, trop de questions. Elle attirait l'attention et la fourmilière s'affolait. Il entreprit de la sortir de ce labyrinthe de rues qui n'allaient nulle part. Ils tournèrent à n'en plus finir entre des venelles sans nom, des terrains vagues, des tas d'ordures. Clara était totalement désorientée.

— On était passés par ici à l'aller ? Où est le taxi ?

Le jeune homme pressait le pas, l'invitant à ne pas s'arrêter.

— On est presque arrivés.

Enfin ils débouchèrent sur une petite place non pavée. Clara se souviendrait plus tard des câbles qui pendaient d'un bout à l'autre, des maisons basses peintes de couleurs criardes et d'un grand arbre dont elle ignorait le nom au milieu. Des dizaines de paires de baskets attachées par les lacets pendaient aux branches. On aurait dit des trophées de chasse, des restes de sacrifices humains.

Sur la place, était garée une fourgonnette sans plaques aux vitres teintées et au hayon ouvert. Deux hommes en descendirent et allèrent droit sur elle, qui se retourna, épouvantée, vers son guide. Le visage du jeune homme avait changé d'expression.

— Tu vas nous suivre, lui dit-il en lui décochant un coup de poing dans la mâchoire.

Les hommes la traînèrent jusqu'à la fourgonnette. Clara tenta d'appeler à l'aide, mais le guide la retint par les cheveux.

— Ici, tout le monde est sourd et aveugle, bouffonne.

Il la frappa si fort à l'estomac qu'elle en eut le souffle coupé, puis il la poussa comme un paquet à l'intérieur du véhicule.

Ce fut le début d'un cauchemar sans fin, des images brumeuses et cinglantes comme des coups de couteau, des matins gris et sales, un tintement froid qui lui transperçait les os et lui hérissait la peau. Elle ne voulait pas oublier cette cloche, il y avait quelque part une église, les gens allaient à la messe pendant qu'on la violait, torturait, droguait. Jamais le même homme, jamais à la même heure, jamais de la même manière. Parfois il en venait un seul, parfois plusieurs. Ils ne la laissaient pas perdre connaissance, n'entendaient pas ses supplications, ne s'émouvaient ni de ses cris ni de ses pleurs.

Au bout d'un certain temps, plus rien n'avait d'importance.

Alors apparut ce personnage. C'était une femme, et elle s'amusa de voir l'étonnement de Clara.

— T'es vraiment comme ça, toi ? Tu crois peut-être qu'une femme est incapable de commettre des horreurs pareilles. Ou alors qu'avec une femme, ce serait mieux. Laisse-moi t'ouvrir les yeux, ma jolie : si tu espères une sorte de solidarité de genre, tu te trompes.

Les premières fois, la femme se bornait à regarder comment on la frappait et l'humiliait. Elle débarquait de temps en temps et s'asseyait sur une chaise, sans sourciller quand on tenait le bras de Clara pour lui injecter de l'héroïne. Ensuite, elle commença à la lui administrer elle-même. Un matin, ils la traînèrent jusqu'à une chambre avec les yeux bandés. Quand on lui ôta le bandeau, elle vit la femme assise en train d'étaler des photos sur la table comme des cartes de tarot. Prédisant le futur.

— Elles sont terribles, Clara. T'as un talent fou.

Elle les avait toutes développées, tous les rouleaux que Clara avait cachés dans ses vêtements, sa valise, aux endroits les plus improbables. Ils étaient entrés dans sa chambre d'hôtel après lui avoir soutiré l'adresse à coups de torgnoles, leurs mains avaient touché ses culottes, ses soutiens-gorges, son intimité, farfouillé dans ses affaires.

— Les enfants, c'est ce qu'il y a de plus important, pas vrai ? reprit la femme, acquiesçant à chaque image, les observant avec un authentique intérêt. Leur innocence, leur intégrité, leur droit de continuer à rester des enfants encore un peu. Et toi tu veux les sauver, n'est-ce pas ? T'es venue d'Espagne exprès, si blanche, si belle, si jeune. Tu veux ouvrir les yeux du monde, là-bas, leur raconter ce qui se passe, éveiller les consciences. Je t'admire, Clara, vraiment je t'applaudis. Mais tu sais ce qui se passe, ma belle ? Le monde sait déjà, seulement il préfère regarder ailleurs. Quand ça se passe loin, ça n'existe pas. Tu piges ?

Cela semblait vraiment la désoler, et Clara avait l'impression qu'elle allait la comprendre, l'aider, la tirer de cet enfer.

Non, elle ne pouvait pas être comme les autres, vu son regard, vu son sourire triste.

— Tu nous as attiré de gros ennuis, ma petite Clara. Y a des gens très rudes, très bourrus, ici, et tu leur as marché sur les pieds. Tu m'as l'air d'être une fille intelligente… Tu croyais quoi ? Qu'ils te laisseraient faire sans broncher ? Écrire un livre, mettre le feu au Mexique ? Peut-être gagner le Pulitzer ? T'aurais mérité de gagner le Pulitzer, c'est sûr. Mais je parie que maintenant tu te dis que ça n'en valait pas la peine, que t'aurais mieux fait de rester dans ta jolie ville de Barcelone, avec les enfoirés que vous avez sûrement là-bas aussi. Pourquoi venir fouiller dans les poubelles des autres, Clara ?

Elle voulait juste que cela s'arrête. Elle pouvait tout garder, elle ne publierait rien, ne raconterait rien.

— Non, Clara, tu vas tout me raconter par le menu, jusqu'à ce que j'aie plus de place pour ajouter des noms sur ma liste. À ton avis, ça vaut combien de récupérer ton passeport et un billet en première classe pour retourner chez toi ? Qu'est-ce que tu feras pour moi si je t'ouvre cette porte et te débarrasse des chiens qui veulent te bouffer ?

Elle aurait fait n'importe quoi, tout ce que la femme lui aurait demandé.

Elle livra le nom de toutes ses sources, amis, contacts, connaissances, chauffeurs de taxi, paysans, journalistes, et même des politiciens qui avaient cru qu'elle pourrait aboutir à quelque chose : "En tant qu'Européenne, tu seras respectée. Avec un peu de chance, ça remontera aux Nations unies ou au Tribunal pénal international."

Elle vendit leurs vies, les sacrifia les uns après les autres, des familles entières. Et pourtant cela ne suffisait pas.

Les jours passaient et on ne la libérait pas. Ils continuèrent à la piquer dans toutes les parties du corps : sur les bras, entre les doigts de pied, à l'aine… Le temps devint une nébuleuse.

— Te libérer ? se moqua un de ces gardes. C'est la cheffe qui t'a dit ça ? Non, blondinette, on va te tuer. On va te découper en petits morceaux pour les donner à bouffer aux chiens.

— Elle est trop bonne, dit son acolyte, moi je la tringlerais bien une ou deux fois, ensuite je connais des gars qui seraient prêts à payer pour s'amuser un peu avec. T'as vu la bombasse ! C'est du gâchis, de la sécher comme ça, sans en profiter avant.

— La cheffe a donné des ordres stricts : la dessouder, puis aux chiens.

— Qui va le savoir ? Réfléchis. Cent billets chacun. T'inquiète qu'après ces teufs, elles sont à la ramasse, bonnes à mettre à la poubelle ! Elle tiendra pas plus de quelques heures.

Ils la poussèrent dans une camionnette. Elle ne se souviendrait ni de la marque ni de la plaque d'immatriculation. Elle raconterait seulement aux policiers fédéraux qui l'interrogèrent qu'il faisait froid. Que les deux hommes buvaient beaucoup et qu'ils étaient complètement défoncés. Que l'un d'entre eux avait voulu prendre par une rue et l'autre par une autre, et qu'ils avaient commencé à s'insulter et à se battre. Alors elle avait vu de très grands phares, entendu le klaxon d'un camion et senti un impact qui l'avait propulsée de l'autre côté, puis une pluie de verre. Ça s'était mis à tourner très vite et très violemment.

La dernière chose dont elle se souvenait, c'était d'avoir été assise sur un plot au bord de l'autoroute avec une couverture sur les épaules et des gyrophares allumés dans tous les sens.

Une semaine plus tard, quelqu'un glissa un mot sous la porte de sa chambre d'hôpital : "Les mouches n'entrent pas dans les bouches fermées, Clarita. Voici un petit cadeau pour les dommages causés. Regarde dans l'armoire."

Une seringue et une dose.

Le lendemain matin, elle prit le premier vol pour Barcelone.

22

Barcelone, avril 2005

Julián ne tarda pas à retrouver la vieille. Tout le monde connaissait Charo. Elle traînait souvent sur le terrain vague, près de la voie ferrée. Elle s'occupait d'un petit potager, de quelques poules et lapins.

— Vous êtes la grand-mère de Chinchilla ?

Charo s'appuya sur le manche de son râteau et redressa la tête. Elle était très âgée, mais débordait de vitalité. On voyait dans ses yeux qu'elle n'était pas née de la dernière pluie. Elle ne semblait pas surprise de sa visite, pas plus que soulagée.

— T'as pris ton temps, inspecteur.

Julián observa la clôture du potager, fait de cannage, tissu et bois. Il y avait une vieille baignoire en plastique dans un coin. La vieille dame y avait planté des haricots verts. Un peu plus loin, deux sillons bien tracés exhibaient des laitues naissantes.

— Vous savez qui je suis et ce que je viens faire ?

— Et toi, tu le sais ?

La vieille dame se frotta les mains sur la blouse. Elle sortit de sa poche un paquet de cigarettes et chercha le tabouret le plus proche pour s'asseoir et fumer. Julián s'approcha et lui tendit le message anonyme qu'on avait déposé chez lui trois mois plus tôt.

— C'est vous qui l'avez écrit, n'est-ce pas ? Et vous m'avez envoyé la vidéo. L'enfant qu'on y voit est votre petit-fils. J'ai dû remuer ciel et terre pour vous retrouver.

— Pourtant, j'ai pas bougé d'ici pendant tout ce temps.

La vieille dame lut en remuant les lèvres : "IL FAUX QUE VOUS L'AIDIÉ, S'IL VOUS PLAIT. PERSONE D'AUTRE DOIT ETRE AU COURAN."

— Une des choses qui me chagrinent le plus, c'est de ne pas avoir reçu un peu d'instruction. Pas avoir appris à bien écrire, à lire un peu mieux. Mais de mon temps c'était comme ça. À six ans on t'envoyait travailler aux champs, à douze, t'étais déjà occupée à te trouver un mari. Pondre des enfants comme une lapine, j'ai fait que ça toute ma vie. Mais j'ai un unique cadeau qui compense tout. Mon petit-fils.

La vieille dame plissa les lèvres pour tirer une bouffée de cigarette. On voyait que c'était un vice nouveau qu'elle ne maîtrisait pas encore. Une rébellion de dernière minute.

Elle rappelait à Julián la sœur aînée de sa mère, tante Milagros, une vieille fille. Quand sa mère l'avait répudié et envoyé à Barcelone après la mort de son père, Milagros était devenue son unique famille. Il eut du mal à s'habituer à cette femme inconnue qui l'attendait à la gare de Francia, qui l'appela neveu et le serra dans ses bras comme si elle voulait l'étouffer. Elle aussi avait commencé à fumer sur le tard, passé la cinquantaine, et à boire plus que son foie ne pouvait en endurer. Et comme cette grand-mère, elle avait le regard d'une personne qui ne se raconte pas d'histoires et qui connaît les règles du jeu : ce que la vie te prend n'est rien comparé à ce qu'elle te donne, même s'il vaut mieux ne pas s'y accrocher.

— Comment avez-vous fait pour me retrouver ? Comment avez-vous su que je vous aiderais ?

La vieille dame le regarda du coin de l'œil. Le filet de bave qui lui restait lorsqu'elle suçait plus qu'elle n'aspirait son fume-cigarette était désagréable à voir. Elle avait un air discrètement ironique.

— Tu veux dire *une vieille comme moi*, qui sait pas écrire, qui habite dans la zone ? Tu serais surpris par ce qu'une grand-mère est capable de faire quand elle est motivée. Tout ce qui est humain est corruptible. Et y a rien de plus salement humain que l'Administration publique. Amendes, registres électoraux, numéro de Sécurité sociale. On peut toujours payer quelqu'un pour trouver la personne qu'on cherche. Cette ville est pas si grande.

— Vous auriez pu vous rendre à la police et porter plainte.

Charo ricana.

— Et toi, t'es quoi ? Docker ? Pourquoi tu l'as pas fait, toi ? Pourquoi t'es pas allé voir tes collègues pour ouvrir une enquête officielle, au lieu de t'en occuper tout seul ?

Parce que la logique de ce qu'il avait vu était difficile à comprendre. Parce que son intuition lui disait que la demande d'anonymat était justifiée. Personne d'autre ne devait savoir ce que contenait cette vidéo ; pas avant que l'affaire n'ait été résolue.

La vieille dame jeta son mégot par terre et se frotta la bouche du dos de la main. Une étincelle s'alluma dans ses yeux jusqu'alors éteints.

— Tu t'en souviens pas, hein ? Ça doit être normal, de l'eau a coulé sous les ponts. Mais on devrait se souvenir des bonnes actions qu'on a réalisées dans sa vie ; à moins d'être un saint, c'est des exceptions qui confirment la règle. Et toi, t'es pas un saint.

— De quoi je devrais me souvenir ?

— J'étais déjà plus toute jeune, mais pas si vieille non plus. Tu travaillais alors au commissariat de San Andrés.

Julián écarquilla les yeux.

— C'était y a plus de huit ans.

La grand-mère acquiesça.

— Mon mari de l'époque, mort et enterré depuis, qu'il aille au diable, avait la mauvaise manie de me mettre enceinte et de me casser les côtes. Quelqu'un avait dû prévenir la police une nuit où il avait eu la main plus leste que d'habitude. Il m'avait laissée dans un sale état, l'enfoiré. Alors t'es apparu avec tes yeux verts et ta mèche de cheveux blancs, une gravure de mode. T'étais jeune et distant, et même froid, mais tu m'as sortie de la maison et t'as supporté mon pleurnichage jusqu'à ce que je me calme et te raconte ce qui m'était arrivé. Ensuite t'es entré chez moi et t'as tenu tête à mon mari. Je sais pas ce que tu lui as dit, je sais pas comment t'as fait, mais il est parti pour plus revenir, il m'a fichu la paix.

— C'était mon métier.

— C'était pas à cause de ton métier. Je l'ai vu quand tu m'as laissée te lire les lignes de la main. Au début tu voulais pas, puis t'as pas pu refuser. Et je l'ai vu : y avait autre chose, un truc personnel. Ton passé derrière tes yeux d'océan et de feu. On t'a fait du mal. T'as fait du mal.

Avant que Julián n'ait le temps de réagir, la vieille dame lui prit le poignet, paume tournée vers le haut, et examina celle-ci longuement.

— T'as changé. Si autrefois t'étais sombre, maintenant tu l'es encore plus.

Julián retira sa main et ferma le poing.

— Comme n'importe quelle personne qui vit suffisamment longtemps.

— On t'a chassé. Ta mère t'a arraché de son cœur. Et cet enfant abandonné réclamait une justice qui ressemble à une vengeance. Je l'avais déjà vu, à l'époque. Maintenant je le revois.

Il simula l'indifférence.

— Et comment se termine le conte ?

La vieille dame le regarda d'un air triste.

— Comme tous les rêves. On finit par se réveiller. Et c'est pour bientôt. Tu le sais et moi aussi. C'est écrit sur ton visage et dans ta main, on le voit dans tes yeux. Chez un honnête homme, on peut lire dans ses blessures.

— Et moi, je suis un honnête homme ?

— Non, bien sûr que non. Mais au moins tu t'efforces d'en être un. T'es pas mauvais, mais t'es pas bon non plus. Tu sais et tu te tais, tu sais pas et tu cherches. T'es en haut et en bas, entre le rêve et l'abîme. T'es pas mort et pas vivant pour autant. Quelque chose te ronge de l'intérieur. Et chacun doit aller au bout de son destin.

Julián garda le silence. Il considérait ce genre de propos comme des inepties.

— Pourquoi moi, Charo ?

Charo se leva en poussant un soupir. Une bande d'étourneaux formait un nuage au-dessus de leurs têtes. Ils allaient et venaient en parfaite synchronie.

— Je connais personne parce que je vous connais tous. Et ça doit continuer comme ça.

— Je comprends.

La vieille dame hocha la tête lentement.

— Tu comprends pas parce que tu peux pas comprendre. Y a des gens très puissants, des êtres capables de faire n'importe quoi à mon petit-fils pour l'obliger à se taire. Ils peuvent aussi détruire ma fille, bref, tout ce qui compte pour moi.

L'inspecteur commençait à comprendre :

— Vous avez fait appel à moi parce que, moi, je ne compte pas. Je suis superflu.

— J'ai mes ressources, inspecteur. Je t'observe depuis longtemps, plus longtemps que t'imagines, depuis bien avant de me décider à t'envoyer cette vidéo et ce mot. J'étais pas sûre de ce que tu ferais, mais j'ai décidé de prendre le risque.

— Pourquoi ?

La vieille dame hocha encore la tête.

— Il t'est arrivé une chose terrible, et maintenant tu veux sauver mon petit-fils pour sauver l'enfant que t'étais. Tu sais qu'affronter les conséquences, c'est obliger la planète à tourner en sens inverse. Mais ça t'est égal, tu feras ce qu'il est correct de faire. T'as rien à perdre. C'est pour ça que j'ai fait appel à toi. Parce que je sais que t'arrêteras pas quand on te demandera de t'arrêter. Je l'ai su quand j'ai lu dans la presse ce que t'avais fait à Restrepo… T'appartiens plus à ce monde avec ses règles. On peut rien proposer à quelqu'un qui ne veut rien.

Heredia était assis à une terrasse du vieux port. Il semblait absorbé dans la contemplation des vedettes, ces bateaux qui promènent les touristes jusqu'à l'embouchure du fleuve.

— Commissaire ?

Heredia ne prit pas la peine de se retourner.

— T'es en retard.

Blusas s'excusa.

— J'ai fait plusieurs tours pour m'assurer que j'étais pas suivi, comme vous me l'avez ordonné.

Heredia se leva.

— Allons marcher un peu.

Blusas marchait près de lui. Il cherchait avidement à deviner les intentions de cet homme dans ses yeux, mais ne voyait que des ombres.

— Écoutez, vous m'avez fait venir et je suis venu. Dites-moi ce que vous avez à me dire, qu'on en finisse.

Heredia le regarda, imperturbable. Sans hostilité, il lui prit le bras et se serra contre lui. Blusas eut l'impression que la pression de cette main chaude lui boucanait la peau.

— Comment tu t'entends avec ta belle-mère Charo ?

Blusas était de plus en plus inquiet.

— Ma belle-mère ? fit-il, décontenancé. Ni bien ni mal. Je la supporte, c'est tout. Pourquoi vous me demandez ça ?

Heredia aimait se montrer compréhensif, garder les formes dans la mesure du possible, être civilisé quand il pouvait se le permettre, mais il ne fallait pas prendre cela pour de la faiblesse. On ne pouvait se faire aucune illusion, avec lui. Il regarda à droite et à gauche pour s'assurer qu'il n'y avait personne en vue. Sans changer d'expression, sans un mouvement préalable qui aurait pu alerter Blusas, il lui assena une droite dans l'estomac qui le plia en deux. Pour ne pas le laisser choir, il le retint avec force par les cheveux, en tirant la tête en arrière, et le saisit violemment par la mâchoire. Ses mains étaient une tenaille. Il aurait pu lui casser toutes les dents sans effort.

— Tu étais censé tout contrôler, non ? Être celui qui commande dans le quartier, le délégué des Cantero. Rien ne devait t'échapper. C'est que ce que tu m'as assuré. Alors je suppose que tu sais que ta belle-mère, cette vieille harpie, a parlé avec l'inspecteur Leal et que tu me l'as caché. Ou alors t'es un crétin qui ne voit pas ce qui se trame sous son nez. Si c'est le cas, à quoi tu me sers ?

— Je vous jure que je ne sais pas de quoi vous parlez !

Heredia ferma les yeux et inspira un grand coup. Toutes les personnes impliquées dans l'affaire Restrepo avaient chaud aux fesses, certaines plus que d'autres. Il n'était pas question de permettre à ce minable de le faire couler dans un océan de merde. Il couperait autant de têtes que nécessaire pour l'éviter. Enfants et vieillards inclus.

— T'as intérêt à y mettre de l'ordre tant qu'il est encore temps. Si on se revoit, ce sera pas pour bavarder *amicalement*.

De retour dans la voiture, Blusas regarda son visage dans le rétroviseur. Il était blême. Il leva précautionneusement sa chemise et palpa son ventre. Il dégustait, ce fils de pute savait faire mal. Pourtant, ce qui le terrifiait le plus, ce n'était pas Heredia, mais ceux qui se tenaient dans l'ombre derrière lui. Il avait été naïf de penser qu'il pourrait travailler avec ces gens. Il s'était fourré tout seul dans un piège en acceptant la proposition de Restrepo. En vendant l'enfant à l'homme-loup.

À moins d'agir, et vite, sa vie telle qu'il l'avait connue était finie. Le corps de Charo fut retrouvé dans un terrain vague, sous le réservoir d'eau du TER. Il n'y avait alentour que des cactus et des pins rachitiques. La vieille femme avait les mains attachées dans le dos et le visage défiguré par les coups. Un peu plus bas, on découvrit l'arme du crime. Un marteau rivoir où étaient restés collés des cheveux blancs et des bouts d'os.

Cette même nuit, Blusas et son beau-fils, Chinchilla, disparurent du quartier. Personne n'était au courant de rien. Personne n'avait rien vu.

Comme d'habitude.

23

Après avoir raccroché, le commissaire resta pensif.

— Tout va bien, monsieur le commissaire ?

Heredia pencha la tête. Soria lui avait posé la question de son ton serviable habituel. Ce vieux sous-inspecteur, avec sa grossièreté d'esprit, était incapable de comprendre la complexité des choses. Le commissaire se passa la main sur le front. Se tenir au sommet et gérer le chaos de là-haut n'était pas une sinécure.

— Je suis convoqué à Madrid.

— C'est bon signe, non ? Je suppose que c'est pour vous annoncer votre nomination au poste de sous-secrétaire. Vous pourrez laisser tout ça derrière vous.

Heredia fronça les sourcils, surpris, mais guère contrarié. Soria n'imaginait pas à quel point il avait raison.

— Y a-t-il des avancées dans l'affaire Francisco Robles ? On n'a plus beaucoup de temps, sous-inspecteur. Je ne voudrais pas quitter mon poste en laissant cette tache dans mon dossier. Je veux que cette enquête aboutisse.

Soria lui dit que la mort de Francisco présentait d'énormes inconnues et une évidence.

— Nous soupçonnons une affaire de drogue, c'est ce qui lierait son assassinat à celui de Carmen Laín.

— Et vos soupçons ont-ils un fondement ?

— C'est une hypothèse, une piste. Nous y travaillons.

— Je ne pense pas que ce soit la piste que je vous ai indiquée lorsque je vous ai confié l'affaire, sous-inspecteur. Qu'en est-il des preuves à l'encontre de Julián Leal ?

Soria gigota sur sa chaise, nerveux.

— Il n'y a que des coïncidences, rien de solide qui l'impliquerait. On attend toujours des nouvelles de Ferrol. S'ils retrouvent le témoin en fuite, ce Gregorio, on pourra en savoir davantage.

Le commissaire détestait ne pas avoir le contrôle de la situation. Une fois qu'il s'était forgé une opinion, il était difficile de l'en faire changer, même si une foule de détails la contredisaient. À ce stade, il ne cherchait pas la vérité complexe, mais une version simplifiée susceptible d'étayer sa vérité choisie. Il refusait d'accorder du temps à une analyse approfondie. Il ne souhaitait qu'une confirmation.

Pourtant, Soria ne semblait pas agir selon la logique attendue :

— Tout ceci est un peu bizarre, vous savez. J'ai l'impression qu'il y a autre chose de beaucoup plus gros derrière ces meurtres. Et je crois que ce témoin est crucial. Nous ne devons pas nous précipiter et incriminer l'inspecteur Leal sans fondement.

Le commissaire étudia attentivement Soria. Son instinct policier s'était-il soudainement réveillé, à son âge ?

— L'inspectrice Ortiz vous aurait-elle transmis sa vénération pour l'inspecteur ?

Soria dissimula sa surprise. Il savait qu'Heredia pourchassait Julián pour des motifs personnels, et il savait exactement quel rôle on lui avait assigné dans l'histoire, mais même lui, qui ne s'étonnait plus de rien, jugeait cette obsession exagérée.

— Si ce que vous voulez, c'est la tête de Julián Leal, l'agression de Restrepo est plus que suffisante. Pourquoi chercher à lui mettre ces deux meurtres sur le dos ?

Heredia serra la mâchoire.

— Vous ne comprenez pas, hein ? Je n'ai pas le temps d'attendre. Je pars dans quelques semaines, et je n'ai pas l'intention de laisser cet individu en liberté. Je veux le voir derrière les barreaux !

Soria ne comprenait pas l'acharnement du commissaire. Il commençait à se rendre compte que Julián ne lui inspirait pas seulement de la haine. Il y avait autre chose. Heredia avait peur de lui.

— Quitte à forcer les choses ? Si vous parlez de falsifier des preuves…

Heredia leva un sourcil, stupéfait. Il se demanda pour la deuxième fois de la matinée si Soria était une tortue qui sortait à peine la tête de sa carapace en attendant la retraite, ou s'il avait mal évalué son degré de malléabilité.

— Vous avez changé, sous-inspecteur, je vous trouve plus suspicieux.

— J'essaie juste de bien faire mon travail.

— Il me semble que nous avions passé un accord, non ? Avant de partir à Madrid, je signerai votre promotion, et lors du prochain appel à candidature, vous pourrez rentrer chez vous avec un dossier impeccable. Vous pourrez vous consacrer à vos jeux de guéguerre, à vos petits-enfants et à ce que vous voudrez. En échange, vous me donnez Julián Leal. Si je n'ai pas été assez clair la première fois que vous êtes entré dans ce bureau, et si vous préférez que je vous retire l'enquête, dites-le-moi tout de suite.

"Va te faire foutre, toi et tes obsessions, tes chasses aux sorcières et tes branlettes." Pendant un millième de seconde, Soria songea à lâcher cette phrase. Ensuite, il pensa à trop d'autres choses et pencha la tête de côté comme un chien apeuré auquel on a montré un ceinturon.

— Pas de problème, commissaire. Je dis seulement qu'il faut d'abord savoir ce qu'a vu le témoin disparu. S'il dénonce Julián, vous aurez sa tête. Je vous le garantis.

En chemin vers sa voiture, il se fourra un bonbon dans la bouche et appela Virginia. Elle ne répondait pas. Contrarié, il lui laissa un message sur son répondeur.

— Si tu veux bien arrêter de castagner ton sac pour casser plutôt la gueule aux méchants, tu m'appelles. Y a du nouveau… Réponds, putain, cheffe. C'est important.

Il raccrocha et s'arrêta devant un débit de tabac. Il regarda à l'intérieur et se passa la langue sur le palais. Il en avait ras le cul de ses bonbons à la menthe.

— Puis merde ! grogna-t-il en le crachant et en se dirigeant vers le magasin. Trois paquets de Ducados, s'il vous plaît.

24

Côte du cap Prior, Ferrol, avril 2005

Un bateau à la coque rouillée perçait le brouillard. Les moteurs ne faisaient pas de bruit, l'étrave ne soulevait pas de vague fendue en avançant. On aurait dit un bateau fantôme qui glissait au-dessus de l'eau. Une rangée de silhouettes humaines se profilait derrière le bastingage. Visages inexpressifs, cireux. Ils étaient morts. Hommes, femmes et enfants pétrifiés, comme si la lave les avait éternisés dans cette dernière forme étrange. Sur le pont de navigation, un fou vêtu d'une tunique de pénitent chantonnait une berceuse, berçant un bébé au visage de vieillard. À l'avant du bateau, une femme aux cheveux jusqu'aux chevilles forniquait avec un homme à tête de bélier.

Fouliña ouvrit les yeux. Ce n'était qu'un cauchemar, se rassura-t-il. On pourrait dire que c'est la forme que prend la culpabilité pour émerger quand on dort, les asticots mentaux qui profitent de notre sommeil pour sortir au grand jour. Il se frotta le visage pour se réveiller, étira ses membres. Le soleil se levait. De son siège, il observa la langue de plage au loin, à présent déserte, et les grands rouleaux dont les surfeurs profiteraient d'ici quelques semaines. Voiles, planches de surf, parasols et paillotes. Qui aurait pu le prédire trente ans plus tôt, quand les barques chargées de tabac et d'alcool accostaient ici ? Il regrettait presque cette époque. Il sortit de sa voiture et prit le sentier abrupt qui descendait vers les rochers les plus escarpés.

On voyait la guérite au fond, sur une petite esplanade cernée par l'océan.

Gregorio était assis dehors. Il ne le vit pas approcher.

La pancarte FERMÉ POUR CAUSE DE DÉCÈS était toujours accrochée au rideau d'El Cerso. Les fleurs que quelques villageois avaient déposées sur le trottoir avaient fané. Les premiers jours, on les remplaçait, mais à présent plus personne ne s'en occupait. La vie devait reprendre son cours. Les journalistes et les policiers avaient eux aussi disparu. Peu à peu, avec un naturel qui aurait stupéfié n'importe quel étranger, le village retrouvait un pouls normal. Les gens de son pays étaient ainsi, pensa Fouliña : des survivants, des stoïques ; c'était sans doute un Galicien qui avait inventé le dicton "le roi est mort, vive le roi". Pour l'instant, le trône de la Baronne était toujours vacant. Faute d'un autre bar dans le village, quelques anciens clients fréquentaient le minuscule snack de la maison d'hôtes sur la route de La Corogne. La propriétaire et son mari semblaient aussi débordés que ravis.

La nouvelle ne tarda pas à se répandre : des pêcheurs avaient retrouvé à Santa Comba le corps sans vie de Gregorio, fils d'Horacio, le berger. On ne savait pas grand-chose pour l'instant, il était apparemment tombé d'un rocher et s'était noyé.

— Son père n'a jamais voulu lui apprendre à nager. Un malheur d'être berger dans un pays de mer, dit quelqu'un comme pour corroborer la version de la noyade.

D'autres donnèrent libre cours à des théories complotistes.

— On l'a tué pour qu'il ferme sa bouche. Il paraît qu'il a vu le tueur de la Baronne.

Quelques autres hasardèrent timidement la thèse du suicide.

— On sait qu'il était amoureux d'elle, même si Carmen le traitait comme un chien.

Pas un mot de regret ni de compassion, pas un geste de tendresse.

— Et toi, t'en dis quoi, Fouliña ? C'était ton ami. Il a bien dû se confier à toi.

Fouliña se taisait. Il n'y avait rien à dire. La seule image que projetait son esprit, c'était l'humanité volumineuse de

Gregorio, un géant avec une âme d'enfant sillonnant les rues du village pour proposer à ceux qu'il croisait ses petits animaux confectionnés avec les coquillages et cailloux ramassés sur la plage. Il évoquait les rares fois où il paraissait être le plus sage d'entre tous, quand il les regardait avec ses grands yeux silencieux et leur décochait soudain un sourire, comme si les enfants, c'étaient eux. Des enfants qui ignoraient être des enfants. Des enfants qui avaient oublié leur enfance. Toujours fourrés ensemble, les cinq de la bande du calvaire où étaient gravés leurs prénoms au couteau : Carmen, Susana, Fouliña, Julián et Gregorio. Leur serment de fraternité. Une famille choisie, c'était ça, l'amitié ; la promesse qu'aucun d'entre eux ne serait seul face au monde, qu'ils se protégeraient les uns les autres. Qu'ils ne se feraient pas de mal. Qu'ils ne se trahiraient pas.

Il quitta les lieux car il ne voulait pas qu'on le voie pleurer. Qui pleure un géant stupide dont tout le monde se fiche ?

À son retour, Susana l'attendait dans l'entrée. Fouliña vit à son air contrit qu'elle était au courant de la nouvelle.

— Ça y est, dit Fouliña d'une voix dure. Susana essaya en vain de lui prendre le bras pour le retenir.

— Ce n'est pas ta faute.

Fouliña se dégagea, furieux.

— C'est la faute à qui, alors ? Qui il est venu voir pour lui raconter ce qu'il avait vu ? Qui l'a convaincu de pas parler ? Qui lui a dit qu'il devait se cacher comme un rat ? Il était pas coupable ! Il se trouvait au mauvais endroit au mauvais moment et il a vu ce qu'il devait pas voir.

— T'as essayé de le sauver.

Fouliña se laissa tomber sur le rocking-chair du porche. Il contempla ses mains comme s'il ne les reconnaissait pas.

— Oui, dit-il. Mais maintenant il est mort. Comme Carmen. J'en ai assez de ce maudit village, de ses habitants, de son passé, de tout.

Susana s'approcha de lui et lui prit la main.

— Ça sera bientôt fini. Patience, frérot.

Fouliña regarda sa sœur. Il l'aimait plus que personne au monde, et la dernière chose qu'il souhaitait, c'était de la faire souffrir. Il avait essayé, mais il n'en pouvait plus. Il se dégagea de la main de Susana et se leva.

— Qu'est-ce que tu vas faire ? lui demanda-t-elle.

— Le nécessaire. Ce que j'aurais dû faire dès que Gregorio est venu me voir.

25

Barcelone, avril 2005

Lagarta était à son affaire, en train de gagner un peu d'argent avec les maigres atouts qui lui restaient. La drogue la grignotait de l'intérieur. À cheval sur n'importe quel gugusse, elle avait l'air minuscule, presque une gamine aux côtes saillantes et aux seins petits et sombres. Elle avait un jour été une belle jeune fille, et elle conservait quelques vestiges de sa splendeur passée dans la courbe du dos, les fesses et les jambes. Mais c'était il y avait très longtemps.

Tout à coup, l'homme qui la sautait la repoussa brutalement en apercevant Julián.

— Qu'est-ce qui te prend ? protesta-t-elle.

Suivant le regard effrayé de son client, elle vit le type qui était entré chez elle ; il ressemblait à un mort.

Julián fit un signe à l'homme, qui ramassa ses affaires fissa et partit sans moufter. Il approcha alors une chaise du lit et s'assit. Lagarta se couvrit à moitié avec le drap. Elle avait des bleus sur tout le corps et des marques récentes de courroies autour du cou et aux poignets. Sous le sein droit, il vit une marque de morsure.

— C'est quoi, tous ces coups ?

— Je suis tombée.

— Et le sol t'a mordue ?

Elle lui jeta un regard de haine.

— Qu'est-ce que tu me veux ?

— Tu ne me demandes pas ce que je suis venu faire ?

Elle le regarda en distillant du poison par les yeux.

— Je sais qui t'es et ce que t'es venu faire. Ma mère m'a tout raconté. Maintenant elle est morte et mon fils a disparu… Tout ça par ta faute.

Julián l'observa avec indifférence, comme si elle faisait partie des meubles. Il connaissait les gens de son espèce. Ils se déballonnaient en deux temps trois mouvements. Il suffisait d'exercer un peu de pression ou de leur faire miroiter n'importe quoi pour qu'ils se mettent à table. Il sortit de sa poche un petit sachet de poudre qu'il déposa au pied du lit.

— Je suis désolé pour ta mère. J'imagine que ceci va t'aider à soulager ta peine.

Elle regarda la drogue avec avidité. Elle eut un mal fou à ne pas se jeter dessus.

— T'es un fils de pute sans âme, hein ? Le respect, la compassion, tu connais pas.

Julián ne cacha pas son dégoût.

— T'as vendu ton fils à Restrepo. Tu savais ce qu'on allait lui faire, mais ça ne t'a pas arrêtée, alors viens pas me donner de leçons.

Le corps de la femme fut parcouru d'une intense secousse.

— C'est toi qui le dis. J'ai rien fait. T'as aucune preuve.

Julián fondit sur elle et lui saisit vigoureusement le menton. Ses yeux étaient comme des hameçons qui voulaient se planter dans les entrailles de Lagarta.

— Que je n'aie pas de preuve ne veut pas dire que tu l'as pas fait. Tu l'as fait, pas vrai ? Qu'est-ce qu'on t'a donné en échange ? Quelques grammes ? Combien vaut ce petit, pour toi ?

Lagarta fit non de la tête, visiblement désespérée. Soudain, la furie de ses yeux s'éteignit et ses épaules furent prises de violents soubresauts. Sa voix se transforma en une profonde lamentation, un sanglot sans fin.

— Tu comprends pas.

Julián la relâcha.

— Qu'est-ce qu'il y a à comprendre ? Que ton propre fils soit devenu pour toi une marchandise ?

Lagarta humecta ses lèvres gercées et se gratta les cuisses. En se redressant, elle dénuda son ventre. Une vilaine cicatrice s'étirait du nombril au début de la toison noire. Elle tremblait, recroquevillée, n'osant plus regarder Julián en face. Un instant, on eût dit une fille différente, dont l'inspecteur ne connaissait pas le vrai nom, une autre histoire du quartier, un autre échec. Elle renifla et s'essuya les yeux sur l'avant-bras.

— C'est Blusas, dit-elle enfin en s'écroulant. Il m'a obligée.

Depuis qu'elle était enfant, Irene n'avait connu que les privations. Elle avait grandi avec l'idée que personne ne vous fait de cadeau et que, pour combattre la faim, il faut être plus malin qu'elle. Elle ne tarda pas à gagner le surnom de Lagarta, parce qu'elle apprit très vite à tirer parti de son air innocent, de sa voix agréable et de son charme indubitable pour obtenir ce qu'elle voulait au moyen de toutes sortes de ruses et flagorneries. Quand ses hanches et ses seins commencèrent à se développer, son surnom acquit une autre signification.

Comme tous les enfants, il y eut un temps où Lagarta nourrit des rêves. Elle voulut devenir coiffeuse, infirmière, docteure, pompière, astronaute, posséder une grande maison à Vallcarca, une grande maison à Ocata, un chien noir, un chien blanc, un chat… Ses rêves bondissaient au rythme de ses yeux curieux et de son imagination, incapable qu'elle était de s'en tenir à l'un d'entre eux. Elle divaguait au gré du Grand Tout. Plus tard, ces rêves bien à elle cédèrent la place à des rêves d'emprunt, aux miettes que le monde lui jetait aux pieds. Le bidonville où elle habitait n'était que boue et vêtements bon marché, zoulettes aux faux ongles, chansons de Malú dans une voiture qui passait, musique à fond et vitres baissées. Le samedi soir, les virées avec sa bande, les cigarettes dans le wagon du métro, le grand magasin El Corte Inglés de la plaza Cataluña, les pigeons morts dans la fontaine aux poissons devant le portal del Ángel. Se disputer avec sa mère, qui ne la comprenait plus, apprendre dans sa chair ce que signifiait être fille en territoire d'hommes, halluciner sous acide sur la route de las Aguas et s'identifier au personnage d'une chanson de Loquillo sur fond de Barcelone éclairée à ses pieds pendant que son petit ami la mettait enceinte à l'âge de seize ans. Combien de fois a bien pu se reproduire cette même histoire sur la banquette arrière d'une Opel Corsa qui ne serait jamais le carrosse de Cendrillon ?

Il était gentil, aussi gentil qu'on peut l'être sans le savoir. Sans se poser la question. Le père de son fils était un bon gars, cela se reflétait dans ses actes, dans ses gestes et dans son regard déterminé. Il était un peu plus âgé qu'elle, dix-sept ans cachés derrière des tatouages, des chemises ouvertes jusqu'à la poitrine et de l'or de pacotille autour du cou et aux lobes des oreilles. Il aurait voulu être Tomatito, parfois Santana ou Mark Knopfler. Son rêve, c'était une guitare Fender noire, mais il n'avait pas peur de n'être personne. Rares sont ceux qui comprennent qu'un rêve est ce qui t'anime quand tu es réveillé. Il se présenta chez Charo et lui déclara : "J'aime votre fille et j'aimerai votre petit-fils, mon fils. Souhaitez-moi bonne chance, madame." Puis il partit en France parce qu'on lui avait dit que de l'autre côté de La Junquera l'or coulait des robinets, qu'on pouvait s'y acheter un avenir à force de volonté et de travail. Au moment où il se fit renverser par ce camion à Toulouse, peut-être savait-il déjà que c'était un mensonge, mais qu'importent les mensonges, dès lors qu'ils vous aident à devenir quelqu'un de bien.

Alors elles étaient là, dans le bidonville caché derrière la ville : Lagarta et Charo, deux veuves prisonnières d'un cercle. Et maintenant cet enfant qui allait venir au monde. On aura beau affirmer le contraire, personne ne peut comprendre. On ne comprend que si la réalité plante ses dents dans ta chair et t'en arrache un morceau. D'où la drogue, qui n'était ni une fuite ni une illusion, mais une défaite anticipée. Quand tu n'es plus capable de voir au-delà des piliers du pont et que tes pieds s'enfoncent dans la fange, quand dans ton regard il n'y a plus que poison et chagrin sans nom. S'en aller doucement, un peu plus à chaque shoot, à chaque hépatite, bronchite, dérouillée, viol. Plus rien n'a d'importance quand tu n'es plus rien.

Voilà comment on grandit vide à l'intérieur, brinquebalé par des forces qu'on ne comprend pas, par des injustices qui cessent de faire mal à force d'être répétées. Ne restent que les brefs instants de joie, les rires éphémères en entendant une mauvaise blague, les guirlandes lumineuses, un bon souvenir au passage de l'autobus. L'enfant grandissait, elle le regardait et voyait son père à travers lui. C'était aussi un être bon sans le savoir, intact.

Débarquèrent alors ces caméras dans le fossé, les politiciens et les sourires. Ils voulaient faire un documentaire sur la Barcelone dont ils avaient honte, celle de l'arrière-boutique. Les élections municipales approchaient et les habitants du bidonville étaient des figurants dans un décor pour lancer des promesses de changements qui ne se produiraient jamais. Les promesses de ceux qui ne savent pas sont des feuilles jetées au vent. Un homme de la délégation resta à la traîne tandis que le candidat continuait à avancer en serrant des mains. Il s'approcha d'elle et caressa la joue de son fils.

— Tu as quel âge ?

— Huit ans.

Et cet homme lui montra ses dents de loup.

— Ce petit a *quelque chose* de spécial. Prenez bien soin de lui.

Lagarta frémit, parce qu'elle était intimidée par les hommes qui savent parler, qui ont des manières, s'habillent bien et sentent encore mieux. Ils sont les propriétaires du monde et les autres, les artistes du cirque qui est là pour les divertir. Les maîtres du monde veulent un bon spectacle.

Quelques jours plus tard, Restrepo débarqua chez eux en compagnie de Blusas. Le neveu des Cantero était désormais son nouveau mari. "On s'est mariés à l'église, avec Dieu pour témoin." Dieu ne lui avait pas demandé son avis, mais ce type lui filait de l'héroïne pas trop coupée, de l'argent pour se payer quelques caprices sans oublier le reste. La violence et le silence. Pourquoi ne l'aurait-elle pas accepté ? Quelle différence avec n'importe quel autre homme ? À l'âge de vingt-quatre ans, Irene n'existait plus, elle n'était plus qu'un sac d'os allant et venant de la réalité à la fiction. Au moins, Blusas, il existait, lui.

Il dit que l'homme qui l'accompagnait était une personnalité importante et qu'il pouvait les aider. Il s'appelait Restrepo et portait des vêtements de vainqueur. Il mit une liasse de billets dans la main de Lagarta avec cette assurance arrogante qu'affichent ceux qui savent que tout a un prix. Et il promit qu'il y en aurait encore. Quand elle demanda ce qu'il voulait en échange, il sourit.

— C'est ton fils, que je veux. Quelqu'un l'a remarqué. Je ne suis qu'un intermédiaire.

Lagarta tendit le cou, passa ses bras autour de sa poitrine, se gratta une croûte au coude.

— Je pigeais pas tout son baragouin, mais il m'a sorti plein de trucs. Comme quoi il était producteur de cinéma, que Chinchilla avait une présence qui accrochait la caméra, qu'on allait lui faire faire des essais.

— Et tu l'as cru ?

Un instant, Lagarta quitta des yeux la drogue sur le lit et regarda Julián.

— On croit ce qu'on veut bien croire. Je me doutais bien qu'y avait un truc louche, mon instinct me le disait. Mais qu'est-ce que j'y pouvais ? Blusas avait déjà pris sa décision et on peut rien refuser à cette brute.

Impossible de savoir si elle versait des larmes de crocodile ou pas. À moins que ce ne fût la culpabilité, la haine ou l'autocompassion qui la faisait pleurer. Julián n'était là ni pour la consoler, ni pour la dédouaner.

— Et tu as donc livré ton fils à un inconnu.

Lagarta se balança d'avant en arrière, elle hésitait, savait qu'elle ne devait pas parler, elle en connaissait les conséquences, mais la vue de cette BMW emportant son fils continuait de la tourmenter, l'argent qu'elle avait reçu lui brûlait encore la main.

— Tu sais ce que c'est d'être accro ? Tu peux comprendre ce que tu ressens quand t'as un million de fourmis affamées dans le sang ? T'es plus rien, tu peux plus raisonner, plus rien éprouver ni ressentir à part le besoin de les nourrir.

Julio pensa fugacement à Clara. Elle avait utilisé une métaphore différente pour expliquer la même chose : "Imagine que tes veines se transforment en cristal. La pression d'un doigt peut les faire éclater. Et tu vis avec cette peur de la douleur en permanence. Des millions de tessons cloués derrière les yeux, dans le cerveau, les intestins, sous la plante des pieds."

— Le petit est rentré à la maison une semaine après, mais c'était plus le même.

— Le *petit* est ton fils. T'as si peur que ça de l'admettre ?

Ce n'était pas de la peur, mais de la honte. Il lui fallait tenir ce concept à distance, le dédoubler. S'il ne s'agissait pas de son fils mais d'un enfant quelconque, cela devenait plus facile à supporter.

— C'est comme si on lui avait arraché le meilleur et qu'on m'avait rendu une carcasse. Il parlait pas, il dormait à peine et me regardait fixement, il restait assis, les lèvres serrées. Je pouvais pas supporter ses yeux cloués sur moi.

Un matin, Blusas laissa par hasard son ordinateur ouvert. Cet imbécile utilisait son pseudo comme code secret. Il y avait une vidéo d'un peu moins de deux minutes.

— Quand j'ai vu ça, je pouvais plus me mentir. Ce que je redoutais était là, sous mes yeux. J'étais paniquée, je savais pas comment me débarrasser de ce tourment, cette culpabilité. Je l'ai montrée à ma mère, je lui ai tout raconté. On pouvait rien dire. On pouvait rien faire. Blusas ou quelqu'un de pire que lui nous aurait tués tous les trois. On pouvait pas non plus s'enfuir. Où, comment, avec quel argent ?

Personne ne peut imaginer ce que signifie de vivre en dissimulant une horreur pareille. Supporter la présence de Blusas à table, quand il l'emmenait dans la chambre pour la sauter, quand il lançait une plaisanterie, quand il chiait aux toilettes. Et voir en même temps son fils, assis à la même table que lui. En train de le regarder en silence.

— J'ai souvent pensé à tuer Blusas de mes propres mains. Lui planter les ciseaux dans les yeux pendant qu'il dormait, lui arracher le bout de la bite avec mes dents quand il me l'enfonçait dans la bouche. Mais je manquais de courage. Je voulais juste qu'il me donne ma dose pour m'enfermer dans la chambre, me piquer et dormir. Dormir et plus me réveiller. Quelques semaines plus tard, ma mère m'a emmenée à l'écart. "Il faut que tu me fasses une copie de cette vidéo", elle m'a dit. J'ai refusé. Si on se faisait choper par Blusas, il était capable de n'importe quoi. Ma mère m'a flanqué deux gifles qui m'ont retourné la tête. Elle m'avait pas frappée depuis mes douze ans. J'avais jamais vu autant de rage et de mépris dans ses yeux. "Ces fils de pute doivent payer pour ce qu'ils ont fait à mon petit-fils. Et je sais qui va nous aider…" Elle parlait de toi. C'est elle qui a eu l'idée de t'envoyer une lettre anonyme. C'est elle qui t'a guidé jusqu'à Restrepo.

Lagarta se tut un instant. Elle avait besoin de reprendre son souffle.

— Ma mère te faisait confiance. Pas moi. J'ai essayé de la dissuader, mais elle m'a pas écoutée. Maintenant elle est morte et mon fils est entre les mains de Blusas.

— Où est-ce qu'il l'a emmené ?

Lagarta se mordit les lèvres et se rejeta en arrière, comme un chien battu.

— Il va me tuer, quand il saura que j'ai parlé, il me tuera.

Julián s'approcha d'elle et lui saisit le poignet.

— Et si tu ne parles pas, il tuera ton fils. Tu dois choisir.

Cinq minutes plus tard, Julián partit sans se retourner, indifférent aux pleurs de Lagarta.

"Tu dois choisir", avait-il dit à la mère de Chinchilla. Nous sommes tous confrontés un moment ou un autre à un choix. On ne peut pas se dérober éternellement, on ne peut pas toujours se voiler la face, feindre de ne pas être concerné.

Maintenant il était allé trop loin pour s'arrêter.

En séquestrant Restrepo, Julián Leal avait fait son choix. Il se rappelait chaque détail : Restrepo assis au bord d'une chaise, les mains ligotées aux chevilles, obligé de rester penché en avant, dans une position douloureuse, la tête tournée vers les testicules. Il essaya de trouver une position plus confortable, mais il sentit une douleur lancinante sur le côté, une écharde osseuse qui se plantait dans sa chair chaque fois qu'il respirait. Il retint sa respiration puis expulsa l'air par à-coups, comme s'il sifflait, pour amortir la douleur. Il se mit alors à tousser, son sternum fut pris d'une sorte de secousse sismique qui semblait le craqueler. Il était nu, grelottant, frigorifié, en même temps qu'il transpirait par tous les pores.

Son instinct commença à prendre le pas sur sa conscience engourdie. Il regarda autour de lui. Il ne savait pas où il était ni depuis combien de temps. La dernière chose dont il se souvenait, c'était le visage de ce type aux yeux verts qui l'avait abordé dans la rue alors qu'il quittait son bureau. Il balança désespérément la tête à droite et à gauche, essaya de se libérer en tirant, mais la douleur sur le côté revint, probablement une côte cassée, si bien qu'il renonça à sa tentative. Peu à peu, la lumière se fit dans son esprit, et il soupçonna que son séquestrateur savait ce qu'il faisait.

Par moments on entendait des pas, une lumière s'allumait qui filtrait sous la porte. Il sentait alors son cœur s'emballer, les veines de ses temps battre frénétiquement, la sueur salée mordre ses plaies sur le visage. Au bout de quelques secondes, la lumière s'éteignait et les pas disparaissaient. Son cœur exténué ralentissait et le sang revenait, lui laissant un terrible mal de tête. Après que cela se fut produit à deux, trois, quatre, dix reprises, sa capacité de rester alerte disparut. Il sombra dans la léthargie. Son esprit refusait de rester dans cet état de tension. Même si un filet de conscience lui disait qu'il était éveillé, son cerveau s'obstinait à le nier. "C'est un cauchemar, tu es en train de dormir."

Enfin, les gonds de la porte grincèrent. Il avait l'impression d'avoir crié quand le type aux yeux verts s'approcha lentement. Il sentit qu'il se penchait au-dessus de lui par-derrière.

— Tu es prévoyant, Restrepo, mais tout le monde commet des erreurs. Un règlement en carte de crédit dans une station d'essence, quelqu'un qui rapporte une remarque entendue quelque part, ta trace digitale dans le dark web. Il reste toujours un fil qui traîne, n'est-ce pas ? Cela m'a pris des mois, mais tu es là. Il est temps qu'on parle… Tu aimes les films où on viole des enfants ?

Restrepo avait le dos ankylosé après être resté si longtemps dans cette position forcée. Il avait du mal à redresser le torse, craignait d'entendre un craquement signalant la fracture de sa colonne.

Il remarqua alors les tenailles sur l'orteil. Il cria. Mais personne ne pouvait l'entendre.

Les tenailles se retirèrent sans lui arracher le doigt. Il entendit les pas s'éloigner, la porte s'ouvrir et se refermer. De nouveau seul, dans le noir, il fondit en larmes, terrifié. Il s'était pissé dessus, une flaque d'urine s'était formée à ses pieds.

Cette scène se répéta plusieurs fois. L'homme aux yeux verts entrait, lui posait une question, le menaçait et repartait en le laissant seul. L'un après l'autre, les nerfs de Restrepo craquèrent.

— Il y a seulement un homme d'affaires, sanglota-t-il.

Julián Leal était assis face à lui, en bras de chemise.

— Tu blanchis de l'argent et tu satisfais les perversions des gens qui ont les moyens de payer. La loi du marché, hein ? L'offre et la demande.

Restrepo toussa en crachant du sang.

— Tu ne sais pas à qui tu as affaire ! Tu ne sais pas qui est derrière.

Julián acquiesça tranquillement.

— C'est bien pour ça qu'on est là. Pour que tu m'éclaires.

Il ouvrit son ordinateur portable et introduisit le CD dans le lecteur. Il le retourna et plaça l'écran devant Restrepo.

L'image était de mauvaise qualité, floue, instable, comme si on avait filmé furtivement en caméra cachée. La séquence ne durait qu'une minute. Un homme au visage couvert par ce qui ressemblait à un masque de loup sodomisait un enfant aux mains menottées à la tête d'un lit.

Restrepo voulut détourner les yeux, mais Julián l'obligea à regarder.

— Qui est cet homme masqué ?

Restrepo hocha la tête, les lèvres serrées. Julián lui assena un coup de poing sur la pommette.

— Il est évident que la vidéo a été modifiée. Il y avait sûrement quelqu'un d'autre dans les parages, quelqu'un qui a filmé une partie de ce qui se passait sans que tu t'en rendes compte… Où est la partie manquante ? Je veux l'original.

— Tu comprends pas, ils vont me tuer.

Il le frappa encore, cette fois à l'oreille, plus fort.

— C'est moi qui te tabasserai à mort, s'il faut. Combien d'autre vidéos y a-t-il ? À combien d'enfants as-tu fait subir ça ?

Les questions se succédaient, tout comme les coups, mais Restrepo refusait de répondre. Au bout de vingt minutes, son visage était une masse informe. Julián Leal contempla ses poings rougis. Il avait mal aux mains, ses jointures lui brûlaient et pourtant il était encore loin d'avoir obtenu les réponses qu'il cherchait. Il avait franchi une ligne qu'il n'aurait jamais pensé pouvoir franchir. Tout ce qu'il croyait de lui-même, ce qu'il se racontait depuis quarante et quelques années s'avérait être un mensonge monstrueux, une fiction sans fondement. Et le plus terrifiant, c'était que cela le laissait froid, il ne ressentait rien, ni soulagement, ni culpabilité, ni remords. Il sentait seulement que ses démons, enchaînés depuis si longtemps, hurlaient dans sa poitrine, euphoriques, pas du tout pour clamer justice, mais pour faire mal, se venger, semer le chaos et la destruction.

Il tenta de se souvenir de son enfance, quand il marchait pieds nus dans le pré autour de la maison de Susana et Fouliña. L'herbe lui chatouillait la plante des pieds, douce comme un tapis. Susana était allongée et sa robe à fleurs semblait surgir de l'herbe. Fouliña était avec Toño, son père, près de la maison. Ce week-end-là, les parents de Julián étaient partis profiter de la capitale. Il était content de rester chez ses amis. Toño était comme son oncle, l'homme en qui son père avait le plus confiance. Son camarade de mille batailles, son frère d'armes. Si seulement tout s'était figé à cet instant, éternellement. À l'abri du malheur. Mais ce ne fut pas le cas. Il y a toujours des monstres tapis sous le lit.

Il n'était plus cet enfant. Et ce qui restait de l'enfant qu'il avait été contemplait tranquillement l'œuvre de l'homme qu'il était.

— Donne-moi ce que je veux ou tu ne sortiras pas vivant d'ici.

— Pourquoi tu me fais ça ? En quoi ce gosse te concerne ? C'est personne, putain ! C'est rien, marmonna Restrepo, la tête ensanglantée.

Julián le saisit vigoureusement par la mâchoire.

— C'est quelqu'un. Le fils de son père et de sa mère, l'ami de ses amis, un enfant à qui t'as tout volé.

Trois heures plus tard, il se gara devant le pavillon mitoyen de Virginia et frappa à sa porte. À l'intérieur, on entendait les rires de Luis et des filles, la voix de son amie et collègue, les pas qui approchaient. Il remarqua son air surpris en le voyant couvert d'un sang qui n'était pas le sien.

— Je crois que j'ai tué un homme.

Restrepo n'était pas mort. Il respirait encore. Mais cela n'avait plus d'importance.

26

Hôtel de Las Letras, Gran Vía, Madrid, avril 2005

Le Magistrat, un des juristes les plus respectés et puissants du pays, chercha un endroit où fumer. Affublé de son habituelle veste à carreaux et de son mythique nœud papillon, il soupirait, absorbé dans une toile de grandes dimensions. Son nom était pressenti dans la constitution du nouveau gouvernement. Le bruit courait qu'on lui confierait un portefeuille important. Ces paris l'ennuyaient prodigieusement. Année après année, législature après législature, émergeaient ces êtres ambitieux, prétentieux et arrogants qui péroraient, serraient des paluches en croyant avoir atteint le sommet. En réalité, ils allaient tout juste commencer à comprendre que ce sommet n'existait pas, que le pouvoir est une entité à part entière, sans maîtres, qui n'utilise ses esclaves que pour croître et devenir de plus en plus inaccessible.

Pour perdurer, le pouvoir s'appuyait sur des pions utiles comme ce commissaire Heredia qui l'avait abordé pour lui proposer un verre de cognac. Sa voix était mielleuse, mais ses gestes avaient une rare vivacité.

— Je peux déjà vous féliciter, monsieur le ministre ?

— Ce n'est pas encore officiel. Quoi qu'il en soit, nous devrions nous féliciter mutuellement. Je pense vous prendre dans mon cabinet.

— Je serais très honoré de votre confiance.

Le Magistrat remua à peine les lèvres.

— Vous réussirez ici, Heredia.

Il sourit en étirant la commissure de ses lèvres et ses rides sur le front. C'était un rictus paré d'un halo de mélancolie. Il ferma les yeux et savoura longuement son cognac. Quand il les rouvrit, il dit dans un murmure quasi inaudible :

— La mort est une chose si étrange.

— Pardon ?

— Ce tableau, dit le Magistrat en indiquant la toile qu'il observait précédemment.

La scène représentait un moribond, un jeune enfant, sous le regard attentif d'un prêtre qui lui donnait l'extrême-onction. Un chœur de femmes entourait le lit, toutes en tenue de deuil prématuré.

— Le temps a ses exigences, et elles sont inéluctables.

— Pourtant, le mourant semble être jeune, fit remarquer Heredia, qui ne cherchait qu'à s'attirer la sympathie du Magistrat. On ne dirait pas que son temps est révolu.

— C'est de ça que je parle. La mort ne partage pas notre sens de l'opportunité. Un être vivant, jeune, plein de vitalité, subit d'un coup une métamorphose tumultueuse et cesse d'exister. Les hommes saignent et meurent, tous sans exception, qu'ils soient bons ou mauvais. Mais on se souvient des uns et on oublie les autres. Chaque jour je me demande quelle mort j'aurai, celle des justes qui ne meurent jamais ou celle de ceux dont le nom ne méritera pas d'être cité ?

— Vous êtes un des hommes les plus importants de ce pays. Vous avez beaucoup œuvré pour la démocratie. Cela vous garantit un nom pour l'éternité, sans aucun doute.

— Je suppose que c'est vrai, mais le mérite est bien peu de chose, un simple ragot suffit à l'anéantir, une petite faute qui grossit et qui finit par vous ruiner une réputation durement bâtie.

Il dévisagea ostensiblement Heredia.

— Il paraît que vous êtes un passionné de Napoléon. Vous devez donc comprendre ma vision du monde. On aime les héros, mais on adore surtout détruire leur héritage… Et nous devons empêcher cela. Pour le bien du système, les héros doivent rester des héros, vous comprenez ? Des personnes sans tache, des demi-dieux de légende. Les hommes comme vous sont là pour préserver leur mémoire.

— Il y a cette question un peu embarrassante, l'inspecteur Julián Leal.

Heredia déglutit, le regard fuyant.

— Je suis en train de m'en occuper. Il est sous contrôle, je vous le garantis.

Le Magistrat esquissa un sourire poussif.

— Je n'en doute pas. Mais, un petit coup de pouce vous sera toujours utile, on ne sait jamais. Tenez, considérez-le comme un cadeau de bienvenue à *la cour.* Je suis certain que vous en ferez bon usage, dit-il en lui tendant une chemise scellée qui semblait très ancienne. Je sais que vous ne nous décevrez pas, Heredia. Vous serez un excellent sous-secrétaire. Un brillant avenir vous attend.

Heredia savait parfaitement ce que signifiaient ces mots et ce regard. Les propos les plus cruels peuvent être proférés d'un ton aimable, et les pires atrocités, commises avec le sourire. Les vrais psychopathes, ceux qui détruisent tout ce qui reste de bon chez l'être humain, sont ceux dont les ongles ne frôlent jamais la saleté. Sous les énormes lustres qui éclairaient le salon, les élus de la fortune lui souhaitaient la bienvenue, tout en lui faisant clairement comprendre qu'à tout moment ils pouvaient le virer d'une pichenette de cette confrérie de vainqueurs avant de passer à autre chose. Il n'était, en fin de compte, que le balayeur chargé de ramasser les crottes de chien. S'il ne faisait pas son boulot, il ne leur servait plus à rien.

Lorsqu'il se trouva seul, il ouvrit le dossier : procès-verbaux, déclarations, résultats d'expertises, formalités en tout genre autour de l'affaire FR210/1975. C'étaient les références attribuées en 1975 à l'enquête sur la mort de Martín Leal.

Loin de là, à plus de quatre cents kilomètres, Virginia se demandait quel genre de folie passagère l'avait poussée à coucher avec Luis. Étranger à ses pensées, il caressait sa hanche nue.

— Je suis content que tu m'aies appelé. Surpris, mais content.

Virginia se sentait bizarre, ni heureuse ni malheureuse, ni satisfaite ni insatisfaite. Baiser avec Luis dans un hôtel, comme deux inconnus, la déconcertait. Elle avait pensé que ce serait une expérience excitante : “Oublions qui nous étions, qui nous serons. Soyons ce que nous sommes à l'instant présent et rien d'autre…” Mais cela n'avait pas été concluant. Elle se sentait seule. Son mari lui manquait, mais ce n'est pas à lui qu'elle avait pensé pour jouir. Elle avait été tentée de l'avouer à Luis : “Je pensais à un autre, à n'importe quel autre pendant que tu me baisais.”

— Il faut que j'aille travailler. La chambre est payée, tu peux rester aussi longtemps que tu veux.

Il interpréta cette phrase comme “reste définitivement”.

— Je préférerais rentrer à la maison, auprès de toi et des filles. Retrouver notre vie d'avant.

Virginia contempla Luis allongé sur le lit, ses cheveux écrasés sur l'oreiller, le visage rouge et les yeux débordant d'une force qui ne savait pas vers où se diriger. Elle lui caressa la lèvre inférieure, gercée. Pour la première fois de sa vie elle n'avait aucun plan, elle n'envisageait pas les différentes possibilités, n'entendait pas cette voix intérieure qui la prévenait quand elle était sur le point de commettre une erreur.

— Tu ne retourneras pas à la maison, Luis. On ne reprendra pas notre histoire. On va divorcer.

Luis la regarda, déconcerté.

— Je ne comprends pas. Qu'est-ce que je fous là, alors ?

Virginia commença à se rhabiller.

— J'avais besoin de le vérifier.

— Vérifier quoi ?

— Qu'il n'y a plus rien entre nous. Que c'est fini.

Elle avait envie de se promener. La rue Llibreteria était étroite, avec de hauts porches où le soleil avait le plus grand mal à pénétrer. Les pots sur les balcons accueillaient des tiges de fleur longilignes qui s'élevaient désespérément vers le ciel pour attraper un peu de lumière. Un fourmillement incessant de gens entraient et sortaient des commerces. Sur la devanture d'un magasin de cierges, un groupe de nonnes discutaient le prix des bougies et des cierges et, un peu plus loin, près d'une chapellerie, deux vieillards essayaient des bérets en se regardant dans le miroir. Chez un marchand de bonbons, une foule de collégiens en uniforme harcelaient le vendeur.

D'un balcon s'échappait une musique reggae. Deux agents de la police municipale faisaient leur ronde à pied. Une sorte de prêcheur, avec des pancartes en carton suspendues sur la poitrine, lisait le Lévitique sur la place Sant Jaume, face aux *mossos* qui gardaient le palau de la Generalitat.

Et elle eut un déclic, sans motif particulier. Virginia sourit. Elle ferma les yeux quelques secondes et respira l'air de ces rues, attentive au brouhaha. La charge avait disparu, le poids sur sa poitrine, les doutes. Elle était libre. Elle se *sentait* libre. Une sensation nouvelle de légèreté qui faisait un peu peur, comme si le sol se dérobait sous ses pieds. Une sensation fabuleuse qu'elle n'avait pas éprouvée depuis longtemps.

Son portable vibra dans sa poche. Elle avait encore en économiseur d'écran une photo des filles et de Luis. Elle la remplacerait par un joli paysage.

— Il était temps, je t'ai appelé six fois, grommela Soria.

— On est dimanche. Dimanche matin.

— Tu vas me parler d'horaires de bureau, maintenant, cheffe ? Je te dis qu'il s'est passé un truc énorme.

Virginia continuait d'observer l'ivrogne qui radotait, la Bible à la main, face au siège du gouvernement catalan.

— C'est le début de la fin du monde ? plaisanta-t-elle.

— Pire que ça. On vient d'appeler du commissariat de Ferrol. Ils ont retrouvé le témoin qui manquait, ce fameux Galicien prénommé Gregorio. Il est mort. Et ce n'est pas tout. Loin de là. Quelqu'un s'est présenté dans un commissariat du coin pour faire une déclaration. Il affirme qu'il connaissait Gregorio, lequel lui a confié ce qu'il avait vu la nuit où on a assassiné Carmen Laín… Il vaut mieux que tu viennes maintenant au commissariat, cheffe. J'ai peur que ça ne te plaise pas.

27

Quartier de la Barceloneta, quelques heures plus tôt

Julián aimait descendre jusqu'au brise-lames avec quelques canettes de bière, sa chaise et sa canne à pêche. Rares étaient les poissons qui s'approchaient désormais des rochers. Le quartier avait bien changé depuis le jour où tante Milagros l'avait emmené vivre avec elle. On ne voyait presque plus de pêcheurs dans la calle de la Sal, seulement des touristes en maillot de bain et, sur les balcons, des pancartes de location saisonnière. Malgré tout, c'était sa manière à lui de déconnecter. Pour l'heure, après la confession de Lagarta, sa tête était en ébullition. Si Blusas s'était mis sous l'aile des Cantero, il ne pourrait pas l'atteindre.

En essayant de protéger l'enfant, Julián n'avait réussi qu'à le mettre en danger. Les Cantero avaient des oreilles et des mains partout. Il avait été imprudent de se rendre dans les bas-fonds en plein jour pour parler à la grand-mère du petit. Il les avait mis sur le qui-vive, maintenant ils savaient qu'il approchait. Charo était morte, Restrepo en soins intensifs et tout ça pour quoi ? Quel genre de justice pensait-il appliquer ? Pour l'enfant, ça ne changerait rien, Julián le savait pertinemment. Quand on t'arrachait l'innocence, rien ni personne ne pouvait te la rendre. Impossible de récupérer ce qui t'a été volé. À moins que Chinchilla ne réussisse là où lui avait échoué. Si la fortune lui souriait, il n'enfouirait pas ce qui lui était arrivé au point de l'oublier, d'ignorer la cause de son malheur et de ses échecs une fois adulte. Peut-être apprendrait-il à avoir confiance, à tomber amoureux, à croire en autre chose que la douleur. Avec beaucoup de chance et de détermination, si on l'aidait, Chinchilla finirait par comprendre que rien de tout cela n'était sa faute, qu'il ne l'avait pas mérité.

Il rentra chez lui bredouille, mais avec quelques bières dans le nez. La place du marché était occupée par un cercle de jeunes en habits de sport en train de faire des pirouettes de breakdance avec la musique à fond. Quelques voisins regardaient le spectacle depuis leurs fenêtres. Personne ne protestait. Julián passa son chemin, ouvrit le portail de chez lui et gravit les trois étages en s'arrêtant sur chaque palier pour allumer la lumière de l'escalier. Parfois il croyait voir monter devant lui tante Milagros, chargée des courses, avec sa respiration bronchiteuse. Elle lui manquait. Sa vie durant, sa tante s'était démenée pour que Julián ne déteste pas sa mère.

— Elle t'aime beaucoup. Tu es son fils unique, la chair de sa chair. Elle a juste besoin de temps pour faire son deuil. Elle viendra te rechercher.

— Elle m'a abandonné. Elle m'accuse de la mort de mon père.

Tante Milagros s'appuyait sur le mur pour reprendre son souffle sans poser ses sacs :

— Quand quelque chose nous fait très mal, nous pouvons être injustes envers ceux que nous aimons le plus.

Sa mère ne revint jamais le chercher. Avant de mourir, elle fit savoir qu'elle ne souhaitait pas qu'il assiste à son enterrement. Malgré cela, sa tante la défendit jusqu'au bout.

— Où qu'elle soit, je suis sûre qu'elle veille sur toi.

"Où es-tu maintenant, maman ?" se demanda Julián en observant l'appartement plongé dans le noir, les papiers de l'hôpital étalés sur la table, les médicaments sur le buffet. "Où étais-tu à ce moment-là, quand on me faisait du mal sous ton nez ?" La chair de la chair, ça ne veut rien dire.

Pour son dîner, il finit les pâtes du déjeuner et but un soda devant la télé. Sur la table basse, le traité sur Nicolas de Staël acheté quelques jours plus tôt était encore sous pellicule de protection en plastique et tenait compagnie à une biographie de Vélasquez et à un essai sur Pollock, également non déballés. Il n'était plus capable de se concentrer sur la lecture, ni d'admirer la peinture ou de savourer la musique ; il avait même abandonné ses aquarelles et ses toiles sur la galerie arrière. Il avait de moins en moins d'énergie, or il lui en fallait encore.

Une alarme l'avertit qu'il venait de recevoir un mail. Il chercha ses lunettes et l'ouvrit. À sa grande surprise, il était de Clara. Il n'avait pas le temps de feindre de s'intéresser à un sujet non essentiel. Il n'était pas d'humeur à échanger des propos plus ou moins ingénieux sur le Boss ou le dernier film de Kubrick. Étrangement, le ton du message de Clara n'était pas léger, elle ne l'invitait pas à un bavardage badin :

> *Il faut que je te parle de toute urgence. Il est arrivé quelque chose et je ne sais pas vers qui me tourner. Voici mes coordonnées. Sois discret, je te prie. Personne ne sait que je suis ici.*

Au loin, le soleil se posait sur les monts de Las Gavarras. Ce spectacle rappelait de bons souvenirs à Clara, lui évoquait les promenades avec son père le long du Daró et leurs regards complices lorsque sa mère se plaignait des nuages et des moustiques. Elle aimait bien ces excursions. Voilà pourquoi son père louait une maison là-bas tous les étés. Parfois ils allaient goûter au Puig de Sant Ramon, ils s'asseyaient dans un café pour jouer aux cartes ou bien ils partaient en excursion au château de Vulpellac. Son père s'intéressait à l'héraldique, au blason et à l'histoire des barons de Peratallada et des Sarriera. Sa mère, ce qu'elle adorait, c'était mettre les chansons de Bryan Adams sur le tourne-disque. Clara riait en la voyant danser et chanter au rythme de ces morceaux dont elle avait appris les paroles à l'oreille sans en saisir la signification, puisqu'elle ne parlait ni ne comprenait l'anglais. Un jour, elles montèrent sur le lit pieds nus et dansèrent dans les bras l'une de l'autre, comme un couple, jusqu'à ce qu'un pied du lit cède sous leur poids. Ils descendaient parfois au marché, à Canapost, car sa mère trouvait que les fruits et légumes y étaient meilleurs, ils s'arrêtaient au restaurant routier boire un granité, les pieds nus de l'une sur les cuisses de l'autre. Clara adorait les jambes de sa mère, bronzées, douces et luisantes quand elle s'aspergeait de ce répulsif contre les moustiques qui laissait un goût douceâtre sur ses mains. Et ses petits pieds aux orteils serrés et vernis de rouge.

Son cœur battit la chamade en entendant les phares de la voiture de Julián en haut du chemin. Elle le salua de loin et lui ouvrit la grille.

— Pas facile à trouver, comme endroit, dit-il en guise de bonjour alors qu'il sortait de sa voiture.

— C'est un peu l'idée. Merci d'être venu, je n'étais pas sûre que tu acceptes. Tu dois penser que je suis folle.

Julián ne le pensait pas du tout, même s'il avait roulé pendant près de deux heures sans savoir pourquoi.

— … Cela dit, j'aimerais savoir pourquoi tant de mystère et une telle urgence.

— Il vaut mieux qu'on rentre, tu verras de tes propres yeux.

Dans le salon, il y avait un sac de sport ouvert. Il contenait plusieurs paquets de cocaïne. Julián calcula que cela représentait un kilo. À côté, plusieurs liasses de billets, classés en dollars d'un côté, euros de l'autre. Près du sac, différents billets à ordre émis par des banques situées en Andorre, à Malte et au Panama. Il ne put évaluer la somme totale, mais à première vue cela représentait une petite fortune. Il trouva aussi deux passeports, l'un américain au nom de Diana Parker, née à Austin, Texas, et l'autre italien au nom de Laura Cervini, née à Bari, dans les Pouilles. Les deux avaient le visage de Clara et un avenir en blanc.

Julián se frotta la tête, déconcerté, et se tourna vers Clara en fronçant les sourcils.

— Qu'est-ce que c'est que ça ?

Clara s'assit sur une chaise, penchée en avant, coudes posés sur ses cuisses et doigts entrelacés.

Même si elle avait lu la lettre, elle ne parvenait pas encore à assimiler que son père ait pu concevoir un plan pareil : elle avait du mal à imaginer les années qu'il y avait consacrées, sa discrétion et sa détermination pour le mener à bien tandis qu'elle se lamentait et se débattait contre ses fantômes dans la clinique de désintoxication. Cet homme froid, correct, qui n'avait jamais transgressé la moindre loi, le moindre commandement, ce retraité, ce veuf à l'existence irréprochable avait renoncé à tout et s'était jeté dans les bras de gens avec qui il n'avait jamais rêvé d'avoir affaire, dont il n'avait même jamais soupçonné l'existence, et, avec une patience calculée, il s'était mis à les voler, à engranger un avenir pour sa fille cependant que son présent s'écourtait. Où avait-il puisé le sang-froid et le tempérament nécessaires, l'astuce pour monter ce coup ? Dans le désespoir, l'amour, le besoin. Où, sinon ?

— Mon père est mort. On l'a assassiné, et je crois que c'est parce qu'ils cherchaient ceci.

Elle releva la tête et étudia timidement Julián.

— J'ai besoin que tu me dises ce que je dois faire. T'es policier, non ?

Julián tournait autour de la table, observait les documents, les passeports, et secouait la tête. Son expression était indéchiffrable. Il traîna une chaise et s'assit devant elle.

— Explique-moi tout depuis le début.

Clara lui raconta tout ce qu'elle savait. Lui parla de sa tragédie au Mexique, de l'état dans lequel elle était revenue en Espagne, de ses relations avec son père, du suicide de sa mère, de la clinique de désintoxication, de Waldo. Durant trente longues minutes, Julián put se forger peu à peu une idée de l'enfer qu'elle avait vécu. Tandis qu'elle parlait d'une voix entrecoupée, en essayant de mettre de la distance entre son récit et sa personne – comme si tout cela était arrivé à quelqu'un d'autre –, Julián plongea dans des réflexions de plus en plus sombres.

Quand Clara eut terminé, il lui prit les mains. Elles étaient froides et tremblantes.

Tu aurais dû lui dire la vérité à ce moment-là, inspecteur. Pourquoi ne pas lui avoir avoué que tu connaissais Francisco, que c'était un des quatre hommes qui avaient incendié ta maison et brûlé vif ton père ? Si tu lui avais raconté cela, les choses auraient peut-être tourné autrement. Mais tu t'en es abstenu. As-tu manqué de courage ou t'es-tu figuré que Clara n'aurait pas cru que votre rencontre était un terrible, absurde et paradoxal pied de nez du destin ? Personne ne pourrait croire une chose pareille, mon ami. Même ta meilleure amie, Virginia, ne l'a pas cru. Tu n'avais su que Clara Fité était la fille de Francisco Robles que quand l'inspectrice te l'avait appris.

Sincèrement, moi aussi j'ai du mal à le croire. Les gens comme toi et moi, nous ne croyons pas au hasard. D'accord, supposons que parmi sept milliards de personnes, parmi tous les destins écrits, vous vous soyez rencontrés par hasard. Pourquoi n'as-tu pas réagi, alors ? Pourquoi n'as-tu pas pris ce sac et appelé aussitôt Virginia ? Tu avais déjà suffisamment de problèmes, pourquoi t'enfoncer encore plus dans le pétrin ? Était-ce pour elle, pour Clara ? J'essaie de te comprendre, inspecteur, j'y mets toute ma bonne volonté, et la seule explication qui me vient, c'est que tu te taisais parce que les enfants ne doivent pas assumer les fautes de leurs parents, même si les parents, eux, assument les fautes de leurs enfants. Tel est peut-être le cours naturel des choses, et point barre.

— Ça ne s'arrête pas là, dit Clara en se levant et en allant à la table. Dans la poche intérieure du sac, il y avait un cahier noir contenant les notes de mon père. Tout y est.

Julián ouvrit le cahier. Francisco avait méthodiquement tout noté : noms, dates, lieux, livraisons, paiements, dessous-de-table versés à des agents des douanes, des policiers, des hommes d'affaires, des juges, des fonctionnaires… Tous avaient profité pendant des années d'un engrenage parfaitement huilé. Une toile d'araignée qui s'étendait de Mexico à Madrid en passant par la Galice et Barcelone, et dont la portée se faisait sentir jusque dans les ports de Marseille, Civitavecchia, Anvers, Hambourg… Une bombe nucléaire.

— Quand ça sortira, ça va mettre le feu au pays tout entier.

Clara acquiesça.

— Mon père le savait. Dès qu'on a retrouvé Carmen Laín torturée et assassinée, il a su qu'ils viendraient le chercher. Puis qu'ils s'en prendraient à moi. C'est pas la drogue volée ni l'argent, qu'ils veulent, ou en tout cas pas que. Ils veulent ce cahier et les preuves que tout ce qu'y est écrit est vrai.

— Où sont ces preuves ?

Clara commençait à se demander si elle n'avait pas commis une imprudence en demandant de l'aide à Julián. Que savait-elle de lui ? Qu'est-ce qui justifiait de remettre son destin entre ses mains ? Quelques mois d'une relation épistolaire, un désir physique non assouvi, quelques affinités musicales et cinématographiques ? Nous avons tendance à avoir confiance dans les gens qui nous attirent, nous nous fions davantage à ce que nous voyons qu'à ce que nous pressentons, nous voulons nous abandonner à ceux qui nous ont bien traités, avec chaleur et respect.

Elle n'avait d'autre choix que de sauter dans l'inconnu.

— J'ai mis ces documents en lieu sûr.

Précautionneusement, comme si elle manipulait de la nitroglycérine, elle sortit une petite clé qu'elle confia à Julián.

L'inspecteur observa la clé. C'était une Fichet de sécurité, ouvrant probablement une boîte postale ou une consigne.

— Qu'est-ce que je suis censée faire, lui demanda Clara. Je pourrais me tirer avec cet argent et ces passeports. Repartir de zéro. Tu as la clé et le cahier, le reste n'est plus mon affaire.

Julián acquiesça. Qui n'aurait pas voulu fuir si la chance lui en était offerte ?

— C'est ce que ton père aurait voulu ?

— Je ne sais pas ce qu'il aurait voulu. Je ne l'ai jamais vraiment connu, dit Clara en contemplant le sac de sport pardessus la table.

— Tu devrais faire ça, lui conseilla Julián. Partir, adopter une de ces identités, recommencer dans un endroit où tu n'as aucun passé.

Clara le regarda dans les yeux. Ils étaient froids, éteints.

— Et toi, qu'est-ce que tu vas faire ?

Julián réfléchit quelques secondes, puis rangea la clé.

— Une chose bien dans ma vie, pour une fois.

Il rentra chez lui au petit matin. Les ampoules des réverbères étaient grillées, la rue de la Sal, déserte. Hormis deux silhouettes qui l'attendaient devant le portail.

Il reconnut d'abord Virginia et, derrière elle, le gros Soria. Julián les vit venir à sa rencontre et il eut un mauvais pressentiment.

Soria s'avança, les menottes à la main.

— Julián Leal, tu es en état d'arrestation.

Julián ne résista pas. Virginia était raide et le regardait fixement.

— Je pensais qu'on avait déjà franchi cette étape.

Soria serra les menottes plus que nécessaire. Virginia s'approcha à deux centimètres de son visage.

— Je t'avais prévenu. Je t'ai dit que si je découvrais que tu me mentais, je te couperais moi-même la tête. Tu es suspecté d'être l'auteur du meurtre de Carmen Laín, de Francisco Robles et de Gregorio Sanjuán.

28

Tribunal correctionnel, trois jours après, avril 2005

La porte s'ouvrit enfin. Julián étudia les pas chancelants de la présidente, suivie d'un greffier. Derrière eux, entrèrent son avocat, Raúl Fonseca, et le représentant du procureur. Julián regarda les bancs derrière lui. Il reconnut Soria et Heredia dans le public. Virginia n'avait pas voulu venir.

Le commissaire le regarda avec un sourire narquois, et Julián sentit un creux dans l'estomac.

La juge prit place, l'air débordé, affichant une volonté d'expédier cette affaire au plus vite. Elle disséqua le prévenu du regard, comme si elle se trouvait face à un animal nuisible. Blasée, puisqu'elle ne s'attendait pas à être surprise par ses réponses.

— Veuillez décliner votre matricule policier et votre identité.

Julián se leva pour sacrifier à la routine.

— Votre avocat, ici présent, vous a bien sûr informé de vos droits.

Julián répondit de nouveau comme on s'y attendait. Dans cette pantomime, tout était codifié.

— Nous sommes ici pour décider s'il convient de vous placer en détention provisoire comme l'a requis M. le procureur, ou de vous maintenir sous contrôle judiciaire.

Le ministère public, en la personne d'un jeune homme circonspect, adopta cet air pédant qui singe la perfection immaculée.

— Madame la présidente, au regard de l'enquête policière en cours, il existe à ce stade des indices graves et concordants qui démontrent la culpabilité du prévenu pour les meurtres de Carmen Laín, Francisco Robles et Gregorio Sanjuán. Nous avons également déterminé le mobile qui a poussé le prévenu à commettre ces infractions. Compte tenu des antécédents de l'inspecteur Leal, qui fait aujourd'hui l'objet d'une information judiciaire et a été suspendu de ses fonctions pour une tout autre affaire, nous considérons qu'il existe un risque élevé d'évasion, ainsi qu'une possibilité de manipulation ou de destruction des preuves qui sont nécessaires à la manifestation de la vérité, sans compter un risque élevé de récidive. Pour toutes ces raisons, nous sollicitons le placement en détention provisoire, avec droit de visite et sans possibilité de remise en liberté sous caution, jusqu'à la date du procès.

Julián ne put s'empêcher de penser au cynisme et à l'arrogance de ces représentants de la loi qui croyaient incarner le bien absolu, parce que c'était nier la réalité, nier que rien n'est parfait, pas même ce qui est écrit dans le Code pénal. Ce n'était pas quelque chose de personnel, bien sûr. Pour le procureur, comme pour la présidente, Julián était un crayon à aiguiser ; leur crayon.

Ensuite, le procureur se pencha en avant, allongeant le cou au-dessus de la table. Il relata les faits sur un ton dépassionné, comme qui récite les noms des rois goths.

— Le 6 novembre 1975, ainsi qu'il est écrit dans le dossier FR210/1975 récupéré dans les anciennes archives de la police, Martín Leal mourut des suites des blessures provoquées par un incendie chez lui, dans la commune de X, située dans la comarque de Ferrol. À la demande de son épouse, une enquête fut ouverte pour déterminer une éventuelle cause criminelle dudit incendie, dont les auteurs présumés étaient : Gerardo Laín, surnommé le Baron, Antonio Barrio, surnommé Toño, Horacio Sanjuán, le berger du village, et Francisco Robles. Ces quatre hommes étaient des contrebandiers connus à l'époque, et ils avaient différents antécédents judiciaires. L'assassinat de Martín Leal a été motivé par un désir de vengeance. Les personnes faisant l'objet de l'enquête ont été dénoncées à la garde civile de Ferrol par Martín Leal, elles étaient les têtes de réseau d'un trafic de marchandises de contrebande censée débarquer sur la côte de Santa Comba dans la nuit du 3 au 4 novembre 1975. Selon toute vraisemblance, les forces de l'ordre ont organisé une opération pour intercepter le convoi, durant laquelle plusieurs personnes ont été abattues par les forces de l'ordre, et au moins trois contrebandiers se sont noyés au cours de débarquement de la marchandise. L'accusant d'être un délateur, le village aurait décidé d'exécuter Martín Leal, les quatre individus précédemment cités ayant pris l'initiative de mettre le feu à la maison et de brûler vif le délateur, père du prévenu.

Le procureur marqua une pause calculée avant de s'adresser à Julián.

— Pourtant, l'enquête a amplement démontré que l'incendie était accidentel et que Martín Leal, dans une tentative désespérée de mettre sa femme et son fils à l'abri, a fini par périr dans les flammes. La veuve de Martín Leal n'a jamais accepté cette conclusion, persuadée jusqu'à sa mort, survenue deux ans plus tard de cause naturelle, de la culpabilité de ces quatre hommes. Elle en convainquit aussi son fils, alors âgé de onze ans. Cet enfant empli de rancune, qui crut sa mère, n'est autre que notre prévenu. Julián Leal a grandi avec la conviction que justice n'avait pas été rendue pour la mort de son père. Nous démontrerons que, profitant de son statut d'officier de police, il a tramé une vengeance terrible durant ces trente dernières années. Julián Leal a assassiné Carmen Laín, surnommée la Baronne, parce qu'elle était la fille de Gerardo Laín. Il a assassiné Gregorio Sanjuán, le fils d'Horacio Sanjuán, berger de son état, tout comme il a assassiné Francisco Robles, un de ceux qui, selon lui, avaient participé au lynchage de son père.

Julián garda le silence, le regard rivé au sol. À la fin de son réquisitoire, les yeux du procureur se diluèrent comme un morceau de sucre dans le café.

— Nous apporterons des preuves plus que suffisantes, notamment les déclarations volontaires et sous serment d'un second témoin qui connaît bien l'accusé, ayant été son ami d'enfance. Très proche aussi de Gregorio Sanjuán, ce témoin affirme que, avant de mourir, Gregorio lui a avoué avoir vu l'accusé frapper

Carmen Laín et l'introduire dans le coffre de sa voiture. Il lui a aussi confessé qu'il se cachait de crainte que Julián Leal ne puisse le retrouver et le tuer, afin de l'empêcher de raconter ce qu'il savait, et hélas ce qu'il redoutait s'est produit. Ce témoignage a été fourni par Bernardo Barrio, *alias* Fouliña.

Julián écarquilla les yeux. Son avocat, assis à un angle de la table, lui fit un signe discret de la main. "Ne complique pas les choses", semblait-il lui dire.

La présidente prit quelques notes. Ensuite, elle s'adressa à l'avocat.

— La parole est à la défense.

Raúl Fonseca considéra le procureur avec un total désintérêt, comme on regarde une laitue. L'avocat arborait un monosourcil, une mine de tubard, il toussait sans cesse en mettant un mouchoir devant sa bouche. Un geste d'une autre époque, une allure désuète de professeur un peu dans la lune, perdu dans ses notes dont au fond il n'avait guère besoin. Il semblait se lamenter sur lui-même, sur sa santé fragile. Tout cela procédait bien sûr d'une mise en scène bien rodée.

— Savez-vous pourquoi vous êtes ici ? demanda-t-il soudain à l'adresse de Julián.

Cette réplique était hors scénario. Le procureur remua sur son siège, mal à l'aise, et fit un geste de protestation, mais la présidente l'arrêta. Il était évident qu'elle connaissait et respectait le passé de Fonseca comme juge, et il lui plaisait que, pour une fois, quelque chose la distraie du ronron bureaucratique aussi soporifique que prévisible. Fonseca était sans l'ombre d'un doute conscient de l'importance de sa remarque, mais Julián ignorait où il voulait en venir.

— Je suis ici parce qu'on m'accuse de plusieurs homicides que je n'ai pas commis.

— Connaissiez-vous l'existence de ce dossier référencé FR210/1975 ? demanda l'avocat d'une voix empesée.

— Non, monsieur.

L'avocat leva la tête et regarda au fond de la salle. Il cherchait des yeux Heredia.

— Il est tout de même curieux qu'un dossier soit dépoussiéré trente ans plus tard de manière aussi opportune.

La présidente montra des signes d'impatience. Elle connaissait les ruses de Raúl Fonseca et s'en amusait, mais ceci ne lui disait rien qui vaille.

— Qu'insinuez-vous, maître ?

L'avocat mit son mouchoir devant sa bouche. Il toussa et joua un peu le souffreteux.

— Je veux dire, madame la présidente, que la volonté de rendre justice n'a pas toujours de très nobles motivations, comme dans une chasse aux sorcières.

La présidente remua, inquiète.

— Faites attention au terrain sur lequel vous vous aventurez. Tenez-vous-en aux faits.

L'avocat acquiesça.

— Quels sont vos souvenirs de cette nuit de 1975 ?

Qu'est-ce que le temps ? se demanda Julián. Son père disait que là-haut, dans le cosmos, le temps et l'espace se courbent, changent de dimension. Une étoile naît tous les cinquante ans, une autre meurt à la même fréquence. Au regard de l'univers, cela ne représente qu'un clin d'œil. En une minute, un atome se multiplie cent mille fois, en une minute, sa vie s'achève.

— Je me souviens des flammes, des cris de ma mère.

— Vous souvenez-vous de ces quatre hommes ?

Oui, bien sûr qu'il s'en souvenait. Leurs visages masqués, leurs torches, leurs voix, l'odeur d'essence… Mais il mentit pour se protéger.

— Non, je ne m'en souviens pas.

— Vous pensez que ces quatre hommes ont tué votre père ?

Julián Leal mentit encore :

— C'était un accident. Mon père était soûl, il s'est endormi avec une cigarette allumée, ou alors une escarbille a bondi de la cheminée.

— Alors, vous ne pensez pas qu'on ait assassiné votre père.

Julián se mordit la lèvre et s'enfonça les ongles dans la peau.

— Non, maître.

— Connaissiez-vous Carmen Laín et Gregorio Sanjuán ?

— C'étaient mes amis d'enfance. On était inséparables.

— Qu'êtes-vous allé faire en Galice entre février et mars de cette année ?

— J'ai un cancer en phase terminale. Je voulais retourner sur la terre de mes parents, revoir tout cela trente ans après avant de mourir.

— Avez-vous rencontré ces deux personnes ?

— Très peu. Nous n'entretenions plus aucune relation.

— Connaissiez-vous Francisco Robles ?

— Je m'en souviens de quand j'étais petit, je le voyais au bar El Cerso avec les amis de mon père.

— Connaissez-vous Bernardo Barrios, surnommé Fouliña ?

Julián retint son souffle.

— Sa sœur et lui étaient mes meilleurs amis. Toño, son père, et mon père ont servi ensemble pendant la guerre civile. On était toujours fourrés les uns chez les autres. C'était un peu notre famille. Toño me disait souvent qu'il me considérait comme son fils. Fouliña et moi étions comme des frères.

— Et à votre avis, pourquoi a-t-il déclaré que Gregorio lui aurait avoué que c'était vous qui aviez tué Carmen Laín ?

— Je ne sais pas. Je ne sais pas si Gregorio a dit ça ou s'il l'a inventé. Dans un cas comme dans l'autre, c'est faux.

— Y aurait-il une raison pour que Fouliña vous en veuille ?

Julián hocha la tête, pensif. Il compta mentalement jusqu'à trois.

— Lors de mon dernier séjour au village, j'ai passé une nuit chez lui. J'ai couché avec sa sœur. Ils ont toujours été très proches, tous les deux. Je crois que Fouliña a l'impression que je l'ai abandonnée, que je ne me suis pas soucié d'elle quand elle est devenue paraplégique et qu'elle a fini dans un fauteuil roulant.

Raúl Fonseca se détourna alors de lui et se concentra sur la présidente.

Julián cessa de l'écouter. Il pensait aux mensonges utiles, à sa culpabilité et aux remords. Il pensait à sa mère le rendant responsable de la mort de son père. Il pensait à Toño lui disant qu'il l'aimait comme un fils, l'emmenant dans l'appentis derrière la maison. Il pensait à la trahison de Fouliña. Les mensonges sont une sorte de châtiment ajouté à la condamnation infligée, ils finissent par ne plus rien signifier, ils caricaturent les sentiments, leur donnent une forme pour que les autres puissent comprendre, banaliser et juger vos actes.

— Êtes-vous encore avec nous, inspecteur ? N'êtes-vous pas intéressé par ce qui se passe dans cette salle ?

La magistrate le regardait en fronçant les sourcils. Il s'était peut-être écoulé dix minutes, peut-être une vie entière.

Julián cligna des yeux.

— Veuillez m'excuser, madame la présidente.

— Compte tenu de ce qui a été exposé ici, je prononce votre placement immédiat en détention provisoire, en vous accordant un droit de visite, et la possibilité d'une remise en liberté conditionnée au versement d'une caution de cent cinquante mille euros.

Julián secoua la tête comme s'il venait de recevoir un coup de poing invisible dans la mâchoire. Il entendit à peine ce que disait son avocat tandis que deux agents en uniforme lui passaient les menottes. Pendant qu'ils l'emmenaient au trou, il croisa le regard d'Heredia.

Le commissaire exultait.

CINQUIÈME PARTIE

29

Madrid – Barcelone, mai 2005

Les augustes portes s'ouvrirent en grand et les participants à la cérémonie commencèrent à entrer. Un vieil appariteur aux yeux cernés, engoncé dans sa jaquette à passementerie dorée, plaçait le public avec une célérité et une efficacité muettes. Il régnait dans la salle une solennité lithurgique. Chaque geste répondait à un protocole inflexible. Les spectateurs attendaient, sagement assis, s'émerveillant du bout des lèvres de la beauté des lieux ou murmurant un commentaire sur quelque détail qui attirait leur attention. Aussi n'entendait-on qu'une légère rumeur et quelques toussotements contenus.

Lors de l'entrée en scène des acteurs du spectacle, le public se leva comme un seul homme. Les trois personnages se dirigèrent vers l'estrade, l'air de mesurer la gravité du moment.

Le dernier d'entre eux était le commissaire Heredia. Il marchait d'un pas lent, conscient d'être le protagoniste de la cérémonie, et son regard triomphal traduisait son exultation. Ce court trajet entre la porte et l'estrade couronnait des années de carrière et d'efforts. Napoléon s'apprêtant à recevoir l'hommage du peuple après sa conquête de l'Égypte.

La célébration débuta par les traditionnels échanges de congratulations. Quand ce fut son tour de prendre la parole, le flambant sous-secrétaire monta les quatre marches avec toute la gravité dont il était capable, chaussa de grosses lunettes d'un geste excessivement compassé et regarda d'un air aimable l'assistance, qui observait un silence respectueux. Il inclina légèrement la tête en direction du premier rang, occupé par les principaux dignitaires, sa femme et ses deux enfants, puis il commença son discours. Pour éviter de trop gesticuler, manie chez lui incontrôlable, il tenait le pupitre des deux mains ; il regardait de temps en temps le fond de la salle pour ne pas avoir à poser les yeux sur quelqu'un de précis ; sa voix était sereine, usant de quelques inflexions et virgules prosodiques pour ne pas glisser vers une élocution monocorde. Bref, Heredia avait parfaitement appris son rôle. Il n'avait pensé qu'à cela depuis des mois.

Si la forme de son laïus était irréprochable, on ne pouvait pas en dire autant de son contenu. Le message était lourd, prévisible, dénué du moindre engagement, mais il correspondait somme toute à ce qu'on attendait de lui. Certaines fonctions publiques interdisent toute opinion personnelle, de sorte que, comme il était à prévoir, Heredia égrenait des mots vides et soporifiques.

Des applaudissements tièdes suivis d'un léger brouhaha s'élevèrent au moment de rejoindre le salon où serait offert un cocktail.

"Tu as agi correctement, se répétait Virginia au même moment, très loin de là. Tu as fait ton devoir. Ton travail." Alors, pourquoi se sentait-elle si mal ? Pourquoi fuyait-elle le miroir ? Elle n'avait même pas eu le courage de se rendre au tribunal, de regarder Julián en face et de lui dire au revoir.

— Maman, la pizza est froide.

— Et le Coca est chaud.

Virginia se tourna vers ses filles. "Et vous, vous êtes deux petites pestes égoïstes et vous commencez à me gaver." Elle pensa cela une seconde, puis fut horrifiée d'avoir voulu leur cracher ces mots, d'avoir eu envie de leur jeter les assiettes à la figure et d'envoyer valdinguer les verres. Alors elle se tut, se contentant de regarder la chaise vide de Luis.

— Vous pourriez peut-être commencer à assumer votre place de jeunes adultes dans cette famille, ça nous changerait.

Ses filles la regardèrent un instant comme si elle était folle, comme si elles avaient affaire à une hystérique, puis elles se détendirent avec une indolence blessante. Virginia quitta la table et descendit au garage. Elle retira son tee-shirt, enfila ses gants et se défoula sur le sac de frappe. C'était toujours mieux que de rester assise, rongée par les remords, par la certitude mortifiante d'avoir trahi son ami en raison d'un zèle excessif, d'avoir refusé de l'écouter. À mesure que les jours et les semaines passaient, la sensation d'avoir été le jouet d'Heredia allait croissant. Le vieux dossier Martín Leal ressurgissait à point nommé ! Cela fournissait un mobile plausible, la vengeance, et il était facile d'accrocher les autres wagons à cette motivation : les voyages de Julián en Galice, la mort de Carmen, son amitié opportune avec la fille de Francisco, la mort de l'unique témoin, Gregorio, et celle de Francisco. Tout coïncidait ; trop parfaitement, en réalité. Mais où étaient les preuves irréfutables de sa culpabilité ? Tout s'appuyait sur la déclaration de Fouliña. Qu'est-ce qui garantissait que ce témoin était digne de foi ? Rien, si on y réfléchissait.

Voilà précisément ce qu'elle n'avait pas fait. Réfléchir posément, analyser chaque détail, comme Julián le lui avait appris. Était-ce parce qu'elle le croyait vraiment coupable ? La raison lui disait que oui, mais la raison ne sait pas tout. Elle avait du mal à admettre la vérité car la vérité la dégoûtait : elle avait cédé à la pression d'Heredia ; par peur, elle avait préféré se protéger, se démarquer de son ami. Montrer dans quel camp elle se situait.

— C'est pas vrai, j'ai fait ce que j'avais à faire ! Il m'a menti.

Et elle cognait, cognait, cognait.

Quand elle monta se doucher, elle avait mal à la jointure des doigts et aux articulations, mais Julián ne sortait pas de sa tête. L'absence surdimensionne l'absent et, au bout du compte, ce qui nous fait mal, c'est ce qui nous manque.

Ses filles avaient laissé sur la table un fouillis de miettes, assiettes sales et canettes vides. Virginia commença à ranger, puis, tout à coup, elle craqua. Elle s'agrippa à l'évier des deux mains et fondit en larmes, submergée, incapable de contenir sa tristesse. Elle observa son torse ruisselant de sueur, les rougeurs sur sa peau, ses grains de beauté – Luis aimait embrasser celui qu'elle avait sous le sein gauche, même si ce n'en était pas vraiment un, ni une verrue, d'ailleurs, mais une mutation inachevée, un excès de zèle de la nature, un troisième téton naissant –, et une pensée tordue vint alors la punir : elle était devenue cynique, froide, toujours à calculer le pas suivant, à écarter toute considération susceptible de mettre en péril son métier, sa carrière, son avenir.

Et elle était seule. Dans les moments orageux, quand ils se criaient leurs quatre vérités, Luis lui envoyait souvent à la figure : "On compte moins que ton boulot, tes filles et moi. On dirait que tu as épousé ta plaque de police." Julián lui avait aussi conseillé à plusieurs reprises de lever le pied. "Passe plus de temps avec ta famille, c'est la seule chose qui te restera quand il n'y aura plus rien." Elle refusa de les écouter. Elle devait prouver qu'elle était la meilleure, la plus forte, la plus futée, qu'elle était plus engagée que tous ces mecs qui la regardaient comme si son poste lui était tombé du ciel – ou avait été décroché par le long bras de son père. Lancée dans cette fuite en avant absurde, elle ne s'était pas aperçue qu'elle était en train de les perdre tous, qu'ils s'éloignaient à pas de géants. Finalement, Luis avait eu le courage d'aller chercher ailleurs le lot de passion dont il avait besoin, Julián croupissait en prison et ses filles la regardaient comme une inconnue.

Le sous-inspecteur Soria la vit entrer dans le bureau de cette démarche lasse qu'elle avait adoptée depuis quelques semaines. Il comprenait son état d'âme. Il n'est pas évident de découvrir qu'on n'est pas au-dessus du lot, qu'on n'est pas celle qu'on croyait. Lui, il l'avait appris depuis longtemps. Respecter les règles. Ne pas dépasser la ligne jaune, ne pas trop lever la tête si on voulait la conserver sur ses épaules et raser les murs.

— Bonjour, cheffe. T'as lu la presse, ce matin ? dit Soria en tambourinant la page ouverte du journal de ses doigts grassouillets. On a un nouveau sous-secrétaire. Les gens comme Heredia obtiennent toujours ce qu'ils veulent.

Virginia y jeta un œil sans vraiment s'y intéresser. C'était un tableau classique chez les courtisans : costumes chers et aseptisés, sourires factices. Le ministre et quelques visages hermétiques posaient près d'Heredia. Ils avaient l'air irréels.

— Et ils ont des laquais pour y parvenir, non ? ironisa-t-elle, laconique.

Soria s'adossa à sa chaise, fit la moue et referma le journal.

— Tourne la page, cheffe. On a fait ce qu'on avait à faire.

La voix de Virginia vibra comme la corde tendue d'un violon.

— Que je tourne la page ? C'est ton conseil ?

Soria tordit la bouche.

— Je dis seulement que les indices sont là. Il y aura un procès.

— Et en attendant Heredia a eu ce qu'il voulait. Il s'est débarrassé de Julián.

— Je croyais que t'étais convaincue de sa culpabilité.

— Plus maintenant, figure-toi ! lança Virginia en élevant excessivement la voix, s'attirant les regards des collègues autour. Elle respira pour se calmer et reprit : Je ne comprends pas pourquoi Heredia était si pressé de coffrer Julián. Comment as-tu trouvé le dossier de son père ?

— C'est Heredia qui me l'a remis.

— Ben voilà. Tout ça à cause des bisbilles qu'il y a eu entre eux à Vitoria ? Pour se venger ? Ça ne me convainc pas. Heredia est un froid calculateur, il ne laisse rien au hasard. Il ne peut pas être mû uniquement par un désir de vengeance. Il doit y avoir autre chose.

Soria regarda l'inspectrice du coin de l'œil. Il l'avait pensé lui aussi, mais il préférait écarter cette option.

— Laisse couler, cheffe. Tu vas t'attirer des ennuis.

Regarder ailleurs, accepter que les choses soient comme elles sont et qu'on ne puisse rien y changer. Elle aurait envoyé sa vie au diable pour ça, pour laisser couler ? Virginia fit non de la tête avec détermination :

— Et c'est pour ça qu'on s'est engagés dans la police ? Pour s'attirer des ennuis.

30

Centre pénitentiaire de Quatre Camins,
Barcelone, mai 2005

Le vieux prisonnier toussa en tirant sa première bouffée. Il regarda le bout de sa cigarette et haussa les épaules.

— Il y a beaucoup de sortes de prisons. Certaines avec des barreaux, d'autres sans. Et de ces dernières, on ne s'évade pas. Elles sont ici, dit le vieillard en désignant son cœur, et c'est une peine à perpétuité. Il n'y a pas de juge plus implacable envers soi que soi-même.

C'était un prisonnier de confiance. Il était enfermé depuis si longtemps qu'il n'aurait pas su vivre hors ces murs et ces sols qu'il frottait consciencieusement, comme s'il n'avait d'autre but dans la vie que de briquer le carrelage. Il avait assassiné sa femme et son fils de trois ans à coups de marteau.

Julián lui tendit le balai à franges et le vieillard jeta son mégot dans le seau d'eau sale.

— J'ai entendu courir des bruits sur toi. Je dirais que t'es foutu, il paraît qu'on va te tomber sur le râble d'un moment à l'autre. À ta place, je me méfierais. Quelqu'un à l'extérieur tient énormément à ce que tu ne sortes pas d'ici.

Julián le scruta attentivement.

— Et pourquoi tu me le racontes ? Ce quelqu'un pourrait mal le prendre.

Le vieux grimaça.

— Qu'est-ce que tu veux qu'ils me fassent de pire que ce que je me suis fait mille fois à moi-même ? Et puis, dit-il en montrant le balai que tenait Julián, ce serait dommage de perdre un assistant comme toi.

La grille au bout du couloir s'ouvrit, livrant passage à un agent pénitentiaire.

— Leal, une visite pour toi.

Le vieil homme vit Julián s'éloigner et il lui sembla voir un mort marcher sur le sol luisant.

— Quel dommage, murmura-t-il.

Outre les parloirs pour les visites ordinaires, il y avait dans le pavillon de l'infirmerie une petite salle habilitée pour les entretiens, équipée d'une table et de deux chaises. Pour une raison inconnue, le fonctionnaire y conduisit Julián.

À l'intérieur l'attendait Virginia.

— Cinq minutes, pas plus, inspectrice. Ceci est totalement interdit.

Virginia était debout près de la fenêtre à barreaux.

— Merci, Pedro.

Une fois seuls, en tête à tête, aucun des deux ne sut trop comment se comporter.

— Mon père a tiré son fils d'affaire, il me devait un service, dit Virginia en indiquant la porte métallique qui venait de se refermer derrière eux.

Julián acquiesça et s'assit sur une des chaises.

— T'aurais dû attendre une meilleure occasion pour réclamer ton dû. Qu'est-ce qui t'amène, Virginia ?

L'inspectrice s'assit à côté de lui.

— T'es furieux contre moi. Tu penses que c'est ma faute.

Non, absolument pas. Julián n'incriminait personne. Il lui en voulait éventuellement de ne pas avoir voulu l'écouter et le laisser se défendre. Mais cela n'avait plus d'importance.

— Qu'est-ce que t'es venue faire ? l'interrogea-t-il encore.

Elle se pencha en avant en le regardant dans les yeux.

— Je veux la vérité, Julián. Et je veux l'entendre de ta bouche. Je peux l'encaisser. J'ai juste besoin que tu me la dises entre quatre yeux, loin des juges, des procureurs et des avocats.

Julián la regarda des pieds à la tête. Elle avait mauvaise mine, les yeux cernés. Il imagina que l'aspect qu'il offrait n'était pas meilleur.

— Combien de versions peut contenir une même vérité ?

Elle ne se laissa pas piéger.

— Tu me fatigues avec tes sophismes. Arrête de jouer sur les mots. T'as tué ces gens, oui ou non ?

— J'aurais pu. Pendant des années, j'ai voulu le faire. Pas eux, leurs parents. Je rêvais de les arroser d'essence et de les voir se transformer en torches humaines, comme mon père. Mais le temps a fait son travail et j'ai repris le cours de ma vie.

— Mais le hasard n'existe pas. Quand les coïncidences se multiplient, elles cessent d'en être : ton voyage en Galice juste avant la mort de Carmen, ta relation avec la fille de Francisco, le fait que tu connaissais Gregorio…

— Les coïncidences peuvent se transformer en autre chose quand on les pousse dans la direction voulue. Ça aussi, je te l'ai appris, mais tu l'as oublié. Je ne suis pas allé au village pour tuer Carmen, mais pour trouver des réponses concernant mon passé ; quand j'ai fait la connaissance de Clara, j'ignorais qu'elle était la fille de Francisco, c'est toi qui me l'as appris. Je connaissais Gregorio, oui, et je trouvais que c'était quelqu'un de bien, un géant avec un petit pois dans la tête, mais jamais je lui aurais fait du mal pour le crime qu'avait commis son père. Tu me demandes, je te réponds. J'ai commis des atrocités, autrefois, et encore tout récemment, mais je n'ai pas tué ces gens.

L'inspectrice le regardait avec une sorte de désespoir. Elle voulait de toutes ses forces le croire, mais il y avait quelque chose, une intuition, une voix qui refusait de se taire : Julián lui disait la vérité et mentait à la fois.

— Bon sang ! Arrête de me faire tourner en bourrique. J'en ai marre que vous me manipuliez tous, Luis, Soria, Heredia, et maintenant, toi.

Julián la regarda l'air de lui demander : “T'es sûre que tu veux fourrer ton nez là-dedans ?” Il l'avait prévenue lors de leur dernière rencontre, il voulait la protéger, la maintenir à l'écart. Virginia avait une famille, une vie, un avenir. Lui, il n'avait rien, même plus beaucoup de temps devant lui. Pourtant, elle insistait.

— Je ne sais pas qui les a tués, mais je crois savoir pourquoi.

Il lui parla du cahier de notes de Francisco et de la clé de sécurité que Clara lui avait montrée. Les noms qui figuraient dans ces pages, les sommes qu'ils avaient touchées, les méfaits auxquels ils s'étaient livrés. À mesure qu'il parlait, Virginia blêmissait.

— … Il existe suffisamment de preuves démontrant mon innocence, mais on empêchera leur divulgation. Tous ceux qui ont tenu ce cahier entre leurs mains, tous ceux qui l'ont ouvert, sont morts. C'est pour ça que le dossier de mon père a refait surface. C'est pour ça que les coïncidences ne sont plus des coïncidences. C'est pour ça que je suis écroué ici.

— Quand ces preuves seront dévoilées au cours du procès, tu seras acquitté.

Julián lui dessilla les yeux.

— Il n'y aura pas de procès, Virginia. Pas si Clara et moi disparaissons, ou n'importe quel autre témoin susceptible de parler.

— Ici, tu es protégé.

— Ici je suis encore plus en danger que partout ailleurs. Ils se sont donné beaucoup de mal pour réussir à me coffrer. Maintenant ils peuvent carrément me tuer : un suicide dans ma cellule, un prisonnier énervé par mon passé de flic qui m'agresse, un accident en cuisine.

Les yeux de Virginia s'embuèrent.

— C'est invraisemblable, ce que tu me racontes.

Julián hocha la tête, découragé.

— Tu ne me crois toujours pas, hein ? C'est terrifiant de penser que j'ai tué pour me venger de quelque chose qui s'est passé il y a trente ans, mais c'est rassurant.

Virginia se tut. Sa tête menaçait d'exploser. Elle fit une moue hésitante. Se leva.

— Heredia… Il figure dans ce cahier ?

Julián s'approcha d'elle et la saisit par les épaules.

— Je ne sais pas. Il est possible qu'il soit seulement le chien de garde d'autres personnages bien plus puissants.

— Dis-moi où se trouvent ces preuves. Je les présenterai moi-même au tribunal.

Julián fit non de la tête.

— Tu ne comprends toujours pas… Fais attention à toi, ne te fie à personne. Il ne faut rien dire de tout ça.

Virginia s'approcha de la fenêtre. En bas, on voyait une petite cour avec un terrain de basket et quelques prisonniers qui déambulaient d'un mur à l'autre. Un arbre commençait à fleurir. On aurait dit un arbre au printemps, aussi reclus que ces hommes qui ne regardaient plus en l'air. Uniquement vers le sol en béton.

Son orgueil lui criait de ne pas accepter cela, et sa vanité la poussait à croire qu'elle pouvait les vaincre. Elle ne permettrait pas que Julián passe ses derniers mois de vie dans un endroit pareil.

— Je vais te sortir de là.

— Tu ne peux pas.

Virginia fronça les sourcils.

— Tu ne sais pas de quoi je suis capable. Tu n'as jamais su.

Encore un demi-mensonge, encore une demi-vérité, inspecteur. Tu étais à l'aise dans cette zone floue. Oui, tu voulais protéger ton amie et sa famille, mais ce n'était pas tout. Tu aurais dû lui raconter la véritable raison de ton incarcération, Julián. Au fond, ce vieux prisonnier avait raison, non ? Les prisons physiques ne sont rien à côté des prisons intérieures. Et la tienne avait des murs très hauts.

Toño.

Que tu le veuilles ou non, tu te rappelles sa main caressant ta tête, t'achetant des graines de lupin ou offrant à ta mère des conserves de fruits au sirop de marque française, des cartouches de cigarettes anglaises ; des bricoles pour détourner leur attention, pour qu'ils ne portent pas trop leur regard sur vous, sur toi et lui. Chaque fois qu'il t'emmenait dans le grenier derrière la maison, c'était comme s'il t'injectait un doux poison qui t'engourdissait et te projetait dans un rêve. Tu voulais lui faire plaisir, tu t'y sentais obligé. Après tout, il était de la famille.

C'est ce que ton père disait de Toño : l'homme sur qui on pouvait le plus compter.

Mais tu n'y arrivais pas ; un jour, tu as cessé de faire ce qu'il te demandait. Tu avais grandi, tu avais appris à observer, à discerner et à comprendre. Mais tu te taisais. Par honte ou par peur de décevoir ton père, parce que tu aimais bien son fils, parce que tu étais amoureux de sa fille.

Peu à peu, tu as commencé à prendre conscience de ta situation, à distinguer les bruits nocturnes, quand tu restais dormir sur le même matelas que Fouliña et qu'il approchait. Tu reconnaissais ses pas. Tu les suivais. À la fin, tes journées se sont transformées en une attente docile et tu as fini par accepter que telle était ta réalité. Tu ne vivais que pour le voir surgir avec ce poison qu'il te faisait avaler et qui t'engourdissait les bras, les oreilles, les doigts, les orteils. Tu ne dormais plus, tu ne mangeais plus, tu ne buvais plus. Tu montais la garde devant la porte, aux aguets jusqu'à ce que la première lueur du jour filtre à travers la fenêtre. Soulagé qu'il ne soit pas venu cette nuit-là.

Des années plus tard, tu t'es vu reflété dans ce garçon de la vidéo. Une victime, quelqu'un qui existait, qui comptait, peut-être un des nombreux visages derrière lesquels tu avais appris à te cacher.

Sa grand-mère te l'avait dit lorsqu'elle avait lu les lignes de ta main : c'est toi que tu cherchais à sauver à travers lui.

Mais il était trop tard, Julián.

31

Barcelone, mai 2005

Le client regarda les murs revêtus de livres l'air d'être entré là par mégarde. Waldo lui jeta un coup d'œil depuis le comptoir. Il connaissait les gens de son espèce, ils regardaient, furetaient un peu et repartaient sans rien acheter. Prêter attention à eux était une perte de temps. Pourtant, chaque archétype admet son exception.

— Tu as ici d'authentiques trésors, Waldo.

L'homme prit un exemplaire de l'édition mexicaine de *Poète à New York* parue en 1944. Non seulement il lisait Lorca, mais il connaissait son prénom et se permettait de le tutoyer.

Waldo retira ses lunettes et le regarda d'un air méfiant.

— On se connaît ? Je ne me rappelle pas vous avoir vu ici précédemment.

— Normal, puisque je ne suis pas venu ici précédemment.

Il avait un drôle d'accent. Waldo put l'identifier comme mexicain, ce qui lui suffit pour comprendre. Il tendit le cou et redressa le dos derrière son comptoir. Le Mexicain s'approcha lentement, avec un sourire aimable.

— Qui es-tu ?

Le visiteur élargit son sourire, ce qui lui dessina un éventail de rides au coin des paupières.

— Je crois que tu le devines. Tu ne pensais tout de même pas que tu t'en tirerais sans passer à la caisse pour avoir aidé Francisco. Je peux être un ami comme un ennemi. Ça dépendra de toi.

Waldo rentra le menton. Sous le comptoir, il avait toujours une batte pour se protéger des voleurs, même s'il ne l'avait jamais utilisée, si ce n'est pour chasser les gamins du quartier qui venaient parfois l'enquiquiner. On ne braque pas une librairie, tout le monde sait qu'il n'y a rien à y gratter.

L'homme avança jusqu'au comptoir et posa les mains dessus.

— Il y a longtemps, j'ai lu un livre.

Waldo rentra la lèvre supérieure, dénudant ses dents tachées de nicotine.

— J'imagine que ce fut tout un exploit.

L'homme ne se laissa pas impressionner. Il avait de grands et beaux yeux très sombres, sans nuances.

— … Je disais donc qu'il y a longtemps, j'ai lu un livre qui parlait d'un sage grec, je ne me rappelle pas son nom. Mais une phrase m'est restée gravée : "La principale vertu du langage est la clarté."

Il fallut moins de cinq secondes à Waldo pour identifier la citation. Hippocrate.

— Quand la vérité est dépourvue d'adjectifs, il reste le sujet, le verbe et le prédicat : tu es un assassin.

L'homme aux yeux noirs admit que c'était une manière d'envisager les choses. On pouvait aussi les voir sous un autre angle : on le payait pour résoudre des problèmes causés par d'autres et pour solder des dettes contractées par les mauvaises personnes.

— Disons que je règle des conflits.

Waldo fut tenté de saisir la batte, mais il y renonça. Comment réagir ?

— Tu me fais plutôt penser à un personnage de feuilleton télé. Tes cheveux noirs frisés, ton costume noir, ta montre en or, ta chemise blanche, tes chaussures italiennes, tes boutons de manchette. Tu me rappelles Lorenzo Lamas.

L'homme partit d'un rire sincère.

— C'était un très mauvais acteur, dit-il en effaçant brusquement son expression enjouée. Je ne suis pas un boucher, Waldo. Je n'aime pas faire du mal gratuitement, et tu n'as pas à payer pour les autres. La seule chose dont j'ai besoin, c'est que tu me dises où se trouve la fille de Francisco.

Waldo prit une cigarette sur la table en s'efforçant de dissimuler le tremblement de sa main.

— Et comment je le saurais ?

L'homme aux yeux noirs le devança en prenant le briquet pour lui allumer sa cigarette.

— Tu veux vraiment qu'on perde du temps avec des blablas ?

Sur le comptoir, Waldo avait plusieurs livres non encore référencés. L'homme aux yeux noirs ouvrit le premier, un traité des Indes attribué à Bartolomé de Las Casas, et il approcha la flamme de la première page. Waldo écarquilla les yeux, terrifié.

— Fais attention, espèce d'inculte ! Tu pourrais provoquer une tragédie irréparable.

L'homme haussa les épaules.

— Il y a eu plus de dégâts dans l'incendie de la bibliothèque d'Alexandrie. Vas-tu me dire ce que j'ai besoin de savoir ?

Waldo contempla la flamme bleutée qui frôlait le papier.

— Là où il y a un désir, il y a un chemin. Tu peux toujours insister, fumier.

Il faisait presque nuit et les tuyaux des pompiers avaient transformé la rue en un ruisseau d'eau sale. La police municipale avait établi un périmètre de sécurité au-delà duquel s'amassaient les riverains pour observer les opérations d'extinction avec une curiosité malsaine.

— Je parie que c'est lui qui a provoqué l'incendie, il a dû s'endormir bourré. Faudrait faire enfermer ce métèque, c'est un danger public. Qu'est-ce qui se serait passé si une bombonne de gaz avait explosé ? L'immeuble entier aurait sauté par sa faute.

Virginia écoutait les commentaires des badauds. Elle avait parfois du mal à comprendre d'où procède la cruauté gratuite des gens.

— On a trouvé des traces de Waldo ?

Soria fit non d'un air contrarié.

— Les pompiers ont passé le magasin au peigne fin. Ils ont juste récupéré une chemise rayée, elle pourrait être à lui ou à quelqu'un qui serait passé par là… Il y avait des traces de sang frais. Ils ont aussi découvert une cave sous la librairie. Une sorte de remise. Il paraît qu'il y avait un coffre-fort d'époque contenant quelques centaines d'euros et ceci, dit Soria en montrant un petit paquet éventré avec des restes d'une poudre qui ressemblait à de la cocaïne.

— Tu peux m'expliquer de quoi il s'agit, cheffe ?

Virginia observa le fin rideau d'eau qui tombait encore sur la façade obscurcie, les couleurs qu'il reflétait en traversant le faisceau lumineux du camion de pompiers, tous ces curieux qui contemplaient le spectacle, les habitants de l'immeuble évacués, attifés de ce qu'ils avaient eu le temps d'enfiler à la va-vite et qui regardaient leurs balcons et leurs fenêtres, incapables d'intégrer ce qui s'était passé.

— Je croyais que l'affaire Francisco était classée, cheffe.

Virginia acquiesça d'un air las.

— Bah oui, on s'était trompés.

— On l'a retrouvé, annonça à ce moment le chef des pompiers surgi de l'intérieur du bâtiment.

Il était dans le sous-sol, le corps couvert de brûlures, même s'il était probablement mort asphyxié. Lorsque l'incendie s'était déclaré au rez-de-chaussée, il avait tenté de sauver quelques livres de valeur qu'il stockait en dessous. Quand il avait essayé de sortir, les flammes lui avaient barré le passage. Il gisait sur le côté, serrant contre sa poitrine un vieux codex romain. Une dizaine de livres anciens gisaient autour de lui.

— Quelle absurdité de mourir pour quelques livres, murmura Soria.

Virginia se baissa pour regarder son visage. Sa barbe était grillée, sa bouche et ses yeux, ouverts. Ses paupières, brûlées, ses doigts, crispés comme des serres sur la reliure en cuir du livre qu'il tenait contre lui, intact.

Elle hocha la tête. Nous luttons tous pour éviter d'être engloutis par le néant, et certains d'entre nous trouvent la manière de ne pas y succomber, de ne pas être détruits.

— Ses livres étaient toute sa vie. Sa raison d'être. Il est mort en tentant de les sauver.

Je dois admettre, inspectrice, que j'ai été ému par les larmes que tu as versées dans la ruelle, quand tu croyais que personne ne pouvait te voir ni te juger. Ces sanglots d'abord nerveux et contenus, puis convulsifs, te rendaient tellement humaine. Je t'ai observée pendant un bon moment et je t'avoue que j'aurais aimé m'approcher de toi, m'asseoir à tes côtés, partager une cigarette et ce silence qui en dit long entre ceux qui ont comme nous besoin de prononcer certains mots. Je ne dis pas qu'on aurait pu devenir amis, fraterniser, observer une trêve. On aurait seulement pu rester là un moment, l'un à côté de l'autre sans se parler. Se sentir un peu moins seuls. Je t'aurais peut-être avoué que je ne voulais pas tuer le libraire, qu'il avait choisi de mourir pour sauver ce qui comptait pour lui. Si seulement j'avais eu comme lui foi en quelque chose ou en quelqu'un. Ça m'a fait de la peine qu'il se trahisse, qu'il me dise où trouver Clara. Tout le monde finit par céder quand on appuie là où ça fait mal. Que se serait-il passé si je m'étais approché de toi, si je t'avais montré mon visage, mon existence ? On ne le saura jamais.

Je t'ai vue te lever, secouer ta tristesse comme un chien qui s'ébroue après la pluie, essuyer tes larmes quand ton collègue s'est approché. Et j'ai compris que tu étais devenue une ennemie. Je ne peux pas me permettre d'avoir des ennemis de ton espèce, inspectrice. Je ne peux pas laisser la porte ouverte derrière moi. C'est trop dangereux. Si bien que, dorénavant, en plus de faire mon travail, je devrais te surveiller de très près.

Je t'ai suivie jusque chez toi. Jolies maisons mitoyennes, dans un quartier où habitent les gens dont tout dans la vie est en ordre. Je t'ai vue introduire la clé dans la serrure et j'ai deviné cette lumière de foyer comme on voit dans les films de Noël, j'ai vu la silhouette de tes deux filles, votre étreinte.

Ensuite la porte s'est refermée.

32

Près de la frontière française, mai 2005

Assis à la table du fond, un bel homme élégant lui sourit. Clara se sentit mal à l'aise, comme si ce sourire voulait s'introduire en elle par effraction. Elle détourna le regard, prit son sac, paya sa consommation et se dirigea vers sa voiture.

La station-service était remplie de camions qui allaient vers Le Boulou pour s'éparpiller ensuite à travers l'Europe. Il était peu probable de se faire contrôler à l'ancien poste frontière, et si elle croisait un agent des *mossos* ou un gendarme, ils seraient plus prompts à inspecter la marchandise et les chauffeurs des camions que quelqu'un comme elle. Pourtant, elle était nerveuse. Si jamais on découvrait le sac, elle serait très embêtée pour en expliquer le contenu. Elle commençait à se rendre compte qu'essayer de quitter le pays en emportant tout ça n'était pas une bonne idée.

À la sortie de la station-service, elle vit le type séduisant qui lui avait souri tout à l'heure. Il était près de la pompe à essence et l'observa un instant, l'air déçu. Dans d'autres circonstances, elle aurait trouvé flatteur, prometteur, qu'on s'intéresse ainsi à elle, mais maintenant elle avait la tête farcie de problèmes. Clara se concentra sur la route.

Sur l'autoroute, elle avait le soleil en pleine face. Malgré ses lunettes, elle plissait donc les yeux. Ayant dormi à peine quelques heures d'affilée ces derniers jours, elle était épuisée, sentait une forte pression dans la nuque et des élancements aux tempes. Malgré la fatigue, dès qu'elle tombait dans un lit et fermait les yeux, un rien la réveillait. Un bruit, les phares d'une voiture, des pas derrière la porte. Elle ne savait même pas si elle était en train de faire ce qu'il fallait. L'instinct guidait ses pas, et l'instinct lui disait qu'elle devait fuir, s'éloigner autant que possible et disparaître dans l'anonymat.

Elle prit la première sortie pour longer Le Perthus sur une route moins fréquentée. Au bout de dix minutes, elle regarda dans le rétroviseur. Il lui sembla que la voiture bleue qui était derrière elle la suivait depuis La Junquera. La police ? Julián l'aurait-il dénoncée ? Non, ce n'était pas possible. Il lui avait dit qu'il l'aiderait et elle le croyait. Elle avait besoin de le croire.

Si ce n'était pas la police, le tableau devenait bien plus sombre : les gens qui avaient tué son père, les gens qui voulaient récupérer ce qu'elle emportait dans le sac.

La fatigue la rendait peut-être paranoïaque mais, au cas où, elle accéléra.

L'homme aux yeux noirs gardait une distance prudente par rapport au quatre-quatre blanc devant, suffisamment courte pour ne pas le perdre de vue lorsqu'il tournait. À présent, il prenait à droite sans mettre le clignotant et accélérait. L'homme fronça les sourcils.

— T'es une petite futée. Tu t'es rendu compte que je te suivais. Voyons de quoi t'es capable.

Il commença à lui mettre la pression, dépassant plusieurs voitures sur une ligne blanche pour venir lui coller au train. Clara se mit à faire des embardées, essayant de se débarrasser de lui. Un virage à droite assez serré approchait. Sur les côtés s'étendait un champ moissonné. L'homme aux yeux noirs décida que c'était le bon endroit. Il donna un brusque coup de volant, se mit à hauteur du quatre-quatre et le poussa peu à peu vers le bas-côté. Au virage, il ralentit et heurta l'aile gauche du véhicule, qui fit un tête-à-queue et quitta la chaussée. Clara tenta de rectifier la trajectoire, mais elle appuya sur le frein et sa voiture se cabra comme un cheval, elle en perdit le contrôle et les deux roues de devant basculèrent dans un fossé peu profond. L'avant s'encastra, soulevant un grand nuage de poussière.

Quand la poussière retomba, les roues arrière continuaient de tourner, le sourcil de Clara saignait. Elle avait mal à l'œil et sentait une vive douleur sur la pommette. Tout s'était passé en moins de dix secondes.

L'homme aux yeux noirs arrêta sa voiture et marcha jusqu'à elle. Il n'avait pas de temps à perdre. Quelques automobilistes s'étaient arrêtés. Ils ne tarderaient pas à prévenir la police. Arrivé à hauteur du quatre-quatre, il ouvrit la portière côté conducteur. Clara était sonnée, sa ceinture de sécurité encore attachée. L'airbag du volant avait bondi et lui avait sans doute brisé la pommette.

Elle ne résista même pas lorsqu'il la sortit de la voiture.

— T'inquiète pas, ça ira. Maintenant tu vas venir avec moi.

L'endroit conviendrait. Une masure abandonnée, entourée de vergers au milieu de nulle part. Un abri de fortune imposé par les circonstances. Il devrait rapidement songer à un lieu moins précaire. Il força la chaîne et poussa la porte. À l'intérieur, une pièce d'environ quinze mètres carrés, une cuisine, une salle à manger et une salle de bains avec toilettes, les différents espaces étant séparés par de simples rideaux. De belles faïences anciennes par endroits, décorées de fleurs de lys bleues et vertes. Ailleurs, les murs étaient bombés à cause de l'humidité, les tommettes au sol, cassées ou branlantes lorsqu'on marchait dessus.

— Ça ira.

Il retourna dans la voiture et en fit sortir Clara. Elle était toujours groggy, mais il dut lui remettre le bâillon pour l'empêcher de crier.

Dans le coin le plus éloigné de la fenêtre, une carafe d'eau et une boîte de pois chiches ouverte. Une file de fourmis se régalait, mais Clara n'avait rien mangé.

— Pourquoi tu ne manges pas ?

Elle se recroquevilla. Ses mains étaient attachées à un tuyau en cuivre. L'homme aux yeux noirs se baissa et dégagea une mèche qui lui tombait sur les yeux. Il n'aimait pas la voir ainsi, tellement sale, tellement apeurée. Il n'aimait pas non plus l'aspect de son visage. Il avait nettoyé la plaie, elle ne saignait plus, mais sa pommette était si enflée qu'elle l'empêchait d'ouvrir l'œil. Les analgésiques qu'il avait achetés à la pharmacie du village à proximité n'avaient pas suffi. Tôt ou tard, elle devrait aller à l'hôpital.

Il fut surpris par son regard insistant. Elle n'avait pas peur, elle l'observait plutôt comme si elle cherchait à s'assurer de quelque chose.

— C'est toi qui as tué mon père ?

Il mouilla un torchon dans un bol rempli d'eau et commença à lui essuyer le sang séché.

— Ça nous avancerait à quoi si je te disais que ton père s'est tué tout seul en fourrant son nez où il fallait pas ? C'était un trafiquant, Clara. Si on joue à ça, si on ne respecte pas les règles, ça se finit mal. Mais ça, tu le savais déjà : d'où sortait l'argent pour payer ton traitement, d'où sortent les sommes que tu as sur ton compte, tous ces virements vers des lieux qu'il était incapable de situer sur une carte ?

— Je ne suis au courant de rien.

— Pourtant, t'as bien essayé de fuir avec des faux passeports et un sac rempli d'argent et de drogue.

— Et maintenant tu vas me tuer, moi.

— Seulement si c'est nécessaire. Le cahier, Clara. J'ai besoin du cahier de ton père.

— Je ne l'ai pas.

L'homme aux yeux noirs fit mine d'être déçu.

— On est fatigués tous les deux, on a envie de rentrer et de reprendre le cours de notre vie, non ? Je ne te rendrai pas la drogue, elle ne m'appartient pas, pas plus qu'à toi. Ton père et Carmen l'ont volée aux mauvaises personnes et il faut la rendre. Mais je peux te laisser une partie de l'argent. Utilise tes fausses identités et part dans un endroit où tu pourras oublier tout ça. C'est un marché équitable, vu les circonstances. Mais tu dois me donner quelque chose en échange.

— Puisque je te dis que je n'ai pas le cahier.

L'homme aux yeux noirs acquiesça d'un claquement des lèvres.

— D'accord, si c'est ce que tu veux, tant pis pour toi. On va s'amuser, alors… Je t'ai apporté un cadeau.

Il sortit de sa poche une seringue neuve, la caressa comme si c'était un talisman. L'éclatant poison thaïlandais. Le taux d'héroïne pure de ce qui est vendu dans la rue va de dix à soixante pour cent. Tout le reste, ce sont des produits frelatés, de la merde qu'on utilise pour la couper et multiplier les doses. La plupart des gens se contentent de la noire, couleur goudron, ou de la *brown sugar*, les deux les plus courantes, mais pour cette occasion, il fallait se montrer à la hauteur. Quand on fait un cadeau, on ne mégote pas. La meilleure, c'est la thaïlandaise, une poudre fine et blanche comme la neige avec des marbrures jaunâtres. Pour un junkie, c'est comme s'injecter de l'or : un billet pour un voyage dans un abîme de rêves et d'épouvante. Pour une personne en cours de sevrage, c'est la fin de ses efforts et de sa résistance.

33

Barcelone, mai 2005

Son père lui avait confié qu'il ne dormait pas bien ces derniers temps. Il avait un ulcère qui saignait. Parfois la douleur le faisait descendre sur la terre des mortels.

— Je suis comme tout le monde. Je vieillis, je décline.

Mais Virginia n'en croyait pas un mot. Son père ne descendait jamais de son Olympe. Il était intouchable. Par ailleurs, ainsi qu'il l'avoua avec délectation, ses affaires ne se portaient pas trop mal. Il alla même jusqu'à confesser qu'il avait créé une filiale en Afrique de l'Est dédiée à l'importation de caoutchouc. Il était en train de construire discrètement une petite maison dans la zone protégée du littoral de Lanzarote, au nom d'un parent lointain, bien sûr. Il voulait aussi investir dans l'achat d'un lot d'appartements à Manhattan, près de Washington Square.

Virginia écoutait cette pluie d'espoirs médiocres sans ciller. Au bout de quinze minutes rébarbatives, son père leva les yeux au-dessus de son verre de vin et la vit.

— Tu aurais dû prendre la direction de la branche de notre entreprise aux États-Unis, mais tu as préféré te lancer dans, enfin, dans ce que tu fais maintenant. Tu penses encore que tu vas débarrasser le monde des monstres ?

Virginia ne se laissa pas démonter par la pique de son père.

— Je suis inspectrice de la police judiciaire, papa.

— Et ça devrait m'impressionner, j'imagine.

Virginia toussota, s'essuya les lèvres sur sa serviette et regarda son père d'un œil froid. Discuter avec lui, lui parler de ce qu'elle désirait, de ce qu'elle ressentait, c'était gaspiller de la salive pour rien. De sorte qu'elle se contenta de dire ce pour quoi elle était venue.

Lorsqu'il eut fini de l'écouter, son père remua sur sa chaise, comme s'il se retenait d'exploser eu égard à l'atmosphère guindée de l'endroit.

— Tu me snobes et maintenant tu viens me demander de l'argent, la modique somme de cent cinquante mille euros. Je pensais t'avoir élevée dans un meilleur but.

Virginia serra les poings sous la table pendant que le serveur balayait les miettes sur la nappe à l'aide d'une pelle argentée avant de servir le dessert. Le restaurant Via Veneto était presque vide. Quelques tables réservées longtemps à l'avance où déjeunaient les véritables maîtres de la ville, ceux que l'on ne voyait jamais dans les médias. Son père en faisait partie. Discret, distant, ne respectant d'autre loi que celle de son orgueil et de son sens strict de la bienséance, tant pis pour ceux qui tombaient en route. Comme ces puritains du *Mayflower* qui, fuyant la persécution, devinrent eux-mêmes des persécuteurs. Un inquisiteur impitoyable, voilà ce qu'il était pour sa fille. Des règles, des règles et encore des règles qui lui gâchèrent son enfance. Règles et punitions, punitions et sermons, sermons et pénitences.

— Ce n'est pas pour moi, papa. Si ce n'était pas vraiment important, je ne serais pas assise à cette table ; et je me serais coupé la langue plutôt que de te demander un service.

Son père la regarda tristement. Ses sourcils étaient blancs, comme ses cheveux. Il avait toujours le même teint hâlé et un menton qui soulignait ses lèvres sévères, si peu disposées à l'éloge.

— Tu me hais tant que ça ? Je t'ai maltraitée à ce point ? Je t'ai payé la meilleure éducation possible, les meilleures universités à l'étranger, une vie à la portée de peu de gens. C'est ça, mon péché, Virginia ? Tolérer tes caprices, tes velléités, pour finalement ne lire dans tes yeux que de la rancune ?

Le serveur apporta les desserts. Un irish coffee pour Virginia, de la crème catalane pour son père. Elle commanda aussi un gin tonic bien corsé et un cendrier. Elle laissa le dessert de côté et alluma une cigarette. La fumée flouta son regard. À quoi bon dire à quelqu'un qui n'est pas prêt à écouter qu'amour et argent ne sont pas synonymes ? Elle était le mouton noir de la famille, l'avocate promise à un bel avenir dans le secteur privé qui avait préféré s'engager dans la fonction publique. Se mêler au menu fretin. Sans parler de son mariage avec un petit professeur de littérature, qui exerçait dans un lycée même pas privé et qui pour comble – l'offense faite à la famille pesait davantage que la douleur de la fille – s'était payé le luxe de l'humilier, la tromper. Soit. Que son père prenne sa fille unique pour une ratée avait cessé de la perturber depuis belle lurette.

— Tu vas me donner cette somme ou pas ?

— Si tu rencontres des difficultés par rapport à ton divorce, à ton crédit immobilier ou à la garde de mes petites-filles, je veux bien. Ces petites comptent beaucoup pour moi. Je m'en occuperai.

— Je peux m'en occuper toute seule, de ces questions-là. Je t'ai dit que l'argent n'était pas pour moi. C'est pour payer la caution de quelqu'un qui est en prison.

Son père crispa les mâchoires. C'était un geste austère, très masculin, qui faisait peur à ses employés, son épouse, son personnel domestique. À elle aussi.

— Qui donc ?

— Julián Leal.

Ce nom lui disait vaguement quelque chose.

— Ce n'est pas l'inspecteur qui a passé à tabac Restrepo ? Tu m'as déjà demandé d'intercéder en sa faveur auprès de Fonseca, pour qu'il accepte de le défendre. Et voilà maintenant qu'il est en prison.

— Oui, et c'est moi qui l'y ai envoyé.

Son père secoua la tête. Sa logique ne comprenait pas le fonctionnement erratique de sa fille.

— Tu l'as envoyé en prison et maintenant tu voudrais l'en sortir ? Pourquoi ?

Virginia aspira une longue bouffée.

— Parce que j'ai commis une erreur terrible et je voudrais la réparer.

— Avec mon argent.

— Oui, papa, avec ton argent.

Son père resta songeur. Subordination et gratitude. Voici comment marchait son cerveau : ne rends jamais un service à moins que ce ne soit un investissement avantageux. Virginia ne s'était pas trompée, il l'étudiait, cherchait un point faible pour la faire plier.

— Tu l'auras… À une condition. Et ce n'est pas négociable.

Conditionnelle ou pas, la liberté faisait du bien. Virginia l'attendait dehors. Elle ne manifesta pas un grand enthousiasme en voyant sortir Julián, mais elle l'étreignit affectueusement, longuement. Cela ressemblait à "je te présente mes excuses" et "je me demande ce qu'on est en train de fabriquer".

— Comment tu t'es débrouillée ?

Virginia préférait ne pas parler de cela pour le moment.

— Ne me pose pas de questions.

Elle n'était pas seule. Soria attendait dans la voiture. Le front large du sous-inspecteur luisait légèrement.

— Moi aussi, je suis content de te voir, Julián, dit-il en guise de salutation ironique en voyant l'expression contrariée de l'inspecteur.

— Je lui ai raconté pour le cahier de Clara, expliqua Virginia.

Julián rejeta la tête en arrière. Décidément, il avait un problème avec ça.

— Putain, Virginia ! Je t'avais prévenue. Il ne fallait en parler à personne.

— J'avais besoin d'aide, Julián.

— Et tu n'avais personne d'autre à qui t'adresser ? dit-il en regardant Soria d'un air réprobateur. Le visage charnu du gros trahissait un tempérament sanguin, une brutalité primitive que démentait le cynisme de ses yeux.

— Je ne me défendrai pas, dit le sous-inspecteur. Je continue à penser que t'es un snob imbuvable, que tu te crois au-dessus de tout le monde, que t'es un solitaire et un toqué. Et que tu finiras par croupir en prison pour l'affaire Restrepo. Mais pas pour celle-ci. Si ce que m'a raconté la cheffe est vrai, on va faire éclater une bombe grosse comme celle d'Hiroshima, une montagne géante de merde va nous dégringoler sur la tête. Je n'ai pas envie de tomber avec Heredia.

Cela rassura Julián. Soria voulait simplement sauver ses fesses. Il avait cru un instant qu'il avait des principes et une conscience.

Sur le trajet des Quatre Camins à Barcelone, ils lui firent un bref résumé des événements récents. Waldo, le libraire et ami de Francisco, l'unique contact avec Clara, était mort dans un incendie. Les causes étaient encore à déterminer, mais ils soupçonnaient tous les deux – Julián remarqua avec un certain agacement que Virginia et Soria formaient une bonne équipe – le meurtrier de Francisco. Le lendemain, après l'incendie de la librairie, les *mossos d'esquadra* de la circulation avaient reçu de nombreux appels pour les prévenir qu'il y avait eu un accident aux environs de La Junquera. Selon les messages radio, il s'agissait d'un accident provoqué par une BMW bleue immatriculée en Belgique, conduite par un homme en costume d'une quarantaine d'années, grand, la peau mate. Le conducteur avait envoyé sur le bas-côté un quatre-quatre conduit par une jeune femme d'une trentaine d'années, puis l'avait sortie du véhicule, blessée, et emmenée à bord de son véhicule à lui.

— J'ai fait quelques recherches, dit Soria. La voiture bleue immatriculée en Belgique a été volée il y a trois jours à des touristes, du côté de Porta Catalana. Le quatre-quatre blanc est un véhicule de location. Il a été loué il y a cinq jours par une certaine Laura Cervini, de nationalité italienne. J'ai pu vérifier à travers le contrat de location qu'elle avait produit un faux passeport. De bonne qualité, mais faux.

Soria lui tendit une photo agrandie. C'était Clara.

— Ce n'est pas tout. J'ai discrètement fait appel à quelques vieilles connaissances chez les *mossos* pour avoir accès aux caméras de surveillance de ce tronçon de route. Dix kilomètres après le lieu de l'accident, le véhicule immatriculé en Belgique a été flashé pour excès de vitesse. Une caméra a photographié le conducteur, dit Soria en lui montrant une image assez pixélisée. Ce n'est pas grand-chose, mais on peut commencer par là. Voilà notre homme.

Julián échangea un regard avec Virginia, qui haussa à peine un sourcil. Elle était aussi étonnée que lui par l'efficacité de Soria.

— Si c'est un tueur à gages, il disparaîtra dès qu'il aura obtenu ce qu'il voulait, fit remarquer le sous-inspecteur, et ce qu'il veut, c'est Clara qui l'a. Si nous ne la retrouvons pas rapidement, à en juger par ses méthodes, il la tuera comme il a tué Carmen et Francisco. C'est une affaire d'enlèvement. Nous devrions le signaler et demander du renfort.

Julián observa quelques secondes de silence tout en étudiant Virginia. Finalement elle n'avait pas tout raconté au sous-inspecteur.

— Ce n'est pas Clara qui a le cahier.

Soria hocha la tête, sans comprendre.

— Comment ça, elle ne l'a pas ? J'avais cru comprendre que… C'est quoi ce bordel, cheffe ?

— Clara est venue me voir. On a passé un marché. Elle gardait la drogue et l'argent que son père et Carmen avaient volé aux trafiquants mexicains, en échange de quoi je gardais l'information.

Soria siffla.

— Bah dis donc ! Tu te prends pour le juge Dredd, maintenant : tu rends la justice tout seul et tu décides de ce qui est bien et mal.

Julián hocha la tête. Il ne parvenait pas à réfléchir correctement. La douleur au rein était devenue plus intense et lancinante après son incarcération. Ce matin-là, il avait uriné et excrété du sang. L'oncologue l'avait prévenu de cette éventualité. Sa vie s'achevait.

— Au début, j'ai pensé qu'il fallait que je te communique cette information, Virginia. Mais j'avais Heredia sur le dos, dit-il en regardant Soria dans le rétroviseur. Trop de pression. Je ne savais pas encore ce que j'allais faire quand vous vous êtes présentés chez moi et que tu m'as arrêté. J'ai pensé que je pourrais agir à ma manière, j'ai improvisé.

— C'est ce que tu peux formuler de plus ressemblant à une excuse ? Et maintenant on fait quoi ?

Julián épongea la sueur sur son front. Cette maudite douleur était en train de le ronger de l'intérieur.

— J'ai un plan.

Soria se cala sur la banquette arrière et alluma une Ducados. Il commençait à regretter ses bonbons à la menthe.

— Qu'on te suive ou pas, on est déjà dans le pétrin jusqu'au cou, hein, cheffe ? On n'a pas d'autre solution que d'aller jusqu'au bout.

Julián tourna la tête. Soria le regardait fixement : "Si tu nous baises la gueule, à elle ou à moi, je t'explose", prévenaient ses petits yeux à demi enfoncés dans la chair luisante de sueur.

Comment j'ai su que Clara compliquerait tout ? Je ne l'ai pas su, j'en ai eu l'intuition dès que je l'ai vue. J'ai senti quelque chose de troublant, impossible à décrire. Différent. Quel gâchis, qu'une pareille beauté finisse ainsi, voilà ce que je me suis dit. Mais il y avait autre chose, des sensations que je ne pouvais pas me permettre. Quoi que je fasse, que je la sauve ou la sacrifie, tôt ou tard ils enverraient quelqu'un autre, on la retrouverait et elle réapparaîtrait mutilée dans un caniveau ou calcinée dans une décharge. Quant à moi, je savais que j'étais foutu si je lui laissais la vie sauve. Le poids des choses ou des personnes se mesure à l'aune de leur utilité.

J'avais quelque chose à faire. Mon travail. Mais je commençais à douter de moi. Appelle ça faiblesse, Clara – oui, toi tu as le droit de le dire –, ou indécision, ou bizarrerie. En tout cas, je n'ai pas pu t'injecter l'héroïne quand tu m'as supplié de ne pas le faire, parce que tu ne voulais pas replonger. J'ai vu tes yeux, j'y ai vu ta vie, tout ce que tu me raconterais après, ce qu'on t'avait fait à Mexico, j'ai vu tes rêves et tes abîmes, et ils se confondaient en un même tableau.

J'ai retiré la seringue. Je n'aurais pas dû. Ça t'a donné un espoir que tu ne devrais pas nourrir. Il aurait mieux valu que ce soit moi qui m'en charge, Clara. Ceux qui viendront après sont comme des robots, tu verras. Ils n'échouent jamais, ils n'hésitent pas, ils ne s'inventent pas des excuses pour éviter de faire ce qui doit être fait.

Tu le sais. Tu as de l'expérience dans ce domaine.

Je ne voulais pas que tu me haïsses. Haïr dans l'abstrait ne sert à rien, mais tu avais une raison concrète de le faire. J'avais tué ton père, je t'avais à ma merci. Alors pourquoi la haine que je méritais ne s'exprimait-elle pas ? Pas plus que la peur. Pourquoi me regardais-tu de *cette* façon ? Que cherchais-tu à me dire, que voyais-tu en moi ? J'avais du mal à rester neutre près de toi, je ne voulais pas penser aux sentiments. C'est une autre sorte d'abstraction, bien pire. Tomber amoureux. Comment est-ce possible ? Je l'ai toujours refusé. Ça te rend faible, te perturbe, te fait douter. Voilà pourquoi je n'ai pas le sens de la famille, pas de maison, pas de photos. J'ai appris à canaliser mes efforts, à leur donner un sens pratique. Voilà pourquoi j'ai renoncé aux sentiments. Parce que, autrement, je serais un de ces imbéciles qui font du lèche-vitrine en ville. Encore que j'aimerais parfois être comme eux, putain. Un imbécile parmi tant d'autres.

34

Hôpital du Valle Hebrón, Barcelone, mai 2005

— Vous n'êtes encore qu'en phase II, c'est bien, annonça l'oncologue en s'efforçant de faire comme si c'était une bonne nouvelle. Ça n'a pas gagné les grandes veines, ça ne s'est pas propagé aux ganglions lymphatiques. Le seul problème, c'est que la tumeur n'a pas diminué, elle mesure toujours plus de sept centimètres, nous devons donc commencer à envisager sérieusement la solution radicale, la néphrectomie.

Cela signifiait l'ablation totale du rein et une thérapie d'un an ou deux, avec un risque assez probable de récidive. L'autre option était de ne rien faire, prendre des médicaments contre la douleur et attendre la fin.

— On dirait une condamnation.

Le docteur refusait de l'entendre employer ce langage. Dans le pire de cas, le taux de survie à cinq ans était de soixante-quinze pour cent, avec une qualité de vie relativement bonne. Selon lui, ces statistiques justifiaient que l'on se batte.

— Vous êtes jeune, votre système immunitaire est robuste, il va se rétablir et livrer bataille. Vous ne pouvez pas jeter l'éponge.

— Quand faut-il m'opérer ?

— Au plus vite. D'ici deux semaines, maximum. Nous pouvons commencer à préparer l'intervention.

"Cinq ans", se dit Julián en sortant de l'hôpital. Dans le meilleur des cas, il mourrait avant cinquante ans. Ce n'était pas si terrible. Il ne regretterait pas de ne pas voir l'évolution du monde d'ici trente ans, il n'escaladerait pas l'Everest, ne sauterait pas en parachute, ne se retirerait pas dans un monastère au milieu du désert. Il renoncerait à de petits plaisirs, pêcher en haute mer, voir tous les films de David Lynch d'une traite, visiter le musée de l'Ermitage, passer quelques heures dans la maison de Goya à Bordeaux, réaliser quelques fantasmes sexuels – un trio et pourquoi pas une partouse. Et l'amour, dans tout ça ? Eh bien, il se serait contenté de dire à Virginia qu'il aurait aimé ne pas accorder tant d'importance au mariage de ses amis.

Et si le cancer n'avait pas raison de lui, ce serait la prison qui l'attendait. Pour l'instant, il n'était ni prostré au lit, ni enfermé dans une cellule. Il avait encore le temps de s'occuper d'une dernière chose.

L'étage dans lequel était hospitalisé Restrepo était situé dans l'aile ouest du complexe hospitalier. Le personnel soignant et les familles des patients y circulaient de manière incessante, et un seul garde surveillait la zone d'accès. Il n'eut aucun mal à prendre l'ascenseur qui menait aux soins intensifs, ni à savoir quelle était sa chambre. Il suffisait de voir l'agent en uniforme assis près de sa porte. Julián s'approcha du comptoir de l'infirmière.

— Bonjour, mademoiselle. Cela ne me regarde pas, mais dans l'entrée il y a des personnes qui se disputent avec un médecin. Le ton monte.

— Toujours la même histoire, bon sang.

Elle alla demander de l'aide à l'agent. Julián attendit que celui-ci descende voir ce qui se passait. Cela lui laissait une marge de cinq minutes.

Il entra dans la chambre sans savoir exactement ce qu'il voulait. Si on le trouvait là, il pouvait dire au revoir à sa liberté conditionnelle. Pourquoi prendre ce risque, alors ? Restrepo gisait dans le lit. Il n'était plus sous respiration assistée, mais toujours connecté à une machine qui contrôlait ses constantes vitales. Son rythme cardiaque était lent et régulier, sa pression artérielle, normale. Même son visage semblait détendu, comme s'il était plongé dans des rêves agréables. Si quelqu'un semblait coupable dans cette pièce, ce n'était pas lui.

Il fallait qu'il le voie une dernière fois. Pour s'assurer qu'il était réel. Il l'avait frappé jusqu'à lui faire perdre connaissance. Ce corps prostré en était le résultat. Tout ce qu'il avait obtenu en échange, c'était de détruire sa propre vie.

— Tu m'entends ? C'est moi. Je ne t'ai pas oublié.

Il imagina que sa voix traverserait les brumes du silence et le vide jusqu'à son cerveau endormi. Une onde électromagnétique qui provoquerait une étincelle, à tout le moins un clignement de paupières, un mouvement réflexe des doigts. Mais il ne se passa rien.

— Je ne t'ai pas demandé pourquoi, quelle était ta motivation, qu'est-ce que tu pensais de toi en faisant ça, comment tu avais le courage de rentrer ensuite chez toi comme si de rien n'était, d'embrasser tes enfants, de faire l'amour à ta femme, de dîner avec tes amis. Quel genre d'homme faut-il être pour vivre comme ça ? J'ai besoin de comprendre.

Il contourna le lit, examina ses vêtements dans l'armoire. Sa femme lui avait laissé un petit mot et des fleurs : "Je sais que tu es là et que tu te bats pour revenir auprès de nous. Je t'aime." Il imagina sa réaction si elle savait la vérité, si Julián frappait à sa porte pour tout lui raconter. Elle nierait, elle fermerait les yeux même s'il lui montrait la vidéo. Il est des facettes de ceux que nous aimons que nous ne sommes pas prêts à accepter. Nous deviendrions fous. Nous préférons nier en serrant les poings, comme des enfants qui refusent de voir le monstre sous le lit. Il faut bien que subsiste quelque chose en quoi croire, quelqu'un en qui avoir confiance. C'est ce qu'avait fait son père, et il en avait perdu la vie.

Il entendit le policier parler avec l'infirmière. Il entrouvrit la porte et le vit s'approcher de la machine à café. Il devait partir. Il ne trouverait aucune réponse dans cet endroit.

Ce soir-là, en rentrant chez lui, il ouvrit l'ordinateur et envoya un mail à Clara à l'adresse qu'ils utilisaient habituellement pour communiquer. Il savait que ce ne serait pas elle qui le lirait.

Qui que tu sois, c'est moi qui ai ce que tu cherches. Je serai demain à 22 h 30 au virage de Miramar. Si tu as cinq minutes de retard, je remettrai le cahier à la police.

Il envoya le message et s'attarda quelques secondes face à l'écran. Le reste de la maison était dans le noir.

Il chercha son portable, le soupesa un bon moment avant de se décider à appeler Virginia.

— Je ne t'ai pas encore remerciée comme je devrais.

— Tu n'as pas de quoi. Tu as une drôle de voix. Un problème ?

— J'aimerais t'inviter à dîner. T'es libre, ce soir ?

Il entendit le silence de Virginia. Il entendit presque ses pensées se bousculer : "Oui, non, je ne sais pas, je ne devrais pas, oui, je veux, je ne peux pas, j'aimerais, je le désire…"

— À neuf heures au Mirablau, dit-elle enfin, comme si elle lâchait prise en une longue expiration.

Julián réserva une table en terrasse. C'était un mirador exceptionnel sur une Barcelone de carte postale illuminée. Vue de loin, brillant de tous ses feux, elle était magnifique, presque magique.

— On dirait qu'elle porte une robe en lamé, dit-il avec des yeux rêveurs.

Virginia vint gâcher un peu le lyrisme de son ami :

— Une pute en robe du soir.

Il fit la moue et acquiesça. C'est le propre des mirages : dès que tu les touches, ils s'évanouissent.

— Quand j'étais gamin, tante Milagros me donnait de l'argent pour que j'invite ma petite amie de service à boire un verre. La plupart du temps, je les emmenais ici. J'avais l'impression d'être dans une chanson de Loquillo, mais sans Cadillac. Je me demande pourquoi, j'imagine qu'il était plus facile de rêver ici qu'en bas.

Virginia l'étudia attentivement. Elle avait rarement vu Julián ouvrir une brèche dans sa cuirasse, un entrebâillement qui permettait de voir un peu plus que ce qu'il voulait bien montrer.

Il était particulièrement beau, ce soir. Peut-être à cause de son visage fatigué, ou peut-être cette ombre mélancolique dans ses yeux si verts. Tout à coup il semblait accessible, fragile. Humain.

— Pourquoi on n'a jamais couché ensemble, Julián ?

C'était une question en même temps qu'une plainte, une affirmation lancée dans la nuit à la faveur de cette atmosphère irréelle sur fond musical d'Alan Parsons et des deux gin tonics qu'ils avaient bus coup sur coup pour dissimuler leur embarras. Qu'attendait-elle de cette invitation en l'acceptant ? Ce n'était pas quelque chose d'inhabituel, ils avaient plusieurs fois dîné ensemble au même endroit, quoique jamais seuls. Elle avait toujours été accompagnée de Luis et lui, de la jolie fille du moment, qui ne tenait jamais longtemps. Pourtant, elle avait passé une heure et demie à se demander quelle robe mettre, quelles chaussures, quel collier, elle s'était épilée et avait choisi un ensemble de lingerie qui n'avait pas quitté le tiroir depuis des années. Elle n'y allait pas comme à un rendez-vous de travail ou à un dîner entre bons amis en galère.

Julián ne feignit pas d'être surpris ou gêné par la question. Lui aussi, il avait soupesé la situation, ce dont il avait envie, que cela soit correct ou non.

— Il y a eu des moments où on aurait pu, des occasions, mais tantôt c'est toi qui as fait machine arrière au dernier moment, tantôt moi. Luis est un chic type, j'aime bien tes filles, tu avais une vie bien réglée et on avait une bonne entente au travail ; je ne voulais pas tout gâcher pour un caprice.

Virginia sourit en allumant une cigarette. Elle n'allait pas faire semblant d'être un peu éméchée. Elle aurait bien voulu l'être, mais ce n'était pas le cas.

— Quelle est la différence entre un caprice et un coup de folie ?

Les yeux verts de Julián se fixèrent sur elle. La main de Virginia caressa sa mèche blanche.

Il est étrange de découvrir un corps que tu as tant de fois imaginé, son parfum, ses formes, son contact. Ils savaient que cela ne se répéterait pas et qu'ils ne le regretteraient pas. Dans l'appartement de Julián, ils se déshabillèrent l'un l'autre, lentement. Il voulut mettre un disque de Springsteen et elle sauva la situation en l'en empêchant. Ils changèrent ensemble les draps, elle alla dans la salle de bains. Il resta assis, se regardant dans le miroir sans se voir. Virginia sortit de la salle de bains en laissant la lumière allumée. La pénombre était préférable à la lumière, l'intuition préférable à la certitude. Ce n'était pas de la pudeur, mais autre chose, installer une ambiance de rêve diffus, une brume qui grandirait dans les moments de nostalgie. Cela faisait quinze ans qu'elle n'avait pas embrassé d'autres lèvres que celles de Luis, qu'elle n'avait pas pris dans sa bouche un autre pénis que celui de son mari, reconnaissable dans les moindres détails par son goût et sa forme. C'était comme si elle réapprenait tout de zéro, ou qu'elle désapprenait.

Ils firent l'amour très longtemps. Ils n'auraient pas su ni pu se contenter de baiser. Ils se parlaient à travers la peau, sans paroles, ils se disaient au revoir, se promettaient de se souvenir l'un de l'autre dans les nuits de solitude à venir, en d'autres compagnies, quand, en plein acte sexuel, apparaîtrait le visage de l'autre supplantant celui de l'amant de passage. Ils collectionnaient des gestes, des caresses, des contours à conserver au fond d'eux, chacun dans son coffre secret.

Ils gisaient côte à côte sur le lit. Pas enlacés, non. L'un près de l'autre partageant une cigarette, un verre de vin, mais chacun dans son propre corps. Ils ne regrettaient pas, n'étaient pas pressés de partir. Leurs regards ne trahissaient pas une envie de fuir. Simplement, après s'être accordé ce qu'ils désiraient, tout redevenait plus terre à terre.

— J'ai vu Restrepo à l'hôpital, aujourd'hui. Je suis entré dans sa chambre, je ne sais pas ce que j'allais y faire. Je l'ai vu couché là, si vulnérable, si insignifiant. J'aurais pu l'étouffer avec l'oreiller que ça ne m'aurait fait ni chaud ni froid.

Virginia le regarda comme s'il était devenu fou. Il quitta le lit et alla à la fenêtre. En bas, on voyait la rue de la Sal avec ses pavés mouillés par la pluie qui commençait à tomber.

— Je voudrais te montrer quelque chose, dit-il en se tournant vers elle d'un air triste. Je te préviens, ce n'est pas agréable.

Virginia tournait autour du fauteuil. Elle n'avait pas besoin de revoir ce qu'elle avait vu, et pourtant, elle ne pouvait s'empêcher de diriger un instant son regard vers ce qui défilait à l'écran. Elle arriva à la conclusion que Julián ne voyait pas ce qui s'y passait, ses yeux survolaient les images en quête d'autre chose, il analysait méthodiquement chaque détail, le classait dans son esprit.

— Comment tu supportes de revoir ça ? Moi, ça me donne la nausée.

Il ne répondit pas. Assis sur le canapé, penché en avant, les coudes posés sur les cuisses, le visage tout près de l'écran, on eût dit qu'il voulait y entrer pour contempler la scène de l'intérieur et avoir une vision à 360 degrés.

— Arrête ça, s'il te plaît, le supplia Virginia.

Elle ne voyait pas la sueur qui ruisselait le long du dos de Julián sous son tee-shirt, ses pieds qui se crispaient quand un détail plus brutal que les précédents le saisissait, le tremblement de ses pupilles, qui malgré l'horreur refusaient de se détourner, sa gorge sèche.

Julián mit sur pause. L'image fixe vibrait en une légère onde d'électricité statique. On voyait la tête du loup quelques secondes avant qu'il retourne Chinchilla et le mette à quatre pattes.

— Ici, il y a une coupe. Il manque quelque chose. Je suis sûr que sur la vidéo originale il y a autre chose, un détail pour identifier cet enfoiré. Si seulement je pouvais la trouver.

Il lui parla du résultat de son enquête, du mot anonyme de grand-mère Charo, de Chinchilla, de Lagarta, de Blusas.

— J'y travaille depuis des mois.

Virginia s'assit à côté de lui.

— C'est ce que tu cherchais à soutirer à Restrepo ? C'est monstrueux, mais pourquoi ne pas m'avoir sollicitée ? Pourquoi ne pas avoir conduit une enquête officielle ? Ça ne te ressemble pas, tu n'avais jamais commis un acte de violence pareil. Je ne comprends toujours pas ce qui t'est passé par la tête.

Julián désigna l'homme masqué.

— Si ce que je soupçonne est vrai, le cahier de Clara est de la gnognote comparé à ça. Tu ne connais pas Restrepo, tu n'imagines pas le réseau de clientélisme qu'il a tissé autour de lui. Ils sont prêts à assassiner n'importe qui, à faire n'importe quoi pour que l'identité de ce fils de pute ne soit pas révélée. Cet enfant a disparu, ils ont tué sa grand-mère parce qu'elle m'avait parlé. Je ne pouvais pas te le dire. Mais maintenant j'ai une fenêtre de tir. Elle est risquée, mais si je réussis, tout aura valu la peine.

— Et si ça rate ?

— Alors plus rien n'aura d'importance.

Virginia caressa sa mèche, qui ressemblait à une plume d'Indien.

— T'es dans la police depuis des lustres, t'as eu affaire à toute sorte de malades, de tarés, mais tu n'as jamais perdu le nord, Julián. Qu'est-ce que cet enfant a de différent ?

Julián voulut penser à des feuilles vertes, au jacaranda lilas et rouge d'un jardin paisible, à une mer turquoise jamais visitée par l'homme, à des ciels violets et des planètes lointaines. À un non-temps et un non-espace. Mais il n'avait à l'esprit que des cris, des pleurs et des souvenirs d'une tristesse infinie.

— Il y a une chose que je ne t'ai jamais racontée me concernant. Une chose que je n'ai jamais racontée à personne. C'est en rapport avec le dossier de mon père qu'Heredia a remis à Soria pour m'envoyer en prison.

35

Ferrol, 1970-1975

La première fois, ce fut le jour de son anniversaire. Il avait six ans et sa mère avait organisé un goûter sur l'esplanade autour du calvaire. Tous ses camarades étaient invités, Carmen, Gregorio, Fouliña et Susana. À une table à part étaient assis les adultes : ses parents, Toño, le Baron, Francisco et quelques autres. C'étaient deux mondes à part, qui tournaient parfois indépendamment l'un de l'autre. Quand les adultes parlaient de la guerre, les enfants pouvaient vivre tranquillement leurs aventures car personne ne prêtait attention à eux, comme si le récit de ce qu'ils avaient vécu en 1936 les absorbait entièrement.

Julián n'était au courant que de certaines choses. À la maison, on ne parlait pas de cela, si ce n'est par vagues euphémismes – "quelle tragédie", "une époque de grande misère pour nous", "laissons les morts en paix". Il comprenait seulement que son père et Toño étaient comme des frères, qu'on les avait enrôlés de force dans le camp franquiste, et qu'ils s'étaient plusieurs fois sauvé la vie l'un l'autre. Certains soirs, quand Toño et son père se retrouvaient et qu'ils buvaient plus que de raison, l'enfant les entendait discuter sans comprendre, comme s'ils parlaient en langage codé ou dans une langue étrangère : la route de Málaga, le bataillon punitif, les sorties de prison, Queipo de Llano, Mola, les exécutions sommaires, les avions de chasse Fiat, les nazis, les fascistes, les rouges… Dans ces moments-là, il était clair que, même s'ils avaient vécu les mêmes événements, ils n'en gardaient pas le même souvenir. Toño avait tendance à s'énerver lorsque le vin lui montait à la tête :

— On a été des putains de héros ! On a fait que qu'on nous a dit de faire. Tu te souviens du discours de Mola à Pampelune ? Qu'est-ce qu'il nous a dit, hein ? À feu et à sang. Arracher la chienlit à la racine pour faire pousser de l'herbe nouvelle. Et les harangues de Queipo à Séville, à la radio ? "Violez, tuez, montrez à ces pédés de miliciens et à ces femmes ce qu'est un homme, un vrai !" Et qu'est-ce qu'ils ont fait quand tout a été fini ? Rien. Nous renvoyer chez nous avec une tape dans le dos et nous oublier pendant qu'ils pillaient et s'enrichissaient à tout va. Regarde où on en est, bordel ! Regarde ce qu'est devenu ce putain de pays. Franco ne va pas tenir longtemps, et quand il aura crevé, ce sera encore le chaos.

Son père parlait à peine, il dodelinait de la tête, à moitié soûl lui aussi. À la différence de Toño, l'alcool le rendait mélancolique. Il se souvenait des murs de cimetière, des fusillades, des réguliers et des mercenaires arabes débarquant dans les maisons, traînant les femmes et les enfants dehors. Les cris, les pleurs, la cruauté.

— Sur la ligne de front, d'accord, mais à l'arrière, c'est pas bien, ce qu'on a fait. Massacrer des gens sans défense ? Tu parles d'un geste viril ! T'appelles ça des héros ? Loger une balle dans la nuque à des gens, leur ligoter les pieds et les mains puis les jeter dans l'estuaire ? Violer, voler, intimider ? Ça, c'est pas la guerre, Toño. Ça, c'est le cœur pourri qu'on a tous en nous.

La mère de Julián s'en mêlait.

— Baissez d'un ton, les enfants n'ont pas à entendre ce genre de propos.

Les enfants ne doivent pas savoir, ne doivent pas être au courant. Les adultes ont pour devoir de cacher, mentir et déformer la réalité jusqu'à ce que tout soit oublié.

Pendant la fête d'anniversaire, ils revinrent à la charge. Toño but comme un trou. Cela le rendit nerveux, de mauvaise humeur, il se disputait avec tous ceux qu'il croisait. Chancelant, il s'éloigna pour pisser derrière le bûcher. C'est alors qu'il le vit : Julián était derrière le bois et regardait cet énorme pénis, comme hypnotisé. Il n'avait jamais rien vu de tel.

— Qu'est-ce que tu fous là ? grogna Toño, la verge pendante, pissant sur ses chaussures.

Julián poussa un cri de souris et essaya de s'échapper, mais Toño l'attrapa en plein vol.

— T'es une petite tapette ? T'aimes regarder les verges ? Je vais t'apprendre ce que c'est.

Il obligea Julián à lui prendre la bite et la lui tripoter. Julián se mit à sangloter. Toño le regarda soudain comme s'il venait de découvrir sa présence et le repoussa, étourdi. Il balbutia quelques mots, se frappa le front du plat de la main et remonta sa braguette.

— Il ne s'est rien passé, compris ? Allez, tire-toi.

Julián n'en parla à personne, même pas à sa petite bande. Une honte instinctive s'empara de lui, le sentiment qu'il s'était passé une chose terrible qui devait être enterrée. Les enfants ont cette capacité, ils peuvent absorber n'importe quelle expérience, la dénaturer et la métaboliser jusqu'à la faire disparaître. Quitte à ce qu'elle ressurgisse sous d'autres formes, cachée, déguisée, dans des cauchemars, des phobies, des sentiments d'insécurité et des doutes que les adultes ne sauront déchiffrer.

Telle fut la première fois. Cela aurait pu en rester là, mais cela recommença, encore et encore.

L'oncle Toño, cette figure jusque-là familiale, aimable, généreuse, le magicien qui couvrait sa mère et lui de cadeaux, lui et sa mère, le camarade de son père, devint un être bien différent lorsqu'ils se retrouvaient seuls. Cela pouvait se produire alors que ses parents étaient dans la pièce d'à côté, pendant que Fouliña et Susana jouaient dehors, lors d'une excursion à Ferrol ou à la sortie de la messe. Dans une vieille Renault, dans le bûcher, en plein air, dans un moulin abandonné. Au début, ce furent des épreuves atroces mais qui ne causaient pas de douleur physique ; elles le dégoûtaient et l'effrayaient, et son silence pouvait être acheté à coups de babioles, un jouet, des crayons, une cigarette fumée en cachette, et même une gorgée de bourbon écossais de contrebande importé par Toño et le Baron. Toño arrivait toujours à le convaincre que c'était sa faute, que la responsabilité retombait sur ses épaules à lui.

— T'aimes ton père ? Moi, je l'aime beaucoup, c'est mon frère. Tu sais ce qui se passera si tu le lui racontes ? Il te répudiera, il te chassera de la maison. On t'enverra chez les curés à Saint-Jacques.

Il y avait des périodes relativement calmes. Toño le laissait en paix, il l'évitait même, comme si les démons qu'il avait à l'intérieur le poussaient à regretter puis à le haïr pour l'avoir obligé à agir ainsi.

— C'est ta faute, putain.

Il en vint même à quitter le village pendant plusieurs mois. On racontait que le Baron l'avait envoyé en Irlande négocier avec des trafiquants de l'autre côté de l'Océan. Julián en vint à croire que tout était terminé, mais Toño rentra. Et ce fut de pire en pire. Il ne se contentait plus de l'obliger à lui toucher le pénis ou à le regarder pendant qu'il se masturbait. Un autre cauchemar commença, cette fois douloureux. Il eut sept, huit, neuf ans, et il avait peur de le voir surgir chaque fois que Fouliña ou Susana insistaient pour qu'il dorme chez eux. Lui, il ne voulait pas, mais son père l'obligeait.

— Qu'est-ce qui te prend ? Tu veux même plus que ton oncle t'embrasse ? Tu deviens un vrai hérisson, ma parole.

Sa mère se taisait. Elle le regardait et voyait dans ses yeux un appel au secours, mais elle ne disait rien. Savait-elle ce qui se passait ? Se doutait-elle de quelque chose, au moins ? Julián ne le sut jamais. Il finit cependant par comprendre que la peur rendait les gens lâches, qu'on faisait parfois des choix contre nature, et qu'on avait beau dire, le sentiment maternel n'était pas un pilier sacré. Sa mère connaissait son père, ce qu'il aurait fait s'il avait su, et elle connaissait Toño, son caractère violent, le pouvoir qu'il avait dans le village. Et elle avait peur. Peut-être attendait-elle que cela se tasse et devienne une de ces histoires enfouies dont on ne parle jamais.

Tout le monde sent le mal qui guette, mais personne n'ose le nommer, lui attribuer un visage, une forme. Le mal est inconcevable, personne ne peut ni ne veut le regarder en face, ce serait de la folie, un geste insensé qui détruirait tout sens du bien, de la décence, de la raison. En attendant, Julián plantait régulièrement ses talons dans le sol et ses fesses étaient à vif. Il s'ancrait dans la gravité terrestre pour ne pas s'enfuir au galop.

Petit à petit, il commença à prendre conscience du mal que lui infligeait Toño, mais aussi de son propre silence, de sa culpabilité retorse. Il commença à haïr son père. “Pourquoi il laisse faire, pourquoi il ne voit pas quand il me regarde ?” Les adultes dans leur ensemble devinrent des êtres impitoyables, brutaux, sans aucun sens de la mesure, des limites ; ils avaient depuis longtemps proscrit la bonté de leurs usages, supprimé de leur vocabulaire les mots pour exprimer la douleur. C'étaient des monstres, des êtres ahurissants nés d'un abîme. Et ils se croyaient intouchables.

Il mit deux longues années à se confier à Susana. Il lui fit promettre qu'elle ne le dirait jamais à personne. Que pouvait-elle faire ? Elle avait presque un an de moins que lui, deux gamins qui ne savaient pas faire face à l'horreur. Elle voulait le protéger, l'aider. Voilà pourquoi elle fit ce qu'elle fit.

Un matin, en rentrant chez lui avec Fouliña, Julián blêmit d'un coup. Ils étaient arrivés trempés, fatigués, le visage souriant après une de leurs incursions dans la grotte où le Baron, Toño et les autres cachaient leur marchandise. Le butin avait valu la peine : deux cartouches de blondes américaines, quelques bouteilles de vin français et pas une égratignure. Sa joie retomba dès qu'il vit Susana assise à table avec son père et sa mère. Il vit leurs visages. Son père, rouge de colère ; sa mère, pâle comme un linge. Susana tenta de s'excuser.

— Il fallait que je leur raconte.

Fouliña les regardait tous les quatre sans comprendre.

Son père se leva et l'emmena dans la chambre.

— Baisse ton pantalon.

Julián ne voulait pas. Il avait honte. Son père avait les yeux brillants, comme si ses pupilles saignaient.

— Obéis, fils.

Il vit les ulcères, les blessures mal cicatrisées. Les marques de coups anciens et de morsures dans le dos. Il se laissa tomber par terre, le dos contre le mur, se tenant le front d'une main.

Tout à coup il se mit à se taper violemment la tête contre le mur et lança un cri inhumain.

— Quel gros fils de pute !!

Sa mère entra dans la chambre et se jeta à ses côtés.

— Qu'est-ce que tu vas faire, Martín ? Je t'en supplie, réfléchis bien avant.

Julián remonta son pantalon. Il resta là à les regarder, dans les bras l'un de l'autre en larmes. Plongés dans leur propre tragédie, ils ne s'aperçurent même pas qu'il était sorti de la chambre et qu'il avait couru vers la falaise, esquivant Fouliña et Susana.

Le soir même, Martín Leal se présenta aux bureaux de la garde civile de Saint-Jacques-de-Compostelle. Il avait dû aller jusque là-bas pour se mettre hors de portée des tentacules du Baron et de Toño.

Ce fut durant la nuit du 3 novembre 1975.

Les rails en bois sur lesquels on traînait les barcasses du sable à l'eau avaient disparu, arrachés par la force des vagues qui envahissaient la plage. La plupart des amarres étaient cassées, les embarcations allaient et venaient n'importe où, selon le caprice des flots. Les plus petites s'étaient retournées, elles gisaient ventre à l'air, bercées comme des coquilles d'œuf. La houle s'enroulait et se hissait dans le vide pour retomber dans un vacarme de tonnerre par-dessus la jetée. Le vent soufflait à contre-courant, tentant de l'arrêter, mais ne parvenait qu'à l'ébouriffer et à l'énerver encore plus.

Julián contemplait le spectacle, ébahi, priant pour que les lumières qui se balançaient au loin ne disparaissent pas. Dans une de ces petites barcasses, se trouvait son ami Fouliña avec son père et d'autres hommes du Baron. Il aurait voulu lui dire de ne pas aller en mer avec les autres cette nuit-là, le prévenir, mais quand il parvint à Santa Comba, les embarcations avaient déjà levé l'ancre. De l'eau jusqu'à la taille, il tenta de les rattraper, cria, leur fit signe, mais chaque fois qu'il s'approchait, une vague le frappait furieusement de côté et le traînait vers le sable. Les barques finirent par s'éloigner au large, virer après le cap et disparaître dans la nuit noire.

Au petit matin, quand les contrebandiers revinrent, la garde civile les attendait sur le rivage. Ils furent cueillis au moment où ils déchargeaient les ballots, une cargaison censée permettre au village de voir venir jusqu'à la fin de l'hiver. Le Baron avait la réputation de répartir les bénéfices avec prodigalité. Toño et lui étaient aimés, on les considérait comme des Robin des Bois des temps modernes, redistributeurs d'une richesse qui leur était refusée dans les marges de la loi. Le Baron était le cerveau, le stratège, mais les petites mains ne bougeaient pas sans un ordre de Toño, le seul en outre à pouvoir guider les barques à travers les bancs de sable par une mer aussi démontée. Avec sa grosse moustache jaunie, il dirigeait les opérations, donnait des instructions et les autres obéissaient sans questionner son autorité.

Quand les spots s'allumèrent et que les gardes apparurent, ce fut le chaos. Quelqu'un ouvrit le feu, on ne sut jamais qui avait tiré en premier. Plus tard, on raconterait que c'était Horacio, le père de Gregorio, car il partait toujours fusil à l'épaule et que la mer, se moquaient les autres, le rendait nerveux. Dès lors, ce qui aurait dû être un coup de filet sans grandes conséquences se transforma en tragédie qui marquerait à jamais l'histoire du village. Les gardes ripostèrent et il y eut beaucoup de blessés. Certains se jetèrent à l'eau pour essayer de fuir à la nage ou en escaladant les rochers coupants de la falaise.

Fouliña était un bon nageur, il n'hésita pas à sauter pardessus bord quand son père le lui ordonna. Il prenait les vagues de côté pour ne pas être englouti dans les tourbillons ni poussé contre les brisants, et quand il était submergé, il était capable de tenir jusqu'à ce que le mur d'eau le dépasse. Mais chaque fois qu'il émergeait, il se trouvait à un endroit différent, un peu plus loin de la barque. Il était si épuisé qu'il dut s'y prendre à plusieurs fois pour atteindre la terre ferme.

Au petit matin, les corps s'alignaient sur la jetée, sous la surveillance de quelques gardes civils arrivés de Ferrol. Certains présentaient des blessures par balle, d'autres s'étaient noyés en tentant de fuir. Une barque remorquée jusqu'au port transportait la marchandise saisie, placée sous bonne garde. Au cours des heures suivantes, la halle au poisson se transforma en morgue de fortune où défilaient la famille et les amis, dans le triste but de reconnaître les cadavres ou de s'enquérir du sort des trois hommes que la mer n'avait pas rejetés. Le village au complet plongea dans un silence douloureux, chargé de haine et de rage, cherchant un exutoire pour éclater.

Il était clair qu'on les avait dénoncés, et le bruit ne tarda pas à courir que c'était Martín Leal.

— Dis-moi que ce n'est pas vrai, que ce n'est pas ton père, demanda Fouliña à Julián.

Ils se trouvaient au calvaire. Eux tous, la bande au complet. Julián n'eut pas le courage de démentir. Carmen, la fille du Baron, n'en croyait pas ses oreilles.

— Mais pourquoi, Julián ? Ton père est du village, c'est un des nôtres. Pourquoi il a fait un truc pareil ?

Julián et Susana échangèrent un regard contrit. Ils se turent.

Fouliña était furieux. Il commença à jurer, à maudire en tournant comme un lion en cage. Gregorio était resté en marge de la discussion, assis sur le socle de la croix. Il comptait des coquillages dans un sac en plastique.

— Mon père dit qu'ils vont le tuer. Il n'a pas oublié l'histoire du mouton, je les ai entendus en parler au Cerso, dit-il sans les regarder, absorbé dans ses cogitations. Il faut que vous partiez.

— Dis pas n'importe quoi, protesta Fouliña. Mon père ne le permettrait pas. Martín et lui sont comme des frères. Tout le monde le sait.

Il se trompait.

On ne sut jamais qui avait versé l'essence sur Martín Leal en premier ni qui avait gratté l'allumette. Certains, comme Francisco, juraient que ça n'avait jamais été leur intention. Ils voulaient brûler sa maison, le chasser du village, mais pas le tuer de cette façon si horrible. D'autres qui n'étaient pas sur les lieux ornèrent le martyre de détails atroces, presque oniriques. Ils disaient que Martín Leal avait couru telle une torche vivante jusqu'au bord du précipice, que ses flammes avaient éclairé la croix et qu'avant de sauter dans le vide, il avait ouvert les bras comme le phénix en les maudissant.

Mais Julian ne se rappelait rien de tout cela. Il revoyait la maison en flammes, les vitres voler en miettes, le tourbillon de fumée s'élever dans le ciel et l'homme à la moustache jaunâtre que son père appelait frère regarder les autres le passer à tabac jusqu'à le faire disparaître dans une forêt de jambes et de poings.

36

Près de la frontière française, mai 2005

L'homme aux yeux noirs la regardait dormir, l'esprit ailleurs, perdu en elle, perdu dans ses cernes jaunâtres, ses cheveux toujours trempés d'une sueur froide. Ce n'était pas un désir banal, tel qu'il savait le reconnaître et le satisfaire quand il se présentait ; il ne s'agissait ni de sexe ni d'une attirance pour son corps, il l'avait vue faire sa toilette avec un seau et un gant, cherchant un peu d'intimité, et il avait détourné les yeux, honteux de prendre quelque chose qui ne lui appartenait pas.

C'était autre chose, une contradiction qui augmentait à mesure que les journées de confinement avec elle se succédaient. Un sentiment qu'il n'avait jamais éprouvé, comme si tout à coup il ne pouvait plus se cacher derrière sa logique et ses motivations habituelles, comme quelqu'un qui n'a jamais connu la peur et se surprend soudain à trembler. Il avait la sensation que Clara pourrait, si elle le voulait, percer chaque couche de son armure et le démonter de l'intérieur. À certains moments, elle le regardait comme si elle était capable de faire face à l'assassin de son père, à un homme qui pouvait être mille fois plus cruel que n'importe quel autre sans le craindre, sans vouloir le défier ni l'incriminer. Simplement, elle pénétrait en lui, prête à descendre jusqu'au cœur, jusqu'aux profondeurs les plus insondables pour découvrir qui il était réellement.

Il retira la couverture avec délicatesse pour la contempler. Il y avait en elle quelque chose d'hypnotisant. Il ressentait le besoin de la caresser, parcourir les contours de sa géographie et la cartographier. Une tache sombre qui ressemblait à une île perdue enjolivait ses fesses. Autrefois, cela l'aurait condamnée au bûcher. On l'aurait accusée de porter la marque des sorcières et de posséder des pouvoirs occultes.

— Je parie que tu aurais tourné la tête de l'inquisiteur, Clara.

Elle marmonnait en rêve, plaintive, et ses paupières étaient traversées de tremblements nerveux. L'homme aux yeux noirs la recouvrit. Il avait trouvé son ordinateur dans le sac qu'elle transportait dans sa voiture. Il n'avait même pas eu besoin de la menacer pour obtenir le mot de passe. Elle le lui avait communiqué comme on cède la dernière chose qui nous reste. Une intimité qui n'a plus d'importance.

On ne peut pas savoir si la chance, on la mérite ou bien on la cherche, mais toi, tu n'en as pas, ma petite Clara. Ceux qui croient à ces trucs-là diraient que c'est ton karma, que tu es en train de payer pour ce que tu as fait dans des vies antérieures. Ces dettes-là ne me concernent pas, mais celles que tu as contractées dans cette vie, si. Et si je devais donner mon avis, je dirais que tu l'as largement remboursée.

Clara se réveilla et le regarda sans vouloir le regarder. Elle avala en silence la soupe qu'il lui avait préparée avec un peu de patates cuites à l'eau. Ensuite elle lui demanda si elle pouvait fumer. Il s'approcha d'elle et se baissa. Il aimait être tout près d'elle, frôler ses doigts au moment d'allumer sa cigarette.

— Qu'est-ce que tu vas faire de moi ?

Elle pensait peut-être qu'il allait la tuer, mais ses yeux ne cherchaient pas un endroit par où fuir. Elle semblait résignée à son sort.

Ce n'est pas bien d'accepter sans rechigner que notre vie soit entre les mains d'un autre. Que nous dépendions de son bon vouloir, de son humeur, de ses désirs. On devrait se rebeller contre cet état de prostration, mais l'impossible nous paralyse. Voilà comment les moutons font le boulot des loups.

— Qu'est-ce que je devrais faire, à ton avis ?

— Mon avis ne compte pas, il me semble.

Ils se turent de nouveau. La nuit tombait, ils ne se voyaient presque plus. Il alluma la gazinière et on vit apparaître un cercle de lumière bleutée. Elle se redressa sur l'oreiller en s'aidant du coude. Elle portait un chemisier mal boutonné qui laissait voir un sein. Aucun des deux ne s'en souciait.

— Ton père t'aimait. Il a été courageux.

Je ne sais pas pourquoi j'ai dit ça. Peut-être parce que j'ai cru que tu avais besoin de l'entendre.

Clara exprima à travers une crispation de la bouche des sentiments qui ne savaient par où éclater.

— Tu ne sais rien de lui.

— Je sais qu'il a arnaqué des gens qu'il n'aurait pas dû. Et c'est toi qui en paies le prix.

— Ce n'est pas lui qui a eu l'idée, c'est les Galiciens.

— Ça aussi, je le sais, et ça ne change rien.

Ils semblaient être au point mort. Rien ne pouvait changer ce qu'ils étaient en réalité, un assassin et sa victime.

Pourtant, Clara ne comprenait pas ce qui lui arrivait. Pourquoi devait-elle résister à la tentation de retenir la main de cet homme, de lui dire ce qui était impossible à dire. Elle avait lu quelque part que quand les ravisseurs traitent leurs otages avec gentillesse, ceux-ci développent souvent un syndrome particulier. Ils parviennent à se convaincre qu'ils sont entre les mains de gens bien qui n'ont pas vraiment l'intention de leur faire du mal, et ils éprouvent le besoin d'épouser leur cause, d'avoir de l'empathie pour eux, de s'identifier à eux pour se sentir en sécurité.

La docteure Andrea lui aurait sans doute diagnostiqué ce syndrome. Clara ne se leurrait pas pour autant sur ce qui ne manquerait pas d'advenir. C'était absurde, elle voulait se l'enlever de la tête – "tu débloques, putain" –, mais elle se sentait étrangement attirée par lui. Sa mère lui avait décrit un jour la même sensation : quand elle montait à un endroit élevé, elle devait réprimer l'envie de sauter. Refuser d'entendre le murmure qui l'appelait en bas. Un secret, c'est simplement le fait de voir ce que les autres ne voient pas.

Elle le regarda dans les yeux, des yeux sombres, inaccessibles, profonds. Des yeux qui n'aimaient pas, qui en étaient incapables car cela leur était interdit.

— J'aimerais te prendre en photo. Voir ce qu'il y a derrière.

Il sourit.

— Elle serait floue.

Le temps d'un éclair, un portail s'ouvrit qui leur procura une lucidité rare, leur montrant le monde tel qu'il était, sans ombres. Une explosion de pensées qu'ils ne comprenaient pas, qui s'emparaient d'eux et les entraînaient vers un état primitif, un néant sépulcral et pacifique.

Il n'y a pas d'extase sans dommages, Clara, et certains fous préfèrent se transformer en loques humaines pour un instant d'existence intégrale.

L'homme aux yeux noirs se leva. Tandis qu'il enfilait sa veste, il l'observa du coin de l'œil. Ses jambes nues entre les espaces vides. Il détourna le regard.

— Ton ordinateur sera bientôt déchargé. Tu devrais lire tes messages.

Clara attendit qu'il sorte. Elle alla à la table et consulta son ordinateur.

Le message de Julián était toujours là. Un défi. Un gant jeté à l'ancienne mode.

> *Qui que tu sois, c'est moi qui ai ce que tu cherches. Je serai demain à 22 h 30 au virage de Miramar. Si tu as cinq minutes de retard, je remettrai le cahier à la police.*

Clara frémit.

"Que vas-tu faire, Julián ?"

Elle s'approcha de la porte et écouta dehors. Elle entendit le moteur de la voiture s'éloigner. Elle tarda quelques secondes à se rendre compte qu'il n'avait pas verrouillé de l'extérieur. Le cadenas était ouvert. Cela ne pouvait pas être une négligence, il l'avait fait exprès. Il la libérait. Pourquoi ? Et surtout : pourquoi ne bougeait-elle pas ? Pourquoi *ne voulait-elle pas* bouger ?

Je vais te le dire. Il y a des monstres qui te tétanisent en te faisant croire que tu as affaire à un être humain. Leur regard et leur voix t'endorment, leur sourire figé t'achève. Il n'existe personne de plus dangereux, car en le craignant, tu désires l'aimer, t'approcher de plus en plus de lui, te consumer, te fondre dans son néant.

Cours, Clara. Cours tant que tu peux. Fuis-moi.

Du haut du Montjuïc, Julián était toujours tenté de prendre la mer. Le vieux phare entre la montagne et le port marchand, séparés par la rocade côtière, les feux de gabarit des grues gigantesques, les rangées de conteneurs empilés à perte de vue sur une hauteur de six étages. Et au loin, enfin, la mer, la vraie.

— C'est beau, non ? On a l'impression qu'on pourrait s'en aller, tout abandonner derrière soi.

Il mit quelques secondes à réagir. Il consulta sa montre. Pile à l'heure. C'était appréciable. Lentement, les mains écartées, il se retourna et observa l'homme qui se tenait devant lui et qui le dépassait en taille. Allure athlétique, vêtu comme s'il sortait du tournage de *Reservoir Dogs*, abondante chevelure foncée, bien coiffée, rouflaquettes légèrement démodées. Des yeux noirs très perçants et un joli sourire.

— Merci d'être venu.

L'homme ouvrit les mains à son tour. Ils étaient tous deux armés, ils le savaient, ils voulaient connaître la suite.

— Merci à toi d'avoir proposé cette rencontre, inspecteur. Plus personne ne fait les choses à l'ancienne. T'es courageux, il faut le reconnaître. Ou alors tu t'es retiré, t'es fini, et tu te fiches de ce qui pourrait se passer. Si on faisait une pause ? On a le temps et j'avoue que je suis intrigué.

— Je sais tout sur toi.

— Tout ? C'est beaucoup dire. On serait comme des vieux camarades, c'est ça ? Je doute que tu connaisses ma pointure.

Julián leva l'index comme pour dire "attends un peu !" et, tout doucement, plongea deux doigts dans la poche intérieure de sa veste et en sortit un papier plié qu'il lui tendit.

— 43 européen… Moi aussi, j'ai mes sources.

Alors là, tu m'en as bouché un coin, inspecteur. Je n'avais pas pensé aux caméras de circulation. Ni à cette putain de contravention par radar. Tu as bien gratté pour débusquer certains de mes noms d'emprunt et, au milieu, ma véritable identité, avec mes vrais prénom et nom de famille, c'est-à-dire celui de ma mère, ma date de naissance et la paroisse où j'ai été baptisé, une photo, bien que pas très ressemblante, la petite vingtaine et encore des yeux de coyote aveuglé par les phares d'une voiture ; mes antécédents de jeune délinquant, bagarreur de bas étage, puis des affaires plus graves, toute une carrière en ascension jusqu'à me bâtir une réputation, les mandats d'arrêt lancés contre moi dans une demi-douzaine de pays ; et même mon dossier dentaire, le salopard. Du beau travail.

— T'as dû taper très haut, pour obtenir tout ça.

— En fait, il m'a suffi de frapper à une porte tout près. Il y a des gens qui t'en veulent à mort, dans ton pays. Je crois que tes chefs ne sont pas très satisfaits de ton travail ici. Tu t'es trop fait remarquer.

J'aime la franchise entre adversaires du même poids. Autrement, c'est de la triche. Et les tricheurs me mettent en rogne, des lâches qui ne mordent que quand leur proie a la patte cassée.

— Me montrer ça, c'est demander l'extrême-onction ; un suicide différé, dirons-nous. Tu veux que je devance le travail, que je t'évite la fatigue de l'espoir ?

— Je ne cherche aucun raccourci.

J'en convenais. Tu n'avais pas l'air d'être fait de ce bois-là. Plutôt de ceux qui tombent en entraînant d'autres dans leur chute, de ceux qui meurent en tuant, comme on dit.

— Alors qu'est-ce que tu me veux, inspecteur ? Je n'entends pas les sirènes de police, je ne vois pas débouler des types en combinaison noire et cagoule. Et tu n'as pas l'air de pouvoir m'affronter tout seul. Tu tiens à peine debout.

Julián ne se laissait pas embobiner par le jeu des escrocs, des imposteurs habillés en gentlemen. Enlève-lui la gomina et le costume de marque, oublie ses manières de professeur de polytechnique et tu verras le tortionnaire, l'assassin, le mercenaire.

— Je ne comprends pas les gens de ton espèce. Je voulais te voir en personne.

— À vrai dire, moi non plus je ne comprends pas les gens de la tienne, inspecteur. Et nous voilà chacun avec ses motivations, sans comprendre l'autre, à nous demander lequel de nous deux va tirer le premier. Parce que je ne vais pas me rendre, et tu n'es pas venu pour m'arrêter. Et puis, à ce stade, qui se soucie des raisons qu'à l'autre d'être ce qu'il est. Moi, je fais ce que j'ai à faire, toi, tu fais ce que t'as à faire, et là-dessus nos intérêts sont opposés.

"Ce sont ces yeux noirs", pensa Julián ; ce regard te diminue, t'écrase comme si tu ne pouvais pas résister à sa volonté. Un regard pareil ne s'acquiert pas, ne se cultive pas, on ne peut pas l'imiter. On naît avec ce vide dans les yeux.

— Il y a une autre possibilité qui nous permettrait à tous les deux de gagner du temps.

— Il n'y en a pas d'autre et on le sait toi comme moi. Le temps n'est pas pour nous, c'est un luxe qu'on ne peut pas se permettre. On a déjà trop parlé, inspecteur, et on n'a encore rien dit. Je reconnais que j'étais curieux de te rencontrer, et tu as tout mon respect. Mais je ne suis pas venu ici pour admirer le coucher de soleil en ta compagnie.

— J'ai le cahier de Francisco. Et la clé de l'endroit où sont les documents qui confirment ses notes.

L'homme aux yeux noirs acquiesça.

— Mais tu ne les as pas donnés à cette belle inspectrice que tu as pour amie.

Julián s'est inquiété en m'entendant nommer Virginia. J'ai su alors que j'avais l'avantage.

— Tu peux me le donner de ton plein gré. Je te blesse par balle ici même et je te promets que je ne ferai pas de mal à l'inspectrice ni à ses filles. Je peux même te garantir que Clara partira. J'ai lu vos échanges par mail, je sais qu'elle compte pour toi.

Julián eut une intuition en observant que son expression s'adoucissait légèrement en parlant de la fille de Francisco.

— Et elle compte aussi pour toi, non ? Tu ne veux pas lui faire de mal. Tu lui en as déjà assez fait en tuant son père.

Bien joué, inspecteur.

— Il me semble que personne ne mérite de mourir pour les erreurs d'un autre.

Julián esquissa un sourire.

— C'est ta proposition ?

— L'autre est pire. Je peux te briser les os, te cramer, te mettre la misère jusqu'à ce que tu me donnes ce que je veux. Puis tu mourras en sachant qu'après toi, ce sera le tour de la charmante famille de l'inspectrice et que Clara, même si personne ne le souhaite, sera retrouvée morte dans une mare d'excréments.

Julián aiguisa le regard. Quelles étaient ses chances de pouvoir dégainer son pistolet et de lui trouer la peau ? Quasi nulles. Il était mortifiant de devoir négocier avec un type que rien n'ébranlait.

— On ne fait pas un concours de la plus grosse bite. Tu pourrais me tuer et je pourrais te tuer. On est seuls. Pourquoi ? Parce que j'ai quelque chose que tu veux et je suis prêt à te le donner. Je te remettrai le cahier, je te remettrai la clé. Ensuite je t'oublierai. Tu pourras te tirer et sauver la face devant tes patrons. Et pour y parvenir, tu n'auras pas besoin d'éclabousser encore de sang ce joli costume. C'est la meilleure offre que tu puisses obtenir. Le compte à rebours a commencé pour toi. Peu importe que tu sois discret ou pas, ils finiront par te retrouver. Tu seras tracé. Ceci commencera à circuler, dit Julián en brandissant le dossier qu'il avait sur lui. Combien de temps il faudra à ta bande pour te supprimer ? Tu ne leur sers plus à rien.

Tu étais sur la bonne voie, inspecteur. Du cran et de bons arguments. Peut-être as-tu trop tenté le sort, mais j'ai décidé de suivre ton jeu encore un peu. Tu avais beau disposer de mon casier judiciaire, connaître la marque de ma lotion après-rasage, savoir si on m'avait opéré d'un phimosis, tu ignorais tout de moi.

— Tu veux sûrement quelque chose en échange.

Julián ne se faisait aucune illusion, mais il pouvait au moins tenter le coup.

— J'ai besoin que tu trouves quelque chose pour moi. Et vite. Il y a des vies innocentes en jeu.

L'homme aux yeux noirs sourit.

— Il reste encore des innocents sur terre ?

— Tu acceptes le marché, oui ou non ?

Élégante manière de régler un problème insoluble, bien sûr que oui, sans se mettre à genoux, sans pleurnicher, en proposant un marché réglo. Qui pourtant ne pourrait jamais être réalisé à la lettre, mais ça, on le savait déjà. On est deux vieux briscards, toi et moi. Comme tu me l'avais dit, il s'agissait seulement de gagner du temps. Ensuite, je reprendrais mes bonnes vieilles manières pour régler mes comptes et conclure cet épisode.

L'homme aux yeux noirs ferma les poings et les plongea dans ses poches. La ville se répandait dans son dos, s'allumant comme une guirlande. Devant, la mer obscure.

— Alors raconte-moi, inspecteur. Qu'est-ce que je dois faire pour toi ?

37

Delta de Llobregat, deux jours plus tard

Blusas avait les intestins en vrac, depuis quelque temps. On aurait dit une boule de nerfs qui sursautait au moindre bruit. Tout lui échappait des mains, il ne dormait plus, ne mangeait plus. Il commençait à avoir une tête de gibier traqué.

— On peut savoir ce qui te prend ? T'es complètement ahuri, lui lâcha un des Cantero chargé de la surveillance du magasin où ils empaquetaient la drogue pour la vente au détail.

Blusas venait de faire tomber deux balances et la cocaïne s'était répandue par terre.

— Désolé, dit Blusas en écartant les bras.

— Ça vaut de l'argent, tu sais ? dit le surveillant en poussant un soupir las et en tâtant le Walther tape-à-l'œil qui dépassait de son ceinturon. Si t'étais pas le neveu de don Antonio, je t'aurais obligé à la lécher. Allez, va prendre l'air, je m'occupe de réparer le désastre. Mais à la prochaine connerie, je te vire à coups de pied au cul.

Dans l'arrière-boutique, il y avait une porte donnant sur une ruelle que Blusas poussait lorsqu'il avait besoin de parler à quelqu'un en toute discrétion ou pour détaler quand les gamins qui faisaient des rondes en mobylette donnaient l'alerte. Il s'assit sur la marche et respira. Il avait l'impression d'être entre le marteau et l'enclume : le marteau, c'était ce salopard d'Heredia, devenu depuis une grosse légume à Madrid et qui ne cessait de le harceler pour qu'il règle une fois pour toutes le problème Chinchilla. Et l'enclume rugueuse, don Antonio, son oncle, qui lui avait interdit de toucher au gamin. Ce vieux taré avec ses vieilles valeurs dont personne n'avait rien à foutre. "Je ne suis pas un assassin d'enfants." Blusas s'arrachait les cheveux. Ce putain de gosse n'était même pas la chair de sa chair. Ce que tu comprends pas, c'est que c'est moi qu'ils vont finir par tuer. Don Antonio, le frère de sa mère, paix à son âme, haussait les épaules. "T'avais qu'à pas te foutre dans cette galère trop grande pour toi, mon neveu. En plus, tant que t'es là, à côté de moi, personne n'osera te toucher."

Pour comble, Blusas avait appris que l'instinct maternel de Lagarta s'était soudain réveillé. Elle passait son temps à aller chialer à droite à gauche en demandant si on n'avait pas vu son fils ; on disait même qu'elle avait porté plainte pour enlèvement. Après la mort de Charo, la grand-mère, cette pute hépatique avait perdu le peu de sens commun qui lui restait. Quand il pensait à cette vieille raclure qui fourrait son nez où ça la regardait pas, Blusas voyait rouge. Tout était parti en couille à cause d'elle. Où était-elle allée pêcher l'idée de lui voler la vidéo dans son ordinateur et de l'envoyer avec un mot anonyme à cet enfoiré d'inspecteur ? Lui éclater la tête, c'était que dalle, par rapport à ce qu'elle méritait.

Maintenant, ils étaient tous après lui. Heureusement qu'il avait été assez malin pour copier la vidéo intégrale de Restrepo avant de la remettre au client, se dit-il pour se remonter le moral. Personne ne savait où elle se trouvait, et en attendant, il était à l'abri. C'était son unique garantie pour ne pas finir égorgé ou derrière les barreaux d'une prison à vie.

Il était assis là, à coller un sparadrap sur sa peur, quand ce type aux yeux sombres s'approcha de lui. Il eut à peine le temps de lever la tête.

— Putain, mais qu'est-ce que tu me veux ?

Après quoi il vit un poing américain s'écraser sur son nez.

Si tu veux attraper un papillon vivant, il faut procéder avec doigté : le prendre délicatement par les ailes sans que la petite poudre dont elles sont recouvertes te colle aux doigts, autrement le papillon cessera de voler et mourra, et tu n'auras pas obtenu ce que tu voulais.

Voilà pour la théorie, disons. Il est parfois plus simple de laisser tomber les papillons et les métaphores. Une bouche saine contient trente-deux dents. Blusas en avala la moitié en même temps que le mégot qui pendait entre ses lèvres. On lui ferait un nouveau nez, certainement plus joli.

— Maintenant on va mieux se comprendre, toi et moi.

— Tu sais pas à qui t'as affaire, fils de pute. Je suis le neveu de don Antonio, le chef des Cantero. On va t'arracher les tripes par le cul, bafouilla Blusas en crachant du sang et de la bave.

Sa menace m'a amusé. Elle m'a rappelé un sergent des fédéraux qui me menaçait quand j'étais petit : "Je vais te foutre un tel coup de pied dans la rate qu'il va falloir te faire une césarienne pour te retirer mon godillot." Un pauvre ivrogne, un connard sans couilles, ce sergent. Au fil du temps, j'ai connu toutes sortes d'engeances, des gens capables de faire des choses que le cinéma a transformées en mensonges, mais qui existent pour de vrai. Les maras salvadoriennes, les cartels colombiens, les gangs jamaïcains, dominicains, ukrainiens, russes… le meilleur de chaque clan. À chacun son système, ses codes et son type de menaces. Et le fait est qu'ils les mettent à exécution : il n'est pas facile d'arracher les tripes de quelqu'un par le cul, mais c'est possible, comme te sortir la langue par le cou, te tailler un costume en pneus pour te cramer vivant ou te dissoudre dans l'acide. J'ai même vu des méthodes tout aussi atroces mais bien plus raffinées dans les triades chinoises ou chez les Birmans. Il existe une infinité de manières de supplicier un être humain. Notre imagination est sans bornes en matière de cruauté.

Le problème des minables comme Blusas, c'est qu'ils ne sont pas crédibles. Il y a une règle de base dans notre petit milieu, c'est de ne pas proférer des menaces qu'on n'est pas capable de mettre à exécution. On perd alors toute crédibilité. Le deuxième point que cet énergumène aurait dû savoir, c'est que pour remporter une victoire, il faut avoir essuyé beaucoup, un nombre incalculable de défaites, et lui, ça crevait les yeux qu'il n'était pas aguerri. La réputation du clan des Cantero le protégeait, faisait reculer ses victimes sans qu'elles osent lui tenir tête. Mais bastonner quatre gamins terrorisés, racketter des commerçants pakistanais ou trucider une vieille sans défense, ce n'était pas une bonne école pour s'endurcir. Quel est le dicton que j'ai entendu en Galice, déjà ? On ne fait pas de bons marins dans une mer d'huile. Ça m'a plu, c'est bien vu. J'ai donc décidé de lui donner un cours de réalité gratuit, pour qu'il apprenne enfin que, pour être méchant, il faut l'être pour de bon.

Il aurait été trop facile qu'il le comprenne d'emblée. Tant d'années d'impunité ne se corrigent pas d'un seul geste. Je l'aurais respecté un peu plus s'il ne s'était pas mis à crier de cette voix nasillarde tellement ridicule, s'il n'avait pas voulu jouer les matamores avec les dents en miettes. Vouloir se conduire élégamment avec des gens pareils n'a aucun sens.

— J'ai cru comprendre que t'étais très féru de cinéma *amateur*.

Il a prétendu ne pas savoir de quoi je parlais et a sali mes chaussures avec de la bave mêlée de sang. Je lui ai tiré dessus avec mon PK. Une seule balle, pas question de jouer de la gâchette comme un énergumène en panique. À quoi bon gaspiller des munitions. Je l'ai touché à la cuisse gauche et il s'est mis à pleurnicher en se tenant la jambe comme si je la lui avais coupée à la scie.

— Ces blessures-là cicatrisent bien, il suffit de retirer la balle et vérifier qu'il ne reste pas un bout de tissu dans la plaie. Mais la prochaine fois, tu vas te la prendre dans le genou, et là, mon pote, tu seras foutu, estropié à vie. Je veux la vidéo, mais pas la copie que ta belle-mère et ta femme t'ont volée dans l'ordinateur, d'ailleurs il faut être con pour que ça t'arrive ; je veux la version intégrale, générique inclus.

Je l'ai vu ramper en se tenant la jambe et en laissant une traînée de sang derrière lui. Autour de nous, il n'y avait que des champs, des roseaux et, tout au fond, les barbelés de l'aéroport. Les avions décollaient au-dessus de nos têtes, exhibant leurs ventres luisants. J'ai dû lui donner plusieurs gros coups sur la tête pour qu'il se tienne tranquille.

— T'es qui ? Pourquoi tu me fais ça ?

— Je suis l'ami d'un ami qui veut rendre service à un autre ami. Tu sais ce que c'est. La vidéo que t'as volée à Restrepo. Donne-la-moi qu'on en finisse.

J'ai vu la rage dans ses yeux, et la peur, une peur plus forte que la rage. J'ai compris que ça ne serait pas si facile de lui arracher la vidéo. Je n'avais pas la moindre idée de son contenu, ni de la raison pour laquelle l'inspecteur la voulait, mais ce devait être quelque chose d'énorme qui devait valoir une fortune, puisque Blusas ne lâchait pas le morceau malgré tout ce que je lui faisais endurer.

— T'es mexicain.

— Tu veux un bon point pour avoir reconnu mon accent ?

— On est pas au Mexique, ici. Dans ce pays, on respecte des règles.

Je reconnais que c'était un argument solide. Quand j'ai débuté là-dedans, il y a plusieurs décennies, chez nous, c'était comme ici, les règles non écrites nous protégeaient du chaos. Avant, je travaillais pour des hommes d'affaires, des gens qui se conformaient à certains codes de conduite, qui savaient que, pour gagner, il faut accepter de perdre quelque chose en contrepartie, donnant donnant. C'était un plaisir, il y avait une certaine étiquette, une observance. On pouvait facilement s'entendre avec ses adversaires et cela limitait la violence. Ensuite, l'État a décidé qu'il voulait la plus grosse part du gâteau. On ne traitait plus avec des petits fonctionnaires qui touchaient leur paie à la fin du mois, mais avec des généraux, des officiers de police, des agents des renseignements. L'État est devenu le plus grand des cartels. Un vrai désastre, ils ont rompu l'équilibre, commencé à tuer et emprisonner à tout va, à proposer et disposer à leur gré, sans comprendre que ceux qui sont dans ce bizness ne sont pas des autoentrepreneurs prêts à payer leurs cotisations et à se débiner, ni des employés que tu peux envoyer travailler sur ta chaîne de montage. Tout a explosé, les clans se sont atomisés jusqu'à ce qu'on ne sache plus qui contrôlait quels territoires ni qui commandait qui. Finies les négociations pour laisser place à l'anarchie, le libéralisme le plus sauvage avec des armes de guerre entre les mains d'adolescents en pétard prêts à tuer et à mourir. Résultat : le Mexique est un État en faillite qui, selon les statistiques, occupe le premier rang mondial en matière de crime organisé. Organisé étant un euphémisme, bien sûr. Tu en tues cent et il y en a un qui te tue. Tôt ou tard, tu y passes.

L'Espagne, c'est une autre paire de manches. Ici, il y a le gâteau du blanchiment sur la côte, la plaque tournante de tout le trafic en direction de l'Europe, les résidences secondaires des chefs qui veulent protéger leurs familles, les mettre à l'abri de la merde et les parer de dignité. Un lieu pour passer des vacances, acheter des maisons et des voitures de luxe, prendre un abonnement à l'opéra, se payer une équipe de foot et envoyer les enfants dans des universités privées. Un gars comme moi, dans un endroit pareil, est un éléphant dans un magasin de porcelaine. Un barbare aux portes de la ville.

Mais je n'étais pas là pour discuter politique avec cette sale couleuvre. J'ai vu les gouttes de sang éclabousser ma chemise Luca Faloni et, sincèrement, ça m'a mis en rogne. Je n'avais pas beaucoup de temps, et je n'avais plus de patience.

— On peut rester ici cinq minutes ou cinq heures, mais tu finiras par me dire où est cette putain de vidéo.

Blusas n'avait décidément pas la trempe pour ce genre d'affaires. Il n'était qu'un intermédiaire, un commissionnaire, m'a-t-il dit.

— Un homme important a flashé sur le petit et je le lui ai loué. C'est tout… T'as pas idée de qui sont les gens derrière Restrepo. Ils peuvent tous nous effacer d'un coup de baguette magique.

J'ai soupiré, irrité. Quel putain de taré, bordel. Je suis allé à la voiture, j'ai ouvert le coffre et je suis revenu. Sans dire un mot, je me suis placé derrière Blusas, me suis baissé et lui ai pris un doigt.

— Qu'est-ce que tu fais ?

— Je vais te couper un doigt avec des tenailles. Ça sera pas une coupe propre. Ça va te faire un mal de chien. Il te restera les neuf autres.

Application de la règle d'or : ne menace jamais en vain. Je n'ai même pas eu besoin de lui arracher tout le doigt. Il a suffi de la première phalange de l'annulaire pour qu'il commence à hurler de douleur et à me supplier.

— Où est la vidéo ? Il suffit que tu me le dises et je te laisse partir avec tous tes doigts.

Il acquiesça en sanglotant. Il m'a lâché l'information dont j'avais besoin et je l'ai mémorisée. Je me suis relevé et je l'ai observé sans la moindre pitié. Voilà une denrée que je n'ai plus en réserve pour des gens comme nous.

Blusas ne s'était pas fait tatouer sur la peau cette phrase des gangs salvadoriens : "Vis peu mais vis bien." Je ne pense pas non plus qu'il était du genre à invoquer la protection de l'Enfant du Huachicol, il ne prenait pas de bains d'eau bénite ni ne faisait bénir ses balles. Il n'était pas de ceux qui lancent une pièce en l'air quand ils n'ont pas l'avantage, ni un de ces flingueurs qui, une Remington au poing, avancent et ne reculent pas devant une descente des marines à Oblatos, mon village natal. Ces gens-là font ce qu'il y a à faire et, si tout se passe bien, ils rentrent lécher leurs blessures chez eux. Si ça rate, plus rien ne compte, à condition que les militaires ne les cueillent pas vivants. Ce sont les aléas du métier. En attendant, ce trouillard qui vend des enfants était toujours à genoux, la tête enfoncée dans les épaules, à sangloter. Le sang qui gouttait avait rougi ses chaussettes et une tache humide s'étalait sur son entrejambe.

J'ai été clément. Je lui ai logé une balle dans le sommet du crâne.

38

Quartier de la Barceloneta, le même soir

Après plusieurs heures à gamberger, Julián Leal avait les yeux rouges de fatigue. Il s'allongea sur le canapé et les ferma en y exerçant une pression avec ses pouces. Pourtant, la nausée et la sensation de froid ne se dissipaient pas.

La sonnette le fit sursauter. Il s'approcha de la fenêtre et observa la rue vide, balayée par la pluie. Personne. On sonna de nouveau, cette fois de manière plus insistante.

L'homme aux yeux noirs était à la porte, son blouson en jean trempé, les cheveux en bataille. Il portait des baskets et un jean usé. Sous le blouson, un tee-shirt avec le logo de Café Tacvba. Il avait une bouteille de *pazo de rivas* à la main.

— Je ne suis pas très présentable, désolé, dit-il avec un demi-sourire. Je n'ai pas eu beaucoup de temps pour me changer.

Julián banda tous ses muscles. Il remarqua les poings couverts de bleus et la crosse du PK qui dépassait du blouson.

— Comment as-tu su où j'habitais ?

— Moi aussi, j'ai mes sources, inspecteur. Tu ne me proposes pas d'entrer ? demanda-t-il en montrant la bouteille. J'ai apporté du vin de chez toi. On m'a assuré qu'il était bon.

Julián ne fit pas semblant d'avoir le choix entre refuser ou accepter. Il s'écarta et l'homme aux yeux noirs franchit le seuil en exécutant une petite révérence théâtrale. Planté au milieu du petit salon, il analysa rapidement les lieux. L'inspecteur n'était pas intéressé par la décoration ni par tout ce qui était superflu. Peu de meubles, encore moins de détails personnels, excepté quelques livres de peinture, une vieille chaîne stéréo et une demi-douzaine de disques. Sous la télévision, quelques classiques du cinéma en cassettes vidéos. Il était évident que l'appartement, sans doute un héritage, n'avait pas été rénové depuis des lustres, n'avait même pas reçu un coup de peinture. Cela sentait légèrement l'essence de térébenthine et, à travers la porte entrebâillée de la galerie, il vit ce qui ressemblait à un atelier d'artiste. Ainsi l'inspecteur avait une veine artistique, pensa-t-il.

— Moitié moine, moitié guerrier ? Ce n'est pas très cosy, chez toi. Plutôt spartiate.

Ils se jaugèrent l'un l'autre, face à face. C'était une situation absurde, pensa Julián. Et pourtant, il alla dans la cuisine. Quelque part au fond d'un placard, il avait deux verres à pied. L'homme aux yeux noirs le suivit et s'assit sur l'unique chaise, près de la table.

— Je ne suis pas doué pour déboucher du vin, je laisse toujours la moitié du bouchon à l'intérieur, dit-il en regardant le calendrier avec une reproduction de Van Eyck suspendu au carrelage jaune.

Julián déboucha la bouteille et remplit les verres. Ils n'allèrent pas jusqu'à trinquer. L'homme aux yeux noirs sirota son breuvage, observant sa couleur, plongeant son nez dedans et toutes ces simagrées auxquelles est censé se livrer un connaisseur. En réalité, il n'y connaissait rien, admit-il.

— Si on cessait ce petit jeu ridicule ? l'arrêta Julián.

Je t'ai bien observé, inspecteur ; je suis bon pour détecter les points faibles chez les autres, ce qu'ils craignent, ce qu'ils dissimulent, ce qu'ils veulent. Mais toi, tu étais insondable. Ces yeux si verts auraient aussi bien pu être la mer des Caraïbes que la partie immergée d'un iceberg. Normalement, nous sommes une simple formule mathématique : additions et soustractions ; c'est un système génial et simple, si élémentaire et naturel qu'on échappe rarement à cette logique. Tout le monde veut quelque chose, tout le monde est prêt à offrir autre chose en échange. Mais toi, tu n'entrais pas dans ces cases.

— J'ai pu obtenir quelques informations sur toi. Il est bon de savoir pour qui on risque sa peau. T'es un drôle de gars, comme si tu ne trouvais pas ta place. En un sens, ça nous rapproche.

— Si tu sous-entends que nos vies sont interchangeables, tu te trompes.

— Je dis qu'on a certaines affinités. Ça te gêne ? On est deux drôles d'oiseaux, chacun à une extrémité du système. Tu l'as défendu sans y croire, j'en ai profité sans y croire. Deux incrédules qui défendent une chose à laquelle ils ne croient pas, mais pour laquelle ils sont prêts à se faire tuer. Le monde est devenu aussi absurde que ça. J'imagine que quand on était petits, les choses étaient plus simples. Mais on a eu une enfance raccourcie, ça, c'est sûr.

— Tu ne sais rien de mon enfance.

L'homme aux yeux noirs sortit un CD qu'il posa sur la table.

— À mon avis, j'en sais plus que tu ne crois. J'ai vu la vidéo… La version intégrale.

Il serait hypocrite de ma part d'affirmer que je ne savais pas que ces monstruosités arrivent. Que je n'ai pas souvent détourné les yeux, ne me suis pas dit plus d'une fois "tant pis pour tous ces enfants qui disparaissent du jour au lendemain". D'une certaine manière, en balayant la merde laissée par d'autres, je suis aussi coupable qu'eux, je fais partie de l'engrenage.

Mais une chose est de le savoir, une autre, bien différente, de le voir. Quand tu l'as eu devant les yeux, quand tu l'as entendu, tu ne peux plus te voiler la face. Je pourrais tomber dans la tentation puérile d'établir une hiérarchie des atrocités, une pyramide où certains crimes seraient plus tolérables que d'autres : trafiquer de la drogue, des armes, des véhicules et des objets volés, kidnapper pour toucher une rançon, faire passer la frontière à des migrants illégaux, contrôler la prostitution, le jeu, corrompre, blanchir, manipuler. Tout cela, passe encore. Mais pas ce qu'on fait tout en haut de la pyramide, ce qui est interdit, insupportable, ces films où on fait des choses à des enfants, où on les oblige à en faire… Qui me croirait ? Une pyramide pareille n'existe pas, ce classement est absurde. Dans le milieu, on ne fait pas de distinction. Et si le tueur à gages prie la Vierge de Guadalupe, il n'en demeure pas moins un tueur à gages.

Pourtant, il reste en nous un fonds d'humanité qui voudrait éclater en sanglots en entendant ces cris perçants, ces masques qui vocifèrent des insultes entre deux crachats, en voyant ces petites mains qui battent l'air, sans défense. Tu voudrais détourner les yeux, mais tu les gardes rivés sur l'écran pendant de longues secondes, tu voudrais stopper le cœur qui galope comme un fou dans ta poitrine, les yeux écarquillés. Mais tu as vu comment ça finissait, il n'y a plus de retour en arrière possible. Et lorsque tu t'écartes, en nage, tes lèvres cherchent un whisky et ne cessent de trembler. Et tu as beau cacher ton visage sous l'oreiller, tu sais que tu en es responsable et que rien de ce que tu feras à l'avenir ne pourra défaire ce que tu as fait.

Alors survient quelqu'un comme toi, inspecteur, une sorte de Vengeur masqué, un inspecteur Harry, pour prouver que ce travail de merde t'offre parfois une occasion retorse de devenir un justicier. C'est ce que j'ai été tenté de croire. Mais, à mieux y réfléchir, tu n'as l'étoffe ni d'un héros, ni d'un saint, ni d'un martyr. Durant toutes tes années de service, tu n'as jamais dépassé les limites tracées par tes supérieurs, or je suis sûr que tu as vu beaucoup de choses tout aussi horribles que celle-ci. J'ai commencé à me demander pourquoi ce gamin comptait autant pour toi, pourquoi ce qui lui arrivait, ce qu'on lui avait fait te touchait à ce point, contrairement à tant d'autres cas identiques.

Alors j'ai revu la vidéo comme toi, en quête d'autre chose. Pas seulement des coupables, pas seulement des détails qui auraient pu m'échapper lors du premier visionnage. Et j'ai commencé à voir l'enfant non pas comme une créature piégée, comme un corps en train d'être massacré, mais comme une victime. Je veux dire que je l'ai vu : j'ai pu imaginer ce qu'il disait à Restrepo sur le lit, comment il affrontait l'homme qui entrait en scène torse nu et affublé d'un masque. Il ne se laissait pas piétiner, ça se voyait. Le petit voulait vivre à tout prix.

Et j'ai eu un déclic, Julián. Je t'ai vu. J'ai compris que tu avais bonne mémoire. Que tu n'étais pas du genre à oublier ni à pardonner. Tu es de ceux qui attendent aussi longtemps qu'il faut. Trente ans si nécessaire. Je parie que tu étais comme lui à son âge : un visage rond surmonté d'une chevelure noire coupée à l'arrache, un air joyeux qui n'avait rien d'ingénu. Mais surtout, j'ai remarqué les yeux, si vifs et en même temps si mélancoliques, presque trop pour ceux d'un enfant, comme s'il avait connu d'avance son destin si funeste, et qu'il marchait au-devant de lui avec une insouciance résolue.

Les enfants comme nous fuient l'enfance à la première occasion qui se présente, pas vrai ? On se transforme en lieu inaccessible et escarpé auquel les adultes bien-pensants ne savent pas vraiment comment accéder, notre regard les terrifie, comme cette suffisance avec laquelle un élève surdoué considère son professeur : "Rien de ce que tu pourrais faire ou dire ne va me convaincre", semble-t-il dire. Alors toi, tu ne voudrais pas qu'il soit dévoré par la rancœur qui a eu raison de toi. Tu voudrais lui rendre cette justice à laquelle tu n'as pas eu droit. C'est ton acte de rédemption, pas vrai ? Parce que tu ne crois plus en rien, mais au fond tu es le pire des romantiques : un romantique désespéré, un chasseur de dragons. Voilà pourquoi tu es prêt à permettre à tous les salopards de ce pays de s'en tirer et à me livrer les éléments qui pourraient les incriminer pourvu que tu puisses détruire l'un d'entre eux. Le type au masque de loup…

— Cet enfant, c'est toi. C'est à toi qu'ils font ça à n'en plus finir, et tu ne le supportes pas… C'était qui ? Qui t'a volé ton enfance ? Ton père, quelqu'un de ta famille, un curé, un inconnu ?

Julián examina la teinte vermillon du vin, qui traçait de belles lignes sur le verre en cristal.

— Chasseur de dragons ? J'y ai peut-être cru un moment. En finir avec les gens comme toi, rétablir un certain équilibre. Mais le fait est que je n'ai pas abattu un seul dragon pendant toutes ces années ; j'ai tout juste réussi à éviter qu'ils ne me chassent, eux.

L'homme aux yeux noirs esquissa un geste équivoque. Dans d'autres circonstances, il aurait traité l'inspecteur de naïf. Mais ces types-là, mieux que quiconque, connaissaient cette masse bruyante dénommée humanité, qui fait joyeusement comme si les monstres étaient dans les romans, les films, ou à des milliers de kilomètres de distance, s'approchant seulement de temps en temps, suffisamment pour qu'on perçoive leur haleine dans leurs foyers, auprès de leurs familles.

Julián ouvrit le dernier tiroir du meuble. Le cahier était à l'intérieur d'un sac en plastique qu'il jeta sur la table. La clé était aussi dedans.

— Elle ouvre un casier de la consigne de l'aéroport, au terminal T2.

L'homme aux yeux noirs acquiesça.

— Tout simplement.

— C'était notre marché.

Il arrive par miracle que certaines catastrophes se terminent bien. Mais j'aurais été un sacré couillon si j'avais cru que c'était le cas cette fois.

— J'imagine que t'as fait des copies. Et je parie que quand j'irai à l'aéroport chercher ces documents, je tomberai sur un casier vide et sur ton amie l'inspectrice qui m'attendra en compagnie d'un tas de types armés jusqu'aux dents.

Julián acquiesça, imperturbable.

— Si t'as vu la vidéo en entier, et que celui que j'imagine derrière le masque se montre, t'as également dû en faire des copies pour les vendre au plus offrant ou conclure une négociation avantageuse : impunité, extradition, effacement de toute trace que t'aurais pu laisser en assassinant Carmen, Francisco, le libraire et Dieu sait combien de personnes encore.

— … N'oublie pas Blusas.

L'inspecteur avait du mal à comprendre la froideur avec laquelle il banalisait le meurtre. Comme si au lieu d'énumérer des vies humaines, il faisait l'inventaire d'objets mis au rebut.

— Et qu'est-ce qu'il en est de Gregorio ? C'est aussi toi qui l'as tué ?

— Je n'ai rien à voir là-dedans. Au point où j'en suis, tu devrais me croire. Apparemment, t'as d'autres comptes à régler avec le passé.

L'homme aux yeux noirs fit mine de porter la main à son pistolet, mais le geste était si léger qu'il semblait sans gravité.

Julián se rappela une histoire que lui avait racontée son père, du temps où ils contemplaient encore le ciel ensemble. Il lui avait dit en montrant une étoile filante que dans l'espace il n'y avait ni haut ni bas, ni nord ni sud, ni ouest ni est, et que quand on y lançait un objet, il avançait indéfiniment en ligne droite en direction de nulle part. Julián ignorait si c'était vrai ou non, mais il imagina que l'homme aux yeux noirs lui tirait dessus, que la balle lui traversait le sternum, ressortait par la colonne vertébrale, perforait le mur de la cuisine, la porte extérieure, et s'éloignait en perforant à l'infini tout ce qu'elle rencontrait sur son passage sans jamais changer de trajectoire.

L'homme aux yeux noirs posa délicatement son arme sur la table, son index près de la détente et le canon pointé sur Julián.

— Nous y voilà, inspecteur. Comme au début de cette histoire, juste plus fatigués, un peu plus vieux, conscients que tout ça prend fin. Au fond, on savait tous les deux depuis le début que, dans ce cas, la parole d'un homme n'engage pas. Ça n'a rien de personnel.

Toi aussi tu as bougé comme en apesanteur, Julián. Tu m'as rappelé ces documentaires en noir et blanc où les astronautes font des petits bonds sur la surface lunaire. Normalement, les gens qui vont mourir sont en colère ou terrifiés, selon leur caractère, mais personne ne bouge ainsi, comme si le verre de vin que tu tenais à la main n'était pas réel, et ce sourire presque moqueur qui semblait me dire que tu avais réussi à m'échapper, que ton corps n'était que le reflet de mon imagination. Je ne sais pas pourquoi ton attitude, ni passive ni agressive, m'a réjoui. En tout cas, à ce moment-là, je n'avais déjà plus envie de te tuer. J'avais entrevu le genre d'homme que tu étais, et ce n'est pas bien de couper une herbe si rare dans ce monde de merde.

Pourtant, l'inertie est difficile à stopper. Le bout du doigt frémit quand il sent le contact du métal. Un de plus, un de moins. Que pouvions-nous y changer, toi et moi ?

— Tu n'as pas peur, dit l'homme aux yeux noirs en visant l'inspecteur.

Julián contempla le métal de couleur sombre à quelques centimètres de sa poitrine. On ne lui avait jamais tiré dessus, on l'avait seulement menacé un jour avec un fusil à double canon, et lui, il n'avait jamais tiré sur personne. Un véritable exploit dans sa carrière. Quelques blessures au couteau superficielles, des coups, des fractures, cela s'arrêtait là. Bien sûr qu'il avait peur, il était même terrifié. Mais il s'était en quelque sorte familiarisé avec l'idée de la mort.

— Ce que je pourrais regretter, vraiment, c'est de ne pas avoir fini ce qu'il me reste à faire.

— Ces choses continueront d'arriver. Ni toi ni moi n'allons les empêcher. Certains tomberont, bien sûr. Ils seront sacrifiés pour calmer la population, mais il en arrivera d'autres, identiques ou pires. Le mal est en nous. Nous sommes nuisibles, violents et corrompus.

— … Mais tu ne me tires pas dessus.

Je ne te tirais pas dessus. Tout en moi me criait d'arrêter mes conneries. Tu n'étais qu'un moribond ; au fond, je t'aurais rendu service. Je t'aurais évité la chimio, les opérations, les séjours à l'hôpital, la souffrance et l'agonie. À supposer que tu ne termines pas au trou, luttant au quotidien pour ne pas te faire poignarder dans la cour ou te faire écrabouiller le crâne par un haltère au gymnase. Tu n'as pas l'étoffe d'un prisonnier, tu n'es pas fait non plus pour agoniser. Je le voyais dans tes yeux verts. Mais je me suis abstenu. Sans doute parce qu'il est bon de casser de temps en temps l'inertie, de donner une chance au destin de retrouver l'équilibre. À moins que je ne me sois souvenu des mots de Clara à ton propos : "C'est un homme droit, et ça fait pour ainsi dire de lui un homme qui mérite de vivre."

— Je ne peux pas partir les mains vides. Tu comprends ?

Julián comprenait.

— Sur le cahier, j'ai noté les noms dont j'ai besoin. Les autres sont à toi, tu en fais ce que tu veux.

L'homme aux yeux noirs réfléchit. Cela pourrait lui suffire pour s'acheter une remise de peine au Mexique. Cela lui permettrait en tout cas d'acquérir du temps pour mettre de la terre – et de la mer – entre lui et le Mexique.

— Sans les preuves, ces noms ne valent rien.

— Virginia ne sera pas à l'aéroport. Il n'y aura pas de policiers. Je t'en donne ma parole.

L'homme aux yeux noirs sourit.

— Finalement, on doit se fier à ce genre de choses. La parole, l'honneur… Regarde-nous, on a transgressé toutes les lois possibles et imaginables et on est là, comme deux personnages du XIXe siècle qui s'apprêtent à tout arranger d'une poignée de main.

— Pas question que je te serre la main. Je ne suis pas ton ami. Tu me vises avec un flingue, l'inverse n'est pas vrai.

L'homme aux yeux noirs secoua la tête. Il se releva, l'arme encore à la main, mais le bras relâché.

— Je ne doute pas de ta parole. Mais sache une chose : si je flaire une embuscade, je disparaîtrai et tu trouveras les corps de l'inspectrice et de ses charmantes filles écorchés devant ta porte. Je te donne ma parole à mon tour, et j'espère que toi aussi tu t'y fies. T'as intérêt à la convaincre de ne pas intervenir.

— Elle ne le fera pas, je m'en charge… Que devient Clara ?

L'homme aux yeux noirs hocha la tête et une confusion étrange se dessina sur son visage.

— Elle est plus vivante que toi et moi ; je n'ai jamais connu une personne aussi vivante. Ça ira pour elle, elle se débrouillera sans nous.

Il prit le cahier et rangea son pistolet. Il se dirigea vers la porte, s'arrêta un peu avant, comme s'il avait oublié quelque chose. Il sortit un papier de sa poche et le posa sur la console de l'entrée.

— Un cadeau en gage de ma bonne volonté. J'ai soutiré un peu plus que le CD à Blusas. Fais quelque chose de bien avec ça, inspecteur. Quelque chose qui vaille la peine, pour tous les deux.

39

Can Tunis, zone portuaire, Barcelone, mai 2005

La nuit ne tarderait pas à tomber. Il pleuvait à torrents et les rues s'étaient transformées en ruisseaux. Cette partie du quartier bringuebalait entre les flaques et la fange, penchait, tombait et se redressait courageusement vers la montagne et ses souvenirs olympiques. La circulation plongeait peu à peu jusqu'à disparaître en insidieux tourbillons de maisons abandonnées et de venelles. Un secteur était dans le noir, un câble à haute tension crépitait sous le coup d'un court-circuit. Les gens utilisaient les fils dénudés pour connecter leurs foyers au réseau électrique. Un fouillis d'antennes de télévision se balançait sur les toits.

Dans la voiture, Soria indiqua un immeuble de trois étages aux fenêtres murées et aux murs peinturlurés. Tout autour s'étendait un terrain vague semé d'ordures.

— On est sur le territoire des Cantero, ici. Ils contrôlent une partie du port ainsi que la zone entre Can Tunis et la place du Charbon.

Soria n'était pas du genre à se dégonfler dans la rue, mais cette fois il était inquiet.

— Il faut ouvrir l'œil, cheffe. Ces gens ne craignent personne. T'es sûre de toi ? On devrait au moins prévenir le commissariat.

Virginia était toujours en rogne contre Julián. L'opération pour arrêter l'homme aux yeux noirs avait échoué. Une demi-douzaine d'agents avaient perdu la matinée à se mêler incognito aux passagers du terminal 1. L'information fournie par Julián était fausse. Les caméras de surveillance avaient détecté le Mexicain à la consigne du terminal 2 une heure après avoir mis fin à l'opération. Le salopard s'était moqué d'elle et il lui avait filé entre les doigts. En échange de quoi ? De cette adresse.

— Pour l'instant ça doit rester officieux. Je ne veux pas me ridiculiser une deuxième fois.

— Il vaut mieux se ridiculiser que partir d'ici transformés en passoire.

— Écoute, Soria. Je ne t'ai pas obligé à venir. Reste dans la voiture, si tu veux.

Le sous-inspecteur n'eut pas le temps de répondre que l'inspectrice Ortiz était déjà descendue de voiture et se dirigeait vers l'immeuble.

— Putain ! Quel caractère ! marmonna Soria en sortant à son tour.

Ils ne tardèrent pas à attirer l'attention d'un groupe de jeunes qui semblaient être en train de monter la garde autour de l'immeuble abandonné. Leurs yeux s'aiguisèrent comme des lames de couteau. L'un d'entre eux leur barra le passage.

— Vous êtes perdus, messieurs dames ?

Il avait à peine seize ou dix-sept ans, un visage détendu, des yeux cernés de fumeur acharné de hachisch. Il tenta d'intimider Soria.

— Et que fait un vieux croûton bedonnant comme toi avec une MILF aussi bonne ? Tu devrais pas te trouver une meuf de ton âge et nous laisser cette bombasse ?

Le sous-inspecteur ne sembla pas très impressionné.

— En fait, je cherche ta mère. Je me la suis tapée et elle a oublié son slip chez moi.

Avant que le jeune homme ait pu réagir, le sous-inspecteur l'avait pris par les couilles. Ce simple geste replaça chacun dans ses justes limites. En entendant le cri de douleur, les autres rappliquèrent.

Virginia eut juste le temps de s'interposer entre eux et le sous-inspecteur.

— Police ! Reculez !

Soria, qui la surveillait du coin de l'œil, fut amusé de la voir brandir sa plaque comme un crucifix devant des vampires. Cela leur donnait quelques minutes d'avantage, mais guère plus.

— Si vous voulez manger de la cervelle de cochon au dîner, faites un pas de plus en avant, cria-t-elle.

Ils savaient qu'elle ne bluffait pas. Les fanfarons, on les reconnaît d'emblée, et ceux qui n'en sont pas aussi. Soria se concentra de nouveau sur celui qu'il tenait.

— Mon petit doigt m'a dit que Blusas vous a donné à garder un truc très précieux qui lui appartient. Qu'est-ce que tu peux nous dire là-dessus ?

— Rien.

— T'es pas très causant, dis donc. Tu tiens pas à tes roubignoles ou quoi ?

Soria lui tordit un peu plus les testicules. Le jeune étouffa un gémissement de douleur. Soria relâcha la pression.

— Tu sais t'exprimer autrement que par monosyllabes ?

— Non.

Soria acquiesça.

— T'aurais pas dû abandonner l'école en primaire, t'aurais acquis un peu de vocabulaire.

Le jeune lui darda un regard haineux.

— Tu sais à qui t'as affaire ? T'es sur le territoire des Cantero, ici. Quand don Antonio le saura…

Soria lui lâcha l'entrejambe et regarda sa main d'un air dégoûté.

— Et moi qui pensais être sur Mars… Je parie que d'ici trois minutes tu vas filer annoncer notre visite. En attendant, ma collègue et moi allons visiter votre hôtel pourri, dit-il en montrant le bâtiment.

— T'inquiète, mon pote, ils vont te retrouver et je voudrais pas être à ta place, menaça le jeune homme en se mordant la lèvre.

Soria lui donna une petite tape humiliante sur la joue.

— Retourne dans ta niche, *cousin*, à moins que t'aies envie de voir tes couilles réduites en pâtée pour chats… Et veille à ce que ma voiture ne *s'abîme* pas, sans quoi, j'aimerais pas être à ta place.

À mesure qu'ils entraient dans l'immeuble, une triste procession de jeunes qui avaient perdu leur jeunesse venaient à leur rencontre, ils passaient fugacement sous le faisceau lumineux de leur lampe ou reculaient pour échapper à cet éclairage gênant. Des hommes et des femmes qui marchaient sans se voir, hagards, raides. Ils apparaissaient et disparaissaient dans les coins au milieu des ordures. Une cloison séparait deux espaces aussi lugubres l'un que l'autre. "Ne te pique pas", disait un graffiti illustré par une seringue cassée en deux et signée par un collectif inconnu au bataillon. Sous cette même inscription, une femme était en train de se piquer à l'aine, près du pubis. D'autres jeunes étaient assis en tailleur contre la cloison, la tête entre les jambes et les bras ballants, inertes.

Virginia cacha sa bouche dans le creux de son coude pour se protéger de la puanteur.

— C'est quoi, cet enfer ?

Un monde peint dans une palette de couleurs sombres et terreuses, un lieu hostile à la vie, peuplé par la lie de l'humanité.

Soria balayait l'obscurité de sa lampe.

— C'est leur règne, cheffe. Ici, les Cantero dictent leur loi et appliquent eux-mêmes les peines. Personne ne pénètre ici pour exiger quoi que ce soit, ni les policiers, ni les politiciens, ni les juges. Ils viennent tous supplier, demander une audience à don Antonio. Sous cette misère coule une rivière d'or en forme de poudre blanche et chacun emporte sa part.

Une silhouette sans âge s'approcha en titubant. Elle regarda le sous-inspecteur quelques secondes en chancelant. Ses pupilles dilatées étaient comme des pierres brutes qui ne reflètent rien. Elle était totalement défoncée. Un sein dépassait de son chemisier déboutonné.

— T'aimes bien mes nichons ? Tu peux les toucher, si tu veux.

Soria braqua la lampe sur son visage, l'obligeant à se protéger de son avant-bras et à s'écarter.

— On cherche un enfant d'environ huit ans. Tu l'as vu ?

La femme lui adressa un sourire édenté en se caressant le ventre.

— Je l'ai vu dans mes rêves. Il est là-dedans. Touche-le.

De temps en temps, quelqu'un s'approchait d'eux pour leur demander de l'argent, une cigarette, n'importe quoi, mais la plupart se cachaient ou les ignoraient.

— On ne nous dira rien, cheffe. Et le petit, je ne le vois nulle part. S'il est venu ici, il n'y est plus, ils l'ont emmené ailleurs. On devrait s'en aller. Ça va se gâter.

Virginia avait la sensation de flotter dans un grand vide irréel, entourée d'échos dont elle ne voyait pas la provenance. L'air était si dense et l'ambiance si lourde qu'elle avait du mal à respirer et à se déplacer. Elle entendait ici et là un gémissement, un rire, un cri qui glaçait le sang. Tout commençait à tourner, à s'introduire en elle, comme si les racines de cet endroit maudit étaient en train de la coloniser, d'attraper son corps et de l'attirer vers le bas.

Soria la retint par le bras.

— Virginia ? Ça va ?

C'était la première fois qu'il l'appelait par son prénom. Elle fit oui.

— Partons d'ici.

Un gémissement rappelant celui d'un chat attira alors leur attention. Il provenait de tout près, entre des colonnes en béton situées à leur droite. Virginia demanda la lampe à Soria et s'approcha d'un tas qui bougeait à peine sous une couverture sale. La lampe parcourut ce corps jusqu'au visage sale aux yeux voilés de néant.

— C'est lui… murmura l'inspectrice, le cœur gros.

L'enfant se couvrait le visage pour se protéger de la lumière.

— N'aie pas peur, on est venus s'occuper de toi.

L'enfant recula et prit une expression forcée qui dissimulait mal sa frayeur.

— Moi, j'ai peur de rien ni de personne.

Virginia tenta de s'approcher de lui.

— Bah t'es plus courageux que moi, alors.

— Et toi, t'es qui ?

— Une amie. Je m'appelle Virginia. Lui aussi, c'est un ami, il s'appelle Soria. Tu voudrais venir avec nous ? On a besoin que tu nous aides à sortir d'ici.

L'enfant se mit hors de portée de sa main et l'observa d'un air méfiant. Il était très faible, mais ses yeux lançaient des étincelles.

— J'ai pas d'amis. Et j'irai nulle part avec toi.

Soria prit une grande respiration. Ils n'avaient pas de temps à perdre.

— Il faut qu'on parte, cheffe.

Virginia tendit la main à l'enfant.

— Je ne te ferai pas de mal. Je viens t'aider. Ta mère te cherche.

Ses yeux se rétrécirent et, un instant, il fut exactement ce qu'il était : un enfant de huit ans apeuré.

— Si je pars avec toi, Blusas va me tuer.

— Tu peux compter sur nous. On s'occupera de lui.

— Mais tu laisses ma mère tranquille, elle a rien fait.

— D'accord…

L'enfant réfléchit. Il pesait le pour et le contre, cherchait dans sa tête.

— Tu vas encore m'emmener chez l'homme-loup ?

Virginia eut le cœur serré. Elle avait vu la vidéo en entier, Julián la lui avait montrée jusqu'au bout.

— Tu ne verras plus jamais quelqu'un comme lui. Je te le promets.

Le sous-inspecteur brandit son téléphone. Ils n'avaient pas de réseau. Ils devraient sortir par leurs propres moyens.

— Putain, moi qui voulais juste laisser passer les mois jusqu'à ma retraite.

Soria se pencha et prit l'enfant dans ses bras.

— Je peux marcher, protesta-t-il, mais ses jambes se pliaient.

— Je sais, t'es fort, ça se voit, mais comme ça, on ira plus vite. Allez, faut sortir d'ici. T'as besoin de prendre un bon bain.

Dans la rue, une voiture roulait lentement, tous phares éteints. Elle les dépassa, s'arrêta quelques mètres plus loin, puis recula jusqu'à l'immeuble. Le conducteur, un homme aux cheveux blancs, baissa la vitre.

— Où tu penses aller avec *ça*, connard ?

Soria portait l'enfant dans ses bras. Virginia fit un pas en avant. Sous la pluie qui tombait à seaux, trois types descendirent du véhicule. Ce n'étaient plus des adolescents faisant du zèle devant leurs chefs. Ceux-là semblaient très aguerris, armés de battes et de chaînes. Des gens qui ne perdaient pas de temps à parler.

Le premier lança sa chaîne, frôlant le visage de l'inspectrice qui l'esquiva de justesse. Avant que le deuxième lui vienne en renfort avec une barre de fer, Virginia réagit par une sorte d'automatisme, sans réfléchir : sa jambe droite frappa violemment la poitrine de son agresseur, le projetant en arrière, puis elle se tourna vers le premier et lui allongea son poing dans le nez. Tout se passa si vite et de manière si synchronisée qu'elle semblait être en train d'exécuter une élégante chorégraphie, aussi directe que violente.

Le troisième gars se jeta sur elle par-derrière et lui fit une clé autour du cou. Le premier en profita pour lui donner un grand coup dans l'estomac, lui faisant plier les genoux. Le nez en sang, le type muni d'une barre leva le bras pour la lui abattre sur la tête.

— Je vais te tuer, sale chienne !

Un coup de feu retentit alors, les vitres arrière de la voiture volèrent en éclats et tout se figea.

— Finies les conneries ! cria Soria en pointant les agresseurs de son vieux revolver. Le prochain qui bouge, je lui explose le citron. Reculez ! Tous à genoux, les mains sur la nuque. Plus vite que ça !

Chinchilla, à côté de lui, se bouchait les oreilles, les yeux grands ouverts.

Les grondements du nouveau commissaire traversaient la porte close de son bureau.

— Pourquoi êtes-vous allés vous fourrer là-dedans sans m'en toucher un mot ?!! Je suis quoi, moi ?!! Un singe de foire ?!! Vous n'avez rien trouvé de mieux à faire que d'entrer sur le territoire des Cantero en tirant à tout va et en donnant des coups de bâton.

— En fait, c'était juste un tir d'intimidation, commissaire, osa intervenir Soria. Tout s'est bien terminé, on a bouclé une enquête de disparition inquiétante.

— Fermez-la, bon sang ! Je ne sais pas ce qui me retient de vous envoyer illico à l'Inspection générale.

Il se tourna vers Virginia ; on lui avait mis une minerve aux urgences et elle avait des marques de coups sur le visage.

— Et si on vous avait tués ? Si vous aviez tué quelqu'un ? On m'avait mis en garde contre vous, inspectrice. Il semblerait que vous aimiez agir pour votre compte, et que vous ayez du mal à entendre raison. Votre place n'est peut-être pas ici. Je vais devoir vous suspendre temporairement.

Virginia resta imperturbable.

— Ça ne sera pas nécessaire, commissaire. Il y a une semaine, j'ai fait une demande de congé sans solde pour une durée indéterminée. Je m'en vais.

Soria et le commissaire se turent en même temps, stupéfaits. Celui qui le prit le plus mal, ce fut Soria, mais il ne pipa mot.

Le commissaire haussa les épaules. Le téléphone ne cessait de sonner.

— Sortez de mon bureau. On vous notifiera ma décision.

Ils allèrent dans la rue. Le jour se levait. Soria scruta le ciel rougeoyant et alluma une cigarette. Il se pencha en avant, quelque peu voûté. Virginia n'avait pas changé de vêtements, sa chemise était déchirée et éclaboussée de sang.

— Tu cognes dur, cheffe. T'es une lutteuse redoutable.

Elle eut un sourire fatigué. Les formalités n'avaient plus de valeur. Elle chercha ses clés de voiture dans sa poche. Soria esquissa un geste qui hésitait entre une tentative de l'embrasser et de lui serrer la main.

— Alors comme ça, tu t'en vas, tu laisses tomber… Dis-moi juste que ce n'est pas une fuite. T'es la meilleure policière que j'aie jamais rencontrée.

Virginia traversa la rue et ouvrit sa voiture. Soria la regarda. Aucun des deux ne savait très bien comment se comporter. Soudain, elle revint en arrière et lui colla une bise sur la joue.

— Et toi t'es pas le pire. Salut, Soria.

40

Madrid – Barcelone, deux semaines plus tard,
juin 2005

Le sous-secrétaire Heredia venait de passer deux nuits blanches. Il avait une mine de papier mâché. À peine avait-il rebouché une voie d'eau qu'une autre s'ouvrait. Tout était en train de partir en vrille et, pour la première fois de sa vie, il n'était pas sûr de pouvoir se mettre à l'abri. Trop de fronts à la fois : la police avait retrouvé l'enfant, Blusas avait disparu sans laisser de traces, le bruit courait que Julián Leal avait récupéré l'original de la vidéo tournée par Restrepo. S'il remontait la piste, ce qu'il ne manquerait pas de faire, l'inspecteur irait en enfer en l'entraînant avec lui.

Quoi qu'il en soit, Heredia n'avait pas l'intention de tomber seul.

— Tout ceci est un désastre, mais je peux y remédier. Nous avons beaucoup à perdre.

Le Magistrat lui tournait le dos, contemplant une toile qui ornait un mur de son bureau. C'était une copie du *Sacrifice d'Isaac*, du Caravage. Il se rappelait avoir vu l'original à la galerie des Offices, à Florence. Ce tableau qui représentait la manière dont le fils d'Abraham refusait d'être sacrifié, et dont son père devait utiliser la force pour le soumettre et accomplir la volonté de Dieu.

Il ne lui échappa pas qu'Heredia avait employé la première personne du pluriel.

Heredia alluma une cigarette, nerveux.

— Je crois que nous avons été trop accommodants. Si nous voulons limiter les dégâts, nous devons être plus fermes.

De nouveau ce pluriel menaçant. L'imprévisible était gênant, une inconnue qui devait être supprimée de l'équation. Mais si le Magistrat avait appris quelque chose sur la nature humaine, c'était exactement ce qu'avait compris le Caravage. Personne ne se résigne à être égorgé au nom du bien commun. En dernier ressort, tout le monde choisit d'épargner son cou. Les mains dans le dos, il s'approcha de la fenêtre. En bas, Madrid continuait à vivre au présent.

— Il faut être réaliste. On ne pourra pas éviter de sacrifier quelques têtes pour détendre l'atmosphère, mais en ce moment il convient d'être prudent. Une nouvelle stratégie s'impose. Et je crois qu'il vaut mieux que vous dégagiez le terrain. Nous apprécions beaucoup votre travail, Heredia, vous avez de bons amis ici. Soyez rassuré.

Heredia s'arrêta devant l'esplanade du parking. De grandes grues étaient en train d'ériger un immeuble d'habitation. Le vieux Madrid ne résistait pas à la spéculation immobilière. Tandis qu'il se dirigeait vers sa voiture, il se demanda comment il devait interpréter les propos du Magistrat. Il n'y avait au fond qu'une manière de le faire. À quoi bon se leurrer ? Il était foutu tel Napoléon après la défaite de ses derniers dragons, condamné à l'exil à Longwood, conscient que ses jours se traîneraient désormais en longueur. N'en déplaise aux sept médecins légistes qui avaient affirmé qu'il était mort d'un cancer, Napoléon avait été lentement et consciencieusement empoisonné à l'arsenic durant des mois. Heredia ne se faisait aucune illusion, sa mort serait bien plus rapide et moins héroïque.

Pourtant, il n'avait pas l'intention de se résigner. Il avait tout enregistré. Des copies de tout ce qu'avait fait Restrepo durant des années. Sans parler des monceaux de merde poussés sous le tapis. S'ils pensaient qu'il se tairait et qu'il accepterait d'être sacrifié sans moufter, ils se mettaient le doigt dans l'œil.

— Je mettrai le feu à ce putain de pays s'il le faut !

Il monta dans sa voiture et roula jusqu'à son nouveau domicile de Las Rozas. Il avait simplement besoin de se détendre, prendre un bain, boire un verre et réfléchir à la marche à suivre. Il avait des amis dans les médias, aux Renseignements, à l'étranger. Et il ne manquait pas d'argent. Il était suffisamment riche pour acheter sa sécurité. Cet imbécile arrogant de Magistrat ignorait à qui il avait affaire.

— Tu ne vas pas te débarrasser de moi, enfoiré.

Il monta le volume de la radio. “Tout va bien se passer, se répétait-il. T'es un vieux briscard, tu t'en sortiras.”

Il n'y avait pas de gardien à l'entrée de sa résidence. La guérite était vide et la barrière, baissée. Il mit trop de temps à comprendre que les réverbères étaient grillés et que la caméra de surveillance était braquée vers un angle mort.

Il vit approcher un couple. Inspira profondément. La peur n'avait jamais eu raison de lui, il ne s'était jamais considéré comme une victime. Et ce n'était pas maintenant que cela commencerait. Il monta encore le volume de la radio. Celia Cruz chantait ce morceau qui dit *“au lieu de te maudire avec une juste rancœur, dans mes rêves je te bénis de tout mon cœur”*. Heredia sourit. Le grand Bonaparte aurait eu un meilleur destin sans cette satanée Joséphine. Qui sait s'il n'aurait pas mieux fait de rester avec cette Mme de Staël, même si elle était haïe. Telle fut sa dernière pensée avant de fermer les yeux.

On entendit une détonation et les vitres furent éclaboussées de sang, de bouts de chair et d'os. À l'intérieur, affalé sur le volant, s'effaçait encore une histoire d'ambition et de stupidité.

Le week-end, il y avait moins de personnel au service de soins intensifs de l'hôpital. Tout était calme. Le policier de garde trompait son ennui en discutant par texto avec une fille qu'il avait rencontrée la veille. Ça se présentait plutôt bien, il y avait des chances qu'ils se revoient. À l'approche du médecin, il dut poser son téléphone. C'était un nouveau, l'agent ne l'avait jamais vu auparavant, mais sa carte était en règle. Un type aimable, l'air un peu distrait. C'était la seule chose qu'il retiendrait de lui.

— Contrôle de routine de l'état du patient.

Le policier l'autorisa à entrer et retourna à la fille aux yeux bleus et aux griffes de chatte.

Au bout de dix minutes, le médecin sortit du même air de vouloir rentrer chez lui.

— Tout va bien. Bon courage.

Selon le procès-verbal, la mort de Restrepo fut déclarée à 17 h 35, après plusieurs vaines tentatives de le réanimer. Cause du décès : hémorragie interne, défaillance des organes suivie d'un arrêt cardiaque. Il ne fut pas autopsié.

41

Quartier de la Barceloneta, une semaine plus tard,
juin 2005

Julián, assis avec sa canne à pêche, voyait flamber le ciel.

— Un jour, il y en aura peut-être un qui mordra.

Virginia se tenait debout sur la jetée. Quelque chose avait changé en elle, et ce n'était pas seulement sa nouvelle coupe de cheveux, plus moderne, avec des reflets bleutés sur la frange, ses nouveaux piercings sur le lobe de l'oreille droite ou son maquillage légèrement plus agressif qu'avant. “Nouvelle vie”, dit-elle quand il l'interrogea sur ce changement d'apparence. Peut-être bien, encore que la vie ne cesse jamais d'être la même, pensa Julián.

— Pourquoi tu ne m'as pas parlé de ton congé sans solde ?

Virginia contempla l'horizon, les mains dans les poches de son blouson.

— Tu m'aurais pris la tête et t'aurais dramatisé. Tu n'aurais pas accepté que je paie ta caution. J'ai passé un marché avec mon père ; il me donnait l'argent et moi, j'accédais à ses volontés. Il n'a jamais aimé que je sois dans la police. Il pense que je dois m'occuper des affaires de la famille, qu'il m'a préparée à ça… Peut-être qu'il a raison, va savoir. Ce métier finit par user, à la longue.

— Et qu'est-ce que tu vas faire ?

Virginia s'assit à ses côtés. Sa présence lui provoquait encore des frissons.

— Luis et moi allons divorcer. Mes filles me détestent et considèrent qu'il est victime de mon mauvais caractère. Je ne sais pas pourquoi, mais il me manque quand même, dit-elle en inspirant comme si elle renonçait à comprendre certains aspects de sa personne. Je vais probablement les emmener avec moi à New York. Je vais prendre la direction d'un des bureaux de mon père là-bas.

Ils n'évoquèrent pas ce qui s'était passé entre eux. Il leur suffisait de rester là, ensemble mais séparés. Déjà à des milliers de kilomètres l'un de l'autre.

— Je suppose que t'es au courant. Heredia s'est fait descendre devant chez lui. Selon la version officielle, un braquage qui a mal tourné. Ils disent qu'ils ont déjà arrêté les coupables. Des Kosovars, évidemment.

Julián fit claquer ses lèvres.

— Tu y crois, toi ?

— J'y croirais si Restrepo n'était pas mort subitement à l'hôpital quelques heures plus tard. C'est toi qui m'as appris que deux coïncidences se transforment en une succession de faits.

— Et c'est ça qui t'a amenée à penser que j'étais un assassin.

Ce n'était pas un reproche, mais un constat. Il lui avait appris à se méfier, à être fidèle à son instinct. Il ne pouvait pas se plaindre que cela se soit retourné contre lui.

— Si on n'avait pas retrouvé le cahier de Clara, tu le penserais encore.

Virginia ne s'excusa pas d'avoir fait ce qu'elle estimait être correct. Ce n'est pas non plus ce qu'il attendait d'elle.

— T'as des nouvelles de lui ? Du tueur ? demanda-t-elle soudain.

— Oublie-le, Virginia. Pour le bien de tous.

— T'as signé un pacte avec un assassin notoire, Julián. Au lieu d'essayer de l'arrêter, tu l'as laissé filer. Tu m'as bernée, tu m'as donné exprès une mauvaise indication pour le casier de l'aéroport.

Les yeux verts de Julián roulèrent lentement.

— J'ai choisi de faire ce qu'il fallait.

Il ne pourrait jamais attendre de Virginia une demi-absolution ou la bienveillance hypocrite que d'autres auraient pu lui accorder. Le mal nécessaire, la fin justifiant les moyens.

Ils savaient tous deux qu'il ne suffisait pas de décréter que quelque chose était fini pour que cela le soit. Ils ne s'étaient jamais contentés de compromis ni de raccourcis.

— T'as sauvé le petit, au moins. Et t'as récupéré la vidéo. Ils le savent et ils sont en train d'effacer les traces. Tu devrais faire attention à toi.

Il pencha la tête de côté. La canne restait immobile dans ses mains.

— Comment se porte le gamin ?

Virginia refusait de voir la peau de Julián amincie au point d'être translucide comme du papier à cigarettes, sa perte de poids aiguisant l'arête de son nez et faisant saillir ses os. Cela faisait trop mal.

— Pourquoi ne pas aller le vérifier par toi-même ?

Il fit non de la tête.

— Ce n'est pas nécessaire. Il me suffit de savoir qu'il va bien.

Virginia caressa sa mèche blanche. Comme il lui manquerait ! Elle préférait ne pas y penser.

— Ne le fais pas pour lui. Fais-le pour toi. Va voir ce petit, Julián. T'en as besoin.

Le foyer de l'aide sociale à l'enfance était niché au milieu d'une forêt. Les enfants disposaient d'une piscine dont ils pourraient bientôt profiter, une aire de jeux et des ateliers, plusieurs salles de classe et des pièces communes. Ils étaient pris en charge par des éducateurs et du personnel spécialisé. L'assistante sociale était jeune, elle avait dans le regard et dans les gestes cette force qui incite à garder la foi.

— Sa mère peut lui rendre visite deux fois par semaine, en présence d'un psychologue. Elle s'est engagée à suivre un traitement de désintoxication à la méthadone, on lui a trouvé un travail à mi-temps et un appartement thérapeutique. Ce n'est pas énorme, mais c'est un début. Martín est un enfant très intelligent, il comprend la situation et l'accepte.

— Il s'appelle Martín ?

L'assistante rit.

— Oui. Il n'aime pas qu'on l'appelle par son surnom.

Ils arrivèrent dans une salle éclairée par de grandes verrières. Les murs blanc cassé étaient décorés de dessins d'enfants, garnis d'étagères avec des livres de contes ainsi que d'un grand tableau noir. Juché sur un tabouret, l'enfant coloriait aux craies de couleurs une maison, un arbre, un soleil avec des yeux et une bouche.

— Vas-y mollo, le tutoya l'assistante. Ce qui est arrivé est déjà difficile en soi, alors pour un enfant, je te raconte pas. Il est très fragilisé, même si l'équipe de psys pense qu'il est fort et qu'avec le temps il s'en sortira. Malgré tout…

— Je ne vais pas lui mettre la pression. Je veux juste savoir s'il va bien.

Elle acquiesça.

— Aussi bien qu'il peut aller compte tenu des circonstances.

Julián entra dans la pièce en ayant l'impression d'être en territoire totalement inconnu.

— J'ai du mal avec les enfants.

— T'en fais pas. Lui, il n'a aucun mal avec les adultes.

On aurait dit quelqu'un d'autre. Comme si Chinchilla avait en fait disparu. Un enfant qui ressemblait à un enfant. Plein de vitalité, la langue entre les dents et les doigts couverts de craie. Il portait un pantalon neuf et un tee-shirt Spiderman. Le lacet de sa basket droite était défait. Un souvenir remonta de très loin à l'esprit de Julián : sa tante l'emmenant dans une boutique de la plaza de España pour lui acheter un pantalon bouffant, un tee-shirt avec le bouclier de Captain America et des baskets Munich. Comme ils furent heureux cet après-midi-là sur la Gran Vía, elle buvant un petit verre d'anis et lui, un Coca-Cola, pendant que les commerçants installaient le marché des Rois.

Martín s'était retourné vers lui et l'observait du haut de son tabouret.

— Je me souviens de toi. Je t'ai donné un coup de genou dans les roupettes.

Julián sourit.

— Je l'avais bien mérité. Je n'aurais pas dû te faire peur.

Le garçon faillit répéter son mantra habituel, “j'ai pas peur”, au lieu de quoi il se mordit la lèvre, sauta de son tabouret et s'approcha.

— Ça, c'est ma maison, dit-il en montrant le tableau. Quand elle sera guérie, elle viendra me chercher, ma maman. Pour l'instant elle est malade. On va partir au village, mémé Charo a une maison là-bas. Je vais avoir un chien.

— C'est chouette que t'aies des projets…

Javier le regarda comme s'il ne comprenait pas et Julián se sentit idiot.

— Tu seras bien, là-bas.

L'enfant ferma les poings. Il se rongeait les ongles. Il détourna les yeux, pensif.

— Je le vois encore, par moments. L'homme-loup.

Julián sentit les vieux tessons de verre remuer dans ses entrailles. Il s'accroupit devant l'enfant.

— Je peux te raconter un secret ? Il y a très longtemps, quand j'avais à peu près ton âge, il y a aussi un loup qui m'a fait du mal. Il m'arrive encore de le voir, comme toi. Mais il m'apparaît de moins en moins souvent, et maintenant je sais qu'il ne peut rien me faire. C'est comme une ombre qui se dégonfle et s'enfuit. Petit à petit ce sera pareil pour toi, il s'éloignera de plus en plus, et même s'il ne partira jamais définitivement, un jour, quand il remontera à ta mémoire, tu pourras le regarder en face sans avoir peur. Tu sauras alors que tu l'as vaincu.

— C'est facile, pour toi. T'as une plaque de policier et un pistolet.

— Toi, tu n'as pas besoin de tout ça. Tu es beaucoup plus courageux que moi. En plus, tu as une maman. Elle te protégera… Puis tu m'as, moi. Je te promets de veiller à ce que l'homme-loup ne fasse plus jamais de mal à personne.

Martín le regarda d'une manière qui fit frémir Julián.

— Ma maman va aller en prison ? Elle m'a dit qu'il y aurait un procès.

— Ça, ce sont des histoires de grands. Ta maman s'est trompée, comme on se trompe tous. Maintenant elle est en train d'essayer de se rattraper.

— Et Blusas, il est où ? Il a dit que si je disais quelque chose ou que je parlais avec des gens comme toi, il nous tuerait, ma maman et moi.

— Tu n'as pas à t'en faire pour lui. Il est parti pour toujours. Et ici, tu es en sécurité. Tu n'as qu'un truc à faire… essayer d'être heureux.

Il se sentit encore idiot. Était-ce un conseil à donner à un enfant de huit ans ?

— On se serre la main ?

L'enfant regarda sa main, réfléchit quelques secondes et la lui serra.

— Sans coup de pied dans les roupettes, cette fois.

Julián rit de bon cœur.

— Sans coup de pied dans les roupettes. Retourne à ton tableau, maintenant.

Avant de sortir, il se retourna une dernière fois vers lui.

— C'est un beau prénom, Martín.

L'enfant sourit.

— C'était celui de mon père. Sans rire.

Ce soir-là, alors qu'il rentrait chez lui, deux types sortis de nulle part l'interceptèrent. Ce n'étaient ni des policiers, ni les maraudeurs auxquels on pouvait s'attendre à cette heure-là dans le quartier. Ils ne ressemblaient pas non plus à des hommes de main des Cantero. Ils avaient l'air disciplinés, de vrais durs, bien entraînés et du genre à ne pas finasser. Ils ne pouvaient être envoyés que par une personne.

— Bon, pensa Julián. C'est donc ici que tout s'achève. Il ouvrit les mains et écarta les bras. Les deux hommes l'emmenèrent sans violence jusqu'à une voiture stationnée au fond de la rue et le firent monter à l'arrière.

Ils prirent la rocade du littoral, puis l'autoroute jusqu'à la sortie de Gavà Mar, roulèrent encore quelques kilomètres sur une route secondaire qui descendait vers le bord de mer, entre des roseaux et des prés. Julián était convaincu qu'on l'abattrait dans un champ quelconque, mais pas avant d'avoir essayé de soutirer toutes les informations qu'il détenait. La question était de savoir s'il serait capable de résister. Il tentait de se préparer mentalement à ce qui allait suivre.

Ils arrivèrent au bout du macadam. Au-delà s'élevaient les dunes derrière lesquelles on entendait la mer. Les phares du véhicule éclairaient une silhouette qui se tenait près de la passerelle en bois menant à la plage. D'un geste, ils lui ordonnèrent de descendre tandis qu'ils restaient à l'intérieur. Julián hésita.

— Approchez, inspecteur, lui dit l'homme sur la passerelle.

Ce n'était ni un ordre ni une prière. Julián fit deux pas en avant, s'arrêta et blêmit. Le Magistrat sourit :

— Je vois que vous savez qui je suis.

— Je sais, oui.

— Marchons un peu. Je me promène rarement au bord de la mer. Cela me manque.

Julián regarda derrière lui.

— Oh, ne vous inquiétez pas pour eux. Ils ne nous dérangeront pas, à moins que vous ne vouliez me faire ce que vous avez fait à Restrepo.

La nuit sentait déjà l'été. Le rivage au loin, était dans le noir, et on distinguait à la surface de la mer le scintillement de quelques barques de pêche. Au-dessus de leurs têtes, l'univers suivait son cours.

Le Magistrat marchait lentement.

— Ce sont les petits riens qui nous rappellent que nous sommes vivants, pas vrai ? Je crois savoir que vous avez des problèmes de santé.

— C'est une façon de voir les choses.

— Oui, pardonnez ma maladresse. Le simple fait d'entendre le mot cancer terrifie. Je crains que votre pronostic vital ne soit pas très favorable, d'après mes informations.

Il était inutile de demander comment il le savait. Le Magistrat fit quelques pas, se baissa et ramassa un petit caillou poli par les marées. Il le soupesa avant de le relâcher.

— C'est pour cette raison que vous faites tout cela, parce que vous n'avez pas peur. Plus rien à perdre… Bien que cela ne soit pas entièrement vrai. On a toujours quelque chose à perdre. Une amie, un enfant, par exemple… Mais nous n'en sommes pas encore là. Je n'aime pas menacer les gens. Je préfère d'autres méthodes… Dites-moi, Julián, vous ne vous demandez pas pourquoi Heredia et Restrepo sont morts et pas vous ?

— Parce que vous soupçonnez que j'ai fait des copies de la vidéo pour assurer mes arrières.

— Vous êtes un homme intelligent et vous avez une volonté de fer. Voilà ce dont Heredia a oublié de tenir compte. Je ne commettrai pas la même erreur. Je ne vous sous-estimerai pas, Julián. Je ne suis pas venu non plus vous menacer, comme je vous disais.

— Vous venez de le faire. Vous avez menacé Virginia et Martín.

Le Magistrat fit claquer sa langue.

— Comment négocie-t-on avec un homme qui sait qu'il va probablement mourir dans les mois à venir ? J'ai bien étudié votre profil. Je connais votre passé, je sais ce qui est arrivé à votre père, et aussi ce que vous a fait Toño, l'ami de la famille, quand vous étiez petit. Les gens ont la langue bien pendue et ils aiment bien ressasser les vieilles histoires. L'idée de jouer la carte galicienne était bien pensée, mais ça n'a pas marché. Personne n'avait anticipé l'apparition de la jeune femme, la fille de Francisco, et du cahier. On n'avait pas non plus prévu l'arrivée du tueur à gages mexicain en possession de documents sensibles que vous avez laissés échapper. Cela pourrait ajouter plusieurs condamnations à vos années de prison plus que prévisibles, si toutefois vous sortez en vie du bloc opératoire.

Le Magistrat observa la réaction de Julián. Il ne se lassait pas de voir le visage stupéfait des gens : être omniscient comme Dieu, avoir le don d'ubiquité, percer tous les secrets, connaître tous les points faibles des gens… Quel plaisir ! Il y avait de quoi se glorifier.

— Mais ne vous affolez pas, rien de tout cela n'est fondamental pour l'instant. Ce sont des détails. Il est naturel que quelques têtes tombent, c'est bon pour le pays, pour le moral. Cela occupera la presse pendant un temps, nous accrocherons quelques médailles. Nous laisserons tranquille Mlle Clara Fité, nous oublierons l'enfant et sa mère et nous souhaiterons bonne chance à l'inspectrice Ortiz dans sa nouvelle vie de femme d'affaires new-yorkaise. Son père est un bon ami à moi, cela m'ennuierait d'être obligé de lui faire du tort.

Le Magistrat s'arrêta et se tourna vers la mer. Ses cheveux blancs s'ébouriffèrent. Julián se demanda si ce genre d'homme naissait d'un utérus humain. Qu'avait-il dans le crâne, qu'éprouvait-il ? Il ne voulut pas le lui demander. La réponse l'aurait horrifié.

— Parfois l'époque exige des héros, vous savez ? Votre père était un homme droit, un homme de principes. Il a fini carbonisé. Jusqu'à tout récemment, vous étiez un policier exemplaire, et voyez où vous en êtes. Pourtant, des hommes comme vous sont nécessaires pour entretenir la fiction. Alors voici ce que je vous propose : devenez un héros, reprenez votre carrière ; soyez l'homme qui a démantelé le plus grand réseau de corruption du pays. D'ici peu, vous serez nommé commissaire, puis commissaire général. Et avant que vous vous en rendiez compte, vous aurez atteint le sommet.

Julián sentit un frisson glisser le long de sa colonne vertébrale. Échapper à la prison, être innocenté, laver son nom. Accepter un moindre mal pour faire un plus grand bien. Atteindre le sommet pour faire le bien, pour vraiment changer les choses.

— Vous oubliez un détail.

— Oui, bien sûr. Votre rein. Je crois savoir que vous avez un bon oncologue, mais il y en a de meilleurs. Je sais aussi qu'une greffe pourrait vous donner un espoir, quelques années de sursis. La liste d'attente est interminable, mais nous pourrions arranger cela.

Julián inspira bruyamment. Vivre, être libre, disposer d'un pouvoir équivalent à celui du Magistrat ?

— En échange, je vous remets les copies de la vidéo.

Le Magistrat sourit.

— Bien sûr, mais nous savons vous comme moi que ce ne serait pas une garantie suffisante. Vous garderez toujours cet as dans votre manche. Disons que les termes de notre marché resteront en vigueur tant que cette déplaisante affaire de vidéo ne sera pas éventée. En attendant, tout le monde vivra tranquille. Si vous ne respectez pas notre accord, eh bien, il n'y aura pas d'autre choix que d'appliquer les clauses de résiliation évoquées tout à l'heure… Cela va vous demander une grosse réflexion, mais ne tardez pas trop. Cette proposition ne restera pas longtemps sur la table. Et vous connaissez l'alternative.

Le Magistrat fit volte-face pour signifier que l'entrevue avait pris fin. Julián le vit s'éloigner vers l'obscurité dont il avait émergé. Un vénérable vieillard, un homme auquel on souriait dans la rue, le voisin auquel on confiait les clés de chez soi.

— Pourquoi ?! lui cria-t-il. J'ai besoin de savoir pourquoi vous avez fait ça à cet enfant.

Le Magistrat s'arrêta. Rentra un peu la tête dans les épaules et tarda un instant à tourner la tête, lentement.

— … Parce que je peux me le permettre.

L'affaire éclata deux jours plus tard. La police ouvrit une enquête sur ordre du procureur général de l'État, sur la base d'une information confidentielle qu'il avait entre les mains. Malgré le secret de l'instruction, des noms de personnes et de lieux ne tardèrent pas à filtrer dans la presse, ainsi qu'un certain nombre de faits qui laissaient entrevoir un gigantesque réseau de trafic de stupéfiants au niveau international, dans un axe Mexique-Galice-Barcelone aux nombreuses ramifications, avec meurtres, corruption, pots-de-vin, racket et enlèvement à la clé. Peu de temps après, commencèrent les premières arrestations : fonctionnaires, employés de banque, cadres de certaines entreprises suspectées de blanchir de l'argent, mafieux installés depuis longtemps en Espagne, diplomates de second rang, avocats, journalistes. On compta même dans le lot quelques juges de première instance et d'instruction.

Le soir même, Julián reçut un appel de l'hôpital. Il y avait eu un changement de dernière minute dans l'équipe de chirurgiens censés l'opérer. Il n'avait pas à s'inquiéter, un des meilleurs oncologues du pays dirigerait l'intervention. Qui plus est, ils avaient une grande nouvelle à lui annoncer.

Julián devina de quoi il s'agissait. Ils avaient trouvé un donateur compatible.

42

Ferrol, trois jours plus tard

Fouliña sortit de chez lui de bon matin. Cette heure paisible, nimbée de couleurs et de silences purs, lui ramenait des souvenirs qui l'accompagnaient tandis qu'il montait la côte en direction de la falaise. Des masses de nuages cendrés flottaient à la dérive au-dessus de la mer tandis que les vagues rugissaient en bas. Une violente rafale de vent le prit sous les aisselles, comme si elle voulait l'envoyer dans les airs. Il n'aurait pas été difficile de se transformer en pierre et de rester là, sur les hauteurs, pour toujours.

Il poursuivit sa marche et prit un sentier qui s'enfonçait dans les bois, à peine marqué par le passage du troupeau. La physionomie du paysage changeait, devenait encore plus ancienne. Dans une clairière, il trouva des ruines enfouies sous la mousse et la végétation qui s'insinuait dans toutes les fissures. Des corneilles y nichaient, contrariées par l'irruption de l'intrus. Fouliña bougea une des grandes pierres, laissant à découvert une petite cachette. Il sortit un pain de cocaïne et le rangea avec les autres.

Il ne s'aperçut pas tout de suite qu'il n'était pas seul. Ce n'était ni une sorcière ni un esprit de la forêt qui l'épiait. Les esprits ne portent pas de chaussures.

— Ce n'était qu'une question de temps, pas vrai ? Depuis que tout est sorti dans les médias, je savais que tôt ou tard tu te pointerais.

Julián sortit d'entre les arbres les plus proches. Il portait un manteau qui lui escamotait les épaules. Il s'approcha lentement.

— Tu vas faire une bêtise ?

Fouliña lui fit une place sur la pierre.

— J'ai fini mon quota de conneries.

Julián s'assit à côté de lui et observa les vieilles ruines qu'il connaissait si bien.

— Tu n'es pas très original. Notre cachette de toujours. C'est ici qu'on planquait la marchandise volée au Baron et à ton père.

— Et ils ne l'ont jamais découverte. Dieu sait s'ils nous ont tabassés, mais aucun des deux n'a lâché le morceau. On était des enfants sacrément couillus, non ?

— Ou alors inconscients. Quand on est jeune, on croit que tout est éternel. Mais un jour, sans que tu l'aies vu venir, tu te réveilles et tu te demandes où sont passés les amis, les aventures, les parties de rigolade.

Fouliña lui proposa une cigarette. Sa main ne tremblait pas. Il semblait résigné et même soulagé.

— Comment t'as su que c'était moi ?

Julián sortit un papier de sa poche : "Jour : le 12. Passager sur le *Converso*. Quatorze milles au sud du 15ᵉ parallèle. Attendre livreur. Enlèvement 43°33'20.45"N/8°17'24.16"W."

— On a trouvé ça dans les notes de Francisco. Santa Comba. Notre endroit secret, là où on savait que les contrebandiers du Baron planquaient la came. Carmen et toi vous êtes mis d'accord pour voler une partie de la drogue que vous envoyaient les Mexicains et la vendre de votre côté. Francisco était celui qui s'occupait des chiffres, qui organisait toute la stratégie. Vous l'avez fait pendant des années.

— Jusqu'à ce qu'on se fasse choper. Ça n'aurait pas dû arriver. Il y en avait pour tout le monde, dit Fouliña d'un air sombre. Tu m'en veux pour Gregorio ? Ils m'ont obligé à raconter ce mensonge. Des policiers sont venus de Madrid, dont une sommité. Ils ont dit qu'ils voulaient te mettre la mort de Carmen sur le dos et j'y ai vu une porte de sortie.

— Ils t'ont aussi obligé à le pousser du haut de la falaise ? Il avait confiance en toi, t'étais son ami. Il n'y était pour rien.

— Il a vu ce qu'il ne devait pas voir. Je ne pouvais pas prendre le risque qu'il parle.

Julián leva les yeux vers le ciel qui s'assombrissait. L'orage était imminent.

— Il faut rentrer.

Fouliña se leva à son tour et indiqua la clairière. Plusieurs policiers approchaient

— Au moins ce sera pas ce connard de Camuñas qui me passera les menottes.

Ils sourirent tristement.

— Ce gros a toujours été nul, admit Julián. Jamais été foutu de nous prendre sur le fait.

Susana était plongée dans la contemplation du panier de couture qui prenait la poussière dans un coin de la remise, à côté d'autres vieilleries telles que son ancienne mobylette, des filets abandonnés, les outils de son frère et, dehors, sur la remorque, la barque qui n'allait plus en mer. Elle entendit le moteur de la voiture approcher. Elle essuya ses larmes et sortit sur le porche. Julián avançait vers elle, l'air abattu.

— Bonjour, Susana… Je suppose que t'es au courant.

Susana avait les yeux rouges et serrait un mouchoir dans sa main droite.

— C'est un petit village.

— Je suis désolé pour tout ça.

Elle savait qu'il était sincère, mais cela ne la consolait guère.

— Je préfère que ce soit toi qui t'en sois chargé plutôt qu'un inconnu. Tu sais qu'il t'a toujours apprécié. Je crois qu'il t'admire, au fond.

Elle ne l'invita pas à entrer, cela n'aurait eu aucun sens. Si elle avait un jour éprouvé quelque chose, un semblant de nostalgie de leur rencontre du mois de février, un désir de raviver une idylle du passé, à présent c'était oublié. Elle ne voyait désormais dans les beaux yeux verts de Julián qu'une étrange sérénité, la même texture de la mer après avoir provoqué un naufrage.

— Qu'est-ce qui va lui arriver, maintenant ?

— Il va être mis en examen pour le meurtre de Gregorio et pour trafic de stupéfiants. Mais je crois qu'on devrait plutôt parler de toi. Tu sais ce qui va se passer, à présent.

Le regard de Susana se teinta de défi et de témérité.

— Je comprends. Et toi, tu vas rester planté là, à me regarder de la tête aux pieds, sans rien comprendre.

Julián balaya les lieux du regard. Il détestait cet endroit. Ses mensonges, ses secrets. Ses fantômes.

— Je vais te dire ce que je comprends, Susana. Au début, je suis parti du principe que Carmen dirigeait le trafic avec les Mexicains depuis El Cerso, et que tant Fouliña que Francisco n'étaient que ses exécutants, comme du temps du Baron. Mais quand Gregorio est mort, j'ai su que ton frère m'avait dénoncé et j'ai tout compris. J'étais son meilleur ami, je le connaissais bien. Fouliña ne manque pas de courage, il est intrépide, téméraire, mais pas assez intelligent pour mettre en place une organisation pareille. Et, surtout, il n'aurait jamais trahi ses amis. Il y avait forcément quelqu'un d'autre derrière, une personne capable de l'obliger à commettre un acte horrible comme tuer Gregorio. Puis, quand j'ai eu le cahier de Francisco entre les mains, j'ai vu ton nom.

Susana n'essaya pas de démentir.

— Oui, c'est moi. Carmen était une idiote bloquée dans le passé. Elle n'était pas capable d'avoir une vision comme moi. Qui allait remarquer quelques grammes détournés çà et là ? Notre micmac a marché pendant des années.

— Et ça aurait pu continuer si tu n'avais pas eu les dents aussi longues.

— Ce n'était pas par ambition. C'était une question de justice. Pourquoi est-ce qu'on aurait dû assumer tous les risques et voir les autres en récolter les bénéfices ? J'ai pris les choses en main, c'est fait et je ne regrette rien.

— T'as dénoncé Carmen pour sauver ta peau. Et Carmen vous a dénoncés à son tour, mais Francisco est le seul à être tombé. Le tueur à gages vous a épargnés, ton frère et toi. Ça ne peut signifier qu'une chose : vous étiez arrivés à un accord.

— Je l'ai dénoncée parce que c'était une imbécile. Elle détestait mon frère, elle se moquait tout le temps de lui, le maltraitait, et il ne s'en rendait même pas compte. Et puis elle se prenait pour la propriétaire du village, avec ses airs de marquise. Qu'est-ce que je pouvais faire ? Les Mexicains se sont aperçus qu'on les volait, et quand ce tueur est arrivé, il m'a donné le choix, je n'ai même pas eu à réfléchir. Ils nous laissaient la vie sauve, ils nous laissaient continuer le bizness, mais on devait payer une amende. Moyennant quoi mon frère et moi, on sauvait notre peau.

— Tu ne l'as pas seulement dénoncée. Pendant que, toi et moi, on s'envoyait en l'air, ton frère aidait le tueur à l'assassiner. Il était là quand c'est arrivé. Et Gregorio l'a vu.

— On ne pouvait pas faire autrement. Fouliña voulait le protéger, mais quand ces policiers sont venus de Madrid avec le dossier de ton père et qu'ils ont dit qu'ils te mettraient le meurtre de Gregorio et de Francisco sur le dos, j'en ai profité. Fouliña a essayé de le convaincre de témoigner contre toi, mais il a refusé, ce crétin. Il voulait raconter la vérité. Il allait balancer mon frère. J'ai dû choisir.

Susana percevait la gêne de Julián, cette générosité qui n'était qu'orgueil, pure vanité. Comme son père, comme tous les sauveurs qui ne sont pas capables de se sauver eux-mêmes. Mêmes yeux verts, même froideur déguisée en devoir. Qui leur accordait ce droit ? Qui leur conférait le pouvoir rédempteur et destructeur sur la vie des autres ? Personne, ils se l'arrogeaient eux-mêmes. Julián comme son père n'avaient jamais compris le village et ses habitants, les règles ancestrales, mystérieuses et violentes qui régissaient leur existence.

Julián s'assit sous le porche, le regard perdu dans le vide. Un véhicule de la garde civile approchait.

— T'as toujours été celle qui prenait les décisions, non ? Tu faisais et défaisais sans consulter personne, sans demander la permission… Comme quand t'as raconté à mes parents ce que ton père m'a fait pendant des années. Et on sait tout ce qui s'est passé après.

Susana le regarda avec compassion.

— Maintenant je comprends pourquoi t'es seul, Julián. Cette mémoire inachevée a fini par t'isoler irrémédiablement des autres êtres humains. Il ne te reste rien, seulement des images indélébiles gravées dans tes yeux verts, seulement du passé. T'es piégé là-haut, dans les cendres de ta maison au calvaire et dans ce qui s'est passé il y a trente ans. T'as vécu trop de temps seul et à la fin tu t'es autocontaminé, t'es devenu malade de ta propre douleur.

Julián encaissa ces mots durs sans ciller. Peut-être les méritait-il. Peut-être étaient-ils vrais. Il vit les agents franchir le portail et approcher.

— J'imagine qu'il est trop tard pour changer.

Susana le regarda une dernière fois de ses yeux injectés de sang.

— La nuit où t'es resté dormir… Pendant quelques heures j'ai pensé qu'on pourrait revenir en arrière. Mais c'est impossible, pas vrai ?

Julián se leva et fit non de la tête.

— Tu l'as dit toi-même. Vivre dans le passé est une maladie. Il est temps que les cendres se dispersent une fois pour toutes.

43

Barcelone, un jour avant l'opération de Julián Leal,
juin 2005

Soria ouvrit la porte en tenue décontractée et chaussons.

— Je suis étonné que tu m'aies appelé, j'avoue. Entre, ma femme est allée à la messe. Une habitude qui me dépasse, mais je ne discute pas.

Julián accepta un café au lait servi dans un de ces épais verres anciens de couleur verte. Ils étaient assis autour d'une table ronde recouverte d'une toile cirée à carreaux, vieillotte à l'instar de tout l'appartement, comme si Soria était resté figé au temps des deux chaînes de télévision, des radios avec des boutons en bakélite et des abat-jour en macramé. Dans un coin, un vieux chat borgne mangeait de la mie de pain trempée dans du lait.

— Il est tellement vieux qu'il ne peut plus rien avaler de solide, se justifia Soria.

Sur le mur, était accrochée une photo de lui et sa femme dans un cadre bon marché. On entendait la chaudière qui s'éteignait et se rallumait dans la buanderie. Soria avait le bout des doigts couverts d'une fine couche de colle et portait une chemise râpée couverte de taches de peinture. Son uniforme de travail lorsqu'il s'adonnait aux dioramas. Il les installait dans l'ancienne chambre de son fils, expliqua-t-il.

— Il habite en colocation avec deux copains, dans le Born. Tu veux voir sur quoi je travaille ?

Il avait l'air tellement fier que Julián ne put refuser. C'était un champ de bataille sur une planche de trois mètres sur deux, avec ses collines, ses talwegs, ses granges dévastées par un bombardement et des centaines de minuscules soldats lancés à l'assaut d'une tranchée protégée par des mortiers et des mitrailleuses.

— Tu savais que la bataille de Verdun avait duré neuf mois ? Ça, c'est le début, quand les Allemands prennent le fort de Douaumont. On estime qu'à la fin, il y a eu plus de sept cent mille victimes, morts et blessés confondus. L'être humain est un boucher d'abattoir.

Julián contempla les détails en feignant d'être intéressé.

— Et toi, t'as un hobby, à part faire chier le monde, laisser filer les criminels recherchés par Interpol ou séquestrer et tabasser les suspects ?

L'expression de Julián s'assombrit.

— Avant, je peignais… des aquarelles. Des marines, des montagnes de Galice. J'ai laissé tomber. Je n'étais pas doué.

Soria ouvrit la fenêtre qui donnait sur la cour intérieure et alluma une cigarette.

— Il ne faut pas laisser tomber une activité sous prétexte qu'on n'est pas doué. Regarde ces soldats. Je ne gagnerai jamais de prix, tu ne verras jamais un de mes dioramas dans une exposition. N'empêche que ça me détend, ça m'aide à penser que ma vie ne se réduit pas à mon métier et à mon couple… Et si tu me racontais la raison de ta visite ? Parce qu'on ne peut pas dire qu'on soit amis. On n'éprouve même pas de sympathie l'un pour l'autre.

— J'ai su que t'avais obtenu une promotion, et que t'allais bientôt partir à la retraite.

Soria eut un sourire ironique.

— Il se produit des miracles comme s'il en pleuvait, par chez nous. Ce qui a commencé comme une affaire avec risque de mise à pied débouche sur des félicitations à n'en plus finir et une promotion. Je sais que le nouveau commissaire me garde un chien de sa chienne, mais pour l'instant, j'ai droit au gant de velours. Il n'a pas le choix, après que l'enlèvement du petit a été rapporté dans la presse. Et tout ça grâce à toi, même si ça ne se saura jamais. Officiellement, l'affaire a été résolue à la suite d'une enquête longue et exhaustive.

— C'est justement de ça dont je voudrais te parler. J'ai besoin de ton aide.

Julián craignit le pire en voyant son air dubitatif.

— Qui l'eût cru, pas vrai ? La réponse est non. Je ne veux plus rien avoir à faire avec toi. On a tous déjà assez trinqué, tu crois pas ? Virginia est quelqu'un de bien, et une professionnelle hors pair. Je n'avouerai jamais l'avoir dit, mais j'ai fini par la prendre en affection. Elle serait devenue une grande commissaire, si elle avait pas choisi de t'aider. Moi, j'ai failli perdre ma retraite. Et toi, t'es en attente de ton procès pour ce que t'as fait subir à Restrepo. Que le gars soit mort ne change rien à l'opinion que j'ai de toi, Julián.

Julián acquiesça.

— T'es dans ton plein droit, et les raisons ne te manquent pas. Mais j'aimerais te montrer quelque chose qui te fera peut-être changer d'avis. Virginia m'a dit que, malgré les apparences, t'es un vrai flic.

Soria baissa à demi les paupières.

— C'est ce qu'elle t'a dit ? s'étonna-t-il, pensif, puis il hocha la tête et grommela. Tu vas encore me fourrer dans la merde ?

— Et une grosse, je crains.

Soria acquiesça avant d'écraser sa cigarette sur un char britannique Mark A Whippet.

— D'accord. Qu'est-ce que tu veux me montrer ?

Le café de l'hôtel Plaza était presque vide. Quand les hommes entrèrent dans le hall, le groom regarda d'un air agacé celui qui semblait les diriger.

— C'est fermé, monsieur.

— Je viens voir le Magistrat.

Le groom sortit de sa torpeur quand le type en surpoids vêtu d'un costume bon marché lui montra sa carte professionnelle.

— Excusez-moi, inspecteur. M. le Magistrat est au café.

Soria traversa le hall désert. L'énorme lustre en cristal projetait les mille feux de ses pampilles sur le sol en marbre luisant. Les pas résonnaient dans la salle voûtée comme une prémonition.

Le Magistrat était à une table du fond, buvant à la lueur d'une petite lampe. Il avait les paupières closes et marquait le rythme du bout du pied. On entendait jouer un fado.

— Les Portugais font une musique superbe pour quand on a envie de pleurer, dit Soria.

Le Magistrat esquissa une moue de contrariété.

— Et vous êtes ?

— Inspecteur Soria. Je suppose que vous savez ce que je suis venu faire ?

— Non, éclairez-moi.

Soria lui montra l'image sur le téléphone. Sans le son, c'était encore plus impressionnant. Un homme nu, couvert d'un masque de loup, s'approchait d'un enfant attaché aux barreaux d'un lit et le sodomisait. Tout à coup, l'homme, en sueur, se retournait vers la caméra et retirait son masque, montrant ses yeux jaunâtres. Il souriait.

— Regardez-vous, espèce d'ordure. Ouvrez grand les yeux, c'est vous.

Le Magistrat garda le silence, s'observant sur l'écran avec une attention froide.

— L'inspecteur Leal n'a donc pas accepté notre marché. Quel dommage.

Soria lui passa les menottes. Lorsqu'il les ferma sur les poignets du Magistrat, il eut la sensation que la lame d'une guillotine tombait sur sa nuque.

Le fado montait et descendait en fond musical, s'insinuait dans l'ombre des rideaux, les verres, les nappes, suspendant le monde dans une mélancolie qui ne guérissait pas.

Julián Leal se rappelait une bassine en plastique dans laquelle sa tante le lavait alors qu'il était déjà assez grand pour le faire lui-même. Mais Milagros insistait pour s'en occuper, lui frottait les oreilles si fort qu'elles lui brûlaient pendant un bon moment après. S'il protestait, elle lui fichait une pichenette.

— Dans la vie, on peut faire ce qu'on veut, à condition d'avoir toujours les oreilles propres, à l'intérieur comme à l'extérieur.

Voilà à quoi il pensait tandis que le brancard parcourait le couloir. Il ne pensait ni à son père, ni à Toño, ni à l'abandon de sa mère, ni à l'incendie. Il pensait à l'haleine de gin de sa tante tandis qu'elle fredonnait une chanson et le savonnait, à ses cigarettes au bord de la baignoire ou du lavabo. Il se disait que, malgré tout, il avait connu un peu d'amour, de bonheur.

Virginia marchait à côté de lui. Ils se prirent la main. Il n'avait pas besoin qu'elle dise que tout irait bien. Sa présence à ses côtés lui suffisait. Jusqu'à la fin. Ils se dirent au revoir devant la porte qui donnait accès aux blocs opératoires.

— Je serai dehors à t'attendre, lui dit-elle en se penchant, approchant son visage de ses cheveux, le laissant respirer l'arôme citronné de son cou. Si près que leurs lèvres se frôlèrent.

Le chirurgien et son équipe attendaient à l'intérieur. L'anesthésiste était un jeune boute-en-train. Il lui enfila un masque sur le nez et lui demanda de respirer calmement, en comptant dans sa tête jusqu'à dix. Il ne savait pas ce qui l'attendait au réveil, si tant est qu'il se réveille. Peut-être la prison ou un tir de grâce dans la nuque, peut-être le sympathique anesthésiste veillerait-il à ce qu'il ne respire plus ou le chirurgien qui allait l'opérer recevrait-il un appel urgent de Madrid au milieu de l'intervention.

Cela lui était égal. Pour la première fois depuis longtemps, il se sentait en paix avec lui-même.

Trois, quatre, cinq… Et il plongea dans un noir délicieux.

À deux mille quatre cent quatre-vingts kilomètres de là, le bougainvillier s'agitait sur la façade blanchie à la chaux. En cette saison, il soufflait un vent marin, lui avait dit la jeune femme de l'agence immobilière qui lui avait fait visiter la maison. C'était plutôt un bungalow des années 1970, comme le reste de la station balnéaire Rosa Marina, quoique, dernièrement, Ostuni et la côte des Pouilles étaient devenus à la mode et quelques riches Milanais avaient brisé l'harmonie générale en construisant des villas monumentales au cœur même du Pontile. Laura Cervini choisit une des plus éloignées, près d'un grand olivier qui séparait la résidence de la route. La rue avait un nom de musicien.

Une heure plus tard, elle prit son appareil photo et s'approcha de la mer. Celle-ci était calme, il y avait peu de gens, le restaurant Capanno était encore fermé et on apercevait au loin la côte albanaise. Laura fit quelques prises de vues : des enfants en train de pêcher des crabes dans les roches, deux vieilles dames prenant le soleil sur des chaises pliantes, les pieds dans l'eau, un vendeur ambulant coiffé d'une douzaine de chapeaux empilés. Une vie qui allait à son rythme. C'était un rivage très différent de celui de Ferrol ou de Barcelone. Peut-être son père s'y serait-il réconcilié avec la mer, peut-être sa mère aurait-elle pu y sourire un peu plus souvent, voir une lueur d'espérance à l'horizon.

Elle consulta ses mails sur son téléphone. Comme convenu pour leur bien réciproque, Julián n'avait pas répondu à son message. C'était peut-être mieux ainsi. Pourtant, elle ne résista pas à la tentation de lui écrire une dernière fois.

> *Je veux simplement te remercier. Ce sont parfois les actes des autres qui nous redonnent le courage de recommencer. Maintenant je m'appelle Laura Cervini – je n'aurais pas supporté de devenir nord-américaine, malgré le Boss –, une héritière italienne, une dilettante installée sur la côte Adriatique qui se demande ce qu'elle va faire de sa vie. C'est un rôle crédible. Il se peut que je me remette à écrire. Pourquoi pas un roman. Pourquoi pas cette histoire. Je sais que nous ne nous écrirons ni ne nous reverrons plus. Je ne sais même pas si tu liras ce message. J'espère que ton opération s'est bien passée, qu'un miracle t'a aussi évité la prison. Je préfère imaginer que toi aussi tu te trouves quelque part et que tu es devenu un autre homme, capable de recommencer. On a déjà trop longuement ressassé le passé, tu ne penses pas ? Il est sans doute temps désormais de vivre dans l'inconnu.*
>
> *À jamais, inspecteur.*

Elle envoya le mail et passa ses bras autour de ses genoux. "L'inconnu", avait-elle écrit, peut-être trahie par son subconscient. L'inconnu était celui qui n'avait pas de nom, des yeux noirs, celui qui avait disparu sans laisser de traces, sans dire adieu. Elle avait beau s'en défendre, elle se languissait de l'inconnu. Sans comprendre pourquoi.

ÉPILOGUE

Nous pourrions nous arrêter là. Il est gratifiant de penser qu'il existe une sorte de justice poétique, un retour incessant à l'équilibre. Cela nous permet d'être un peu plus optimistes quant à notre nature profonde.

Imaginons alors que Julián Leal a réussi à faire la paix avec son passé, qu'il s'est remis de son opération et de son cancer, ou bien – ne forçons pas le trait – qu'il a pu vivre encore quelques années dans un relatif état de bonheur. Par un de ces miracles que concède occasionnellement l'État, il pourrait même avoir échappé à une peine trop lourde pour l'affaire Restrepo. Après tout, c'est lui qui a permis de démanteler et révéler *le plus grand réseau de corruption du siècle* – ainsi que titra un journal –, en plus d'avoir œuvré à l'arrestation d'un prédateur tel que le Magistrat. Nous avons tendance à pardonner les transgressions quand le coupable nous est sympathique ou quand nous nous sentons concernés par le fléau dont il débarrasse la société. Qui n'admettrait pas qu'il aurait agi pareillement s'il s'agissait de sauver un enfant, un proche, un ami ? Les débats sur l'éthique, la morale, la loi n'ont plus cours dès lors que nous sommes gouvernés par nos émotions. Même les plus récalcitrants auraient approuvé en silence qu'on gracie l'inspecteur. Il en a assez bavé comme ça. Il ne mérite pas de croupir en prison comme un vulgaire criminel.

Imaginons aussi que l'enfant s'en est sorti. Que sa mère a réussi à vaincre le dragon de la drogue, s'est sevrée et que, éloignée de la ville, dans le village de Charo, elle a appris à être la mère et la femme qui sommeillaient en elle. Il se peut même qu'elle soit retombée amoureuse et qu'elle ait eu d'autres enfants. Elle était jeune et, sans le poids de l'addiction, elle est redevenue libre et belle. Peut-être Chinchilla – bon, d'accord, Martín – s'est découvert un talent, je ne sais pas, disons pour la mécanique, l'ingénierie, ou une passion pour l'aventure qui le poussera à parcourir le monde et ses mystères. Un jour, des années plus tard, il écrira un mot à l'inspecteur du fin fond de la forêt birmane, lui confiant qu'il avait raison :

Je peux désormais regarder
l'homme-loup en face.

Il est plus que probable que Virginia n'a pas réintégré la police après le congé sans solde demandé à l'instigation de son père. Elle n'a jamais été de ceux qui obéissent, mais de ceux qui donnent les ordres, et elle était à l'aise pour diriger cinquante personnes dont l'unique objectif était d'accroître le patrimoine familial qu'un jour elle léguera à ses deux filles. Elle ne s'est sans doute pas remariée, elle avait laissé ce genre de vie loin derrière ; le souvenir de Luis et de sa brève aventure avec Julián s'estompera peu à peu jusqu'à se transformer en images floues qui ne lui appartiennent plus.

Il nous reste à nous occuper du sort de Clara, *alias* Laura Cervini, retirée en Italie, écrivant un roman qui pourrait ressembler à celui-ci, s'adonnant à la photographie, luttant contre les toiles d'araignée de son esprit face à la mer. Dans d'autres contrées, dans une autre histoire, j'apparaîtrais un soir sur la plage, je la verrais au loin contempler les vagues, absorbée dans ses pensées, et je m'approcherais pour m'asseoir à ses côtés. Nous nous regarderions et nous nous demanderions si nous pouvions avoir une autre vie, si nous avions vraiment le choix. Nous nous y efforcerions, peut-être avec succès.

Cela pourrait avoir lieu – tout cela ou du moins une partie. Cela nous plairait et contribuerait à notre bien-être. Quelque chose qui nous permette d'affirmer que tout n'est pas perdu, un semblant de fin heureuse qui puisse compenser tant de souffrances.

Personnellement, je ne crois pas aux fins heureuses. C'est un avantage. Je ne suis jamais déçu ni excessivement surpris.

Dans mon milieu, on sait avant tout le monde quand il est temps de se retirer. On est comme les chirurgiens. Dès qu'on constate un léger tremblement des doigts, c'est fini, même si personne ne s'en est encore aperçu. Le problème, c'est qu'on ne peut pas partir en plein milieu d'une opération à cœur ouvert, quitter le bloc et rentrer tranquillement chez soi. Pour les gens comme moi, le moment de partir à la retraite est annoncé par une ombre qui t'attend dans une ruelle, une balle dont tu ignoreras la provenance. Me laisseront-ils partir ? Pourrai-je disparaître sur cette petite île que j'ai découverte en Guyane ? Vont-ils me donner une petite tape dans le dos quand je leur dirai que je veux aller fabriquer des bracelets pour les touristes ou servir des mojitos ? Non, évidemment.

Mais je possède ce voilier et c'est ma vérité : sa coque qui brille et brise les flots en douceur, comme si elle coupait les vagues, comme si elle allait s'envoler. J'ai fait une concession à l'impossible, un caprice que j'ai baptisé *Clara* et je laisse le vent décider où il me mènera. Je ne crois ni au bien ni au mal ; je crois à la bière fraîche, aux soirs lunaires teintés de violet et aux îles qui n'existent pas sur les cartes. Et je crois que rien ne part définitivement. Tôt ou tard, je devrai revenir.

Peut-être connaîtrez-vous alors mon identité.

Pour en savoir plus sur la collection Actes noirs,
tous les livres, les nouveautés, les auteurs, les actualités,
lire des extraits en avant-première :

actes-sud.fr
facebook/actes noirs

OUVRAGE RÉALISÉ
PAR L'ATELIER GRAPHIQUE ACTES SUD
REPRODUIT ET ACHEVÉ D'IMPRIMER
EN MARS 2025
PAR LA NOUVELLE IMPRIMERIE LABALLERY
À CLAMECY
POUR LE COMPTE DES ÉDITIONS
ACTES SUD
LE MÉJAN
PLACE NINA-BERBEROVA
13200 ARLES

DÉPÔT LÉGAL
1re ÉDITION : MAI 2025

N° impr. : 412655

(Imprimé en France)